本书受四川省社科院眉山分院2019年出版项目资助。

文学人类学文库

出品单位
中国文学人类学研究会
四川大学文学人类学研究所

主　编 ◎ 徐新建

天府镜像与文学中国：
当代四川多民族文学发展研究

余红艳 ◎ 著

中国社会科学出版社

图书在版编目（CIP）数据

天府镜像与文学中国：当代四川多民族文学发展研究／余红艳著．—北京：中国社会科学出版社，2019.9
ISBN 978-7-5203-4733-4

Ⅰ.①天… Ⅱ.①余… Ⅲ.①民族文学—文学研究—四川 Ⅳ.①I207.9

中国版本图书馆 CIP 数据核字（2019）第 149475 号

出 版 人	赵剑英
责任编辑	郭晓鸿
特约编辑	王 潇
责任校对	周 昊
责任印制	戴 宽

出　　版	中国社会科学出版社
社　　址	北京鼓楼西大街甲 158 号
邮　　编	100720
网　　址	http://www.csspw.cn
发 行 部	010-84083685
门 市 部	010-84029450
经　　销	新华书店及其他书店
印　　刷	北京明恒达印务有限公司
装　　订	廊坊市广阳区广增装订厂
版　　次	2019 年 9 月第 1 版
印　　次	2019 年 9 月第 1 次印刷
开　　本	710×1000　1/16
印　　张	19.75
插　　页	2
字　　数	293 千字
定　　价	99.00 元

凡购买中国社会科学出版社图书，如有质量问题请与本社营销中心联系调换
电话：010-84083683
版权所有　侵权必究

"多民族文学"的范畴意义与多种可能*

徐新建

余红艳博士的专著即将出版,其以四川行省为聚焦,阐述多民族文学在现代中国的区域意义。作者立足文学人类学的理论与方法,通过空间与表述的对应关联,呈现了"文学中国"的微观案例及其所映照的"多元一体"。

"多民族文学"是 20 世纪以来在中国学界日益重要的新概念和新范畴。与以往先后出现过的"兄弟民族文学""少数民族文学"及"各民族文学"等相比,"多民族文学"的突出特征在于将包括汉民族在内的中国文学拓展为新的多元整体。在这整体中,以多民族政治、文化共同体为前提和基础的中国文学呈现出新的结构,以民族为边界的文学单位不但彼此平等,而且互为主体,交相辉映。

对于多元一体的中国文学与文化来说,"多民族文学"具有指向学理与实践的双重功用,一如笔者阐发过的那样,其不仅有助于"建构一种新型的族群构架",而且还可以用来"谱写多民族和多元文化的文学理论和文学史"。[①] 作为新创建的学术概念和范畴,"多民族文学"产生的影响是显著的。如果说过去的"兄弟民族文学"与"少数民族文学"等概念分别确立了汉族以外其他民族之文学地位的话,"多民族文学"的命名则标志对多民族国家整体文学

---

* 本文曾以专栏"主持语"形式与余红艳博士的同组文章一并刊发,经修订增补后改为序。
① 徐新建:《表述与被表述:多民族文学的视野和目标》,《民族文学研究》2011 年第 2 期,第 50—55 页。

的催生。正如潘年英强调的那样，文学研究领域中从"各民族"到"多民族"的跨越，意味着建构和确立一种新的文学史观，即"承认那些边缘的、不入流的文学其实也是一种文学，甚至还有可能是一种更有价值的文学"①。

此外，作为能跨越国别、关联世界的学术范畴，"多民族文学"的重要价值还堪比现代全球体系中，以民族-国家（Nation-state）为前提、国别文学为单位日趋呈现为整体的"多国文学"。以这样的范畴变革为前提，过去以"西方文学"（或"欧洲文学"）为中心、"非西方文学"为边缘（或陪衬）等级划分且分离表述的格局，将让位于多元对等并关联互补的"世界文学"，即自歌德、马克思等以来便被许多诗人、作家和思想家所向往的文学整体——The word literature。② 在这意义上，"多民族文学"范畴还具有不同语境中的多重含义：在多民族国家层面，它意指一国范围内的各民族文学；而在世界各国组成的全球构架中，则指向既包含所有国家同时又超越国界的文学共同体，也就是英文书写的 Multinational literature（多元民族文学）或文学人类学研究者倡导的 Anthropological literature（人类整体文学）。③

在近代中国的话语变迁意义上，"多民族文学"范畴的创生并非一蹴而就，而是坎坷不易，曲折艰辛。其中的关键所在，是少数民族在中国政治舞台的历史性登场。晚清至民国，先有同盟会"驱除鞑虏、恢复中华"的激进主张，④ 接着是南方梁聚五、杨汉先等提出"五族共和"之外苗夷民族的地位诉求，⑤ 再后来便出现了与新中国"共同纲领"相呼应的"民族识别"及各民族在国家政治与文化生活中的平等互助。正是在这样的多元一体语境下，

---

① 潘年英：《从"各民族"到"多民族"：一种新文学史观的表述与建构》，《文学人类学研究》（总第一辑），社科文献出版社2018年版，第201—205页。
② 参见乐黛云《全球化趋势下的文化多元化》，《深圳大学学报》2000年第1期，第69—74页；徐新建《世界文学格局中的中国文学》，中国比较文学学会、贵州省文化厅编《面对世界：中国比较文学学会第三届年会暨国际学术讨论会文集》，贵州人民出版社1991年版，第 页。
③ 参见叶舒宪《"世界文学"与"文学人类学"：三论当代文学观的人类学转向》，《中国比较文学》2011年第4期，第1—9页。
④ 参见孙中山《中国同盟会盟书及联系暗号》（1905），《孙中山全集》（第一卷），中华书局1981年版，第276—277页。
⑤ 参见梁聚五《苗夷民族发展史》，1951年刊印，收入《梁聚五文集》上册，李廷贵、张兆和编，香港科技大学华南研究中心2010年版，第10—12页。参见张兆和《从"他者描写"到"自我表述"：民国时期石启贵关于湘西苗族身份的探索与实践》，《广西民族大学学报》2008年9月。

以少数民族和汉民族长期并置兼容为基础，多民族文学的命名和实践，终于在改革开放的新时期日益正式地展现于中国文学与文论的话语之中，成为面对历史与当代的"文学中国"时难以忽视和逾越的新工具。①

如今，继2004年在成都举办首届多民族文学论坛的十余年后，②中国的多民族文学研究正朝向历史和地域的纵横向度推进。③历史维度的拓展表现为从当代向古代回溯、延伸并力求用"多民族文学史观"将古今打通。④地域维度则分别从国内与国际两个方向展开。对国内，学界对"多民族文学"的关注逐渐转向不同区域的具体呈现，考察由多民族实践构成的"文学中国"如何在特定区域中体现一体多元。⑤面向国际的空间扩展体现为多民族文学的跨文化比较，其中最突出标志是"世界少数族裔文学"（World Ethnic Minority Literature）概念的提出及其相关研究与对话的践行。⑥

在结合历史变迁的论述上，郭明军博士论述过"多民族文学"范畴在时间向度的延伸。其将目光转向20世纪前半叶，聚焦民国个案，从卢前对"边疆文学"的论述入手，阐释现代文学史上"多民族文学"观念的早期勃兴。通过郭明军的杷梳辨析，我们看到在那被视为长期战乱和动荡的岁月里，卢前这样的有识之士就已树立了多民族文学眼光与胸怀，开始"把藏族文学、蒙古文学、苗族文学视为中国文学的一部分"，并论及了"维吾尔文学在中国文学上的贡献"。⑦

这样的开拓贡献值得如今的文学和文论史家关注。

与此对应，余红艳博士的专著《天府镜像与文学中国：当代四川多民族

---

① 参见徐新建《中国多民族文学研究的意义和前景——国家社科基金重大项目开题报告》，《中外文化与文论》2013年总第23期，第1—19页。
② 参见《2004年首届"中国多民族文学论坛"掠影》，《民族文学研究》2005年第1期。
③ 参见明江《中国多民族文学论坛继往开来的十年之路》，《文艺报》2013年11月13日。
④ 参见关纪新《关于中华多民族文学史观的理论建设》，《西北第二民族学院学报》2008年第3期，第58—62页；徐新建：《"多民族文学史观"简论》，《民族文学研究》2007年第2期，第12—18页。
⑤ 参见徐新建《多民族国家的文学与文化》，人民出版社2015年版。
⑥ 参见首届世界少数族裔文学论坛《平等、正义、爱——世界少数族裔文学宣言》，《中外文化与文论》2017年总第37期，第212—215页。
⑦ 郭明军：《民国时期的"多民族文学观"——以卢前〈边疆文学鸟瞰〉为例》，《徐州工程学院学报》2019年第2期，第5—9页。

文学发展研究》，重点在于空间之维，也就是把关注聚焦放在了多民族文学的区域呈现。如上所述，作为由广袤且不同疆域构成的多民族大国，中国多民族文学与文化的体现，无疑需要从具体多元的视角入手，对特定区域的各自特征予以足够重视方可窥见整体格局的真实全貌。仅以四川大学多民族文学研究团队的成果为例，在此之前便有陆晓芹、梁昭对广西壮族自治区的民间歌唱传统、龙仙艳对湘黔边地苗族古歌的考察阐述、阿库乌雾（罗庆春）对彝族作家"双语写作"的专题阐发及叶荫茵通过苗族银饰和刺绣文案挖掘的符号象征与身体叙事和陈晓军对"少数民族文学在贵州"的剖析等。①

余红艳的专著以四川行政区域为单位，阐释汉族与少数民族诗人、作家既独行特立又相互依存的文学关联，并力图由此出发，联系国家叙事的整体图像，揭示"文学中国"的多元构成和空间意义。作者欲阐发的观点是："整体的'中国多民族文学'应涵盖不同层面的区域表述"，强调应重视对"多民族文学的发生发展场域构造与状貌"的观察，由此"呈现当代中国多民族文学发展现状。"②

随着学界共识的日益达成，"多民族文学"正取得与"少数民族文学"等既有范畴相比肩的地位。与此同时，由于使用者对范畴理解的不明晰，也存在不少界限模糊的混用。有的学者忽略了中国多民族的多元特征，将其简化为二元对立的 1 + 55，即"汉民族" + "少数民族"。③ 有鉴于此，急需正本清源，消除歧义，廓清"多民族文学"的范畴内涵与意指，从逻辑与现实

---

① 参见陆晓芹《"吟诗"与"暖"——广西德靖一带壮族聚会对歌习俗的民族志考察》，广西师范大学出版社2016年版；梁昭《表述刘三姐：壮族歌仙传说的变迁与建构》，民族出版社2014年版；罗庆春《双语人生的诗化创造：中国多民族文学理论与实践》，民族出版社2015年版；叶荫茵《社会身份的视觉性表征——苗族刺绣的身份认同探析》，《贵州民族研究》2018年第3期；陈晓军《"少数民族文学"在贵州：20世纪的回顾与思考》，博士学位论文，四川大学，2019年。

② 见本书。

③ 李晓峰的论文梳理了概念混用现象，指出由于未能对不同概念的科学性及使用的规范性进行讨论和统一，学界存在"少数民族文学""国内各民族文学""兄弟民族文学"甚至"多民族的文学"等在不同语境的同时使用，以至于出现"表述相同但内涵多有差异的'概念混杂'情形。"但该论述未能阐明"少数民族文学"为何会与"多民族文学"混用的原因，甚至还把中国的多民族文学结构简化为主体的汉民族文学及主体之外的少数民族文学。这样的二元对立显然是有问题的，明显背离了由不同民族构成之多元一体性。参见李晓峰《"少数民族文学"构造史》，《当代作家评论》2017年第5期，第8—11页。

的对应出发，通过在时间、空间及价值，也就是历史、地域与思想的三维中加以验证。

在逻辑与知识论意义上，范畴体现的是对客观存在的主观分类。① 一个时代有一个时代的范畴选择，不同选择折射不同立场和价值取向，继而产生各自有别的话语体系。在近代汉语的表述演变中，与人群分类及判别相关，就出现过同情并承认边缘群体的"弱小民族""被压迫民族"及至后来的"少数民族""兄弟民族"等与凸显自我中心、强调去民族化的"宗族""边胞"乃至"一个民族"等立场迥异的对立选择。②

根据托马斯·库恩（Thomas S. Kuhn）对科学革命的结构研究，在人类的知识演进过程中常有划时代的革命出现。革命的发生源自"范式"（Paradigm）转移。构成范式的要素即包括了特定时代惯常使用的概念、术语和范畴。③ 这就意味着当某一论域出现根本性概念及范畴的新旧交替时，变革就开始了。随之而来的将是价值观念革新和话语体系置换。在社会科学的研究及实践领域，以"民族"（"国家"）为词根的概念和范畴就不断经历着与时代关联的范式转移。例如，英语中可被汉译为"民族"或"国家"的 nation 一词，当用作政治与文化修饰语时，便由 national 为基点，延展出从 international 到 multinational 的转变。National 意指"民族的"或"国家的""国民的""国族的"。加上介词 inter（在…之间）后，可译作"民族间"或"国际的""族际的"，表示相关与跨越；换以 multi–（多…的）关联，则变为"多元民族（的）"也就是汉语的"多民族"，只不过汉语可用名词修饰名词，故可将后

---

① 参见亚里士多德《范畴篇·解释篇》，方书春译，商务印书馆2008年版。
② 中国共产党的早期创始人李大钊、瞿秋白等都使用过"弱小民族"概念并投以明显同情的关注。参见李大钊《狱中自述》（1927年），《思想政治工作研究》2013年第10期；瞿秋白《十月革命与弱小民族》，《向导》第90期，1924年11月7日；另见《瞿秋白文集》，人民出版社1989年版，第492—493页。相比之下，与之对立的突出例子可举民国时期的傅斯年与顾颉刚，后者明确反对中国多民族的提法，主张"中华民族是一个"。参见顾颉刚《中华民族是一个》，《益世报·边疆周刊》第9期，1939年2月9日。其后有蒋介石署名出版的《中国之命运》，同样主张对多民族的中国"去民族化"，提出用"宗族""边胞"取代"民族"。参见蒋介石（署名）、陶希圣（执笔）《中国之命运》，正中书局1943年版。
③ ［美］托马斯·库恩：《科学革命的结构》，李宝恒、纪树立译，上海科学技术出版社1980年版。

缀"的"省去，派生出与此相关的"多民族国家""多民族文化"与"多民族文学"等。可见从 nation（民族、国家、国族）成为具有特定功能的范畴开始，被其修饰、命名与规定的文学、文化乃至国家，便不断由本族（国）为"中心"，转向注重跨界关联的"之间"直至强调交流互补之"多元"的话语演变。若以现代文学的拓展趋势为例，呈现的图景正好是，即：

族别文学——→比较文学——→世界文学

其中的"族别文学"可与"国别文学"并置，兼容着多民族国家的各民族文学；"比较文学"象征跨族际、跨国界的关联对照；作为最终理想目标的"世界文学"就是跨国界的多民族文学，指向的是多元民族的整体文学。

1871 年，法国诗人鲍狄埃（Eugène Edine Pottier）创作的《国际歌》被誉为歌曲版的《共产党宣言》。其不但唱响了劳工革命的欧洲战歌，也通过"英特拉雄耐尔"的概念（口号）标志全世界无产者迈入跨国联合的时代。"英特拉雄耐尔"即 international 的音译，用其与 Communism 相加，则组合成"国际共产主义"。汉语转译后的歌辞不仅突显了"不要说我们一无所有，我们要做天下主人"信念，而且期盼"团结起来到明天"——"英特拉雄耐尔"就一定要实现！①

2016 年 10 月，来自亚洲、非洲、拉丁美洲的不同民族作家、学者汇集成都，参与四川大学与西南民族大学共同发起的"首届世界少数族裔文学论坛"。会议发表了以"平等、正义、爱"为主旨的《世界少数族裔文学宣言》，呼吁：

> 让我们用人类心灵的力量和文化多样性的魅力，守护脚下每一寸神

---

① 据考证，有多人先后参与了《国际歌》的汉译。对于原诗的 international 一词，瞿秋白版本采用直译方式保留音节化的"英特纳雄耐尔"，萧三本则意译为"共产主义世界"。参见宋士锋《传播和实践〈国际歌〉：瞿秋白的未竟事业》，《瞿秋白研究文丛》（第 9 辑），中央文献出版社 2015 年版，第 303—316 页；金点强《中文〈国际歌〉修改好几遍》，《传承》2010 年第 10 期；中国党建期刊文献总库，http://kns.cnki.net/kcms/detail/detail.aspx? filename = GXDS201010017&dbcode = CJFX&dbname = CJFXLAST&v =

圣的山河！用锐气、智勇与信心，开辟世界少数族裔文学未来发展的光明之路！用友谊和歌与诗，追寻人类生命的恒久价值和意义！①

笔者有幸参与了此次论坛筹办和《宣言》撰写。如今看来，"平等、正义、爱"的主旨既是"多民族文学"的成果体现，亦揭示了此范畴的价值根基。

回到余红艳这本以四川一省为聚焦的专著，若将其与上述背景相勾连和对照，即不难看出作者对"多民族文学"这一范畴的实践性延伸。如前所述，本书的突出贡献在于通过结合四川案例的实证分析，揭示了此范畴在国家话语的结构中，如何经由行政化的空间格局得以呈现，从而在学术批评及知识生产的意义上，扩展了"多民族文学"作为特定范畴的运用可能。我想，作为毕业于四川大学文学人类学专业的博士，余红艳不但以本书证明了自己的学业成果，同时由一己个案回答了"何为文学人类学"的问题。换句话说，也就是通过博士论文的完成式书写，呈现文学人类学"做什么"和"怎样做"，从而跳出文学人类学"是什么"的词语困扰及其派生的自我纠结。

是以为序。

---

① 首届世界少数族裔文学论坛：《平等、正义、爱——世界少数族裔文学宣言》，《中外文化与文论》2017年总第37期，第212—215页。

目　录

绪论 ·· 1
　一　本书研究：多民族 ·· 1
　二　本书为区域实证研究 ··· 4
　三　研究对象、方法与意义 ·· 7
　四　本书框架 ·· 8

第一章　四川多民族文学的前世今生 ·· 9
　第一节　古代四川境内多民族文学 ······································· 10
　第二节　当代四川多民族作家文学 ······································· 19
　　一　汉族作家的代际 ·· 19
　　二　少数民族作家产生发展 ··· 22
　第三节　当下多民族文学区域发展态势 ································· 31

第二章　汉族作家文学的成都模式 ·· 34
　第一节　从《星星》创刊说起 ·· 35
　　一　文联作协成立 ··· 35
　　二　新时期民间团体喷发 ·· 40
　　三　90年代后平静写作 ··· 45

· 1 ·

第二节　大众消费传播 47
　　一　鲁奖风波与文学事件 47
　　二　IP 神话与市场营销 48
　　三　官方作为与民间立场 49
　　四　远离喧嚣 52

第三节　汉语自觉：成都汉族作家的文学追求 53
　　一　流沙河：回归传统古典 55
　　二　"废话教主"杨黎 58
　　三　何大草的神秘精巧 64
　　四　颜歌的俗人俗语 73

第三章　彝族作家文学的凉山模式 78
第一节　以汉语新诗发轫 79
　　一　"一步跨千年" 79
　　二　《凉山文学》 83
　　三　"凉山诗人群" 87

第二节　彝诗运动 91
　　一　官方传播 92
　　二　学院传播 95
　　三　民间传播 99

第三节　凉山诗人的抒情诗写 104
　　一　吉狄马加和倮伍拉且 105
　　二　巴莫曲布嫫和阿库乌雾 118
　　三　吉木狼格：非思与去民族 130

第四章　藏族作家文学的甘孜模式 … 141

第一节　创造品牌：由"康人"到"康巴作家群" … 142
一　《贡嘎山》与《甘孜日报》 … 143
二　"康人"小说 … 147
三　"康巴作家群" … 150

第二节　运作推广：由省到国 … 152
一　运作主体 … 153
二　运作模式 … 154
三　由"省"而"国" … 158
四　运作结果 … 160

第三节　高地写作：甘孜藏人的价值输出 … 161
一　本土书写：意西泽仁、桑丹 … 162
二　高地写作：格绒追美、达真 … 165
三　非高地写作者的高地自信：列美平措、尹向东 … 183

第五章　藏羌作家文学的阿坝模式 … 191

第一节　藏羌混声 … 192
一　藏人新诗 … 192
二　《新草地》 … 194
三　羌族文学 … 198

第二节　多路径传播 … 205
一　阿来的个体传播 … 205
二　阿坝作家群的整体传播 … 208
三　灾后羌族文学的整体传播 … 219

第三节　世界与民族：藏羌作家的差异 … 227
一　藏地阿来：边地即世界 … 228

二　羌族书写：叶星光与谷运龙 ……………………………… 237
　　三　羌族羊子：坚定地"说" …………………………………… 245

第六章　四川省多民族文学的发展特点 ………………………… 253
第一节　地区不同，民族不同，则发展方向不同 ……………… 253
第二节　四川省多民族作家文学发展与政治关系密切 ………… 254
　　一　文学作为国家事业 …………………………………………… 255
　　二　疏离与反控制 ………………………………………………… 257
第三节　四川多民族作家文学的产生发展与区域关系很大 …… 259

结语 …………………………………………………………………… 263
　　一　多民族意识形态 ……………………………………………… 263
　　二　多民族文学关系 ……………………………………………… 269
　　三　民族文学与世界文学 ………………………………………… 271

附录 …………………………………………………………………… 276

参考文献 ……………………………………………………………… 281

后记 …………………………………………………………………… 301

绪　　论

当代四川多民族作家文学成果丰硕，以汉语创作为主，以汉、彝、藏、羌四个民族作家为主。

四个民族作家文学发展模式不尽相同。汉族，分布在四川全境，主要活动于川西成都平原及其周边，其发展步伐与国内汉语文学基本同步。彝族，主要分布于凉山州，其发展依托汉语文学，以诗歌写作为主，目前的传播途径主要为官方、学院、民间三种。藏族，主要活动于甘孜阿坝两州，其发展分甘孜、阿坝两种模式。甘孜的藏族以汉语文学起步，依靠康巴作家群品牌推广进行作品推出。阿坝的藏族和羌族一起，早期创造了个体传播的奇迹，目前主要依靠官方和民族结群的方式进行作家培养和作品输出。

在审美理想及表现上，在民族身份及意识上，各民族作家又有所不同。

本书择取四个民族作家文学，进入其主要活动场所进行考察，发现其不同的发展模式，呈现其不同的审美样态。累积成书，希冀为四川多民族文学的发展乃至中国多民族文学发展提供一些参考。

一　本书研究：多民族

"多民族"，意味着多个民族，包括汉族在内。多民族文学研究，是中国文学人类学研究新方向，也是中国民族文学研究新阶段。

文学人类学（Literary Anthropology）自诞生之初，便与民族文学关系密切。① 中国文学人类学在近 30 年的研究中，逐渐成为民族文学研究重镇。1996 年，中国文学人类学学会成立。主要有五个研究方向：重释经典、原型批评、神话研究、文学与仪式、民歌与表述。其中，对边缘文化、少数族群文化的研究，一直是中国文学人类学的重要课题：叶舒宪，致力于扭转罗伯特·雷德菲尔德（Robert Redfield）的"大小传统"说；徐新建，致力于少数民族文学文化研究，参与发起中国多民族文学论坛，参与讨论推广中国多民族文学史观。他们对既有的中原中心主义、汉族中心主义、文本中心主义文学观与文学史观发出挑战，使人们注意到少数族群文学在中国文学史书写中所受到的不公平待遇。

自民国以来，"少数民族"作为一个短语被明确提出，则其与"汉族"呈二元对立状态，其中隐含着多少文化差异和区别对待的意思！——中原人向来视非中原文化圈的人为蛮夷。② 文学人类学研究者注意到这一点，并由此确立其研究目标（之一）：打破文学世界的"中心/边缘"格局、实现多元平等。21 世纪之初，文学人类学学者参与到中国多民族文学史观的讨论之中，帮助确立了中国民族文学研究的一个关键词：多民族。③

"多民族"一词的确立，并非空穴来风，其出现受到国家民族政策、文化思潮和文学研究进程的多重影响。国家政策方面，1954 年，中央政府颁布了《关于保障一切散居少数民族享有民族平等权利的决定》。1982 年，中国第四部宪法明确规定："中华人民共和国是全国各族人民共同缔造的统一的多民族

---

① 文学人类学起源于西方人类学中的文学研究和比较文学中的总体文学研究。前者如泰勒、弗雷泽和列维-斯特劳斯，后者如梵·第根和韦勒克。形成两条研究路径：文学的人类性研究和人类的文学性研究。波亚托斯和伊瑟尔二人分别在两条路径上掘进，弗莱则试图集二者之大成。不管是做文学的族群性研究还是人类的文学性研究，文学人类学都要以民族文学（族群文学）为研究对象。叶舒宪认为，文学研究经历了民族文学到世界文学再到文学人类学这三段变革，也就是从民族文学到世界文学再回到民族文学。这折射出现代世界史和思想史上相继发生的两次否定之否定进程——从地方化到全球化，再从全球化到地方化。这与其说是简单的循环式复归现象，毋宁说是螺旋式的递进发展。参见叶舒宪《从"世界文学"到"文学人类学"——文学观念的当代转型略说》，《当代外语研究》2010 年第 7 期。

② 《礼记·王制》中便有对东夷、南蛮、西戎、北狄的描述，并提出"修其教，不易其俗；齐其政，不易其宜"的观点。

③ 最早提出"多民族文学"概念的是邓敏文。参见邓敏文《中国多民族文学史论》（社会科学文献出版社 1995 年版）。2004 年，由中国社会科学院《民族文学研究》编辑关纪新与四川大学文学与新闻学院教授徐新建共同发起，在成都四川大学召开首届多民族文学论坛。随后，"多民族文学""多民族文学史观"逐步得到学界认可。

国家。平等、团结、互助的社会主义民族关系已经确立,并将继续加强。"①1988年,费孝通主编《中华民族多元一体格局》一书,为"多民族"一词的出现提供了理论依据。而多年来中国民族文学研究者对各民族文学关系的研究,也为"多民族"一词的出场提供了学术凭证。

多民族意味着,既非少数民族,也非汉族与非汉族,也非56个民族简单相加,而至少包含了三层意味:第一,多元,主体多元,文学形式多元。也就是"多民族""多文学"。第二,平等。各民族文学无高低贵贱之分,享有同样多的表述权和受关注权。第三,一体。"多元"并不是各自为政,而是取其互相影响、互相交融的整体意味。多民族文学,意味着现今生活于中国境内的56个民族(或更多民族)的文学,以及历史上曾经存在于中国境内的各族群文学,包括口传文学和书面文学,还包括文学批评和文学理论。多民族文学研究,意指包括汉族文学在内的各民族文学的整体研究。

多民族文学研究是中国民族文学研究的新阶段。有学者指出,中国少数民族文学研究,自新中国成立之后,经历了四个先后出现又并行不悖的阶段:"各民族民间文学的搜集、整理和各民族族别文学史编写;各少数民族文学现象和成果的专题性研究及各民族文学综合性史论的出现;各民族文学关系研究;多民族文学研究。"②

---

① 《中华人民共和国宪法》,人民出版社1982年版,第7页。
② 李晓峰、刘大先:《中华多民族文学史观及相关问题研究》,中国社会科学出版社2012年版,第21页。新中国成立以来,有关少数民族文学的研究包括各少数民族文学史书写、少数民族文学个案研究、少数民族文学整体研究、少数民族文学研究理论探讨等。少数民族整体研究成果有毛星主编《中国少数民族文学》(湖南人民出版社1983年版)、吴重阳《中国当代民族文学概观》(中央民族学院出版社1986年版)、中南民族学院编著《中国当代少数民族文学史稿》(长江文艺出版社1986年版)、梁庭望《中国少数民族文学概论》(中央民族大学出版社1998年版)、特·赛音巴雅尔《中国少数民族当代文学史》(十月文艺出版社1999年版)、马学良《中国少数民族文学史·修订本》(中央民族大学出版社2001年版)、梁庭望《中国少数民族文学》(山西教育出版社2003年版)、李鸿然《中国当代少数民族文学史论》(云南教育出版社2004年版)、吴重阳《中国少数民族现当代文学研究》(中央民族大学出版社2013年版)。少数民族文学研究理论著述包括赵志忠《中国少数民族文学研究的回顾与展望》(《内蒙古民族师院学报·哲社版》1998年第1期);吕微《中国少数民族文学史研究:国家学术与现代民族国家方案》(《民族文学研究》2000年第4期);姚新勇:《追求的轨迹与困惑——"少数民族文学性"建构的反思》(《民族文学研究》2004年第1期);曹顺庆《三重话语霸权下的少数民族文学研究》(《民族文学研究》2005年第3期);徐新建《表述与被表述——多民族文学的视野与目标》(《民族文学研究》2011年第2期);李晓峰《危机·穿越·认同——"阿库乌雾现象"的文化思考》(《当代文坛》2013年第3期);刘大先《现代中国与少数民族文学》(中国社会科学出版社2013年版)。

二 本书为区域实证研究

中国多民族文学研究成果不少。理论上的成果集中于对多民族文学史观内涵与外延、价值和意义的探讨。2007 以来，关纪新、徐新建、郎樱、朝戈金、李晓峰、欧阳可惺、王瑜等人先后参与了"多民族文学史观"的讨论。① 他们"从中华多民族文学史观的重要性、中国文学史写作中多民族文学史观的缺失、中华多民族文学史观下文学史写作的方式和可能等多种角度，对中华多民族文学史观展开了热烈讨论"。② 2012 年李晓峰、刘大先出版的《中华多民族文学史观及相关问题研究》一书，是此次讨论的

---

① 自 2007 年第四届多民族文学论坛举办以来，《民族文学研究》期刊连辟专栏，对中华多民族文学史观加以讨论。《民族文学研究》2007 年第 2 期上发表了关纪新《创建并确立中华多民族文学史观》、徐新建《"多民族文学史观"简论》，第 3 期发表了李晓峰《多民族文学——中国文学史观的缺失》，第 4 期发表了郎樱《多元一体中华民族文学史的体认与编纂》、朝戈金《"中华多民族文学史观"三题》。2008 年第 2 期发表了欧阳可惺《当代中国多民族文学史观建构的思考》，第 4 期发表了李晓峰《中华多民族文学史观的理论基础及其内涵》。

② 李晓峰、刘大先《中华多民族文学史观及相关问题研究》，中国社会科学出版社 2012 年版，第 10 页。关纪新从文学事实、学界研究、时代政治三方面需要出发，讲清了确立中华多民族文学史观的重要性与迫切性，并指出此文学史观中的十大超越性及建设此史观的相关路径。参见关纪新《创建并确立中华多民族文学史观》(《民族文学研究》2007 年第 2 期)、《关于中华多民族文学史观的理论构建》(《西北第二民族学院学报》2008 年第 3 期)、《沟通：中华多民族文学史观建设的必要一环》(《甘肃社会科学》2009 年第 5 期)。徐新建认为"中国文学史"是重构国家的一种手段，"文学史观"是国家意志和学者意志的体现，并从"多民族""多历史观""多文学"三个关键词着手对多民族文学史观的含义和诉求进行了探讨。参见徐新建《"多民族文学史观"简论》(《民族文学研究》2007 年第 2 期)。郎樱认为："长期以来，少数民族文学从未进入过文学史。这有诸多原因，其中，文学史的主创们尚未树立多民族文学史观是主要原因。"参见郎樱《多元一体中华民族文学史的体认与编纂》(《民族文学研究》2007 年第 4 期)。朝戈金指出理解和建构多民族文学史观要注意文化多样性、口传文学和文化立场三个问题。参见朝戈金《"中华多民族文学史观"三题》(《民族文学研究》2007 年第 4 期)。李晓峰在指出大部分中国文学史具备"一种遮蔽了本真形态的'伪结构'"的同时，认为中国多民族文学史应该体现文化、语种、文学形态多样性以及多民族整体特征。李晓峰并论述了多民族文学史观的法理、学理、学科基础，以及内涵和外延。参见李晓峰《多民族文学——中国文学史观的缺失》(《民族文学研究》2007 年第 3 期)、《中华多民族文学史观的理论基础及其内涵》(《民族文学研究》2008 年第 4 期)。欧阳可惺认为多民族文学史观中的多民族不是指对象的多，而是"文学史写作中面对多民族文学关系的批评观念"。参见欧阳可惺《当代中国多民族文学史观建构的思考》(《民族文学研究》2008 年第 2 期)。王瑜认为"中华多民族文学史观"过多受到了民族学和社会学影响，没能从史学和文学史应承担的人文精神传递等层面加以审视。参见王瑜《"中华多民族文学史观"研讨的局限及反思》(《北方民族大学学报》2009 年第 3 期)。刘大先则注意到了多民族文学史观是在特定社会及其意识形态意义交换联结的网络中产生并发挥影响的文学史观之一种。

大集成。①

实践上的成果主要在于多民族文学关系研究和多民族文学史书写。关系研究有马学良、梁庭望等人编著的《中国少数民族文学比较研究》，邓敏文、罗汉田、刘亚虎著《中国南方民族文学关系史》，郎樱、扎拉嘎主编《中国各民族文学关系研究》，郎樱著《中国北方民族文学比较研究》，扎拉嘎著《比较文学：文学平行本质的比较研究——清代蒙汉文学关系论稿》，云峰著《元代蒙汉文学关系研究》。② 文学史书写有 2013 年张炯等人主编的《中国文学通史》（12 卷本），将多民族文学理念与国家文学史书写结合，将多民族文学研究推进了一大步。③

但这些研究都偏重历史、忽略当下，对当下文学事实跟进不够、把握不深、剖析不足。

2004 年首届多民族文学论坛在四川大学举办时④，汤晓青、关纪新便指出，多民族文学研究在"多民族文学观念的确立、方法论的深入探讨、学科视野的拓展上都取得了较好的推进，但是对于各少数民族文学发展当下现状缺少一个较为具体和详细的描述，因为毕竟多民族文学的研究最终要落实到对于当前多民族文学发展的关怀"。⑤ 2008 年第五届论坛上，关纪新再次提醒："要想让主流文学研究界认识多民族文学研究的重要性，认识多民族文学史观的要义，就得力戒空谈，拿出我们足以服人的学术'干货'。"⑥ 徐新建

---

① 李晓峰、刘大先所著《中华多民族文学史观及其相关问题研究》一书，"第一次系统地提出、分析和论证了中华多民族文学史观这一理论命题"，并从中华多民族文学史观出发，检视和反思了当前中国文学史书写和少数民族文学创研等诸多"相关问题"。参见李晓峰、刘大先《中华多民族文学史观及其相关问题研究》，中国社会科学出版社 2012 年版。
② 参见马学良、梁庭望编著《中国少数民族文学比较研究》，中央民族大学出版社 1998 年版；邓敏文、罗汉田、刘亚虎《中国南方民族文学关系史》，民族出版社 2001 年版；扎拉嘎《比较文学：文学平行本质的比较研究——清代蒙汉文学关系论稿》，内蒙古教育出版社 2002 年版；郎樱、扎拉嘎主编《中国各民族文学关系研究》，贵州人民出版社 2005 年版；云峰《元代蒙汉文学关系研究》，民族出版社 2005 年版；郎樱《中国北方民族文学比较研究》，民族出版社 2011 年版。
③ 该书贯通古今，是中国文学史在多民族文学史观下重新写作的具体实践，体现了多民族（56 个民族）、多地区（包括港澳台地区）、多文学观以及多元影响。参见张炯《重新认识中国文学史——写在〈中国文学通史〉12 卷本出版之际》，中国作家网（http://www.chinawriter.com.cn）。
④ 首届多民族文学论坛发起人为时任中国社会科学院《民族文学研究》编辑关纪新和四川大学文学与新闻学院教授徐新建。
⑤ 刘大先：《2004 年首届"中国多民族文学论坛"综述》，中国民族文学网（http://iel.cass.cn）。
⑥ 刘大先：《第五届"中国多民族文学论坛"综述》，中国民族文学网（http://iel.cass.cn）。

也强调，在理论推进的同时，应该多以个案充实完善，要逐步将有关多民族史观的理论思考延伸拓展至现实。① 2012年第九届论坛上，徐新建再次强调："多民族文学史观是一个既有的基础。但这还不够。因为不能只是被动和消极地从文学史角度阐释多民族文学。我们应该有一个完整的多民族文学理论。这个理论不仅仅关注少数民族问题，而应该整体地审视包括汉民族在内的文学与文化。遗憾的是这样的理论至今未能建立起来。"② 他认为，要从多文化整合的视野来创建中国多民族文学的理论话语。"所谓话语，还不仅仅是理论的表述，而是包括了社会实践在内的完整体系。"③ 由此，他希望学界同行在既有理论基础上，尽快迈向实证阶段。

由此，"重当前、重实证、戒空谈、出个案"，是多民族文学研究者亟须走的路子。然而，以中国当下多民族文学为研究对象且进入了现场空间进行研究的人寥寥无几。杨义、梁庭望、关纪新三位学者，虽以多民族文学为研究对象且进入了具体空间，如杨义"重绘中国文学地图说"④、梁庭望"中华文学板块说"⑤、关纪新主编《二十世纪中华各民族文学关系研究》，从地理空间、文

---

① 徐新建：《汇集·扩展·宽容——第五届"中国多民族文学论坛"的观察和展望》，《重庆文理学院学报》2010年第4期。
② 张海燕、刘大先、王明科：《丝路佑古城论坛耕新学——第九届"中国多民族文学论坛"综述》，中国民族文学网（http://iel.cass.cn）。
③ 同上。
④ 多年从事中国汉族和少数民族文学研究的杨义先生，于新世纪初提出"大文学观"和"重绘中国文学地图"说。其《重绘中国文学地图通释》（当代中国出版社2007年版）一书，对"重绘"的文化根据和学理构成进行了周密论证，指出"重绘"是源于以往文学史的缺陷：基本为汉族书面文学，忽视文学空间、忽视边缘、未进入文化层面。认为，眼下的中国文学研究需要以重绘中国文学地图为目标，最终达到如地图一般对中华民族文学的幅员和风貌的整体性基本认知。此整体认知是对文学本质特征、生命过程、生存状态、总体面貌的认知。提出"一目三纲四境"：即必须在"大文学观"前提下考察文学的时空、中边、表里三问题，必须开拓文学的民族学、地理学、文化学、图志学研究。"重绘说"从理论和方法上都暗合了多民族文学史观及文学史的书写。
⑤ 梁庭望在《中华文化板块结构与中国文学关系研究》（民族出版社2011年版）一书中，将中华文化分成四大文化圈十一个文化区。四大文化圈以中原旱地农业文化圈为主体为中心，以北方森林草原狩猎游牧文化圈、西南高原农牧文化圈、江南稻作文化圈三个少数民族文化圈为环侧。四大文化圈互相勾连，互相融合，则中国文学史应该是以中原文化圈为主体的多民族文学史，不能只是中原汉族文学史。梁庭望从自然地理空间出发，以图谱的形式将中国文学的区域特色和相互关系直呈出来，最终得出"多民族"交往互动的"文学事实"，为中国多民族文学研究的文学地理学典型模式。2008年中央民族大学博士生吴刚的博士学位论文，讨论了中华文化板块结构下的文学特征。这是对梁庭望先生文化板块结构的实际应用。

化区隔、行政区划三个角度考察了中国多民族文学，但却对当下多民族文学发展现场涉入不深。[①]

对当下中国多民族文学区域有较深进入的有新疆夏冠洲、贵州徐新建等人。夏冠洲编著《新疆当代多民族文学史》，被誉为区域多民族文学整体研究的先头之作[②]——实际上，1989年徐新建组织编撰的《贵州文学面面观》[③]，即已把行省文学作为一个区域单位来论说。徐新建并在《地域与文学——关于"贵州文学"的思考》（1999年）一文中提出了贵州文学的多民族特性，认为当时所谓的贵州文学作家并不能整合贵州省内的地域民族文化，因而严格意义上的贵州地域文学并未诞生。除此以外，湖北、云南等地的研究者也展开了区域多民族文学研究。然这些研究，和前二位一样，属静态研究，多是文学评论。

所以本书承继以上学统，希冀进入一个多民族文学现场进行研究，进行实证研究、活态研究。

三　研究对象、方法与意义

本书对四川省多民族文学现场进行了一次调查与研究。笔者用时二年（2014—2016），考察了汉、彝、藏、羌四个民族作家主要活动场所：成都市（汉族）、凉山州（彝族）、甘孜州（藏族）、阿坝州（藏族羌族）。综合运用文学人类学、文学社会学、文学地理学、比较文学、多民族文学等理论和方法，采用文献研究、历史研究、民族志研究、区域研究、整体研究，对四市州主体民族文学的发展状貌作了一次描述、归纳、比较与分析，从而展现其不同的发

[①] 从行政区划入手研究文学，自20世纪90年代已兴起。当时的重要成果是严家炎主编的"二十世纪中国文学与区域文化丛书"（湖南教育出版社1995年版），内里包括李怡的《现代四川文学的巴蜀文化阐释》，逢增玉的《黑土地文化与东北作家群》，朱晓进的《"山药蛋"派与三晋文化》，李继凯的《秦地小说与"三秦文化"》，费振钟的《江南士风与江苏文学》，魏建、贾振勇的《齐鲁文化与山东新文学》，刘洪涛的《湖南乡土文学与湘楚文化》，马丽华的《雪域文化与西藏文学》等。行政区域文学史则有《湖北文学史》《湖南文学史》《辽宁文学史》《东北文学史》等。从区域多民族文学入手进行文学研究的，晚近得多。

[②] 参见夏冠洲、阿扎提·苏里坦、艾光辉主编《新疆当代多民族文学史》，新疆人民出版社2006年版。

[③] 参见徐新建等编著《现状与构想：贵州文学面面观》，贵州人民出版社1989年版。

展过程、发展状态与发展水平，呈现了四川多民族文学的发展状貌、特点。

本书既注重文学人类学调查，也注重文学本体空间的考察。由外而内，由文学现场到文学作品，展示四川多民族文学的特点、成就及其存在的问题，思考文学和政治、区域、民族身份的关系，思考多民族文学的未来。其意义与价值在于：

考察四川可通观中国。中国幅员辽阔，民族众多，总体考察当代中国多民族文学有一定难度。从国家一二级行政区入手，则不仅可为建构中国多民族文学整体地图提供局部图画，还可为多民族国家制定和推行民族文学政策提供参考样本，为多民族文学"如何民族"和"如何文学"提供一些思考。同时，本书还可为中国多民族文学研究提供一些新思路。本书的价值还可归纳为以下几点。

1. 从志到史，书写多民族文学民族志，为当代中国多民族文学史留下一些现场资料。

2. 从政治、经济、文化等角度考察文学发展的外部因素，寻找影响文学发展的多重力量，为多民族文学的政策制定提供依据。

3. 展现多民族作家之间的交往，展现多民族区域内的多重文学关系，为多民族国家和谐、统一提供例证。

4. 展现区域多民族文学发展状貌、特点、成就的同时，呈现问题，为多民族文学发展提供思考。

四　本书框架

本书包括绪论、六章及结语。

绪论点明文学人类学学科背景，阐述本书两个关键词：多民族研究、区域实证研究。第一章概述四川省15个世居民族文学的前世今生，新世纪四川多民族文学的区域发展态势。第二至五章分别论述四川省成都市汉族文学、凉山彝族自治州彝族文学、甘孜藏族自治州藏族文学、阿坝藏羌自治州藏羌文学的产生发展过程、传播推广情况、创作特点及水平。第六章总结四川省多民族文学的发展特点。结语提出问题。

第一章　四川多民族文学的前世今生

　　四川，不是自古便有。四川是一个变动不居的行政空间。

　　自秦汉开巴蜀，南宋称"四川"，四川的辖区和边界屡有变化。① 1949年，新中国成立，次年，四川解放。1955年，原西康省金沙江以东各县划归四川省。② 1997年，重庆直辖，川渝分治。目前，四川省下辖21个市（州）、183个县（市、区），辖区面积48.6万平方千米。2013年年末，四川常住人口8107万。③

　　四川地处中国西南、长江上游，是青藏高原向长江中下游平原过渡地带，地理形态复杂④，自然环境得天独厚⑤，在历史上享有重要的军事战略地位⑥。经数千年的族群迁徙和数次大移民，四川成为族群大融合之地。在这片土地

---

　　① 南宋时设"川峡四路"，即益、梓、利、夔四路，合称"四川路"。"四川"由此得名。南宋时四川路涵盖陕西汉中、湖北、贵州和云南部分地区。彼时若尔盖、马尔康、丹巴、西昌以西属吐蕃，西昌、石棉、冕宁、美姑、普格、德昌、昭觉、会理、盐边、攀枝花以南等地属大理。自南宋到明清、民国，四川疆域时大时小，其涵盖区域断断续续囊括今重庆、陕西、湖北、贵州和甘肃、云南部分地区。

　　② 1914年，康定以西30个县划为川边特别区，受四川省节制。1939年，川边特别区改建为西康省，此后10年川康分治。1955年，川康合并，西康省金沙江以东各县划归四川省。

　　③ 参见《2013年四川省国民经济和社会发展统计公报》，四川省统计局网（http://www.sc.stats.gov.cn/tjxx/zxfb/201403/t20140304_15696.html）。

　　④ 全省可分为东部四川盆地、川西北高原和川西南山地三大部分。

　　⑤ 汉时四川境内设益州五郡，巴蜀得"天府之国"美誉。唐时四川属益州，有"扬一益二"的说法。

　　⑥ 战国时，秦王占有巴蜀而取楚。《战国策·秦策》所谓："其国（巴蜀）富饶，得其布帛金银，足供军用，水通与楚，有巴之劲卒，浮大船以东向楚，楚地可得。得蜀则得楚，楚亡而天下并矣。"于是秦惠王入蜀，秦昭王开巴蜀，"蜀既属秦，秦日益富厚而制诸侯"。汉高祖刘邦从汉中举兵北上时，巴蜀为其后勤保障基地，萧何留在蜀地负责军粮。隋唐开国，四川为战略基地，唐时四川剑南道为唐王朝防御吐蕃东扩、抑制南诏北侵的重要阵地。

·9·

上，有丰富多元的民族文学传统。

古代，由于分属不同文化系统，且不同民族之间的文化区隔和地理区隔，四川各民族文学之间很少交流和往来。特别在中原中心主义和大汉族中心主义的影响下，非汉民族长期处于受歧视和被排斥的境地，古代四川少数民族文学很少进入中原史志。

当代，政治语境改变，民族政策改变，四川各民族文学得到不同程度发展：少数民族相继产生汉语作家和母语作家；汉族作家承继现代汉语文学表达，继续表现。到20世纪80年代，四川多民族作家涌现。21世纪，多民族作家倚靠区域、同中有异的传播模式得到外界关注。

第一节　古代四川境内多民族文学

漫长时空，今日四川境内，曾活跃过许多动人身影：巴、蜀、賨、邛、筰、冉駹、氐、羌、僰、僚、叟、昆明、吐蕃……①烟云涣散，族群变迁，有的消失了、融合了，有的仍坚守着本族独特。经民族识别，今日四川世居民族有15个，按人口多少，依次为汉、彝、藏、羌、苗、回、蒙古、土家、傈僳、满、纳西、布依、白、壮、傣。②

15个民族分别居于不同地区。汉族人口最多，主要分布在四川省成都平原、川东、川南、川北各地。其余14个民族散居或聚居于各地：川西青藏高原东南缘的甘孜民族自治州是藏族聚居地，川西北青藏高原东南缘、横断山脉北端的阿坝民族自治州是藏族、羌族聚居地，川西南横断山脉东边、大小凉山和安宁河流域为彝族聚居地。另外，川南泸州、宜宾有苗族聚居地，川北达州有土家族聚居地。而蒙古族、傈僳族、满族、纳西族等族人群，则散居于川西南凉山州和攀枝花一带。

---

① 统计于蒙默等人所著《四川古代史稿》，四川人民出版社1988年版。
② 还有些未获得独立民族称谓的族群，如平武白马人。虽民族识别时认定其为白马藏族，但白马人并不认同。

1997年后四川省民族分布图，如下图所示：

四川省民族分布图

由于各民族地理生态、发展轨迹、历史境遇不同，民族意识、民族性格、审美心理不同，文学观念、文学形式、文学内容和创作手段不同，因而，四川省内各民族文学大有不同。

三千多年前，今日四川境内已经有了鲜明独特的古蜀文明：以三星堆、金沙遗址为代表，呈现出今日已经无法辨认的"巴蜀图语"。有禹出西川、蜀王五祖、蚕女传说、五丁开道、李冰治水等传说，有蜀王为山精所化之妃作《东平之歌》《臾邪歌》《陇归之曲》等歌谣舞蹈。据考证，《山海经》是蜀楚神话传说大集合。①

---

① 参见蒙文通《略论〈山海经〉的写作时代及其产生地域》，《中华文史论丛》第1辑，中华书局1962年版，第43—70页。

公元前316年，秦人入侵巴蜀①，四川地区与中原文化有了亲密接触。汉景帝末年，文翁入蜀，兴办教育，选贤举能，蜀学大兴，"蜀学比于齐鲁"。②两千多年来，巴蜀大地相继涌现出许多卓尔不凡的汉语文学家：汉有辞赋家司马相如、王褒、扬雄；唐有诗人陈子昂、李白，宋有铜山三苏和眉山三苏③，明有杨慎④，清有李调元⑤。另有唐代女诗人薛涛、文学家段成式、马鉴⑥；宋代文学家文同、吕陶、宇文虚中、苏过、苏籀、家铉翁、陈尧叟、陈尧佐、陈尧咨、高定子、高斯得、唐庚、张商英、任渊、杨天惠、梅挚、李舜臣、牟子才、冯时行、度正、文及翁、李石⑦，经学家陈抟、张行成、张栻、魏了翁，史学家三范二李⑧、王称、史炤、杜大珪、吴缜、李攸、张唐英、彭叔融、李埴；明朝文学家邹智、赵贞吉、来知德，明初"吴中四杰"杨基，嘉靖初"八才子"熊过⑨、任翰，嘉靖"后五子"张佳胤，"袁氏公安派"黄辉，竟陵派范文光、庄祖谊、余怀、吕潜；清朝文学家费密、费锡琮、锡璜父子、李钟璧、钟峨父子、彭端淑⑩、彭肇洙、彭遵泗⑪、张问陶⑫。

---

① "巴蜀"之称始于战国。《战国策·策一》记载："苏秦始将连横，说秦惠王曰：大王之国，西有巴蜀汉中之利，北有胡貉代马之用，南有巫山黔之限，东有崤函之固……此所谓天赋，天下之雄国也。"《华阳国志》记载，杜宇王朝时期的巴蜀大地东至奉节，西抵峨眉山、嶓冢山，南接贵州，北连陕西。秦置巴郡、蜀郡，以奉节—黔涪—青衣—秦岭为界。可见，今日四川省大于巴蜀，今日四川省西、南、北部边区，并不在"巴蜀"范围内。1997年重庆直辖，巴东和巴西郡被分出，巴蜀和四川更是无法画等号。

② 参见常璩《华阳国志》卷3《蜀志》。《蜀志》载：文翁为蜀守，"遣隽士张叔十八人东诣博士受七经，还以教授……（张）叔明天文、灾异，始作《春秋章句》"。《蜀志》又载：汉时成都县"立文学，学徒八百人"。《汉书·地理志第八下》载：蜀地文学逐步光耀神州，"及司马相如游宦京师诸侯，以文辞显于世。乡党慕循其迹。后有王褒、严遵，扬雄之徒，文章冠天下"。蜀地人民"文化弥纯，道德弥臻"。

③ 中江三苏为苏易简、苏耆、苏舜钦；眉山三苏为苏洵、苏轼、苏辙。

④ 杨慎，明代三才子之首，著《升庵集》。

⑤ 李调元著《童山文集》《诗集》《蜀雅》。

⑥ 段成式著《酉阳杂俎》，马鉴作《续使始》。

⑦ 李石继张华《博物志》之后写成《续博物志》。

⑧ 三范：范镇、范祖禹、范冲。二李：李焘、李心传。

⑨ 熊过著《南沙集》《春秋明志录》《周易相旨决录》。

⑩ 彭端淑著《白鹤堂诗文集》。

⑪ 彭遵泗著《蜀碧》《蜀故》《丹棱县志》。

⑫ 张问陶著《船山诗草》《船山诗草补遗》。

其他民族文学也多姿多彩。按人口由多到少，将 14 个民族文学传统依次罗列如下：

（一）彝族文学

彝族主要分布在川西南大小凉山和安宁河流域。唐时称乌蛮①，元代称罗罗②，明朝称倮罗③。新中国民族识别后，称彝族。

彝族文学以民间文学为主，有《勒俄特依》④《玛牧特依》《妈妈的女儿》《幺表妹》《阿史拉则》等长诗，有谚语诗歌"尔比尔吉"⑤，民歌《阿罗阿沙》《阿姆尼惹》，情歌《呷，表妹蒙渣》⑥，山歌调、赛歌调、对唱调等。神话有《阿俄署布》《洪水漫天地》《居木武吾》等。风俗传说有火把节的来历，英雄传说有支格阿龙的故事⑦。童话有《仔鸡们》。另有"克哲""博葩"等在各种仪式和场合口头演述的活态文本。⑧

彝族的书面文学产生很早。彝族人早就创造出了属于本族的语言文字和文学样式："爨文"和毕摩经书。但由于彝族的书面文学主要与毕摩活动相关，许多神话传说、民间故事、尔比、克哲、诗歌等保留在毕摩文献中，因而未能在人民大众中得到普及，也未能得到广泛发展。

---

① 唐时，南诏攻下嶲州，迁乌蛮、白蛮入川西南。《元史》卷 61《地理四·云南诸路行中书省》记载："立城曰建昌府（今西昌市），以乌、白二蛮实之。"《新唐书》卷 222 下《南蛮下》记载：乌蛮"女子被发，皆衣牛羊皮。俗尚巫鬼，无跪拜之节"。乌蛮语与汉语不通，"其语四译乃与中国通"。

② 《说郛》卷 36 记载：罗罗族人"配双刀，喜斗好杀，父子昆弟之间一言不相下，则兵刃相接，以轻死为勇……有疾不识医药，惟用男巫，号曰大奚婆，以鸡骨占吉凶，酋长左右斯须不可缺，事无巨细皆决之"。

③ 据雍正《四川通志》卷 19《土司》附明朝范守已《九夷考》记载："（倮罗）婚姻以牛羊毛为聘。死葬不用棺椁，以锦帛缠之烧化，以土掩之，乃刻木，以羊毛线缠系为祖宗，每岁六月二十四日宰牛羊祭之。夜燃炬聚饮。"

④ 彝族的史诗，也称"创世经"。叙述了宇宙起源、祖先迁徙等十二个神话故事。主要流传在金沙江南北两岸的大小凉山彝区。长期以来一直在历时性的书写传承与现时性的口头演进中发展，并依托民间仪式生活中的"克智"（口头论辩）而得到广泛的传播和接受。参见冯元蔚译《勒俄特依》，四川民族出版社 1986 年版。

⑤ 一种谚语诗歌，五个音节一句，有押韵。

⑥ 歌唱一对呷西恋人的无畏真挚的爱情。

⑦ 支格阿龙是一个能射日射月、战胜毒蛇猛兽、制服天灾的彝族英雄。

⑧ 王菊：《比较文学视野下的彝族文学研究》，民族出版社 2013 年版，第 19 页。

（二）藏族文学

藏族主要分布在川西和川西北，即今日甘孜州全部、阿坝州大部（除茂汶一带）、凉山州木里县，人口约 140.8 万。[1] 藏族人进入今日四川境内是在唐朝，吐蕃王朝由西向东扩展时期。到宋朝，吐蕃已占有川西和川西北大片土地。在汉文献中，藏族人常被记作吐蕃、西番、番、土民、番民、夷人。[2] 元朝，吐蕃归附，称乌思藏。清朝康熙年间，称西藏。

关于藏族文学，唐《通典》称其"无文字，刻木结绳为约"[3]。称文成公主嫁于吐蕃赞普松赞干布后，"仍遣酋豪子弟请入国学，以习《诗书》"[4]。实际上，就在唐王朝时期，也就是公元 8 世纪左右，吐蕃赞普松赞干布便命大臣屯弥等人仿照天竺梵文和西域文章创制藏文，以翻译佛经、记载文物、历史。吐蕃王朝并"教民习书"，"读经书，学文字，明其义理"。[5]

藏族书面文学多与宗教活动和宗教人士有关。在今四川省阿坝州境内，民国时仍然是"除僧人外，其余人都不知书，不识字，有事只以口授"。[6] 阿坝州格尔底寺第八世活佛罗让成烈（1849—1905 年），一人便著有《三十五类修饰法例句·圣哲心之庆喜》《极乐世界颂·如海信仰》《克珠曲吉加波赞·贤者颈饰》《教主祈辞道歌》《菩提龙王宫甘露药泉圣地礼赞颂文》等作品。格尔底寺僧人阿旺罗桑也有诗学理论专著《诗学三章举例》。阿坝地区籍僧人色曲·贡秋嘉措也著有宗教寓言故事《牦牛·绵羊·山羊和猪的故事》（1810 年木刻版）[7]。甘孜州境内的德格印经院，印制了包括《大藏经》在内的书籍共 326 部，4500 多种。[8]

除书面文学外，藏族民间叙事也很丰富。最有名的当属《格萨尔王》史诗。

---

[1] 参见四川省统计局编《四川省 2010 年人口普查资料》，中国统计出版社 2012 年版。
[2] 参见李宗放《四川古代民族史》，民族出版社 2010 年版，第 584 页。
[3] （唐）杜佑：《通典》卷一百九十《边防六·西戎二》，中华书局 1988 年版，第 5173 页。
[4] 同上。
[5] 索南坚赞：《西藏王统记》，刘立千译，西藏人民出版社 1985 年版，第 47 页。
[6] 民国《松潘县志》卷 4《土司》。
[7] 参见黄新初主编《阿坝文化史》，四川民族出版社 2006 年版，第 267 页。
[8] 四川省民族研究所编：《四川少数民族》，四川民族出版社 1982 年版，第 29 页。

甘孜藏区还有贡嘎山、雪波神女峰、二郎山、墨尔多神山、伍须海等神山圣水神话，有太阳、月亮、地和人的来源神话，有洪水冲天神话，还有松赞干布、赵尔丰等人的传说。有家喻户晓的《阿扣登巴的故事》《茶和盐的故事》《猴鸟的故事》。音乐舞蹈有民歌、草地锅庄舞、巴塘弦子舞等，还有藏戏。白马藏族有《阿尼·措》《阿尼·格萨》的传说，嘉绒藏族有《阿尼·格东》的故事。

（三）羌族文学

羌族主要分布在川西北和川北一带，也就是今日阿坝与绵阳一带。羌族无文字，但有口头文学。有本族神话如《羌戈大战》与《嘎尔都》《木姐珠与燃比娃》《人神分居的起源》，也有羌人迁川故事与大禹王传说。民国《汶川县志》记下羌人歌谣："青铜钏子圆又圆，借给小哥戴两年，铜盆洗脸钏子响，好比小妹在眼前。"[①]

羌人与蜀人关系密切，汉文化对羌文化影响很大。早在秦朝时，今阿坝州松潘茂汶一带已属蜀郡。汉以后，历朝历代都在羌地设郡县州。文献记载，茂州羌戎之人，"贫下者冬则避寒入蜀佣贷自食，故蜀人谓之作氐"[②]。宋朝时，羌人"好弓马，以勇悍相尚，诗礼之训阙如也"，后"渐渍声教，耕作者多"[③]。"声教"，即受汉文化熏陶。及明代，叠溪羌民"近渐染声教，习尚衣冠，远者不通汉语……"[④] 近代，羌族诞生了一批汉语写作者，如清朝嘉庆高氏五子、赵万轰、高体全、董湘琴等人。[⑤]

（四）其他民族文学

苗族文学。苗族主要分布在川南川东黔、涪、巴、夔之间。苗族无文字文学，但有古歌传说等口头文学。文献记载，苗人送葬时有乐曲，"其行伍前

---

① 民国《汶川县志》卷5《风土》。
② 《太平寰宇记》卷78《剑南西道七》。
③ 同上。
④ 嘉靖《四川总志》卷16《经略志》。
⑤ 董湘琴著有《松游小唱》。参见李明、林忠亮等编著《羌族文学史》，四川民族出版社1994年版。

却，皆有节奏，歌吟叫呼，亦有章曲"①。

回族文学。回族在元代入川，随后遍布各地，俗称"回回"。清朝，更多回族迁入四川，主要集中在成都府、宁远府、松潘府、保宁府、重庆府。回族人习俗好洁，言行谨严，信仰伊斯兰教，有宗教经典《古兰经》。《金川县志》记载，绥靖屯（今金川县）回民，"聘请新都唐家寺马万明阿訇为'伊玛目'（教长）来寺主持教务，招收回族青少年学习'古兰经'"②。回族用汉字和阿拉伯文书写③。西昌回族中"能书擅画者，代不乏人"。西昌回民既普遍使用汉文，也使用本族字母文字"小儿锦"（西昌穆斯林称为"拐棍儿""消梢儿"）。并"仿汉俗，建祠堂，写家谱，排字辈，定家法，设族长、方丈，维系父系血缘"④。成都境内回民"近则文学文秩正复不少，且与本邑人民耦，俱无猜"⑤。叙永县回民"不啖豕，不饮酒，寡嗜欲，各守戒律，与汉人杂居，衣冠语言无殊，而尤和好无间"⑥。叙永县回民还产生了三个秀才：马松生、马松甫和马图⑦。

蒙古文学、满蒙旗人文学。四川蒙古族，一部分是元朝大军后裔，一部分是清朝入川旗人。由于远离故土，与周围族群杂居，蒙文失落，多为汉文满文书写。清朝入川的满族旗民精通满汉两种文字，并多有人才⑧。同治年间重修的《成都县志》卷7《人物志第八·行谊》记载，满洲镶黄旗德福，笃学不倦，诲迪多士，译有清汉幼学等书。满洲镶黄旗联昌，为官学教习，多成就，后学人钦之。满洲镶红旗多庆，平生好学，作八旗官学正，教习五十余年……⑨刘显之《成都满蒙族史略》（电子稿）中录有：奎荣，正红旗蒙古人，翻译进

---

① 《隋书》卷31《地理下》。
② 《金川县志》，民族出版社1994年版，第243页。
③ 《西昌市志》，四川人民出版社1996年版，第933—938页。
④ 同上书，第933页。
⑤ 同治重修《成都县志》卷首《例言》，卷5《选举志第七·武秩》。
⑥ 民国《叙永县志》卷4《文化篇·宗教·种族》。
⑦ 参见马孝《回族定居叙永概况及风俗习惯》，《叙永县文史资料选辑》第二十一辑，第56页。
⑧ 清朝规定满文为"国语"，与汉文共用。清同治重修《成都县志》卷4《职官志第六·政绩》记载："八旗：冠婚丧祭，满洲、蒙古各遵祖法，节文虽异，皆不逾礼。宗族姻娅颇相亲睦，交游重义，酬答必丰。其俗俭约，不尚奢靡。其人憨直，不好私斗。巧于树艺，亦习诗书，骑射最精，果勇善战。"
⑨ 李宗放：《四川古代民族史》，民族出版社2010年版，第561页。

士；曾穆特恩，正黄旗满洲人，文章秀才；荣安，正蓝旗满洲人，举人；荣恒，正蓝旗满洲人，举人；哲克登额，镶蓝旗蒙古人，成都驻防三百年来仅有的文章进士，作《廿四史述赞》《易经经义》《论说春秋五十凡例》《历代治河论》等。满蒙旗人还参与了《成都县志》的编撰工作。清朝时，满族还有名满成都的戏剧演员周名迢，满洲正蓝旗人；评书家白超脱，满洲正蓝旗人。

土家族文学。土家族主要居于川东。1997年重庆直辖后，土家族大部划归重庆，四川达州市有土家族约8万人。① 土家族人是巴人后裔，无本族文字。文学传统是用土家语创作的民间口头文学，主要有歌谣、叙事诗、神话、传说、故事和戏剧等。② 歌谣中以"摆手歌"最为有名，是土家族的创世歌，"歌唱创造人类世界的过程、民族祖先大迁徙的经历、一年四季的生产活动和土家族英雄人物的故事等。"③ 除古歌之外，土家族民歌大部分采用汉语进行歌唱和创作。④ 自先秦开始，土家族的祖先巴人便与中原汉文化有了交流。唐时刘禹锡被流放"巴山楚水"时，还借鉴巴人《竹枝》歌舞作《竹枝词》，盛行一时。

纳西族文学。纳西族，古称摩沙夷、茹库、末些、磨些，在今川南盐源、盐边、木里至金沙江一带。纳西族有东巴文和《东巴经》。汉语文献记载，纳西族多歌舞："正月十五日登山祭天，极严洁，男女动百数，各执其手，团旋歌舞以为乐。"⑤ 另据清道光年间《盐源县志》记载，磨些土司学习汉文化，受汉文化影响深："蛮荒雅化近振振，解读诗书学汉人。堪羡八家诸子弟，竹林同伴采香芹。瓜别、中所、右所各土司皆教民读书，右所八仕昌之胞弟并侄俱为诸生。"⑥

白族文学。白族，古时称白蛮。古代汉文文献对其记载较少，认为其精通佛教："佛教甚盛，戒律精严者名得道，俗甚重之。"⑦ 另据研究，清代川

---

① 截至2011年年末，达州市有土家族8.1万人，占少数民族总数94.1%，有宣汉县三墩、漆树、龙泉、渡口4个民族乡，另有宣汉县樊（口会）镇、漆碑乡2个少数民族聚居乡镇。参见《达州年鉴》，2012年，第153页。
② 彭南均：《土家族文学简介》，《吉首大学学报》1980年第1期。
③ 同上。
④ 同上。
⑤ （元）李京：《云南志略辑校》，王叔武校注，云南民族出版社1986年版，第93页。
⑥ 道光《盐源县志》，陈应兰稿《盐源竹枝词》，同治十三年抄本，盐源县档案馆藏。
⑦ （元）李京：《云南志略辑校》，王叔武校注，云南民族出版社1986年版，第87页。

西南僰人子、栗僰、渔人、明家等也为今日之白族。盐源县明家有音乐，汉文献记载："明家亦夷种，有明家曲声，低细最佳。"①

另有居住于川西南凉山州德昌县和米易县的傈僳族，其文学主要为口头文学。② 布依族、壮族、傣族也以口头文学为主。③

总之，四川 15 个世居民族中，苗族、傈僳族、布依族、白族、壮族、傣族，以口头文学为主，汉族、彝族、藏族、满族、蒙古族、回族、土家族、纳西族、羌族有文字文学传统。汉族、羌族和土家族为汉文书写；彝族、藏族、纳西族为本族文字书写；满族和回族除本族文字外，另精通汉文书写，蒙古族为满文和汉文书写。总体情况见下表。

四川省各民族文学传统情况简表

族别	书写语言	
	本族语言	非本族语言
汉族	汉文	
彝族	彝文	
藏族	藏文	
满族	满文	汉文
蒙古族		满文、汉文
回族	回文（阿拉伯文）	汉文
土家族		汉文
纳西族	东巴文	
羌族		汉文

① 道光《盐源县志》，陈应兰稿《盐源竹枝词》，同治十三年抄本，盐源县档案馆藏。
② 1988 年德昌县曾出版《德昌县傈僳族民间文学资料集》。
③ 四川的壮族，虽早有"土俗字"，但似乎没有文字文本流传下来。明朝范守已《九夷考》记有川西南傣族（摆夷）的衣食住行、生产方式、婚姻家庭、鬼神信仰、丧葬仪式等，如"以黑帕裹头，戴笋箬尖帽，身著短衣，赤足，带巴叠短刀，妇人缠花手巾……婚姻：男子用水一盆泼女足上，即为聘定，徐以牛羊为礼娶之……"

第二节　当代四川多民族作家文学

新中国成立至今，四川省多民族文学发生了一些变化，产生了大批多民族写作者。这些写作者，以汉文书写为主，被纳入各级作家协会，从而有了"作家"身份标识。①

一　汉族作家的代际

汉族作家的代际与国内汉语新文学的发生发展基本一致，自白话文改革以来，到 21 世纪，已历经四代。

19 世纪末 20 世纪初，西方文学进入中国。1917 年，中国迎来新文化运动，中国现代文学确立，四川境内随之产生一批现代文学弄潮儿，史称"文学川军"。② 文学川军包括诗人郭沫若、何其芳，小说家李劼人、巴金、沙汀、艾芜。还包括陈铨、王余杞、周文、罗淑、曾孝谷、李宗吾、刘觉奴、吴虞、曾兰、吴芳吉、叶伯和、蒲伯英、马宗融、李一氓、阳翰笙、陈敬容、曹葆华、林如稷、陈翔鹤、陈炜谟、邓均吾、王光祈、周太玄、康白情、邵子南、刘盛亚、方敬、袁珂、高世华、戈壁舟、韩君格、金满城、李开先、王怡庵、马静沉、陈竹影、赵景深、萧蔓若、萧莫、覃子豪、罗念生、范长江、胡兰畦、李寿民等人。③ 其成就令人瞩目：单就作家数量而言，四川位列全国第三；现代文学六大家"鲁郭茅巴老曹"中，四川占两位；新时期文学长篇小说七大家中，四川有三位。④ 在推动现代汉语和白话文艺术发展过程中，文学

---

① 所谓作家，唐朝指文艺卓著的人。清末民初有了稿酬制度以后，职业作家诞生。新中国成立后有了作家协会，进入作协，也就成了作家的一种身份认证。当下，作家身份认定渐趋泛化，不再以进入作家协会为标志，而是泛指书面文学创作者。书面文学，包括小说、诗歌、散文、戏剧各类。
② 彼时的四川包括重庆在内。
③ 参见李怡《现代四川文学的巴蜀文化阐释》，湖南教育出版社 1997 年版。
④ 四川陈铨、巴金、李劼人与老舍、茅盾、沈从文、萧军并列为"中长篇小说七大家"。参见司马长风《中国新文学史》，昭明出版社 1980 年版，第十九章。

川军贡献颇大。①

新中国成立以后,各级文联作协成立②,作家成为体制中人③。"文学川军"活跃在政治文艺前线。北京有郭沫若、何其芳,上海有巴金④,四川有沙汀、艾芜⑤,成都有李劼人⑥。这时期的"文学川军"创作数量减少,从书写形式和内容来看,受文学政策影响⑦,大多为社会主义现实主义文学⑧。"文

---

① 以陈鹤翔、林如稷、陈炜谟、王怡庵、李开先为骨干的浅草社、沉钟社较早接受了西方"为艺术而艺术"思潮及"世纪末"意识影响,为中国现代小说向个体情绪层面的拓进做出了贡献。以郭沫若、邓均吾、李初梨、阳翰笙、沈起予组织的创造社发起了新的艺术主张,对旧文学理论进行了激烈批判。

② 中国作家协会前身是1949年7月23日在北平成立的中华全国文学工作者协会(简称全国文协)。1953年10月,全国文协更名中国作家协会。中国作家协会是一个独立的、中央一级的全国性人民团体。属于行政事业编制。最高权力机关是中国作协全国代表大会,次第有全国委员会、主席团、书记处。中国作协现有团体会员44个(含各省级作家协会和大型企业如煤矿、石油、水利、金融作协等),2012年个人会员有9488人。

③ 1956年1月14日至20日,中央在北京召开了关于知识分子问题的会议。会上,周恩来说:我国知识分子中间的绝大部分"已经成为国家工作人员,已经为社会主义服务,已经是工人阶级的一部分"。参见《周恩来选集》下卷,人民出版社1997年版,第162页。王平凡说:"这是周总理代表党和政府对知识分子的阶级属性的一次正确表述,是对知识分子在社会主义建设中所起作用的充分肯定。周恩来总理并提出在政治上、生活上关心知识分子,积极吸收符合党员条件的知识分子入党,改善他们的生活条件,调整工资,修改制定合理的升级制度,以及学位学衔、荣誉称号、发明创造和优秀著作奖励等制度。会后,中央政治局在2月24日作出了《中共中央关于知识分子问题的指示》,中国科学院由此发出关于实行晋升职称、升级制度的通知。文学所也给每个研究院定出了职称,一级到三级研究员。"参见王平凡口述王素蓉整理《文学所往事》,金城出版社2013年版,第282页。

④ 时郭沫若任全国文联主席、政协副主席;何其芳任中国文学艺术界联合会委员、中国作家协会理事和书记处书记、中国社会科学院文学研究所所长;巴金为全国文联副主席、上海文联副主席。

⑤ 沙汀、艾芜时任全国作协委员、川渝文联领导,在四川和北京两地辗转。

⑥ 李劼人(1891—1962年),小说家,翻译家。原名李家祥,四川成都人。1912年发表处女作《游园会》。1919年赴法国留学,曾任《群报》主笔、编辑,《川报》总编辑。1949年后任成都市副市长、四川省文联副主席。代表作有《死水微澜》《暴风雨前》和《大波》。另发表著译作品几百万字。

⑦ 自20世纪二三十年代解放区文学政策和左翼文学政策开始,中国共产党发布了系列文艺政策,用来领导和管理文学。1942年毛泽东《在延安文艺座谈会上的讲话》,提出了文学必须为工农兵服务的核心任务,以及政治标准是检验文学的唯一标准的基本方针。1953年,全国文学工作者第二次代表大会上,中国作协书记处书记邵荃麟总结发言《沿着社会主义现实主义的方向前进》,提出"社会主义现实主义"为文学最高标准。1956年,中央提出"双百方针"。

⑧ 社会主义现实主义文学,由苏联作家高尔基提出。1953年第二次全国文代会确立为中国文学最高标准。

化大革命"来临后,"文学川军"折翼。① 新时期②硕果仅存的沙汀、艾芜等人,虽然还在写作③,但已无甚影响。

继第一代"文学川军"之后,新的四川汉族作家成长起来,在新中国成立十七年中(1949—1965年)崭露头角,又在"文化大革命"中辍笔,于"文化大革命"结束后迎来创作高峰。这批作家被称为"复出"作家,包括小说家周克芹、马识途、克非、榴红、周纲,诗人流沙河、王尔碑、傅仇、梁上泉等人。其中,周克芹在20世纪80年代初获得首届茅盾文学奖,是新中国成立后得到全国文学奖的四川第一人。

20世纪80年代,四川汉族作家继续出现,多是知识青年,接受过中等或高等教育。小说界有魏继新、傅恒、谭力、雁宁、周昌义、高旭帆、乔瑜、吴因易、张放。诗歌界有杨牧、欧阳江河、周伦佑、李亚伟、翟永明、石光华、廖亦武、万夏、杨黎、龚学敏、梁平。报告文学有邓贤,传记作家有松鹰,戏剧作者有魏明伦、徐棻、谭愫,电视剧有王代隆。80年代,四川诗人众多,诗派林立,他们集合成群,树立起鲜明高亢的诗歌精神,提出响亮大胆的理论主张,为诗歌表达和诗歌意义的探索做出了重要贡献。四川因此成为诗歌重地。

20世纪90年代,四川文坛沉闷,诗潮衰退。但仍然产生了一些颇有实力的作家。小说界有贺享雍、李一清、何大草、马平、罗伟章、洁尘、冯小涓、饶雪漫、安昌河、骆平、蒋林、郭敬明、颜歌、七堇年。诗歌界有周啸天、李龙炳、曹东、白鹤林、马嘶、钟渔、莫卧儿、余幼幼。散文界有伍松乔、周闻道、高虹、蒋蓝、曹蓉、余杰。报告文学有王治安、曹德

---

① 郭沫若成为时代歌手,巴金战战兢兢写作,周文任中央马列学院秘书长,在反右运动中自杀。陈翔鹤任《光明日报·文学遗产》主编,因两篇历史小说被批而含冤离世。沙汀、艾芜在"文化大革命"中被迫停笔。李劫人作了挂名成都副市长,在重改《大波》稿子时逝世。刘盛亚因《再生记》被劳改,饿死劳改营。

② 1977年8月中共第十一次代表大会上,把"文化大革命"后的中国社会称为社会主义革命和建设的"新时期"。新时期的政治、经济、文化、思想都发生了转折:阶级斗争停止,"社会主义现代化建设"成为核心。由于中国文学与政治的紧密关系,文学界也便把"文化大革命"后一时期文学称作"新时期文学"。

③ 沙汀晚年重拾熟悉题材,于《红石滩》(1986)中再次书写川西农村,书写40年代末农村豪强在历史潮流中的徒劳挣扎。艾芜也不顾耄耋之躯,一次次回到西南边地,书写《南行记新篇》。

权、卢跃刚、罗亮齐、戴善奎。戏剧、影视剧文学有林解、易丹、廖时香、郑瑞林、李亭。儿童文学有杨红樱、廖小琴。网络文学有天蚕土豆、庹政、奥尔良烤鲟鱼堡。

二 少数民族作家产生发展

少数民族作家在20世纪中叶产生，初期人数少，到80年代大量出现。

（一）第一批

第一批少数民族作家分为两类：一类是有汉语写作传统的少数民族作家，如回族木斧、张央，满族黄士如。他们自然地采用汉语书写，进入汉语文学圈。另一类是无汉语写作传统的少数民族作家，如彝族吴琪拉达、藏族昂旺·斯丹珍、降边嘉措、益西单增。[①] 他们在统一战线的关照下，进入汉语文学书写史。

1. 回族木斧、满族黄士如[②]

回族木斧（杨莆）、满族黄士如都身在汉语传统中，从小接受汉语教育，对汉文化认同程度高，书写汉语非常顺当。

木斧，原名杨莆，1931年生于成都，从小生活在汉族聚居区，受革命风潮鼓动，1946年即在中国共产党地下党领导的小报《学报》上发表文章，随后发表了一系列表达革命意识的诗歌。木斧是一位比较自觉地将革命战线和文艺战线统一在一起的诗人。受艾青、田间、马雅可夫斯基、惠特曼等人影响，用诗歌表达着自己"对反动派的憎恨，对人民的爱，对未来生活的向往，对革命的激情"[③]。1948年木斧加入地下党外围组织民协，走上了"革命道路和文学道路"[④]。他说："如果离开了那个革命风暴的时代，如果我不是在白色恐怖下冒着生命危险参加革命，如果我没有对灾难深重的祖国和人民抱着

[①] 吴琪拉达是贵州人，参加工作后一直在四川，被视为四川诗人。降边嘉措、益西单增是四川巴塘人，后降边嘉措在北京工作，益希单增在西藏工作。

[②] 回族作家张央，将在本书第二章述及，此处不再介绍。

[③] 木斧：《木斧诗选》，宁夏人民出版社1986年版，第217页。

[④] 同上书，第211页。

满腔热忱和期望，我不可能走向诗歌创作的道路。"① 晚年木斧曾试图寻找本族记忆："由于我生于四川成都市，长期在汉族杂居区生活，反映本民族生活的作品较少，这不能不是一件憾事。"② 于是他踏上"故土之旅"，写了系列乡愁乡思的诗歌，如《望乡》《梦乡》。

黄士如，1928年生于成都：自称是在皇城中长大的。③ 自小家境优渥，父亲为四川省高等法院首席检察官。和木斧一样，从小接受汉语教育，很早就开始看新戏（话剧）。④ 1950年参军，进入军区文工团：

> 我参军后写了一篇文艺方向（的文章），我很赞成毛泽东的文艺为工农兵服务的方向，我们当时都要学毛泽东的文艺思想，文工团也要学。我也认为文艺应该为大多数人服务。我认为工农兵是（全国人口）百分之九十几，那么多，文艺为大多数人服务，就应该为工农兵服务，我就支持。我就写了一篇《文艺应该为工农兵服务》，写了以后《川北日报》就登了。登了后我就从文工团调到创作组去了，就这样开始了创作生涯，很偶然的机会。调进去后就让我写快板，我不会写，我连快板是啥子都不懂，现学现写的。学到快板了，有韵了，有一天不晓得咋个就变成诗了。偶然的机会，我看到艾青的诗歌，我一看，很对味，我就很喜欢艾青的那些语言，他的哲理小诗写得相当好。还有鲁藜写了两句：我的血可以赠给勇士，却不能拿一滴去喂臭虫。我觉得写得好，特别喜欢。我就说这就叫诗哦，我就开始写。在几天之内，还不到一个月，我就写了几百首，写起过后，马上拿打字机打起。⑤

1953年，黄士如从部队转业，进入四川民族出版社。1956年成为专业作

---

① 转引自徐其超主编《族群记忆与多元创造——新时期四川少数民族文学》，四川民族出版社2001年版，第128页。

② 木斧：《木斧诗选》，宁夏人民出版社1986年版，第220页。

③ 参见2015年3月15日笔者对黄士如的访谈。皇城即今日成都东城根街、长顺上街一带，又称"满城"。满城即清朝时期满蒙旗人居住的地方。

④ 由于从小接触汉文化，黄士如对自己的民族身份已不愿提及。2015年3月15日下午在成都人民公园接受笔者访谈时，黄士如说，她对满族的历史和文化已全无了解，"满汉已经融合了，满汉都是一家人了。"

家，随后，写了很多格言体和寓言体相结合的哲理小诗，表达思想，启迪众人。如《吻》："狼搂着小羊说/别怕 只吻一次。"① 据黄士如说，她与汉族诗人流沙河、车辐等人交情深厚。②

满族作家黄士如——2015年3月15日余红艳摄于成都市人民公园

2. 藏族昂旺·斯丹珍、彝族吴琪拉达③

藏族昂旺·斯丹珍、彝族吴琪拉达是1949年以后成长起来的非汉文传统少数民族作家。他们的出现，受统一战线关照，其作品，多国家意识，多歌

---

① 黄士如：《吻》，范长江编著《中国微型诗300首》，湖南人民出版社2010年版，第74页。
② 黄士如介绍道，她和流沙河、车辐是好友，常在人民公园悦来茶馆喝茶聊天。现年岁已大，往来渐稀。
③ 降边嘉措和益希单增属出川作家，此处不作重点介绍。降边嘉措（1938—），1950年参加中国人民解放军，1951年随军进藏到拉萨，在西藏军区文工团做文艺战士，兼做翻译。1954年入西南民院，1955年毕业，分配到北京民族出版社，从事藏语文翻译工作。1980年，成为中国社会科学院少数民族文学研究所副研究员，研究生院少数民族文学系博士生导师。作品《格桑梅朵》（1980年）是当代藏族文学史上第一部汉文长篇小说。益希单增（1940—），1951年随军进藏，任文工队员、翻译、公安员。1957年入中央民族学院学习，1969年毕业于中央美术学院美术史专业，后在西藏展览馆工作。1976年开始创作小说。1982年出版汉语长篇小说《幸存的人》，被誉为西藏当代文学史第一人。

颂新中国、记录民主改革。

统一战线，是指不同社会政治力量在一定条件下为了一定共同目标而建立起来的联盟或联合。中国共产党所领导的统一战线在各个时期都发挥了重要作用。1949年《中国人民政治协商会议组织法》规定，中国人民政治协商会议为全中国人民民主统一战线的组织，旨在经过各民主党派及人民团体的团结，去团结全中国各民主阶级、各民族，共同努力……以建立及巩固由工人阶级领导的以工农联盟为基础的人民民主专政的独立、民主、和平、统一及富强的中华人民共和国。① 1950—1952年，中央派出民族访问团，普查登记各民族人口（1953年）、进行民族识别（1954年），并制定民族平等政策和民族区域自治制度（1954年）。1953年，全国第二次文代会通过《中国作家协会章程》上规定："发展各少数民族的文学事业"是中国作家协会的任务。从中央到地方，各级作协都承担着培养少数民族文艺工作者的任务②，尤其对非汉语地区少数民族作家，更特别重视。③

1928年出生于阿坝州理县甘堡寨的昂旺·斯丹珍，1949年在理县中学读书，受一名共产党员老师影响，参加了理县、茂县解放运动。1949年后，昂

---

① 《中国人民政治协商会议组织法》，中国政协网（www.cppcc.gov.cn）。

② 国家级作协、省区级作协、地市州级作协，都负有培养少数民族文艺工作者的任务。因少数民族文艺工作者，既可以帮助树立国家形象、宣传民族政策、启蒙和教育本族人群、帮助本族人民树立国家认同，也可以代民立言、为民请命、为本民族争取利益、成为民族精神领袖，领导民心走向。因此是人民民主统一战线的重点团结对象。

③ 降边嘉措《格桑梅朵》的写作和出版，便受到各级各部门相关工作人员的督促和帮助，目的是为了向"进军西藏三十周年"献礼。谢明清《藏族文学的春天来了》（《中国民族》1981年第5期）一文记载：《格桑梅朵》这部反映进军西藏的小说，降边嘉措陆续写了10年。1974年他把这部作品送到人民文学出版社后没人过问。在一次少数民族文学翻译出版工作会议上，降边嘉措向当时人民文学出版社负责人李季诉说了书稿遭遇。李季当即给出版社打电话，把作品调到会议上，连夜审阅。在两个多月的会议中，李季与降边嘉措同住一个房间，经常同他谈文学修养，谈艺术技巧，有时谈到深夜。李季鼓励降边嘉措一定要把作品改出来。粉碎"四人帮"以后，人民文学出版社派了一位老编辑帮降边嘉措修改作品。1979年，降边嘉措把近50万字的初稿再次送到出版社，有关领导又破例批准将未经复审的稿件打印成册，派人同作者一道赴西藏，广泛听取各方面的意见，帮助降边嘉措进一步提高作品的思想艺术质量。国家民委杨静仁鼓励该书责任编辑，一定要帮助作者把小说改好，又专门指定人员来审阅打印稿，对如何进一步加工修改，提出了详尽的意见。书稿又一次修改之后，出版社的领导将其列为重点图书，以急件印行，从而使这部40万字的作品，在不到5个月的时间就与读者见面，且正好赶在进军西藏30周年之前。这部小说由此成为藏族现代汉语长篇小说的先例，成为文学向政治献礼的最好证明。

旺·斯丹珍在理县米亚罗（镇）开班办学。20世纪50年代初，时任四川省文联工作人员、《星星》诗刊编辑的傅仇到米亚罗考察采风，认为昂旺·斯丹珍热爱文学、有写诗的才能，就鼓励他写作。昂旺·斯丹珍于是开始诗歌创作，并和傅仇合作诗歌《风雪森林夜》。① 20世纪50年代至60年代初，昂旺·斯丹珍先后发表诗作《黎明的献礼》《红军颂》《拉萨湖上的泡沫》《斩断了手铐和脚镣》《花和海》。1958年，与电影导演段斌合写《小喜鹊的故事》（后更名为《林中篝火》，连载在上海《少年文艺》杂志上）。

1959年第6期《星星》诗刊头条刊登了昂旺·斯丹珍的诗作《拉萨湖上的泡沫》：

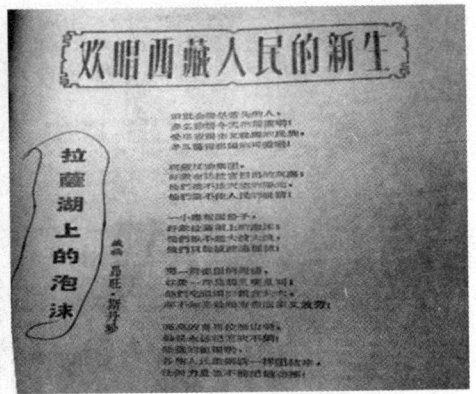

1959年第6期《星星》诗刊封面和诗歌内容。资料由索朗仁称提供

诗中可见，昂旺·斯丹珍的写作具有鲜明的政治立场和国家观念。诗中称西藏叛乱分子为"拉萨湖上的泡沫"②，预言他们"掀不起大波大浪，他们只能被波涛埋掉"③。有评论称，昂旺·斯丹珍的诗"以掷地有声的艺术语言，赞颂了中国共产党、毛主席和人民解放军的丰功伟绩，以最真挚的感情，抒发了翻身农奴的肺腑之言。因而在一定意义上讲，可以说是时代的赞歌和藏族人民的心声"④。1956年，与流沙河一起，昂旺·斯丹珍出席了在北京举

---

① 参见2015年8月4日笔者与昂旺·斯丹珍的儿子索朗仁称的交谈。
② 西藏叛乱，指1959年西藏社会发起的撕毁"十七条协议"、分裂中国的行为。"十七条协议"是1951年5月23日中央人民政府和西藏地方政府签署的关于西藏和平解放的协议。
③ 昂旺·斯丹珍：《拉萨湖上的泡沫》，《星星》1959年第6期。
④ 耿予方：《论当代藏族文学创作》，《西藏研究》1984年第3期。

行的中国首届青年文学创作会议，并于 3 月 31 日下午在中南海怀仁堂听了周恩来总理的报告。报告通知单复印件如下：

昂旺·斯丹珍参加报告会的通知单复印件——资料由索朗仁称提供

彝族吴琪拉达，被称为"解放后党所培养的第一个彝族诗人"。[①] 生于 1936 年的吴琪拉达，少年失学，解放后进县中学民族班，1954 年选送西南民族学院。1956 年从西南民院毕业后，被分配到凉山州一个偏远山村从事小学教育。在那里，他见到了孤儿和奴隶的悲惨遭遇，遂作长诗《孤儿的歌》，后又作诗集《奴隶解放之歌》和长诗《阿支岭扎》。吴琪拉达的诗歌，主题为"奴隶解放"。因为他亲历了凉山地区民主改革和废除奴隶制运动的激烈斗争和复杂状况，觉得"用笔记下这些斗争的生活也是一种为人民服务"，所以"他在工作之余就记就写，就把动人之处如实地记录下来"。[②] 由于这些诗歌紧贴时代脉搏，第一个记录了凉山地区民主改革运动，因而得到国家文艺部

[①] 安尚育：《吴琪拉达论》，《贵州民族学院学报》1988 年第 2 期。
[②] 徐其超主编：《族群记忆与多元创造——新时期四川少数民族文学》，四川民族出版社 2001 年版，第 140 页。

门领导人的重视。1960年，在中国作协第三次理事会（扩大会议）上，时任副主席的老舍作《关于少数民族文学工作的报告》时，特意提到了吴琪拉达。

(二) 新时期

新时期是指20世纪70年代末以后一段时期。这段时期，少数民族作家大量涌现。

新时期之前，也就是20世纪六七十年代，少数民族作家和汉族作家一样受到冲击，四川藏族作家意西泽仁曾提到一个情节：

> 1981年在青海召开五省区藏族文学会议，到会有百八十号人……有个省的作家起来控诉，说（"文化大革命"）把我们大家熟悉的昂旺·斯丹珍都迫害死了。这时，昂旺·斯丹珍站起来说：我还没死，我还在。（笑）①

意西泽仁形容20世纪六七十年代的文坛为"文化沙漠"：

> 当时开玩笑说，放眼一望，全国960万平方公里上，没有一家文学杂志。当时的《四川日报》叫《红色新闻》，全部登党中央的声音，转新华社的稿子。当时的《甘孜日报》也叫《红色新闻》。报纸没有自己的副刊，没有文学杂志。写了东西也没发表的地方。②

"文化大革命"结束后，作协陆续恢复工作③，民族文学工作也得到恢复④。四川省作协在20世纪80年代初恢复工作。1983年，四川省作协成立四

---

① 来自2014年11月17日笔者对意西泽仁的访谈。
② 同上。
③ 中国作协在1978年5月正式恢复工作。
④ 1979年10月，全国第四次文学艺术工作者代表大会召开，会上成立了中国作协少数民族文学委员会。1980年7月，第一次全国少数民族文学创作会议在北京召开。1981年，中国作协《民族文学》杂志创刊。同年，由中国作协和国家民族事务委员会共同举办的中国少数民族文学奖设立（今全国少数民族文学创作奖骏马奖的前身）。1984年12月，中国作协第四次全国会员代表大会召开。会上，冯牧作了《大力发展少数民族文学》的报告。

川文学院（巴金文学院前身）。首批创作员有意西泽仁、吉狄马加。① 随后，民族文学工作委员会成立，主任意西泽仁。

意西泽仁，藏族，1952年生于四川省甘孜州康定县，在康定接受了汉语教育。1969年，正读初一的他被下放到泸定农村当知青。1972年，在中央号召和州委宣传部安排下，他以色达县委创作组的名义创作并发表了第一篇小说《草原的早晨》（发表在《四川日报》副刊）。随后开始写作。80年代初，意西泽仁被选进中国作协举办的文学讲习所里学习，同时加入中国作协。1983年，意西泽仁进入四川省作协，主管民族文学工作。到2015年，他已在民族文学委员会工作了30多年，是四川多民族文学发展见证人。

据意西泽仁介绍，所谓民族文学委员会负责人，就是平时在家写作，只要作协有民族文学方面的事务就从康定出来，帮忙着办。关于其具体工作，意西泽仁说，主要是"在作协陈之光、唐大同和高缨的帮助下，争取省民委的支持，力争每年开展一次全省的民族文学活动"②。另外，由民族文学委员会牵头，创设四川少数民族文学创作优秀作品奖（至2015年已举办6届）③，组织召开五省区藏族文学会议（至2015年已召开3次），召开四川少数民族文学创作会议（至2015年已召开多次）。民族文学委员会还主持编辑少数民族文学丛书，最早的一套叫《环山的星》，由四川民族出版社1991年出版。丛书共10本，收录了阿来的《梭磨河》、吉狄马加《罗马的太阳》、列美平措的《心灵的忧郁》等作品。为了出版这套书籍，意西泽仁找四川省民族事务委员会争取资金。意西泽仁说："民委很支持"。后来民族文学委员会又出了一套四川少数民族作家文学丛书，共12个作家、12本书。

---

① 意西泽仁介绍说：创作员不上课，就是给时间写作。他在文学院搞了两年后又给他延长了时间，让他继续写作。
② 据意西泽仁介绍：陈之光老师是泸州古蔺人，川西地下党，是搞创作的。是沙汀、艾芜身边的工作人员。四川作协的兴起，他是见证人和老领导。他当过省文联领导，后来是省作协的党组副书记，又当过《四川文艺》编辑。唐大同、高缨也都是四川省文联作协领导人。
③ 据意西泽仁介绍：四川少数民族文学奖一开始没有，后由民族文学委员会提出，得到省委省领导重视，于是设置。目前四川省保留了三个文艺类奖项：四川文学奖、巴蜀文艺奖（四川文学评论奖）、四川少数民族文学奖，少数民族文学奖位列其中。

四川少数民族文学丛书《环山的星》封套

四川少数民族文学丛书《环山的星》，共 10 本。图片来自网络

在这样的环境催生下，四川少数民族文学渐次繁盛，出现了大批少数民族作家（包括本土和非本土）。除意西泽仁外，还有：彝族吉狄马加、巴莫曲布嫫、马德清、俫伍拉且、阿库乌雾、吉木狼格、阿蕾、阿凉子者、巴久乌嘎；藏族泽旺、苍林、索朗仁称、阿来、范远泰、格绒追美、达真、尹向东、列美平措、亮炯·朗萨、蒋永志、桑丹、蓝晓梅、南泽仁、拥塔拉姆①；羌族叶星光、何健、朱大录、谷运龙、羊子、雷子、李炬、余耀明、张力；回族张央、窦零、李如生；白族况璃、栗原小狄；苗族何小竹、蒙古族余远忠、土家族冉云飞。并产生了一批双语或母语写作者：藏文写作者章戈·尼玛、根秋多吉、觉乃·云才让、达机、阿郎、扎加；彝文写作者阿库乌雾、贾瓦盘加、时长日黑。

与前期多政治表达不同，新时期少数民族作家有了各种声音：国家的、民族的、地域的、个体的，可谓百花齐放。

第三节 当下多民族文学区域发展态势

进入21世纪以来，四川省15个世居民族中，有14个民族在四川省作家协会里有会员；不仅有世居民族写作者，还有外来民族写作者。四川省文学呈现出多民族共存共荣局面。

拿藏族来说，既有本土作家意西泽仁、阿来、范远泰、格绒追美、列美平措、尹向东、桑丹、南泽仁、康若文琴，也有出川作家降边嘉措、益西单增、唯色、扎西达娃，还有入川作家色波、觉乃·云才让。彝族活跃在本土的诗人作家有吉木狼格、阿库乌雾、鲁娟，活跃在省外的有吉狄马加。土家族冉云飞、苗族何小竹是重庆直辖后留在四川的。目前活跃着的四川汉族作家中，老有流沙河、马识途、高缨、吴因易、魏明伦、傅恒、翟永明，中有杨红樱、何大草、罗伟章、洁尘、蒋蓝，年轻写作者有颜歌、余幼幼。

---

① 截至2015年年底，四川省作家协会统计出来的藏族写作者有72人。统计数据由四川省作家协会创联部干事黄泽栋提供。

在四川省多民族文学发展过程中，区域的力量不可小觑。

首先是区域内文学机构的力量，主要是文联和作协的力量。文联和作协对区域内文学担负着指导和扶持的作用。具体体现在，中央的政治思想、政策政令、文艺精神、文艺制度通过文联作协传达至作家；少数民族作家的诞生与区域文学机关帮扶关系很大。其次是，区域作为一个政治、经济、文化相对独立的封闭地理空间，域内人群的互相联系和彼此认同、域内人群的凝聚力和影响力都得到加强。域内结群对作家影响很大，20世纪80年代四川文学的整体繁荣便和文学群体的竞相争出紧密相连：达州有巴山作家群，重庆有大学生诗派、莽汉诗人群，成都有非非主义诗人群、整体主义诗歌群和新传统主义诗人群，等等。

21世纪，四川省达州市重点打造"大巴山作家群"，眉山市作协提出"在场主义散文"并获得"中国散文之乡"称号，宜宾市成立网络作家协会，绵竹市着力打造"酒神"诗歌节，四川省作协也提出了"文学川军再次雄起"的口号。

四川省作协主席阿来在主题诗会现场致辞。图片由邓青琳提供

2015年12月，四川省作协召开四川文学颁奖典礼暨"文学川军雄起"主题诗会。诗会主题是：重提文学川军，重振文学川军。虽然此时的"文学川军"所指地理空间已发生了变化（重庆市已不属于四川省），创作者的身份也发生了变化（早期的文学川军为汉族，今日为多民族）。但省作协目标是明确的，便是以行政区划为依托，以行政力量为依据，统摄区域文学，打造区域文学。

可见，区域力量一直在文学发展过程中发挥着作用。四川省汉、彝、藏、羌四个主体民族文学取得的发展，莫不与区域相关。接下来，本书将对成都市汉族、凉山州彝族、甘孜州藏族和阿坝州藏族羌族四个地区四个主体民族文学的发展状貌（包括其产生发展情况、传播推广方法、创作特点及其水平）作一次具体查探。

第二章　汉族作家文学的成都模式

本章是对成都汉族作家文学的考察,分作三部分:当代成都作家文学的产生与发展;21世纪成都多民族文学的大众传播;成都本土汉族作家的书写特征。其中,本土汉族作家呈现出的超民族性、锐意创新精神、个体自觉性值得注意。

成都市,位于成都平原中部,四川盆地西部,四川省中部。2300多年前,成都已开始建城[①],享有"扬一益二""天下第一名镇""天府之国"的美誉。[②] 当下,成都市为四川省省会,西部地区重要中心城市,国家高新技术产业基地、商贸物流中心和综合交通枢纽。目前,成都市下辖10区5县。2015年年末,成都面积1006.7平方千米,常住人口1465.8万人。[③]

成都自来便为多民族散居地。目前有55个民族散居其中,汉族为主体,占总人口的99%;其次为回族、藏族、满族、蒙古族、苗族,占总人口的1%。

成都文学自秦汉以来便为汉语文学。新中国成立后,半个多世纪中,成都文坛经历了黯淡期、兴盛期和稳定期。其主体也发生着变化:20世纪50年代文坛主匠是二三十年代即已成名的沙汀、艾芜、李劼人等人,他们代表着

[①] 成都正式建城的标志是公元前311年秦国张仪规划兴筑的成都、郫城、临邛三城。
[②] 参见成都市地方志编纂委员会:《成都市志》,成都时代出版社2009年版,第2页。
[③] 《2015年成都市国民经济和社会发展统计公报》,成都统计信息网(http://www.cdstats.chengdu.gov.cn/detail.asp?ID=89559&ClassID=020705)。

官方文艺机构；80年代民间诗歌团体兴盛，他们占据了成都文坛大半江山；90年代至今，成都文坛多个体写作者，民间团体和官方机构也仍在发挥作用。

与20世纪80年代成都文坛的抱团作战和21世纪甘阿凉三州地区的区域整体输出不同，作为现代化大城市，成都文坛目前的传播方式主要以个体为主，采用的是消费社会运作模式。途径很多，有靠官方评奖一夜成名的、有靠市场一夜暴富的、有坚持民间道路独立自由的、有依靠个人名声进行文化生产的、有与官方对抗博得注意的。凭借多种媒介和传播手段，成都文学为大众提供着消费品：消费文化、消费文学、消费思想、消费欲望。目前，仍然活跃在文坛的成都本土汉族作家，除极个别能长期盘踞大众传媒之上、能制造瞬时热点以外，大部分隐居传媒背后，默默写作。

成都文学具有多民族性、多地域性。但成都本土汉族作家有一个共同特征：极少民族意识。不强调民族，但强调汉语。成都本土汉族写作者重视汉语表达，许多人在语言上有较高造诣，甚至有自己独创的写作理论：如杨黎的超语言废话诗歌理论。

第一节　从《星星》创刊说起

成都在晚清便有所谓"七老八贤"[①]。20世纪二三十年代，李劼人、林如稷、刘盛亚、周文、陈翔鹤、沙汀、曹葆华、何其芳等皆在成都生活学习。抗战时期，成都文坛为国统区文学重要一隅。[②] 当代，成都文坛经历了新中国成立之后十七年的政治洗礼、80年代的诗歌狂潮、90年代的集体沉寂，从官方机构到民间团体、再到个体成长，成都文坛稳步推进。

一　文联作协成立

20世纪50年代的成都文坛，主要由文学川军坐镇，成立了省文联、省作

[①] 聂作平：《纸上城堡》，商务印书馆2013年版，第168页。
[②] 高玉：《中国现代文学史·上册》，浙江大学出版社2013年版，第253页。国统区文学是以国民政府陪都重庆为中心的"国民党统管区文学"。

协等官方文艺机构,并创办了官方文学刊物。这时期的新生代写作者代表是森林诗人傅仇①和《星星》诗刊编辑流沙河。这时期,工农兵写作者得到扶持,《星星》被打压。

(一) 扶持工农兵写作

1949年冬,解放军从川北、川东入川西。1950年,成都成立了文化接管委员会(简称"文管会")。文管会文艺处的一项重要任务是联络文艺界人士,团结文艺工作者成立川西文联。1950年,李劼人、沙汀、陈炜谟、林如稷、刘盛亚、邓均吾等人联系了49名成都文艺工作者,成立了新"文协"。新文协主持召开了1953年1月的四川省第一次文学艺术工作者代表大会,成立了四川文联。沙汀为主席,李劼人、陈翔鹤等为副主席。1953年4月,又成立西南文联,文联下成立西南文学工作者协会。1956年5月,西南文协更名为作协重庆分会。1959年8月,作协重庆分会更名为作协四川分会。

随着文联作协的成立,文艺工作者身份得到了确认,职责也得到了明确。文联作协工作的指导思想和行为方针与中央保持一致。1955年文联召开了多次具有整风性质的座谈会:2月25日开展了批判胡风的资产阶级文艺思想座谈会;5月23日召开了纪念毛泽东同志《在延安文艺座谈会上的讲话》发表十三周年座谈会;10月20日,由文联主席沙汀撰写的《加强创作,为抵制反动、淫秽、荒诞图书而斗争》一文刊登于《四川日报》上。②

文联积极创办文学刊物。1956年7月,成都和重庆文联同时创办了文学杂志《草地》和《红岩》。1959年10月,《草地》《红岩》合并为《峨眉》

---

① 傅仇(1928—1985年),四川省荣县人。
② 1957年11月6日,在四川省文联代表大会上,沙汀又作了《整顿文艺思想,改进领导工作,更好地为社会主义事业服务》的报告(载1957年11月13日《四川日报》)。1959年,沙汀《这是党的文艺方针政策的胜利》载《峨眉》1959年创刊号上。总之,身为文联主席兼作协主席的沙汀说:"在任职期间,我的思想是明确的……(即)如何团结大家,如何组织大家学习马列主义,学习《在延安文艺座谈会上的讲话》,统一思想,如何创造条件,鼓励大家下到生活里去,参加群众运动,参加社会实践,接受新事物,研究新问题,写出为社会主义建设服务的好作品。"参见沙汀《团结一致,繁荣四川文艺事业》,四川省文学艺术界联合会编《四川文联四十年1953—1993》,1993年,第1页。

（《峨眉》即今日《四川文学》前身）。①《草地》首任主编沙汀，同时任四川省文联主席以及中国作协创委会主任。

文联积极扶持工农兵写作②。在省文联和省作协指导扶助下，50年代，四川产生了一批工农兵写作者，最有名的当属罗广斌、杨益言（重庆人，长篇小说《红岩》的创作者）。③成都这边，据林文询回忆，《成都日报》有一个专门刊登工农兵写作者的纯文学副刊："工农兵副刊"，编辑肖青。这个副刊培养了一大批工农兵写作者，有的还全国扬名：1960年时任中国作协主席的茅盾在全国短篇小说扫描中，重点提到四川工人作家的小说《红玉》《还乡》。"可惜，此人（冯传求）如流星一般，迅速消逝。"林文询说。④

（二）《星星》受打压

50年代的成都文坛，一件耀眼的事便是《星星》诗刊创刊。⑤《星星》创

---

① 1960年4月《峨眉》更名为《四川文艺》，1963年1月更名为《四川文学》，1966年7月停刊。1972年10月，《四川文艺》复刊；1979年1月更名《四川文学》；1984年1月更名《现代作家》，1991年1月恢复为《四川文学》。

② 对工农兵写作者的扶持可追溯到20世纪新文学运动发生之时对"民众化底文学"还是"为民众底文学"的争论和思考，以1932年左翼文学组织发起的"工农兵通讯员"为前奏，以毛泽东1942年延安文艺座谈会讲话为最高指示。1947年，冀南书店出版"工农兵丛书"。1948年，《文学战线》上出现大量工农兵创作。1958年4月14日，《人民日报》发表社论《大规模地收集全国民歌》，在全国范围内掀起"新民歌运动"。新民歌运动的主要创作者便是工农兵。1958年后，工农兵写作者几乎成了文坛主体。专业的作家通过不断的思想改造获得为工农兵服务的资格，成为"工农兵业余作者"的写作指导员和服务员。1965年11月29日，北京召开了"全国青年业余文学创作积极分子会议"。会议对"工农兵业余作者"进行了最终命名、定性，即工农兵业余作者是无产阶级文艺队伍中的重要一支，是有正确的工农兵血统、鲜明的阶级斗争意识的写作队伍。参见李旺《"十七年"文学中的"工农兵业余作者"写作》，《理论月刊》2013年第1期。

③ 罗广斌、杨益言先是写出了中华人民共和国成立前重庆大屠杀的一些回忆性资料，然后合作写出了《圣洁的血花》并四处作报告。接着萌生了写作长篇小说《红岩》的打算，并联名向重庆市委申请创作假，得到重庆市委和省文联的批准。市委省文联给他们安排了独立的写作空间，并让他们把这项写作任务当作一项政治任务来抓。

④ 来自2016年9月9日笔者对林文询的访谈。林文询（1943—　），成都人，作家，出版社编审。

⑤ 《星星》创刊时，编辑部主任白航，执行编辑石天河，编辑白峡、流沙河。《星星》建刊属同人性质，这在新中国成立后的刊物审查制度中实属仅存：因为新中国成立后至1953年年末，正式出版公开销行的同人刊物已不复存在。《星星》创刊引起国内外文艺界关注，苏联《文学报》并发了消息报道。参见张均《50年代文学中的同人刊物问题》，《文艺争鸣》2008年第12期。

刊，比北京《诗刊》创刊早近半个月。创刊后的《星星》显出锐意创新、不守陈规的特点，因而不久即遭批判。

1957年1月1日，《星星》发布创刊号，创刊号喊出"让诗，美化生活"的口号。① 创刊号开设了流行栏目"和平鸽哨""劳动曲""兵之歌"，也开设了情诗专栏，发表了《吻》《大学生恋歌》等9首情诗——这在当时极为大胆。创刊号上的诗人名字也新鲜：傅仇、巴波、雁翼。

《星星》不久即遭批判。理由一是不强调配合政治任务，认为紧跟政治会影响诗歌质量，主张把编辑部搬出文联。② 对其批判先从情诗《吻》开始，后是流沙河《草木篇》。据《星星》主编石天河回忆："爱情诗《吻》，被《四川日报》上一位署名'春生'的批评家，在题为《百花齐放与死鼠乱抛》的一篇文章里面，斥之为'色情'的作品，并认为《星星》把党的'百花齐放'文艺方针，搞成了'死鼠乱抛'。我们不服，于是，我写了一篇《诗与教条》，对批评进行反驳。随后，批评家们就进一步地揪出流沙河的《草木篇》，指为'反党反社会主义的毒草'。《四川日报》对我和流沙河、储一天及其他人的反批评文章，都压住不发……报社不发，我们就准备自行印发。这就引发了一场大祸。"③

1957年12月，《星星》主编石天河以"反革命罪"被逮捕，判刑20余

---

① 参见《星星》创刊号"编后草"。《星星》创刊号"稿约"中说：我们的名字是"星星"，天上的星星，绝没有两颗完全相同的。……我们欢迎各种不同流派的诗歌。现实主义的，欢迎！浪漫主义的，也欢迎！我们欢迎各种不同风格的诗歌。"大江东去"的豪放，欢迎！"晓风残月"的清婉，也欢迎！我们欢迎各种不同形式的诗歌，自由诗、格律诗、歌谣体、十四行体，"方块"的形式，"梯子"的形式，都好！在这方面，我们并不偏爱某一种形式，我们欢迎各种不同题材的诗歌，政治斗争，日常生活，劳动，恋爱，幻想，传奇，童话，寓言，旅途风景和历史故事，都好！虽然我们以发表反映各族人民现实生活的诗歌为主，但我们并不限制题材的选择。我们只有一个原则的要求：诗歌，为了人民！

② 参见李累、傅仇《右派分子把持"星星"诗刊的罪恶活动》，《星星》1957年第9期。《星星》诗刊的创办，是因为1956年4月党中央确定的关于科学和文化工作的"双百方针"。双百方针颁布后，中国作协多次召开有关文学期刊的会议，要求刊物有自己的鲜明主张。《星星》诗刊因而具有独立自主意识。

③ 石天河所说"大祸"，应指他和同事因不服批评而采取的各种反抗行为最终导致1957年下半年他们被判为"石天河反党集团"一事。参见石天河《回首何堪说逝川——从反胡风到星星诗祸》，《新文学史料》2002年第4期。

年。《星星》编辑流沙河被监督改造20多年。①

1957年第9期以后，《星星》诗刊编辑部改组，诗刊全面改版。改版后的诗刊，内容与风格发生了变化。1957年12月，《星星》诗刊发表社论：《到工农兵群众中去!》。1958年全年，诗刊都在发表工农兵民歌。1959年第6期，《星星》诗刊开设"欢唱西藏人民的新生"专栏，头条便是由傅仇指导的四川藏族诗人昂旺·斯丹珍的诗作《拉萨湖上的泡沫》。② 由此可见，《星星》诗刊已由"美化生活、为人民服务"变为为政治和工农兵服务。

1960年，《星星》停刊。1966年7月，《四川文学》停刊。1968年，沙汀作为"三十年代的黑干将，全省文艺黑线的大头目，'三家村'成员"，被关进临时监狱昭觉寺。同被关押的，还有艾芜。

以成都为根据地的"文学川军"走向没落。文学川军折损过半：任中央马列学院秘书长的周文，在1952年三反五反运动中含冤去世；被调离四川教育厅厅长职位的陈翔鹤，到中国作协主编《光明日报·文学遗产》，写出历史小说《陶渊明写〈挽歌〉》《广陵散》后，受全国点名批判，离世；刘盛亚因《再生记》被劳改，饿死劳改营；做了成都市副市长的李劼人③，只断断续续写过一些散文、社论文，当他决定将《大波》推倒重写时，生命却已进入倒计时。

---

① 这就是新中国文学史上有名的"星星诗案"。这场诗案中，24人被判定为文艺反革命集团成员，涉案人员1000多人。这场诗案先是在四川省内酝酿，最后扩展至全国，成为1957年反右运动的前奏。其最开初，是由于依据"双百方针"而创刊的《星星》太过独立自主，在其诗歌理念同主管部门的观念发生冲突时，未能很好地处理，因而招致大祸。据时任编辑石天河回忆，化名春生对《吻》进行批判的，是四川省委宣传部分管文艺的李姓副部长，依据是1955年7月22日颁布的《国务院关于处理反动的、淫秽的、荒诞的书刊图书的指示》。随后，借1957年开展的反对资产阶级右派的政治运动（简称反右运动），1957第9期《星星》上刊登了省文联李累和傅仇的文章：《右派分子把持"星星"诗刊的罪恶活动》，批判《星星》编辑石天河等人反党反社会主义罪行，罪行中一条即是，《星星》编辑篡夺了党对文艺期刊的领导权，试图将期刊作为反党反社会主义的阵地。而诗人石天河等人，对自身力量和媒介权力边界估计不足，采用贴大字报、散发传单等行为方式来反压制，结果祸患越来越大。

② 对1959年3月西藏武装叛乱的回应。

③ 1950年2月，成都市文艺工作者49人在《川西日报》礼堂召开文协会议，李劼人被选为常务理事。7月，李劼人被委任为成都市人民政府第二副市长。

二 新时期民间团体喷发

新时期，成都文坛异常活跃。《四川文艺》《星星》先后复刊，成为官方文艺重要基地，推举出了周克芹、杨牧、叶延滨、傅天琳等小说诗歌创作者。民间团体层出不穷。本土诗人翟永明、钟鸣、杨黎、孙文波、石光华、万夏、胡冬、廖亦武等，联合外地诗人张枣、欧阳江河、柏桦、周伦佑、周伦佐等，发起声势浩大的"第三代"诗歌运动。小说作者贺星寒、林文询等人，发起成立川西小说创作促进会。

（一）《星星》复刊

1979年，《星星》复刊。复刊号开篇即发艾青一组诗歌《无题》，然后是雁翼一组诗歌，还有臧克家的《祝〈星星〉重光》，以及公刘的一篇关于顾城的文章《新的课题》。

1980年初，《星星》刊登了杨牧的长诗《站起来，大伯!》。中央人民广播电台"文艺之窗"栏目也连续介绍了《星星》的办刊方针、宗旨和特点，并配乐朗诵发表在《星星》诗刊上的诗歌作品。四川人民广播电台以"重放光华的星"为题，全面介绍《星星》诗刊。1980年，流沙河重回《星星》。1981年1月，贺敬之、流沙河的"诗人书简"发表，题为："不能一律被误认为'假大空'"。①

《星星》诗刊迅速汇拢了一批诗人，推出了一批新人。1979年到1981年，获得"星星诗歌创作奖"的诗人和诗评家有徐慧、丹鹰、傅天琳、何吉明、王敦贤、李加建、周纲、余以建、渭水、杨牧、刘登翰、顾城、易允武、赵家瑶、孔孚、聂绀弩、刘中枢、陈所巨、雁页、刘宗棠、阿红、朱瑞屹、徐敬亚、寒星、赵伟、许洪、竹亦清、公刘28位。②

《星星》复刊以后，杨牧、叶延滨、梁平先后执掌该刊。这些人成为新时

---

① 《星星》诗刊编辑部：《单位大事记》，四川机构网（http://www.scjg.com.cn/Institution/234/message/990.htmlo）。

② 同上。

期成都诗坛重要人物。

(二) 民刊与诗江湖

新时期,成都成为诗人大本营。全国各地的诗歌爱好者齐聚成都,建构起中国20世纪80年代最活跃的诗歌江湖。这时期的成都,诗派林立,诗刊众多,以民间诗刊为多。

最早发出时代之声的是骆耕野,骆耕野是80年代初期和中期成都诗坛的领袖人物。

骆耕野,1951年生,重庆人。1979年,他在《诗刊》第5期上发表《不满》,以其"对现状,大声地喊叫出不满",抒发了个人和集体长期被压抑的激烈激昂,评论界因此"把它作为诗自打倒'四人帮'后向更深的思考掘进攀登的新硕果而列入诗史,海外关心着中国新变化的人士把它作为中国在发展的一个标志,向海外广作宣传"。[①] 1984年年底,成都成立"四川青年诗人协会",骆耕野任会长。

青年诗人协会核心成员有:欧阳江河、周伦佑、万夏、王世刚(蓝马)、石光华、陈小蘩、钟鸣、宋渠、宋炜、杨黎、刘涛、廖亦武、翟永明、李亚伟、敬晓东、杨远宏、孙文波、黎正光。这些人都先后成立或加入了不同诗派。1984年,李亚伟、万夏、马松、胡冬,创办"莽汉派";石光华、宋渠、宋炜、杨远宏,创办"整体主义";廖亦武和欧阳江河提出"新传统主义"。1986年,周伦佑、王世刚、杨黎、刘涛、何小竹(苗族)、吉木狼格(彝族),创建"非非主义"。同时,翟永明、欧阳江河、钟鸣、柏桦、张枣,组成"四川五君",后加上孙文波、廖希,成为"四川七君"。

另一方面,学生诗歌团体也在形成。1983年,以四川大学赵野、成都科技大学北望为领头人的"成都大学生诗歌联合会"成立。该会联合了成都八个大学,成员近两百人。联合会创办"第三代人"诗刊,赵野为主编。1983年夏,《第三代人》诗刊出现。1984年,"第三代人"融入成都诗坛,领头人

---

① 钟文:《"我是沸泉"——骆耕野和他的诗》,《诗探索》1982年第3期。

赵野与周伦佑、廖亦武、杨黎、蓝马、石光华、杨远宏等人有了交往,成都诗歌江湖从此汇成一片。

诗歌江湖中,以团体存在的是"四川七君""大学生诗歌联合会",以流派存在的是"非非主义""莽汉派""整体主义"和"新传统主义"。四个流派之中,"非非主义"理论色彩最浓厚,有刊物《非非》及《非非评论》。四个诗歌流派加一大一小两个诗歌团体,构筑起成都诗歌地图。各流派、各团体之间既独立又相互交流,多次以成都诗坛的名义编发诗集。①

这时期成都出现的民间诗刊多不胜数。以1982年钟鸣油印的《次森林》为开端,接着《汉诗:二十世纪编年史》②《第三代人》《非非》《玉垒诗刊》《红旗》《诗家》……

80年代,成都迎来诗的盛宴。诗人们创造了诗的江湖,诗的传奇。先锋诗人海子来到成都,受热烈欢迎。朦胧诗人北岛、舒婷来到成都,"当时提督街的老人民文化宫,礼堂的门窗都快挤爆了、挤烂了"。③

总览成都诗坛,在全国当时的同类诗坛中,如万夏所说,具有一种"罕见的对立性,并彼此达到惊人的高度"。④譬如欧阳江河与李亚伟,一个传统一个莽汉,其"思诗的修辞炫技与身体的想象暴力构成了今天中国诗歌的标杆,一直高高无人可及"。⑤譬如"柏桦与杨黎、张枣与宋炜的对立,可为的语言与无为的语言各自扬长而去,导致世界诗歌价值重新确立,继往开来,影响好大一群。而小安与翟永明的对立,两个女人的温柔差异与秘密统一,深入与灿烂,常常感动万夏这个不易感动的男性读者"⑥。还有"石光华、马松、吉木狼格、何小竹、廖亦武、赵野、钟鸣、周伦佑、蓝马等人,其诗其

---

① 20世纪80年代,何小竹、李亚伟、廖亦武曾合力编印《中国当代实验诗歌》,万夏、杨黎和赵野曾编印《现代主义同盟》(后因故改为《现代诗·内部资料》)。
② 1985年由石光华、万夏、宋炜、宋渠、刘太亨、张渝等发起的"整体主义"研究学会创编。
③ 来自2016年9月9日笔者对林文询的访谈。
④ 万夏:《苍蝇馆 上世纪80年代成都的那帮诗人》,《收获》(http://www.aiweibang.com/yuedu/147096481.html)。
⑤ 同上。
⑥ 同上。

文，均自成一格，成为成都这个城市与时代的宝贵财富"①。

（三）周克芹与《四川文艺》

成都小说界也有自己的官方阵地和民间团体。官方阵地以各级文联作协及其下属的文艺刊物为主，民间团体则以松散的小说界人士聚会为主要形式。

《四川文艺》作为省作协刊物（也即官方阵地），于1972年10月复刊。②复刊后的《四川文艺》在推出本土作家上颇有贡献，周克芹是其复刊后推出的第一人。

周克芹，1936年生，四川省简阳县石桥乡人，首届茅盾文学奖获得者。还在成都农业技术学校读书时，周克芹便已在成都《工商导报》上发表处女作《盐工袁大爷》（1954年）。六七十年代，在省文联、作协、出版社的关心和扶持下，周克芹相继发表了《秀云和支书》《李秀满》《在井台上》《早行人》等多个短篇小说（多发表在《四川文艺》上），并出版短篇小说集《石家兄妹》（四川人民出版社1978年）。1979年，周克芹调进省文联，创作长篇小说《许茂和他的女儿们》。1982年，该书获茅盾文学奖。③

周克芹是文联与作协发现并培养起来的本地作家。其作品鲜明的地域性、高超的文学性，在20世纪80年代赢得一致好评。

（四）川西小说促进会

成都小说界民间团体不如诗歌界那样密集和热闹。

---

① 万夏：《苍蝇馆 上世纪80年代成都的那帮诗人》，《收获》（http：//www.aiweibang.com/yuedu/147096481.html）。

② 《四川文学》于1966年停刊，1972年10月复刊，更名《四川文艺》。1979年1月《四川文艺》更名《四川文学》，1984年1月更名《现代作家》，1991年1月再次更名为《四川文学》，沿用至今。《四川文学》是四川省作协刊物，历任主编：沙汀、李友欣、陈进、周克芹、邓仪中、意西泽仁、高虹、贾志刚（牛放）。

③ 参见四川省地方志编纂委员会编《四川省志·文化艺术志》，四川人民出版社2000年版，第484页。

较早的小说民刊《锦江》由川大学生创办①，推出了写作者龚巧明。龚巧明在《锦江》上发表小说《思念你，桦林》，引起热议。《锦江》只出了三期便被迫停刊，龚巧明到西藏，不久牺牲。另有《野草》。《野草》诞生于1979年3月，主力是野草文学社成员邓垦、陈墨。《野草》也是仅出了三期便被迫停刊。②

新时期，成都小说界有三剑客：贺星寒、林文询、王成功。"小说三剑客"随后成立了文学社团：川西小说创作促进会。

川西小说创作促进会成立于1985年，到1995年贺星寒去世，共存在10余年。据林文询回忆，成立会在成都人民公园紫微阁召开，选举会长贺星寒，副会长林文询、王成功。参会人员包括川东大巴山文学社的谭力、雁宁以及湖北的方方，另有外围会员上百人。

促进会每周都有沙龙活动、讲座，一般由贺星寒主持，林文询做发言人。当时成都的西城区图书馆负责给小说促进会提供场地。③据成都作家冉云飞回忆：

> 这小说促成会（小说促进会）是八十年代末和九十年代初，成都民间一大景观。主事者主要是已故的小说家、随笔作家贺星寒。……当时我才毕业，去参加过数次，记得那阵常在梓潼街区图书馆，其间流沙河先生也曾去过。这个促进会的骨干应是贺星寒、林文询、江沙、李书崇、周钰樵、段德天等。④

不仅当时成都活跃的小说界人士如流沙河、周克芹、乔瑜都参与到促进会，外地来的小说家作家也参与了小说促进会。林文询说："促进会是外在于省作协的一个小说社团，有纲领，有行动，当时影响很大。外地来的作家，

---

① 《锦江》诞生于20世纪70年代末，是四川较早的文艺民刊。龚巧明（1948—1985），女，曾任《西藏文学》编辑，1985年因车祸离世，葬于西藏。
② 另一种说法是，《野草》杂志从1978年办到了2004年。由一群文学爱好者，采用打印、油印、铅印等各种方式出版传播。
③ 20世纪80年代中期的成都，只有东、西两个城区，外围统称金牛区，近似郊区。
④ 冉云飞：《匪话连篇》，天涯博客（http://blog.tianya.cn/blog-185021-5.shtml）。

好多都不找作协，直接来找促进会。"①

促进会还不时邀请到当时的省文联省作协领导出席。艾芜就曾在促进会上就川西小说不发展的原因作了讲话。②促进会五周年纪念会上，高缨、周克芹也到场祝贺。③

"1995 年，贺星寒去世后，小说促进会就散了。"林文洵说，"流沙河曾数次劝我将促进会再搞起来，但我从贺星寒的去世中，看到了很多东西。觉得生命太脆弱了，不太想挣了。所以就没有再办。"④

三　90 年代后平静写作

20 世纪 90 年代以后，成都文坛归于平静，创作主体从团队回到个人，报告文学兴起，散文有所突破，戏剧也有革新。90 年代以来，成都文坛看似平静，实则仍有增长。

（一）诗歌

进入 90 年代，"第三代人"喧嚣褪去，80 年代各种诗歌团体大都宣告解散。翟永明经营白夜酒吧，石光华、李亚伟经营美食，柏桦、钟鸣任教大学。万夏说："他们（第三代人）现在主要聚集在成都宽窄巷子，吃李亚伟的香积厨、胡小波和石光华的上席，喝翟永明和王敏的白夜、文康的芳邻旧事，以及吉木狼格和杨黎最喜欢的小房子。"⑤

实际上，到 21 世纪，"第三代人"光华仍在。柏桦和钟鸣自办刊物《象罔》，以独创性、高质量为界内称道。周伦佑进入"后非非"时代。杨黎、吉木狼格、何小竹和云南的于坚、南京的韩东联手，深入推进口语诗写作。杨黎、吉木狼格、何小竹并创办"橡皮论坛"，推出橡皮文丛。杨黎还有微信公

---

① 见 2016 年 9 月 9 日笔者对林文洵的访谈。
② 参见艾芜《艾芜全集》第 19 卷，四川文艺出版社 2014 年版，第 204 页。
③ 周克芹时任《四川文学》主编。
④ 见 2016 年 9 月 9 日笔者对林文洵的访谈。
⑤ 万夏：《苍蝇馆　上世纪 80 年代成都的那帮诗人》，《收获》（http：//www.aiweibang.com/yuedu/147096481.html）。

众号"废话四中"推出,自称"校长",倡导废话诗写作。

90年代以后,成都产生了一些新的诗歌团体。1990年,孙文波联合萧开愚、张曙光、王家新等人创办《反对》,明确提出"中年写作"这个20世纪90年代重要诗学概念。孙文、哑石、史幼波等人于90年代初创办探求心灵诗性空间的《诗镜》,杜力、萧瞳创办《幸福剧团》。① 另有许多诗刊创办:以成都为"根"的《人行道》,以成都诗人为核心的《在成都》,以及试图汇聚"天下诗歌"、传承"成都接纳天下诗人造访的包容性"的《芙蓉·锦江》②,还有《屏风》《鱼凫》《格律体新诗》《自便诗歌年选》《零度》《蜀道》《或许》等。

90年代以后新生的成都诗人中,马雁、熊燚、余幼幼,在诗界颇有名声。

(二)报告文学及其他

报告文学代表人物:邓贤。邓贤,生于1953年,成都人。1990年撰二战期间中国远征军出兵缅甸的报告文学《大国之魂》,获首届青年优秀图书奖。1995年,《大国之魂》被中国电影艺术研究中心和峨嵋电影制片厂联合改编为十集电视连续剧《中国远征军》。随后,邓贤出版纪实长篇小说《中国知青梦》《天堂之门》《流浪金三角》《中国知青终结》等。

小说:21世纪以来,长期生活于成都并专注于小说创作的作者有何大草、罗伟章、颜歌。何大草被称为学院作家,罗伟章被称为底层作家。一个以教书为副业,不断提升写作境界;另一个辞去工作当起自由写作者。颜歌为80后写作者,正从校园小说转向现实主义小说创作。另有一些长期寓居成都的写作者,如麦家、裘山山、卢一萍,其创作也为文坛瞩目。

散文:代表人物蒋蓝。其散文创作主张赋予文字以尊严,不断磨砺语言锋芒。冉云飞,倡导公共知识分子写作。余杰,其写作以思想锋芒见长。

戏剧:戏剧、影视剧作者林解、易丹、李亭。李亭主创音乐剧、话剧,不断推陈出新,希望在戏剧行业低迷的时代有所作为。易丹参与主创的电视

---

① 参见王学东《"第三代诗"论稿》,巴蜀书社2010年版,第183页。
② 杨然:《芙蓉·锦江》创刊词,2006年。

连续剧《誓言无声》，获得了"飞天奖"。

儿童文学：以杨红樱为代表，著有"淘气包马小跳"系列、"笑猫日记"系列。

第二节　大众消费传播

20世纪90年代以前，成都文学的传播方式还比较简单，主要借助纸媒、广播、社团等方式传播，以人际交往、结群结社、组织制度等方式进入大众视野。21世纪以来，成都文坛的传播方式趋于多样：有借助政府力量和学院力量组织研讨会、发布会的；有借助网络传播、依靠点击率生存的；有借助市场、走影视传媒道路的；有自创平台、自己发表、出版、销售作品的；还有仍然走杂志发表、出版社出版、纸媒发行道路的。

一　鲁奖风波与文学事件

21世纪，成都文坛看似沉寂，实则潜流暗涌。大众媒介不断在寻找新闻点，寻找事件，制造热点。"鲁奖风波"于是制造出来。

"鲁奖风波"缘起于2014年湖北一诗人被指责为获鲁迅文学奖而"跑奖"事件[1]；随即四川古体诗词写作者周啸天获当年鲁迅文学奖而四川藏族作家阿来历经三年精心打造的非虚构作品《瞻对》以0票落选，媒介哗然。2014年8月，阿来发表抗议并"三问"鲁奖。[2] 事件最终收尾于2016年5月，以"跑奖之争"诉诸法律而告终。

"鲁奖风波"起自湖北，波及成都，历时两年，可谓是21世纪以来文坛著名事件。

《四川日报》文化体育部记者黄里说：

---

[1] 2014年，湖北省作家方方发出两条微博消息，批评某诗人为获鲁迅文学奖而四处活动奔走。

[2] 2014年，阿来对着媒体的采访电话说出了"我抗议"三个字。随后2014年8月16日，阿来在网络上发3000多字声明，对鲁奖的评奖体例、评奖程序、作品质量提出"三问"。

我是文化记者，我们也有生存压力，但相对而言，压力还不大，至少我们川报记者还有保底，没有饿肚子的危险。所以我的报道也有选择和坚持。除了完成一些上面领导交代的任务，一般没有看点的新闻、没有突破的新闻我是不会发的。媒体更重要的是生存啊，写四川文学的稿子，永远是那副样子，发了也没人看，写了也发不出去。四川文学近二十年来太沉闷了。简直没有什么可以写的。我负责这个口子，每次去作协啊那些地方，都感觉很恼火，有什么可看的？！2014年，四川倒是出了两个事件，都有关鲁迅文学奖，一个是周啸天获奖，一个是阿来抗议鲁奖。前者我进行了专访，后者是我首发。①

从这可以看到，"鲁奖风波"，也可以说是大众传媒成功打造的一次文学事件。此事件折射出许多问题：文坛乱象、奖励机制混乱、文学日益矮化弱化、网络传媒等大众媒体对文学的消费。即便如此，毋庸置疑，这场风波也使相关作家和媒体人走进了大众视线，使在消费社会本已处于边缘境地且生存空间越来越逼仄的文学，以论争和事件的形式引起了大众注意。这件事以后，周啸天的书籍被广泛搜集，因投放市场数量少而更引起消费者向往。阿来的《瞻对》销量也有所增长。另外，由于周啸天和阿来都在成都，一个在学院，一个在作协，因而连带这两个地方，都引起了媒体兴趣。

二　IP 神话与市场营销

依靠文学一夜成名、一夜暴富，在今天的文坛不是神话。这是大众消费日益网络化、快捷化的结果。

成都本土作家杨红樱的儿童文学写作，早已助她登上作家富豪榜前十位。2010年即有消息称，"杨红樱年收入2500万称霸作家富豪榜"（网易新闻网）。杨红樱的成名和致富，属定位准确的类型写作。而网络小说《琅琊榜》的爆出，则主要依靠网络改编和网络发行。

2015年，一部名为《琅琊榜》的电视剧在国内电视台和网络平台上热

---

① 来自2014年11月30日笔者对黄里的访谈。

播。据"数据显示","电视剧《琅琊榜》不仅拿下同期黄金档电视剧收视率头名,在网上的点击率更是累积突破58亿次。"① 这是一场"IP"的胜利。②《琅琊榜》原为网络小说,在网络上获得高点击量以后,山东影视集团签下影视改编权,以过亿的成本制作出电视剧,并在电视台和网络同时播出。播出后反响热烈,得到极高的收视率和点击量。随后,东南亚各国以及中国台湾、香港都购买了该剧的版权,使得该剧热播海内外。与此同时,新闻媒体的焦点集中在高额的版权费上。据说,该剧的原著影视改编权在当时"已是天价",热播后,该剧的版权更是达到每集数百万元。新闻媒体也热衷于挖掘作品背后的故事,于是,原著者的身份和收益一点点浮出水面,但也只是一点点(传说,作者海晏为成都一家房产公司的普通女职员)。原著者身份成谜,进一步刺激了消费者和媒介的热情。

网络、影视,还让一些已经沉潜的作家作品得以重见天日。2010年,姜文的电影《让子弹飞》,让年已近百的马识途回到大众视线。③ 其小说《夜谭十记·盗官记》、其一举一动、其文学理想,都在网络中被一一披露。中国新闻网随即刊登文章《马识途:退出文坛但不退出文学》,《光明日报》上也刊登文章《百年双栖马识途》。2015年,生活·读书·新知三联书店还出版了马识途新书《百岁拾忆》。

总之,借助网络、传媒、市场,成都写作者在文坛上掀起不少热潮,也将自身展露人前。

三 官方作为与民间立场

21世纪,成都文坛仍有官方与民间两大阵营。两大阵营绝非截然对立、

---

① 《重视网络改编与网络发行——制片方揭秘〈琅琊榜〉的版权运作》,新华网(http://news.xinhuanet.com/local/2015-11/26/c_1117273356.htm)。

② IP(Intellectual Property),指知识产权。放在文学界和影视界,指可以改编为影视剧的文学作品。2014年以后,主要指网络文学的影视改编权。

③ 马识途,生于1915年,原名马千木,重庆忠县人。新中国成立后在四川工作,曾任四川省文联和作协领导。60年代初开始在《成都晚报》《四川文学》上连载长篇小说《清江壮歌》,反响热烈。80年代以来,陆续出版小说《夜谭十记》《巴蜀女杰》《京华夜谭》《雷神传奇》等。

· 49 ·

水火不容。官方一面，以成都市文联为主，下辖市作协。① 民间一面，以诗人居多，拥有自己的发表平台和推广渠道。

文联对作家文学投以资金资助、扶持、奖励。2011年5月23日，成都市文联和成都日报协力举办"成都作家群'大地民生'文学写作行动"，以扶持和奖励的形式，邀请成都作家和广大文学爱好者书写成都。2015年4月，成都文联主办的成都文学院发布了第六届签约作家及作品招标评审结果，共有20人进入候选人名单。成都文联也重视青年作家的发现和培养。2013年3月，成都市文联将《青年作家》交由成都市作协主办。② 随后，《青年作家》杂志被评为"2016年中国最美期刊"。文联还动用其他资源，组织汉学家翻译成都作家作品，积极开展国际作家文化交流。③ 21世纪以来，成都文联更加重视跨界合作，重视影视剧创作。2012年7月13日，成都市文联在成都华域数字影视基地组织召开了成都作家影视创作制作交流会，讨论影视文学创作及后续影视转化等问题。随后成立成都电影电视舞台剧剧本创作孵化中心，采取签约形式扶持优秀原创文学剧本。

民间一面，以诗人居多，如先锋诗人翟永明、钟鸣、杨黎、何小竹、吉木狼格；也有少部分公共知识分子，如冉云飞、余杰。他们对民间立场的坚持，既有自觉的主动也有被动的自主。他们自有其传播渠道。④ 翟永明、何小竹、吉木狼格，目前几成中国诗坛成都分坛"坛主"。吉木狼格说：

> 这几年，我们广泛地接触过很多诗人，欧洲的美洲的，包括法国的。通过交流，得出一个结论，他们中很多所谓的大师级别的诗人，水平都还是文青级别——文学青年。中国当代诗歌肯定是走得最远的。有一天

---

① 成都市文联成立于1980年。
② 《青年作家》创办于1981年，由成都市文联主管。
③ 《成都市文联作协以改革促创作繁荣》，中国作家网（http://www.chinawriter.com.cn）。
④ 翟永明、钟鸣等人，前期大多抛弃稳定而刻板的事业单位工作，选择了相对自由的诗歌生涯。这群诗人目前各为生计，但都还在创作。2015年，翟永明出版长诗《随黄公望游富春山》（中信出版社）。钟鸣则一直主编先锋文艺刊物《象罔》。杨黎、何小竹等人持续经营《橡皮：中国先锋文学》杂志，自费出版"橡皮诗丛"。"橡皮诗丛"，延续了民刊理念，由"橡皮"诗人自己排版、装帧设计、并由"橡皮"自费独立出版、发行。杨黎、何小竹、吉木狼格等人还自设"橡皮文学奖"，自筹经费颁奖。

一个法国所谓的桂冠诗人到成都来,法国领事馆就找了我和小竹。他搞了一个诗歌表演,把诗歌行为化,一边朗诵一边做一些砸玻璃等事情。这些不管。诗歌首先还是语言的艺术,这是最基本的。后来我们坐下来交流,有些中国的人呢就提问,就问了一些诗是什么啊这些问题。这法国人就口沫横飞、眉飞色舞、一副轻佻的表情,说诗就是窗台上的向日葵……把我说生气了,我就喊来翻译,对翻译说:请你问他,如果不用比喻,能说出什么是诗吗?劈劈啪啪说了半天,就一个文青的水平。然后我说我来回答你,我说在中国,有很多人对诗歌的命名是你没有听说过的。我有一个朋友说,诗是语言的最高形式。我现场发挥了一下:诗是感觉与语言的邂逅。对他来说,这都是从来没听说过的。他就闭嘴了。还有一次,我和小竹在北京参加一个数码诗歌活动,来自北美、西班牙的诗人展示了他们理解的诗歌,我认为他们在进行一种另外的艺术,数码诗艺,而不能称作诗歌。①

2015年12月2日,"香港国际诗歌之夜成都站"诗歌活动在成都市青羊区贝森北路1号西村·贝森大院二楼壹九吧举行。来自中国台湾、香港以及以色列、美国、日本的诗人齐聚一堂,同成都诗人翟永明、何小竹、吉木狼格一起探讨历史上诗歌与战争的关系。

2016年7月24日,由美国一个民间基金资助,何小竹、吉木狼格等人飞抵美国,进行为期一月的访问与交流。

通过交流,诗人们增强了对中国汉语新诗的信心,也获得了广阔的诗歌传播渠道。

同样坚持民间立场的还有作家冉云飞。冉云飞走"搜书、读书、卖文、买书"人文知识分子路线。自称是成都作家里藏书最多的。自认为不需要官方扶持,因为卖文的钱足够。他曾经在微信公众号发表文章,每月光"打赏"费用就能达到一两万元。② 他的书《每个人的故乡都在沦陷》"已经卖到6万

---

① 来自2015年10月6日笔者对吉木狼格的访谈。
② 打赏,腾讯微信平台上针对原创文章设立的一种非强制性付费模式。读者自愿付费,金额不限。

册，预计（2015）年底能达到 10 万册。收益是每本书提取 12%"①。他的文章，紧跟时代热点潮流，敢对时事政治发话，敢说自己想说的话，见解独到，视野开阔，因而能够畅销。

四 远离喧嚣

另有一类成都作家，既不过分依靠官方传播，也不迎合市场，也不结群喧闹，他们秉持自己文学理想，默默写作，如何大草。

何大草，20 世纪 60 年代生人，90 年代末开始小说写作，四川师范大学文学院教师。目前蛰居成都温江。于官方，他挂有成都市作协副主席虚衔。②对作协组织的创作会他基本不参加，官方组织的评奖他也很少参加。他说他是不主动也不拒绝："四川省的、成都市的文学评奖，让交几本书过去，评出来，获奖了，我就把它拿着。钱多钱少也无所谓。如果太麻烦，我就不参加。"③他自述自己近十年没有参加文学评奖："除了麻烦，知道其中很多荒诞事，兴味索然。很多获奖的作品，包括鲁迅文学奖、茅盾文学奖之类，我翻过一些，相当瞧不起。"官方机构给出的扶持基金，何大草也接受，并很感激。他说他在写《忧伤的乳房》时，通过成都市文联申报，收到了成都市委宣传部的一项写作资助基金，共十万元："没有资助，我也会写作。而拿到了资助，感觉还是温暖的。这部小说 2013 年完稿，顺利在《十月》发表，后来在安徽文艺出版社出书。"

何大草目前仍走的是发表、出版、发行的老路子。至 2015 年，已出版八本长篇小说，其中五本是先在《钟山》《十月》《作家》等杂志上发表，再由出版社出版单行本。他说他的书出版就这两种情况：出版方在期刊上看到了他的文章，主动联系出版；他主动把书稿交给信任的编辑出版。

他和大多数发表他文章的编辑都没见过面。比如长篇小说《所有的乡愁》

---

① 来自 2015 年 11 月 17 日笔者对冉云飞的访谈。
② 何大草坦言作协副主席对他而言是个"虚名"："这是成都市文联、作协的美意，请我挂了一个副主席的虚名。我觉得我没有做啥事，挺惭愧。"参见 2014 年 12 月 28 日笔者对何大草的访谈。
③ 参见 2014 年 12 月 28 日笔者对何大草的访谈。后文章节中凡何大草的话未标明出处者，皆出自这次访谈。

发表在《作家》上时，责编王小王，是个女孩，二人都没见过面，电话都没通过，只是在短信和邮件里面交流，"交流很顺畅，也很友好"。他和大多数编辑因作品而成为朋友。

他不太能接受市场营销，更不会主动宣传作品，一是想保持作家的自由、独立、尊严，二是没有这方面的团队。他说：

> 我的生活很简单，除了吃饭穿衣，就是买买书，喝喝茶。在学校当老师有一笔不高的收入，我上课少，颇难完成绩效，但我也非常接受这个规则。学校拿得少，加上我的稿费，感觉日子过得还是比较从容。听说，有些出版社、书商，为了某一本书，要用30万40万去砸市场。我觉得了然无趣。我做作家，唯一的本分，就是把作品写好。我跟朋友说，当作家的好，就是有自由、独立、尊严。如果我把这个放下了，当作家还有啥意义呢？天天想的是如何去营销自己的书，就去当一个营销商人算了。作家，确实也需要经纪人；书，确实也需要营销。但我现在没有这方面的团队，我自己就是我的全部。命运掌握在自己手中。

关于书的版权收益和销售数量，何大草没有统计过。他说："目前为止，我的所有作品都得到了发表，每一篇小说，每一篇散文，都变作了公众文字，为公众、哪怕是小小的群体所分享，而不是孤芳自赏。这并非我的运气好，是跟认真勤劳的态度相关的。另外，我的作品能发表和出版，说明出版社、期刊、报纸认为我的作品还是有读者。我也相信，是有一小部分人一直在读我的作品，一直在和我的作品交流，不然我的书也卖不出去。我确信，一直有一小部分人，散落在全国各地，买我的书、读我的书。这就挺好了。"

第三节 汉语自觉：成都汉族作家的文学追求

成都文坛为多民族文坛。由于距离甘孜、阿坝、凉山三州地区和西藏自治区较近①，汉时便已为边贸中心②，唐宋也是茶马互市集散地③，成都文学写作者自来不乏多民族身份。清朝，旗人入蜀，成都有满蒙旗人文学。20世纪80年代，成都有了汉、藏、彝、羌、满、蒙古、回、土家、苗、白等多民族写作者。

成都文学具有多地域性。20世纪20年代林如稷写《太平镇》即有四川特色，到沙汀《在其香居茶馆里》、李劼人《死水微澜》，形成四川地域写作高峰。当代小说界，何大草写成都、罗伟章写大巴山、颜歌写郫县、觉乃·云才让写甘南。诗歌界，梁平写成都、龚学敏写阿坝。散文界，流沙河、林文询、聂作平等人的写作都具有成都风味。至于戏剧中的川剧，则更具地域特色。

成都文学具有多民族性、多地域性，但成都本土汉族作家的写作，几乎不强调民族性。强调民族性的马识途，其民族性也是"中国风"，意即通俗大众、为人民所喜闻乐见的文学，可说是"新评书""新传奇"。④ 成都本土汉族作家文学，不强调民族性，写作不带民族意识，却强调"汉语之美"，重视汉语表达，追求言语独创。早期作家如巴金，语言富有激情；李劼人语言朴实绵密。近期活跃在文坛的成都本土汉族作家，流沙河语言简洁、周克芹行文优美、贺星寒峻峭、林文询沉着、钟鸣诡异、何大草华丽、洁尘轻巧、余杰犀利、颜歌准确。诗歌写作者，翟永明追求语言对女性幽秘经验的深刻揭露，孙文波追求传统与现实相结合的真实叙事，杨黎专注解构传统诗义，整体主义诗人石光华追求古典澄澈，新传统主义诗人廖亦武追求狂乱沉雄，莽汉主义万夏、胡冬的诗则去除了古典诗词的温情后留下野性蛮力。⑤

---

① 参见成都市地方志编纂委员会编《成都市志·地理志》，成都出版社1993年版，第3页。
② 汉朝，蜀地西部边境开放，进出云南、凉山的商人增多，他们贩卖"筰人、僰僮、牦牛"，"求蛮貉之物以眩中国，徙邛筰之货致之东海"。
③ 参见成都市地方志编纂委员会编《成都市志·地理志》，成都出版社1993年版，第17页。此处的茶马互市意思是，内地的茶盐与边地的马皮、皮毛、竹木之间进行商品交换。
④ 马识途认为自己写小说用的方法是"摆龙门阵的方法"，乐意把自己写的某些革命斗争故事叫作"新评书或者新传奇"。参见马识途《我追求中国作风和中国气派》，《马识途文集11：文论·游记》，四川文艺出版社2005年版，第23页。
⑤ 参见张清华《当代诗歌中的地方美学与地域意识形态——从文化地理视角的观察》，《文艺研究》2010年第10期。

截至目前，还在持续创作的成都本土汉族作家诗人中，主攻小说散文的有流沙河、何大草、钟鸣、凸凹、颜歌等人；坚持写诗的有翟永明、杨黎、孙文波等人。限于篇幅，在此选取老中青三个代际四位作家诗人进行评述：四人两对，流沙河的回归文化和杨黎的反文化为一对，何大草的华丽繁复和颜歌的世俗趣味为一对。

一　流沙河：回归传统古典

流沙河，生于1931年，原名余勋坦，成都市金堂县人。20世纪50年代初诗人，因组诗《草木篇》而闻名全国。①80年代末以后，流沙河停笔诗歌，改作汉文化古典研究，成为成都文化名人。

流沙河诗歌生涯很短。"除却十几、二十岁出头时写的那些不成样子的诗，也就是1979年平反后，到1989年这十年间在写。"②这十年间，流沙河的诗歌《就是那一只蟋蟀》和《理想》被选入中国多种语文教材。然而1989年以后流沙河不再作诗，改作文化类随笔和训诂类撰述，有《Y先生语录》③《庄子现代版》和《流沙河认字》《文字侦探》问世。

流沙河不作诗的原因，一是认为自己过分智性无法写出好诗；二是疑惑现代诗歌的走向。他在接触到台湾诗歌尤其是余光中的诗歌后，自愧弗如："算了算了，我不写了，我怎么写也写不出他们那样的好诗来。我的致命伤我清楚，我这个人头脑过分条理化，逻辑化，感性不足。好诗需要的奇思妙想我没有。所以我的诗都是骨头，没有肉。"④从此流沙河连诗歌评介都不作了，将关于台湾诗歌的几百本书和资料一气送给了青年诗人杨然。

---

①《草木篇》发表于《星星》诗刊1957年1月创刊号上，后被毛泽东主席点名批判，说流沙河"假百花齐放之名，行死鼠乱抛之实"。流沙河被流放金堂县，停笔长达20年。复出后一边当《星星》诗刊编辑，一边写诗。出版诗集《流沙河诗集》（1982）、《故园别》（1983）、《游踪》（1983），诗歌评论集《台湾诗人十二家》《隔海说诗》。

② 流沙河：《我是一个失败者》，《南都周刊》（http://www.NBweekly.com/culture/books/201109/27237.aspx）。

③《流沙河外传》中称《Y先生语录》是一种以"幽默，还以小品、杂俎与漫画合铸成一种很个性化的文体"。

④ 流沙河：《我是一个失败者》，《南都周刊》（http://www.NBweekly.com/culture/books/201109/27237.aspx）。

过分条理化、逻辑化就写不出好诗？诗歌都是骨头就不是好诗？为何连诗歌研究都不作了？这需要追溯流沙河的诗歌"三柱论"。

1988年，流沙河为上海金山国际汉学家会议作论文《三柱论》。他在综合了古代汉族诗言志说、林语堂的诗乃"情感的真理"说、意象主义者以"象"为诗歌本质说后，提出诗歌"三柱论"，即诗歌是由情柱、理柱、象柱撑起的语言平台构筑起的空中花园。作诗便是将情、智、象语言化、艺术化。他说：

> 情，心情也，构成诗之魂。智，心智也，构成诗之骨。象，心象也，构成诗之貌。诗之有情有智有象，亦犹人之有魂有骨有貌，岂可或缺？[①]

三柱齐备是好诗。如若长短不一则会带来不同诗风，因此诗歌史上就有了"主情、主智、主象"的不同诗潮的交替轮转。同理，一个诗派若过度增长某一柱，去除或遮蔽了其他两柱，则诗歌必有缺失。因此流沙河批评十九世纪欧洲浪漫主义诗派过于滥情，20世纪初美国意象主义诗派与当代中国朦胧诗派囿于意象显得小气或散乱；20世纪中叶中国的宣传诗则智性露骨，总在说教，令人乏味。

同样，诗人也有三类器质：情型、智型、象型。三型具备为天才诗人，大多数诗人只善一种，或擅长抒情或擅长演智或擅长显象。诗人若明了自己的个性器质，扬长避短，或许会有所成就；但如果过度倚重一方面，则同样会失于偏颇。

流沙河判定自己属于"智型"诗人，作诗多宣传和说教，"我把太多的热情放到宣传里边去了，我想用诗歌宣传很多东西。这些诗可以拿到现场朗诵，有现场效应。"但是，"时代过去了，我再看那些诗时自己都觉得不好意思"[②]。虽然他作品颇丰，出版了《农村夜曲》《告别火星》《流沙河诗集》《游踪》《故园别》《独唱》六部诗集，但他认为自己的个性禀赋不能作出情、

[①] 流沙河：《三柱论》，《当代文坛》1988年第4期。
[②] 《沙河称新书〈诗经现场〉是"侦探小说"》，《新商报》2013年8月2日，第14版。

智、象兼具的好诗，因而果断放弃。

放弃作诗的原因还有80年代成都先锋诗派的兴起。流沙河对诗歌的本质和好诗的标准产生了怀疑。21世纪，当媒体采访流沙河，问及诗歌本质时，他说，诗歌的本质如同中国古代老庄的"道"一般，说不清楚；好诗是没有标准的。①

> 就像我问你世间最美的女子是谁？这是没有答案的。《百喻经》里说，橘子、山楂、苹果都很可口，但不能说哪种最好，也不能说哪种是水果。诗的"质"就好像是水果，可口是本质，什么是可口呢？就是好吃。但什么是好吃呢？这就说不清楚了。所以只要是诗，就是好的，否则它就不是诗。②

不仅如此，在2012年出版的《流沙河诗话》中，他又把诗比作一头大象，把自己比作大象身上的瘦虱子。瘦虱子从来不见大象真面目，直到偶然间离开大象身体，回首远望往日寄居处，"却意外见到了大象的轮廓，朦朦胧胧，横空蔽日，如山、如岳、如壁立之涨海、如垂天之大云，浩浩茫茫，莫可名状，仍然是'不可知'"。③

所谓大象无形、大道无言，流沙河认同的诗歌本质："道"和"象"，如德国哲学家康德的物自体一般，悬置于人的认知以外。可见，流沙河到晚年后视诗歌为难以捉摸、难以言说、难以企及的莫可名状的东西。他无法辨清诗歌之质、他又怎敢对诗人和诗歌发言？因此，只有噤声、放弃。④

流沙河最终选择回到古典汉语诗歌，这似乎是对当代汉诗的一种无声抗议。

---

① 流沙河称诗歌本质是说不清楚的，能直接说清楚的都是技术层面。这和老子、庄子谈的"道"是一样的。参见美国《侨报》2012年3月4日文艺副刊，转引自吴了了新浪博客（http：//blog.sina.com.cn/s/blog_4cac28e301012v3p.html）

② 美国《侨报》2012年3月4日文艺副刊，转引自吴了了新浪博客（http：//blog.sina.com.cn/s/blog_4cac28e301012v3p.html）

③ 流沙河：《流沙河诗话·自序》，新星出版社2012年版，第1页。

④ 流沙河也有一些诗歌标准，但模糊，如"好诗都是非功利的，非常纯粹的，优秀的诗歌都与政治无关"。如"没有简洁的语言就不是诗"。如"诗是质而不是形式，因此完全用不着谈形式。无论古体诗、现代诗、台湾诗、外国诗，本质都是一样的"。

他希望能通过他的"返文化"行为,来对照第三代诗人的"反文化"行为。

1980年初秋,流沙河应河北省文联的邀请赴北戴河参加诗会,在会中他说:"我是李白杜甫的玄孙。迪瑾荪(狄金森)不是我的姑奶奶。庞德不是我的舅舅。"① 2012年,他再次强调:"至今不相信,中国的诗歌能够把传统抛弃开,另外形成一种诗……迄今为止我所见到的这些现代诗,除了极少数写得好的人外……我看到更多的是一些松松垮垮,没有节奏,难以上口,无法朗诵的那些诗。废弃了中国古典诗歌高密度、高比重的文字,那是一种失败。"② 他批判现代诗歌的失败,认为汉诗要发展,"最大的可能是把传统的东西继承下来,然后把现代的一些观念,一些文学,各种认识结合起来"③。

他意识到诗歌抛弃传统和文化,进入无根状态,这是"自毁"的前兆,于是他选择退避。既无力回天,无法阻挡新诗潮滚滚而来,自己也没法将传统和现代有机地结合起来,那就只好退避。退到古典一隅,捡拾起被先锋诗人们抛弃的传统文化,力争作一个传道者、授业者。

如今,流沙河最大的快乐便是"读书,钻研,研究自己喜欢的学问"。写《文字侦探》是因为发现了"认字"的乐趣,写《庄子现代版》是为了抚慰自我身心。曾经"笔走龙蛇、饮誉海内外"的诗人流沙河回到了"注经"状态,回到了汉语古典文化中。以其幽默洒脱的文笔、深入浅出的讲述,担负起成都汉语文化传承人角色。

如流沙河一样主张回到传统文化中的还有成都诗人石光华、廖亦武,非成都本地诗人宋炜、欧阳江河。

二 "废话教主"杨黎

废话诗是外界给杨黎的诗歌贴的标签。他在各种场合都强调,他从来没说过废话诗,他说的是:诗是废话。

四川诗坛的对立而统一、冲突而包容的特性早已为外界所知。欧阳江河

---

① 流沙河:《流沙河诗话》,新星出版社2012年版,第9页。
② 《流沙河的诗·道·书》,《新京报》2012年3月1日,第15版。
③ 同上。

就说过:"口语和书面语的交汇,使四川诗歌写作呈现出引人瞩目的现代诗语言奇景。"① 同样的,杨黎对传统文化的彻底抽空,和流沙河一心一意要回归经典的路子完全不同。

杨黎,1962年生于成都,1980年开始写作,1986年加入"非非"诗派。2000年以后,和韩东、何小竹、乌青一起,创办橡皮先锋文学网站,提出废话诗歌理论。民间诗坛给予杨黎很多肯定,视其为口语诗教父。诗人韩东说:杨黎无冕。意思是杨黎没有获得过公众认同的大众荣誉。但据长期居住德国的已故诗人张枣讲,诺贝尔文学奖评委组专题研讨过三次的汉语诗人就是杨黎。杨黎在西方人眼中,是中国后现代诗歌第一人。②

杨黎的诗歌理论和写作实践被不明真相的外界一语概之:废话诗写作。此命名经过网络传播,已为人熟知,前些年出现的"梨花体""乌青体"都被归为"废话诗"即可为明证。杨黎及其诗作,被大众视作"口水诗"而大加讨伐。但毋庸置疑,杨黎的"废话诗"已是当下诗坛重要现象或重要一支。

何为"废话"?

杨黎说:废话是对诗歌本质的勘破。诗是什么?诗是废话。③

2000年杨黎为何小竹编的《2000诗年选》写序时,提到了"废话理论",并就"诗是什么"这个命题作出了解释。在杨黎看来,诗就是废话,是超语言的写作。杨黎认为,诗歌写作的意义,比如乐趣,就是建立在对语言的超越之上。超越了语言,就超越了大限。因为语言构成了人类世界的一切,诗,开始于语言,诗却不是语言,必须超越语言。超越语言,便是要超越语言所给予的一切限制,包括语言的既定意义,包括语言的"说出"功能,交流功能。所以,杨黎说,超越语言,"不说""言之无物",那就是"废话"。废话

---

① 《欧阳江河:没有了诗歌,就不会有下一个奥斯维辛吗?》,经济观察网(http://www.eeo.com.cn/2006/0616/38414.shtml#)。

② 张羞:《废话杨黎,三次被诺贝尔文学奖评委组专题研讨的汉语诗人——杨黎最新诗集〈五个红苹果〉编后记》,张羞的网易博客(http://badeggstuff.blog.163.com/blog/static/1406745842-01021501456317/)。

③ 杨黎的废话诗论并不是一种诗歌类型论,如口水诗、口语诗、朦胧诗、七言律诗之类。他的废话诗论是在回答诗歌的终极问题:诗是什么? 关于这个问题,一些人试图给出答案,诸如诗是文学的最高形式,诗是最接近上帝与神的形式,诗到语言为止。

是一个"动词",是废除语言后的"语言",是对语言的极限、盲区和"永恒的不可能"的书写。

杨黎的废话理论是对诗言志、诗缘情、诗叙事的所有一切意欲在诗中表达什么的诗写理论的抛弃。他认为其他诗人写诗是"有话要说""有话可说";而他的废话理论认为,要说话就去说话,无话可说才写诗。所以,诗,是"无话可说"。无话可说去写诗的才是诗人,写出来的才是诗;反之,一切有意义的言说都不是诗歌。如果说语言是现实、是实在,那么诗便要写出语言无法言说的那一部分,便要超越语言、超越现实,去写"没有的东西",诗要把"无"清晰地呈现在世人面前。

怎样才能把"无"清晰地呈现在世人面前?那就要"不说有所暗示的话、话中之话、大话和混账话"。[①] 具体而言:

A. 老老实实,准确、具体、简单。

B. 能够准确写出的可以写,能够具体写出的可以写,能够简单写出的也可以写;相反,不准确、不具体、不简单的,我们必须遵守写作的原则,就是放弃。

C. 它的事件可以被替换,但它的结果却不能被替换;它的对象可以被替换,但它的目的却不能被替换;它的行为可以被替换,但它的方式却不能被替换。[②]

因此,杨黎的废话诗歌理论:

拒绝比喻,因为废话拒绝生活、现实、内容,而比喻充满了内容;

反对修辞学,因为废话拒绝语言、拒绝语言的自我发现和纠缠、拒绝语义的生长;

反对"智性"写作,因为智性写作全是意义;

反对智慧,因为智慧是意义最完美的表现;

[①] 杨黎:《打开天窗说亮话》,何小竹主编《2000 诗年选·序言》。
[②] 同上。

反对文化，因为文化是我们现有的存在，诗应该是存在的另一种可能和企图，所以诗肯定不是一种文化现象，诗与文化无关。①

……

但反对这些那些，废话却绝不反对语言。因为废话开始于语言，也必须遵守语言的内在道德：表述现实是语言的一个内在道德，超现实是语言的又一个内在道德。语言组成一个现实世界，诗是现实世界之外的另一个世界，要用语言去抵达这另一个世界。这是废话也必须遵守的道德。那些热衷于炮制变形夸张扭曲的词语组合的诗写，不是超语言，是乱语言，本质上仍是语言的游戏，仍在语言的樊篱中无法自拔——废话写作是"基于语言，又超于语言"。

杨黎用清晰的话道出了自己对诗歌本质的理解和自己的诗写理念，其与维特根斯坦的语言哲学、格里耶的物性叙事有一定渊源。杨黎的拥趸者认为，废话理论是站在高处的一套诗歌理论，并认为："不夸张地说，正是这套理论，引领了从〇一年开始的轰轰烈烈的橡皮写作，也即废话写作：一种取消意义，完全不同于以往的自觉写作。在我看来，废话是一次对我们认识世界和诗歌的理性解放。它并非像不少写作者认为的教条主义和方法论，相反，它是开放的，是写作的一个起点。"②

那么，杨黎的废话写作到底如何呢？举例如下。

（一）《冷风景·冬天》③：

> 秋天是满街落叶
> 春天树刚长叶子
> 夏天树叶遮完了这整条街
> 但这会儿是冬天

---

① 参见《杨黎说：诗》，豆瓣网（https：//www.douban.com/group/topic/7025509/）。
② 张羞：《废话杨黎，三次被诺贝尔文学奖评委组专题研讨的汉语诗人——杨黎最新诗集〈五个红苹果〉编后记》，张羞的网易博客（http：//badeggstuff.blog.163.com/blog/static/140674584-201021501456317/）。
③ 杨黎最早的代表作，写于20世纪80年代中期，这里截取一节。

虽然雪停了
这会儿依旧是冬天

这会儿虽是冬天
但有太阳
街尽头院子里的灰色楼房
被太阳照着
这是一条很长很长的街
两边所有的房子
都死死地关着
这是一条很静很静的街

天全亮后
这条街又恢复了夜晚的样子
天全亮之后
这条街上宁静看得清楚

这时候
有一个人
从街口走来

于坚评道,"这就是关于这一风景的词的游戏和组合。或者说他看见的那些位于他的风景中的词。杨黎成功地仅仅呈现词而不呈现意义,但它却在读者中引起了极大的意义期待,读者总是在追问:这在表达什么意义?杨黎因此推翻了传统的作者和读者之间的指令性关系,而重建了一种自由的、开放的关系。"①

---

① 于坚:《杨黎和他的诗歌》,《诗探索》1995 年第 3 期。

（二）《一起吃饭的人他们并没有一起睡觉》

只是在一起吃饭
吃完饭后
就各自走了
而没有一起吃饭的人
也是这样
他们吃完饭后
也各自走了
那么，我问小杨
谁和谁一起睡觉呢？
小杨说：谁和谁一起睡觉
谁和谁心里明白①

比起《冷风景》的冷峻和客观或者零度写作，这首诗"似有实无""以有说无"，看似很多故事，实际什么也没留下。细思之，竟然无任何值得解说的意义。

目前，杨黎已出版诗集《小杨与马丽》《五个红苹果》。《五个红苹果》是杨黎继《小杨和马丽》之后的第二部诗选集，由坏蛋出版社于 2010 年 5 月独立出版。据称，"诗集由 123 首诗歌和两篇访谈组成，其作品均源于《打炮》（2001）、《太阳与红太阳》（2002）、《五个红苹果》（2003）三本网络诗集，所有写作时间都在 2000 年 2 月到 2004 年 8 月之间。"②

由于大众和主流媒介不太理解和认同杨黎所说的"诗乃废话"理论，所以杨黎的诗很难在正规出版社出版发行，其写作也没受到过来自官方的嘉奖或赞誉。但是，民间诗歌界已经认可了他的"废话教主"身份。且杨

---

① 杨黎：《一起吃饭的人》，重庆大学出版社 2013 年版，第 33 页。
② 张羞：《废话杨黎，三次被诺贝尔文学奖评委组专题研讨的汉语诗人——杨黎最新诗集〈五个红苹果〉编后记》，张羞的网易博客（http：//badeggstuff.blog.163.com/blog/static/140674584201021501456317/）。

黎自己也从未放弃。他说："实际上这个世界上没有废话体，没有废话诗这一说，我也没有说过这样的话。我说过的是：诗，就是废话。我说的是从古至今所有的诗。这是对诗歌本质的描述。反而言之，一切有意义的言说都不是诗歌。"①

三　何大草的神秘精巧

何大草（1962—），原名何平。创作青春小说和历史小说，目前已出版《刀子和刀子》《所有的乡愁》《盲春秋》等多部长篇小说和中短篇小说集。追求高峰写作。所谓高峰写作，即"出手就是高峰，但还在往上攀升，从很好到更好"。②何大草31岁才开始写小说③，但出手不凡，第一篇小说《衣冠似雪》即发表在国家级文学期刊《人民文学》上（1995年）。以后他便以高开高走的高峰写作来要求自己，希望能成为一个有生命力的作家、传世作家④：

> 我想成为一个能够一直会被阅读的作家，长销，有读者，即所谓的传世。这是最重要的，这意味着你的书能进入别人的书房、客厅、卧室，而不仅仅是所谓的文学史教材。可能，只有一小批人在读你的书，过了几十年，依然有一小批人在读，这就很好了。作家的生命，在被阅读中无限地拉长了。我看重这种生命的长度。⑤

为了实现这种传世目的，何大草既注重培养自身气场、开发增强原创力和才学识，更坚持背对时代的记忆写作，注力南方作家的神秘繁复、汪洋精巧。

---

① 杨黎、莫沫：《我是一个表演者，但我对观众的渴求不及我对于一面镜子的渴求》，散文吧（http：//sanwen8.cn/p/17fXDCf.html）。

② 何大草心目中有三种作家：一种是低开高走，起点低，但坚持写下去，就逐渐写了上去，成了好作家，譬如沈从文。另一种是顶峰写作，第一部出来就是顶峰，后来慢慢往下滑，比如曹禺。还有一种是高峰写作，出手就是高峰，但还在往上攀升，从很好到更好，譬如鲁迅。参见2014年12月28日笔者对何大草的访谈。

③ 据何大草说，他当初是为了玩才写小说，是和朋友酒后订约而写。

④ 何大草的高起点不是突然爆发。从四川大学历史系本科毕业后，他一直在《成都晚报》供职，写了多年散文、随笔，自认为文字风格已成熟，文字表达已接近从容自如。

⑤ 来自2014年12月28日笔者对何大草的访谈。

（一）写作者的气场

何大草认为作家要有充沛的气场。气场来源有三：一是学习和酝酿过程中采气。遍览古今或壮游万里，都是采气的好方式。二是写作过程中聚气。即写作过程中稳住气场，气不散，坚持写，任何事情都不影响写作。[①] 三是写作者本身的大气。大气即自信："艺术家不疯魔不成活。要有自信和才华。用不断的、哪怕是微小的成功来获取自信。自信不是一句空话。"大气来源于外界的承认，包括文章的发表，也体现为写作过程中写作者的胆识和气魄，"大"之气。当《盲春秋》被评论家姜广平认为"失之于心事之巧之缜密"的时候，何大草毫不以为意："中国古今的散文，以《庄子》成就最高，但《庄子》既不拙，也不若拙，文辞精巧、比喻精巧，因为缜密而具有雄辩（或诡辩）的力量，而且想象瑰丽、气势汪洋。这股气就是'大'。不怕巧，只怕小，作家倘自忖有一股大的气垫着，尽管往极端上去写。"[②]

何大草的写作，都非正常、极端。他的每部作品，在写的时候都带着这样一种想法：要把它们写成唯一的东西，历史感、语言、结构、人物塑造，都达到一个新高度。[③]

（二）作家的原创力和才学识

何大草认为文学家最大的能力是想象力、虚构力。一个作家、艺术家，最大的魅力就在于无中生有地创造一个世界，这个世界远比我们生活其中的世界更有趣，更丰富多彩，譬如大观园：

[①] 何大草说："但凡一件事决定了做，咬牙也不能放弃。任何事，只要坚持做半年，必有进步；坚持三年，必有所成。"他并说："如果我目前的教书工作，严重干扰了我的写作，那我肯定会辞职。"来自 2014 年 12 月 28 日笔者对何大草的访谈。

[②] 何大草、姜广平：《我不是一个"学院作家"》，《西湖》2013 年第 1 期。

[③] 何大草认为近现代历史小说，就他所见，二月河的小说是畅销书，写法是章回体，旧，格不算高。鲁迅的《故事新编》写得很好，但是短篇。土耳其帕慕克的政治小说《雪》，诗意化，尖锐、优雅、忧伤，写得好。同时他自认为自己的《盲春秋》可比帕慕克的《我的名字叫红》。

福克纳说，当一个作家需要具备三个条件，经验、观察、想象。我以为，三个之中，想象力最为重要。因为想象力，写作才成为创作和创造，而不是模仿或写实。或所谓的新写实。①

文学家需要创造，不能像当代传媒、新闻记者、摄影家一样仅仅复制生活。曹雪芹写《红楼梦》，他未必要经历贾宝玉的生活。有创造力的作家，只需要一点点记忆，就可以创造出大观园。②

创造大观园的过程，除了需要想象力，还需要文字。何大草说："旺盛的想象力，是作家至关重要的天赋。它同时包含着这样的能力，即把想象的事物用真实的态度、体贴入微地落实在文字中。"③ 也就是，作家既要有天马行空的想象，又要能小心谨慎地把想象落到纸上。《刀子和刀子》就是这样一部作品。在青春的一点回忆之上，写出了"披着现实主义外衣的极端主义之作"。《刀子和刀子》中的陶陶、何凤、包京生、金贵、女教师，都来自想象，但所有人物都自有其真实：既然"泡桐树中学是烂学校，那就让它烂到底，把所有够狠劲的烂，都放入这所学校里。只要人物的活动，符合他自身的逻辑，那么他就是真实的，比真实更锐利。把泡桐树中学写透了，它就不是一所中学了，它成了丛林，成了压缩的世界"④。在这个世界中，有弱肉强食的狼群法则、有群雄逐鹿的恶性竞争，有刀子的冷血、成人的谋略、半生不熟的爱情、违背伦理的性爱、出其不意的胜利。一切的一切在这里都那样正常，又那样不正常，青春期的迷茫、暴烈、痛苦，在这里得到极致书写。

何大草的想象力是足的，其文字也是足的。

何大草同时认为，一个伟大作家，需才学识兼备："才气就是创造力。

---

① 何大草、姜广平：《我不是一个"学院作家"》，《西湖》2013年第1期。
② 何大草把作家分为体验性作家和创造性作家。体验性作家，如路遥，写煤矿就要下煤井挖煤，和矿工同吃同住。创造性作家，不需要体验他人的生活，他创造生活，像鲁迅、博尔赫斯等人。何大草认为作家仅有生活体验是不够的，要有创造力。
③ 何大草、姜广平：《我不是一个"学院作家"》，《西湖》2013年第1期。
④ 同上。

学，就是学问，了解当时的环境，有相应的知识积淀。然后是观点、眼光。"①

他自认为他有才学识。在写《衣冠似雪》时，他没有去先秦走一圈或者查阅很多资料，而是借助已有的历史知识，塑造了一个可以刺秦却又放过了秦的荆轲：让荆轲在进献的地图中放了一把秦王夜夜不离枕下的竹剑。可惜秦王没有读懂这个暗示，杀死了荆轲，使得荆轲成为一个孤独忧郁、胸怀天下又命运可悲的士，具有文人气息的士。这篇小说充分体现了何大草的才学识：其独特眼光、深厚积淀与原创力，成就了何大草心性下的历史新编。

以后的写作，尤其是历史写作，何大草都致力于历史新编：采用非宏大叙事来重构历史，强调偶然性胜过必然性②，从《衣冠似雪》《如梦令》到《午门的暧昧》《所有的乡愁》《盲春秋》，莫不如是。《所有的乡愁》中，他用了史诗一般的构架，却在史诗中添进了荒诞和滑稽部分。③ 写《盲春秋》，他带着要给读者营造这是一部信史的"信心"，跳出了当下历史小说主要为男性叙述的套路和格局，虚构了一个老盲妪（崇祯帝私生女朱朱），以她那苍老又悲悯的口吻和视角叙述了明朝末代皇帝崇祯的一生，叙述了一个末世的苍凉颓败，探求了生在末世的宫廷男女的真切情绪和真挚人情。并一改过去对吴三桂、陈圆圆、魏忠贤太过正常的书写，通过巧妙铺排，重新赋予各色人物命运以源流。④ 此书写出后，何大草非常清晰地意识到这是一部独特的历史小说，是属于他的历史小说。他说："我相信《盲春秋》之前，没有人这样写历史小说。"他想成为历史书写魔法师，让读者沉醉、惊叹于奇妙绚烂的书写表演中，无暇顾及猜测、拆穿、质疑历史的真实与作家的理性。

---

① 何大草认为：一个好作家能不能成为优秀作家、大师、伟大的作家，才学识很重要，即才华、学问、见识。这之中，才最重要，即才华、才气。才华才气有10%是先天，90%的后天修炼，但如果没有那10%，90%的后天便是白搭。如果有才华，学问、见识平平，写作能成为大家。如果有学问才华平平，写作就是一股匠气，这是二等作家。才学识俱佳的作家，古今都少，司马迁、曹雪芹、鲁迅……张爱玲、萧红等人，才气压过学识，但她们独特尖锐的生命体验，足以弥补学识的缺憾，仍颇具大师气象。
② 他不认同历史书上所强调的历史必然性，而认为历史更多由偶然和荒谬构成。
③ 《所有的乡愁》里，何大草让一个木匠用一泡长长的尿浇灭了瑞总督大炮的捻子，因而改变了整个历史进程。也因而让一场悲剧，添了喜剧和幽默色彩。
④ 《盲春秋》里，何大草让崇祯皇帝和李自成在北京法华寺秘密会晤。

(三) 背对时代写作

何大草的写作，不是现实主义写作："我以为，背对时代写作的作家，才能走得更远，纯粹、永恒。"

> 所有的小说只有指向时间才会更有生命力。指向时间，也就是指向福克纳所谓"亘古至今的真情实感、爱情、荣誉、同情、自豪、怜悯之心和牺牲精神"。那些贴着"时代"和"问题"写作的小说，即便它轰动一时，但当时过境迁，"问题"不再是"问题"，它注定悄然退去。①

背对时代写作，写的都是自己，写的都是记忆："小说家的劳动就是'通过回忆把生活变成艺术，使时间把它夺走的一切归还给人'。我觉得自己所有的小说，都是以记忆作为种子，以虚构的热情让它破土、发芽、拔节、生长。"②"刀子三部曲"③ 写的是他的青春记忆，《盲春秋》《所有的乡愁》写的是他记忆中的历史。

"刀子三部曲"属残酷青春系列，是何大草在四十岁的时候，"和记忆中的青春重逢了"。他把这种遭遇称为"不期而遇"：此时已经不是作家寻找题材，而是题材和记忆挣扎着要获得表述权；不是何大草要致力于表达人类共同的青春记忆，而是属于何大草记忆中的青春期迷惘与无助、冰冷与热情要挣脱肉体枷锁、展露姿态。在写作《刀子和刀子》时，他非常清楚他写的是另一个青春世界。这个世界是隐秘的，只与何大草记忆中的这群少年有关，与他们成长之痛有关，而与世界大势、当前政治制度、教育体制无关。他也非常清楚，这群少年情绪属于任何一个时代，具有永恒的价值。"为了让它能活在时间里，我在书中没一处写过明确的年代。当别人问我这是那个年代的故事时，我总说，'任何年代。'"④ 因为，刀子的故事，"没有具体的年代，

---

① 何大草、姜广平：《我不是一个"学院作家"》，《西湖》2013 年第 1 期。
② 何大草：《我的文学自传》，《十月》2005 年第 1 期。
③ 包含《刀子和刀子》《阁楼上的青春》《忧伤的乳房》。
④ 何大草、姜广平：《我不是一个"学院作家"》，《西湖》2013 年第 1 期。

只有永恒的时间。这个故事,既属于过去也属于未来。"

何大草笔下的历史,都是他记忆中的历史,是依靠个人记忆创造出来的历史。这记忆与其说是重现,不如说是重造。

他从四川大学历史系毕业后便决定远离历史教科书和线装书。因为,"所有的历史,都是作者视角中的历史,即便他不想把自己扯进去,他也已经在其中了。"① 即便是司马迁,他在写作过去的事情时,在无数的传说中,他也"是靠他的主观选择了其中一个版本。他强大的写作能力将这个主观的版本变成唯一的版本。人们误以为他的版本就是最客观的,其实不是这样的,他也是唯心主义"②。因此,他关注历史,关注消失于时空中的历史真相,他把自己当作瞎子,在黑暗中用手去触摸混沌之中的真相。③

这真相,来自动荡、复杂的人性,来自他的洞察与想象,来自他自身心相。何大草曾说:"每本书都是我个人的情感表达。"每一个故事,他都好似亲历者和在场者,每一种人性,都来自他自身。他认为一个小说家最后要写的都是他自己,"包括了多面的或者是理想中的自己,想象中的或是最厌恶的自己"④。正如不被秦王理解而郁郁死去的荆轲一样,何大草在荆轲身上表达的,其实是他自己在荆轲的位置上所能作出的唯一抉择。

何大草是个悲观、虚无、怀疑主义者。他深感肉体的绝望、生命的虚无、人生的孤独,他的写作,渗透着浓厚的悲观情绪。他的小说中,常常有浓得化不开的阴沉和忧郁:《衣冠似雪》的悲剧,《刀子和刀子》的混乱,《盲春秋》的黑暗,《忧伤的乳房》的钝痛……但他认为,悲观主义者的写作更容易超越时代成为永恒,比如卡夫卡。他说:

> 有两类性格的作家,乐观的和悲观的。巴尔扎克是个乐观主义者,崇拜拿破仑,说自己是文学中的拿破仑,拿破仑用剑没有解决的问题,

---

① 何大草、姜广平:《我不是一个"学院作家"》,《西湖》2013 年第 1 期。
② 何大草:《记忆影响了我的写作》,新浪博客 (http://blog.sina.com.cn/s/blog_6c375e050100-n03j.html)。
③ 参见何大草、姜广平《我不是一个"学院作家"》,《西湖》2013 年第 1 期。
④ 何大草:《记忆影响了我的写作》,新浪博客 (http://blog.sina.com.cn/s/blog_6c375e050100-n03j.html)。

他用笔来解决。他的拐杖上写着：我粉碎了一切障碍。而卡夫卡的拐杖上刻着：一切障碍粉碎了我。卡夫卡非常悲观，死前对好朋友说，把没发表的手稿都烧了吧。两人都伟大。在我看来，卡夫卡更伟大。20世纪文学中，都有卡夫卡的影子，而巴尔扎克对今天文学的影响微乎其微。

巴尔扎克和卡夫卡，一个乐观的现实主义，一个悲观的表现主义和现代主义。何大草是决意以卡夫卡为目标、将背对时代的个人记忆写作到底了。①

（四）南方作家的神秘精巧

作家即艺术家。作为作家，何大草希望自己的文字能尽可能把自己的能力、想法呈现出来。作为艺术家，他希望自己的每一篇作品，不管是小说还是散文，都能称得上艺术品。他用艺术家一样的眼光、工匠一般的态度和技术去完成一部作品。在他这里，写作是一门技艺，他要不断努力以攀登、探索、洞悉这门技艺的高深玄奥。他说，"我写作是为了游历一座穷其一生也无法穷尽的山脉。这是多么过瘾的旅程啊。"②

他是"形式的崇拜者"，却不喜欢大多数西方现代作家的写作，认为他们把文学写成了多维片，虽有很多营养却过度理性，失去了文学本身的色彩、形态、手感、气味。他认为文学艺术应该是野蛮生长的，不应该是哲学著作，应该写得像蓬蓬勃勃的水果、蔬菜。所以他的写作，极度注意文学性也即"小说味儿"的营造。他追求"大巧"，追求一种汪洋宏阔的精巧、尖锐、诗意、忧伤，追求极端的精美。这一点上，何大草认为自己更像南方作家，而非北方作家。他有南方作家的神秘、绚烂、精致、繁复：

---

① 何大草承认他与当代的隔膜，承认他在当下的局限。他在回答孙小宁的采访时说："写小说，我可能进入不了当下。在历史记忆中，我感觉自己就像一条鱼，周身都是舒展、自如的。但回到当下，我时时感到自己的笨拙。走在人群中，看着熟悉的、不熟悉的面孔，我总是不晓得他们在想什么。是承认局限，还是去突破局限？"参见《何大草：我理想中的小说，像宫殿般繁复》，新浪博客（http://blog.sina.com.cn/s/blog_ 5e412db30100eazc.html）。

② 何大草、姜广平：《我不是一个"学院作家"》，《西湖》2013年第1期。

我给自己界定的话,我就是一个南方作家。"南方作家"是一种风格,超越了省市甚至国度,和行政区划没关系。南方作家更关注个人内心体验,跟神秘、难以言说、记忆、历史纠缠在一起。……北方作家笔下的调色盘,红、白、蓝、胭脂色各各分明。南方作家是把调色盘打烂了,各色掺杂,有种腐烂般的瑰丽。(南方作家与北方作家的)区别标准是,看他的小说有没有复杂性、神秘感,还有属于南方的颓废、糜烂的味道。从这点来讲,我是地道的南方作家。[1]

何大草的写作,构思瑰丽繁复,结构务求精巧。他重视短篇写作,认为短篇小说易把控,最能锻炼作家结构技能,可以从语言、结构上训练一个作家,把新人培养成一个熟手。他说长篇小说就像一片浩瀚的迷宫般的宫殿群,不容易把控。短篇小说则像一个个独立的亭台楼阁,有种极其精巧的美。短篇之短的美,甚至像在小可一握的石头上雕刻世相人生,一步之遥,洞见天光。

何大草的语言,总是极尽雕琢,务求诗化。记者生涯训练了他简约的文笔,也养成了他对文字精准的重视。"多年来,我一直把写作视为手工的劳动,而自己是个精细的匠人,一语之成、一字之立,都是锱铢计较的。"[2] 他喜欢鲁迅、沈从文,"原因之一,就是他们的文字里有氛围、有气味,能够把我化进去。这个化,就是诗化的化。"他也想把诗歌的意味化在自己的小说叙述里。[3] 因而在文学创作中,他非常重视汉文字那无须阐释便具有无限秘密的意象,非常注意小说的诗化和文字的意象化隐喻化。也因此,他一直在读诗,比有些诗人还读得多,以谦卑之心去读。他说"诗歌太奇妙了。小说是衣服、帽子,诗歌是扣子,像珍珠一样有独立的美"。

---

[1] 何大草在访谈中举例说明南方作家和北方作家的不同:《诗经》是北方的,阳光灿烂,思无邪;《楚辞》是南方的,巫气重重,人兽鬼错杂。他心目中的南方作家,如福克纳,一辈子写错综复杂的家族记忆和神话。海明威则是北方作家,干净、爽脆,直抵本质。他还把巴金归于北方作家,李劼人归于南方作家。

[2] 何大草:《底色里敷满柔润的悲悯》,四川在线(http://epaper.scdaily.cn/shtml/scrb/20140926/77328.shtml)。

[3] 何大草、姜广平:《我不是一个"学院作家"》,《西湖》2013年第1期。

长篇历史小说《盲春秋》是何大草追求南方作家风格、追求诗化写作的代表作。在这部小说中，何大草用了太多匠心和技巧，字字经营、步步惊心，可谓呕心沥血。他想把这部书写成一部绝书，"从形式上就让读者感觉到它的丰饶，感觉到它是一部在阅读中不断生长的书，是一部读不完的书。"这是一个漫长而艰难的写作过程。他用了近10年的时间来酝酿、写作、反复修订，别有用心地打造了一个华美、颓废、阴郁、灰暗的末世深宫，期间他常常感觉疲累不堪、担心死之将至。首先，从结构上，于小说正文后又配上了两个附录，还在小说开头结尾各加了两份跨越洲际的通信。特别是小说开头的那封信，涉及人物和事件之多令人眼花缭乱，从欧洲帝王到传教士、到跨国恋，几乎浓缩了近现代的世界史。情节上，也总是分叉众多，出人意表：罂粟续奶、猫王啖白虎、陈圆圆离奇身世……语言上也极尽华美、诗意，句句斟酌、句句珠玑。"葫芦庵""积水潭""扫叶林"等地名的设置，"简单几个字，便包裹着层层叠叠的意象"。① 他是拿雕琢短篇的心力在雕琢这部长篇，企图像天启皇帝造紫禁城模型一样，雕琢一个缩小版的精细精深、机关重重的小说宫殿模型。这个模型里，层层叠叠的故事，门里有门，镜中有镜，极尽长篇小说汪洋大海、无边无际的可能。②

总之，何大草自忖有才学识、有大气、并在不断采气，又有聚气的意志力，因而，他的写作，必然会一直持续往上。

最近，何大草完成了一篇与王维有关的小说《春山》，共4万字。③ 小说由写实性的散文笔触、虚虚实实的故事结构和禅意虚空的水墨画意境构成，对中国传统文人的生存作出了新的阐释。为写这篇小说，何大草通读王维诗歌，重读陈铁民编《王维集校注》四卷本，寻访王维在终南山隐居的故地，学画水墨画。三年磨一文，此文实是一篇蕴含深意、耐得咀嚼的佳作。

---

① 《何大草：我理想中的小说，像宫殿般繁复》，新浪博客（http://blog.sina.com.cn/s/blog_5e412db30100eazc.html）。
② 同上。
③ 《春山——王维的盛唐与寂灭》，发表于《小说月报·原创版》2018年第8期。

四　颜歌的俗人俗语

颜歌（1984—），原名戴月行，成都郫县人。认为自己是严肃作家，随时"准备为文学献身"①，最终写出一本能放在坟头的书②。

为写而生和向死而写，决定了写作之于颜歌的宗教般意义。自1994年发表作品以来，颜歌已出版作品十余部。对这些作品，颜歌用两个字来概括：真诚。意思是每部作品都真诚地表达了她在当时那个阶段的思考。她想用文字真诚地表达出她自己生活的世界以及感受到的世界，并力求表达得丰满。③她的最终目的是，以写作和现实相处，"和当下中国的现实相处"。④ 为此，她尽力用好小说家的天职，不断寻找问题以自我训练。

（一）尽力用好小说家的天职

传统的现实主义写作提倡深入生活、体验生活，但作为一个三十出头的年轻女性，大多数时光都在校园中度过，颜歌如何去体验生活，表达中国现实？那就只有用小说家的天职去想象、模仿、塑造。

颜歌认为，小说家的天职是观察、想象和模仿。

写《段逸兴的一家》时，颜歌面临难题：主人公是一个中年男人，是一个从二流子变为豆瓣厂厂长的小企业主，如何表现他？颜歌尽力调动生活经验，把自己想象成一个五大三粗包二奶的中年男人，并从其言行举止上去模仿、贴近他。⑤ 她先在语言和饮食上给人物以身份标识。身份是某豆瓣厂老板，语言是四川方言，脱口而出许多怪话脏话。又在其饮食中加入"豆瓣的辣，花椒的麻，红油，芝麻，白糖，二荆条"⑥。颜歌并"把自己代入一个中年小企业老板的处境，从他的角度来设想和处理他的问题"，最终，这个人物

---

① 《颜歌谈小说创作：我只是那个容器，不是亲历者》，中新网（http://stock.chinanews.com/cul/2015/05-16/7281017.shtml）。
② 孟蔚红、颜歌：《颜歌：写作最终是为了抵抗孤独》，《成都日报》2014年3月24日。
③ 同上。
④ 陈建勤：《颜歌专访：写作最理想状态是"带癌生存"》，《南方都市报》2013年4月28日。
⑤ 同上。
⑥ 同上。

和现实生活吻合了。①

颜歌把四川盆地上一个小老板写得活灵活现。她除了正面书写人物，对人物的对话、动作、心理等予以细致描写从而达到强烈写实效果以外，还侧面出击，对自己不熟悉的场景作侧面烘托：如写豆瓣厂老板学搅豆瓣酱的那段，把搅豆瓣酱和男女性爱比喻在一起，轻轻松松表现一个场景，幽默且老辣。

（二）不断寻找问题以自我训练

作为一个年轻作家，颜歌觉得自己一直在成长。她"希望从更多的方面训练自己成为一个更好的作家"。她把这种状态比喻为强迫症，不断给自己设置障碍，不断挑战自己。②

在写作者的成长过程中，她认为最理想有效的文学生态是："作家和评论家能够相互刺激和共同成长。"然而，她多少有几分无奈地说，在她的写作过程中，"这两个人（评论家和作家）不幸地都是我自己"③。

所以，在写作时，颜歌只能不断自省，自己提出要求，自己寻找突破方法。每完成一部作品，她都会把它作为陌生文本来细读，在读中发现问题。当下一部作品开始时，她会有意识给自己设定一些问题或目标，并在创作过程中研究和回答这些问题，完成这些目标。她把这个过程比喻为学术研究：写东西对她而言就像书呆子搞科研，先有选题和问题，再去找素材和证据。所以，她的每一部作品都是写作上的不同实验，不管是形式的改变还是题材的选择。她说："迄今为止，《良辰》以后，每一部作品都被称为'颜歌的转型之作'……我似乎一直在发育，从来没定型。归根结底，要简简单单成为'作家'，还需要更多的努力。"④

颜歌对自我的突破，首先体现在文风上。她早期文风空灵、飘逸、唯美、

---

① 如小说开头写豆瓣厂老板把情妇的名字在手机通讯录里存为"老钟"——故事发表后，好多人都对颜歌说生活中真有这样的事。参见陈建勤《颜歌专访：写作最理想状态是"带癌生存"》，《南方都市报》2013 年 4 月 28 日。
② 孟蔚红、颜歌：《颜歌：写作最终是为了抵抗孤独》，《成都日报》2014 年 3 月 24 日。
③ 陈建勤：《颜歌专访：写作最理想状态是"带癌生存"》，《南方都市报》2013 年 4 月 28 日。
④ 同上。

奇幻。如《锦瑟》。自《良辰》以后，她便以一种虚构与现实相结合的手法写作。《良辰》写了十个顾良城的十个故事，每个故事都透露出底层生活者的艰辛和希望。她自己对此是有清楚认知的，她说：

> 如果非要给自己的写作划分阶段，我想应该是以《良辰》为一个分界点，《五月女王》为一个分界点。从《良辰》的时候开始，我就意识到小说创作本身区别于故事倾诉的地方，也就是说，小说的"小说性"，并且开始在这方面研究和探索；而《五月女王》是我决定开始写城乡结合部，构筑"平乐镇"，并且在作品中使用方言的开始。①

她进一步将自己已经走过的写作生涯分作三个时期：早期的《马尔马拉的樱朵》《关河》等；中期的《良辰》《异兽志》《桃乐镇的春天》等；近期的《五月女王》《声音乐团》和最新的长篇《段逸兴的一家》（单行本名为《我们家》）以及《平乐镇伤心故事集》。②

具体而言，2008年7月出版的长篇小说《五月女王》是题材上的转换，从古代传说转向身边世界，转向颜歌自己的生活世界与情感世界，是对童年经验和故乡情结的使用。2011年8月出版的长篇小说《声音乐团》则是形式上的创新，颜歌想在这里研究小说结构和小说作为叙事手段的可能性，研究"小说结构和文本之间的互文关系"。③ 2012年《收获》杂志上首发的中篇小说《段逸兴的一家》，是颜歌为了摆脱知识分子化写作给自己设定的一个题目，写一个流氓，一个土老板。在这一篇小说中，颜歌基本实现了她作为小说家的野心："用想象和虚构来贴近现实。"④ 2015年5月出版的《平乐镇伤心故事集》则是她对于短篇的尝试。因为她惯于写长篇。写长篇是做加法，写短篇则是做减法，这是两种不同的写作方式。写完这一本故事集以后，颜歌自觉对短篇和长篇都有了更好的理解。

---

① 陈建勤：《颜歌专访：写作最理想状态是"带癌生存"》，《南方都市报》2013年4月28日。
② 《告别青春文学："80后作家"群像》，《外滩画报》2013年5月第2期。
③ 孟蔚红、颜歌：《颜歌：写作最终是为了抵抗孤独》，《成都日报》2014年3月24日。
④ 陈建勤：《颜歌专访：写作最理想状态是"带癌生存"》，《南方都市报》2013年4月28日。

(三) 保持写作张力

颜歌很注意保持写作与现实的张力。从早期的完全脱离现实到逐渐接近现实，颜歌的写作都保持了现实生活与小说写作的足够张力。《段逸兴的一家》最初想写的是自家人，但当意识到自己一家人过于知识分子化以后，颜歌来了一个大反转，从知识分子的故作高雅跳到商人世家的真正市侩。① 这样的结果是，她一改以往那种偏于沉重和忧郁的表达，获得了一种解放，创造出自己从未有过的风格：幽默和放肆。

她并注意保持自身性别与叙述视角的张力。作为女性作家，颜歌认为女性的敏感比较容易写出触动人心的文字，"但我害怕这种敏感的持续使用会变成一种歇斯底里，打动了作家自己却令读者不耐烦。所以在以前的写作里，我尽量保持中性的视角。"② 因此她的写作，尽量淡化或者避免女性化口吻。《段逸兴的一家》，写出了一个与女性气质截然相反的男人的内心世界。这种性别的置换，对她而言，是一种挑战，一种训练。这种训练越是高难度，对她而言越正确，越有趣，也越有好处。

她还注意保持作品之间的张力。以视角而言，一个突出的例证是，《平乐镇的伤心故事集》之前的写作，刻意回避女性视角，但在《平乐镇的伤心故事集》中她却刻意采用了女性视角，几个故事之中都有女性角色，各种不同年龄不同状态的女性。以语言运用而言，《五月女王》之前的写作都是普通话写作，之后开始尝试用四川方言写作。《段逸兴的一家》用粗放的男性方言，《平乐镇的伤心故事集》换作女性语言，"避免用奔放的人物去彰显语言的性格"，"更加注重音律，甚至呈现出快板的特点，使用了很多叠字"。③

总的看来，颜歌是个早熟的作家。写作目的、写作策略、写作思维都非常清晰，对创作也很有规划。目前她的创作精力主要集中在川西小镇"平乐

---

① 参见《颜歌谈小说创作：我只是那个容器，不是亲历者》，中新网（http://stock.chinanews.com/cul/2015/05-16/7281017.shtml）。

② 同上。

③ 同上。

镇"上。这是一个虚构的小镇，小镇上有四条街，"南街上都是些操扁卦的，西街上满是读书人，东街的人大多是政府和官家的子弟，北街是外地来的客家人。"①《五月女王》写了南街的故事，《段逸兴的一家》写了西街，据说，颜歌将在 2015 年下半年在英国开写"平乐镇"四条街里的"东街"，一个关于县城公务员的故事。②写完东街上的官家子弟，她还要写北街。通过写这四条街的故事，写出城乡接合部的时代特征，写出她所看到的当代中国现实。

　　颜歌是个坚韧的作家。她警惕太过于顺利的写作，她相信艰辛的锤炼，她不怕瓶颈。她说："每次写一部作品的时候都会遇到瓶颈。遇到瓶颈是好事，从我个人的经验来说，一旦写作开始让自己觉得顺畅或者舒服了，那就是作品要糟糕了。所以，我期待的就是磕磕绊绊进展艰难的写作，把牢底坐穿。"③凭着这样的写作态度、这样的清醒认知、这样刻苦的训练，颜歌未来可期。在《平乐镇伤心故事集》后记中，颜歌这样写道："我满了三十岁，终于来到了一个作家的幼年时期，又是兴奋又是不安。至于我到底会成为一个什么样的作家——这个故事才刚刚开始。"④

---

① 陈建勤：《颜歌专访：写作最理想状态是"带癌生存"》，《南方都市报》2013 年 4 月 28 日。
② 《作家颜歌谈新作：描写当下让故事变得荒谬》，中国文化传媒网（http://www.ccdy.cn/renwu.../redian/201505/t20150522_1103066.htm）。
③ 《告别青春文学："80 后作家"群像》，《外滩画报》2013 年 5 月第 2 期。
④ 《作家颜歌谈新作：描写当下让故事变得荒谬》，中国文化传媒网（http://www.ccdy.cn/renwu.../redian/201505/t20150522_1103066.htm）。

第三章　彝族作家文学的凉山模式

　　本章论述了凉山州彝族作家文学的产生背景与发展过程，述及凉山彝族文学以诗歌为主的表达样式以及其抒情性、民族性、地域性特征，认为凉山彝族诗人的书写与传播是一场民族与文艺的双重振兴运动。

　　彝族主要分布在云、贵、川三地，四川省的彝族主要聚居在凉山彝族自治州。① 凉山彝族，自视为"世界上最优秀之民族"。② 但在新中国快速发展过程中，凉山彝族地区经济发展有所滞后。自 20 世纪 80 年代开始，一批凉山彝族文人试图以文学和诗歌的形式，重振民族形象，重树民族自尊。

　　凉山州彝族传统文学主要为民间口头文学和经籍文学③。民国时，今凉山州（时为宁属④）有了一些参与政务防务并热衷汉学的彝族人，如岭光电和曲木藏尧。新中国成立后，凉山州有了彝族汉语诗人吴琪拉达、彝族彝文写作者阿鲁斯基。20 世纪 80 年代至 21 世纪初，在以《凉山文学》杂志为代表包括《凉山日报》副刊在内的文学阵地的培育下，在汉族诗人周伦佑等人所掀起的民间诗歌运动带动下，凉山州产生了大批彝族作家，如诗人吉狄马加、马德清、

---

　　① 四川省甘孜藏族自治州、攀枝花市、乐山市、雅安市也有彝族聚居区。凉山彝族自治州，前身是成立于 1952 年 10 月的西康省凉山彝族自治区。1955 年西康撤省，凉山彝族自治区划归四川省，改称凉山彝族自治州（简称凉山州）。凉山彝族自治州位于四川省西南部，面积 6.04 万平方千米。下辖 1 市 16 县。是全国最大的彝族聚居区。2010 年统计数据显示，彝族人口占全州人口 49.13%。

　　② 李春恒：《倮区教育之实施步骤》，《大凉山季刊》中华民国 35 年创刊号。

　　③ 倮伍拉且在《60 年，与新中国同行——序〈凉山当代文学作品选〉》中写道：新中国成立以前的凉山广大彝族地区的文学活动以口耳相传的民间文学活动为主，民歌、民谣、谚语和民间故事成为精神世界的重要组成部分，宗教祭祀活动也充满着文学意味，浸透于生产劳动和日常生活之中。

　　④ 宁属，包括今凉山彝族自治州和攀枝花市。

俫伍拉且、巴莫曲布嫫、阿库乌雾、霁虹、吉木狼格、阿苏越尔、俄尼·牧莎斯加、阿黑约夫、吉狄兆林、克惹晓夫、鲁娟,小说写作者阿凉子者、巴久乌嘎、阿蕾、贾瓦盘加、时长日黑、英布草心,散文写作者吉布鹰升,等。

21世纪,凉山彝族文学进入快速发展期,尤以诗歌发展最为迅速。诗歌发展依靠三条路径:官方、学院、民间。官方路径,指的是以吉狄马加为带头人所创设的以官方为主办单位的国际诗歌节等诗歌传播路线;学院路径,指的是以阿库乌雾为代表的学院推广路线;民间路径,指的是以周发星、阿索拉毅等人为主导的民间诗歌传播路线。三条路径、三股力量,汇合成一场彝人诗歌运动。这场运动看似以诗歌振兴为目的,实则借助了民族振兴的冀愿与力量,使民族与文学在这里得到了双赢和互动。

诗歌的促兴,使凉山州彝族文学总体呈现出抒情特征。以吉狄马加为典型,包括俫伍拉且、巴莫曲布嫫、阿库乌雾、阿苏越尔、鲁娟等人,用自己独特的方式和感情,去抒发对民族、地域、文化的眷恋和深情。而吉木狼格、吉狄兆林、孙阿木等人,则反抒情:吉木狼格延续"非非诗人"的反文化和前思想写作,吉狄兆林的诗歌多调侃口吻,孙阿木的诗歌充满后现代精神。

第一节 以汉语新诗发轫

凉山州在20世纪50年代迎来新文学形式。内容上,以表现新中国解放战争和民主改革运动为主;形式上以诗歌(民歌)为主,并有小说、散文、电影剧本等出现。创作者主要为汉族人,彝族作者有吴琪拉达(汉文)、阿鲁斯基(彝文)。80年代以后,凉山州诞生了更多汉语写作者和彝文写作者,以诗人居多。

一 "一步跨千年"[①]

凉山州这片土地,自秦汉开始,便已有了中原王朝建制。汉称越嵩郡,

[①] 凉山州彝族地区在20世纪50年代中期迎来民主改革,其社会性质发生了巨变:由奴隶社会进入社会主义社会。这个变化,被称为"一步跨千年"。

隋唐为嵩州，南诏称建昌府，元称罗罗斯宣慰司，明为四川行都司，清称宁远府。民国时，凉山州为宁属，属西康省。此时教育兴起，报刊创办，有《宁远报》、《新宁远》月刊、《大凉山》杂志等。《宁远报》还设有文学副刊。一些彝族高层人士开始用汉文写作，如岭光电和曲木藏尧①，但二人的写作还不是严格意义上的现代文学写作。

现代文学写作，始于20世纪50年代。

现任凉山州文联主席倮伍拉且认为："凉山的作家文学或者当代文学与新中国同行"，可称为"新文学"：

> 凉山广大彝族地区的书面文学创作活动，或者叫作家文学创作活动，也就是"新文化运动"以来的现当代文学创作活动，应该始于新中国成立以后。上世纪五十年代初期，大量的南下干部、内地干部和毕业于民族学院、民族干部学校的各民族青年进入凉山。散文、小说、诗歌等新颖的文学样式也进入了凉山。他们是凉山当代文学事业的开拓者、奠基人，开创了我们所说的作家文学的历史。②

新文学变革依托于社会变革。20世纪50年代，凉山地区进入新民主主义国家范畴，随后进行了民主改革。③改革后的凉山地区社会面貌发生了巨

---

① 岭光电（1913—1989年），彝族，彝名牛牛慕理，四川凉山彝族自治州甘洛县胜利乡人，是斯补兹莫一暖带田坝土千户后裔。1927年在西昌、成都读书，1933年入黄埔军校。1936年毕业后，在国民政府军事委员会委员长重庆行营办公厅任职，并恢复了土司职务（土千户）。1937年回凉山，兴办彝民学校，创办了"私立斯补边民小学"。13年间，培养了200多名学生。曲木藏尧，彝族，又名王治国，凉山彝族自治州越西县人。著有《西南夷考察研究》《西南国防与猓夷民族》等学术类书稿、文章。

② 参见2016年7月4日笔者对倮伍拉且的访谈。

③ 凉山地区（西昌地区和昭觉县）进入新民主主义国家范畴的标志为1950年3月12日新中国解放军发起的西昌战役。随后，1956年，凉山州地区迎来民主改革。1956年2月9日，凉山彝族自治州第三届一次人民代表大会议通过了《四川省凉山彝族自治州民主改革实施办法》。《办法》总则是："废除奴隶制度，解放奴隶，实行人民的人身自由和政治平等；废除奴隶主阶级的土地所有制，实行劳动人民的土地所有制，借以解放农村生产力，发展农业生产，为实行农业社会主义改造、开展合作化运动创造条件。"参见美姑县人民政府网（http://mg.lsz.gov.cn/flfg/dfxflfg/2007-07-16/45.html）。

大变化①，文学写作队伍、题材、形式也发生了变化。首先，文学写作队伍扩大。三类人构成了凉山州新文学写作队伍：一是随部队来凉山工作的青年人，如参加了西昌战役的西北南下工作团的300多名战士，他们战后便留在了凉山。二是学校毕业后被分配到凉山工作的内地干部，如吴琪拉达和张克新。② 三是凉山本土经过培训后回到凉山的人，如阿鲁斯基。③ 他们带来文学新写作形式，也带来了文学新主题："感恩的礼赞"。吴琪拉达写有《奴隶翻身谣》：

> 生来是奴隶，
> 长大是奴隶。
> 一岁在院坝里，
> 同狗做伙计。
> 三岁在屋后面，
> 石头当母亲。
> 五岁在羊后面，
> 羊群当兄弟。
> 七岁打柴进老林，
> 鞭子响在耳里。
> 九岁下地做活，
> 镣铐锁住颈子。
> 啊！奴隶的后裔，
> 只有眼泪是自己的。

---

① 主流观点认为，新中国成立前的凉山社会形态为奴隶社会，经过民主改革后，凉山地区社会形态变为社会主义社会，可谓"一步跨千年"。这个观点由1956年中国共产党第八次全国代表大会的凉山彝族代表在《从奴隶社会向社会主义飞跃》为题的大会发言中提出。此观点提出后，受到毛泽东、周恩来等中央领导的赞扬，也被各界所接受。学者胡庆钧、夏康农、张英达、江应樑等人曾就此观点进行过讨论。

② 吴琪拉达，贵州人，彝族，西南民院毕业后分配到凉山州工作，写作了一系列反映凉山奴隶社会状貌的诗歌，出版诗集《奴隶解放之歌》。张克新是从内江进入凉山的汉族人。张克新到凉山后，写了很多反映凉山的民主改革、民俗风情的散文。

③ 阿鲁斯基祖籍凉山雷波，出生云南。新中国成立前夕，他在凉山地区做流浪艺人。1953年他被选送西南民院学习，毕业后留校任教并开始发表作品。20世纪60年代，阿鲁斯基回到凉山，从事民间文艺工作。80年代，创办《凉山文学·彝文版》。

愁哟，盼哟，
凉山来了解放军。
毛主席一来，
天变地变，奴隶有权利。
得到毛主席的光辉，
民主改革分田地。
奴隶从九条岭上下来，
父母儿女得团聚。
房前房后站满亲戚家门，
同声欢呼毛主席。①

如《奴隶翻身谣》这样表达对新中国、共产党、新生活的感恩和赞美的诗歌很快受到中央高层重视，吴琪拉达被老舍点名表扬，阿鲁斯基受到毛泽东接见。张克新的文章，据说当时"在《光明日报》上几乎是一月一篇"。②

凉山新文学就这样发展起来。发展初期不得不提到一个人：高缨。

高缨，汉族人，1929年生于河北，抗日战争期间流徙成都，后到重庆，入陶行知所办的育才学校读书。1946年开始发表作品。20世纪50年代，由于受凉山民改女烈士丁佑君故事感动，写下《丁佑君之歌》。《丁佑君之歌》发表后，上海文艺出版社请高缨将此诗扩展为长诗，高缨便来到丁佑君牺牲的地方——西昌作调研。在西昌，高缨被凉山民主改革运动所感染，创作了《大凉山组诗》。组诗先是发表在《诗刊》上，随后《寻觅》和《等待》两首诗又发表在了1957年11月号《人民文学》上。1958年4月，这组诗歌又被作家出版社出版，名为《大凉山之歌》。由此高缨成为以文学的形式向外宣传彝族社会的重要一人，《大凉山之歌》成为"汉族文学工作者写彝族生活的第一本诗集"，在凉山地区影响深远。③ 50年代末，高缨根据自己在凉山的见闻

---

① 转引自毛燕《诗性叙事的汉语转化——以吴琪拉达、吉狄马加、阿库乌雾为例》，《毕节学院学报》2008年第3期。
② 参见2016年7月4日笔者对倮伍拉且的访谈。
③ 高缨：《不熄的篝火——凉山民主改革与我的创作》，《当代文坛》1991年第6期。

写了小说《达吉和她的父亲》。《达吉和她的父亲》被改编成电影后，受到广泛讨论，1961 年时任总理周恩来在《在文艺工作座谈会和故事片创作会议上的讲话》中屡次引用该小说。70 年代末，高缨申请到凉山美姑县工作，完成了长篇小说《云崖初暖》。此书一出，人们戏称："高缨可以加入彝族籍了"①，因为他对彝族文化和彝族人心灵的了解。《云崖初暖》后被马黑木呷、毛勇翻译成彝文，在彝族读者手中流传。高缨在成为四川省文联专业作家后，仍主动申请到西昌挂职，历任西昌县委宣传部副部长、区委书记、大队党支部副书记等职务，并创办了《西昌月》杂志。

高缨可以说是凉山新文学的奠基者和开拓者，不仅"向全国人民介绍了彝族生活，使千千万万人理解了我们彝族，热爱我们彝族人民"②，而且使凉山彝族人民的"美好面貌和美好心灵"为人所知，对凉山文学的发展影响很大。③

二 《凉山文学》

吴琪拉达、高缨等人之后，20 世纪六七十年代，凉山地区没有出现有影响力的彝族写作者。④ 1979 年，西凉合并，⑤ 凉山州文学迎来新一轮发展。

主要发展力量来自官方杂志《凉山文学》。《凉山文学》（前身《凉山文艺》）创办于 1975 年，初创时为凉山彝族自治州首府昭觉县的内部文艺刊物。1979 年西昌地区并入凉山彝族自治州，凉山彝族自治州首府迁到西昌。《凉山文艺》编辑部也从昭觉迁到西昌，并从季刊转为双月刊，从最初无刊号、不

---

① 高缨：《不熄的篝火——凉山民主改革与我的创作》，《当代文坛》1991 年第 6 期。
② 同上。
③ 同上。
④ 据倮伍拉且介绍，20 世纪六七十年代，凉山地区的文学创作，主要还是汉族文学工作者写彝族题材为主。这时期编辑出版的诗集有《歌飞大凉山——大小凉山地区彝族题材文革诗歌集》《凉山山上映红光——少数民族跃进歌谣》《万颗珍珠撒凉山》等。《万颗珍珠撒凉山》这部书的写作有彝族人蔡子家的参与。但蔡不大会汉语，经过培养后写出汉文诗歌，但"文化大革命"后即停笔，成为一名律师。
⑤ 1955 年西康省撤销，今日凉山州地区主要分作凉山彝族自治州和西昌地区。1979 年，原凉山彝族自治州和西昌地区合并为凉山彝族自治州，州府从昭觉迁至西昌。

对外发行到省内发行再到全国公开发行。①

公开发行的《凉山文学》杂志，为凉山州作家文学的培养，尤其是彝族作家的培养，做出了巨大贡献。

《凉山文学》首任主编吉木布初，彝族人，从小就读于甘洛县原彝族土司岭光电创办的私立小学斯补边民小学，熟习汉文。从军队转业回凉山后，任文化局副局长。凉山文联独立时，他担任文联主席兼《凉山文艺》主编。副主编张克新、阿鲁斯基，为凉山州文学50年代代表人物。另一副主编李华飞，为30年代日本早稻田大学留学生，郭沫若同学。抗日战争时到重庆，在新华日报社工作，后到西康省《西康日报》当编辑，再到四川广播电台任编辑室主任。1957年被打成右派，下放阿坝州理县。1976年到理县文化馆工作，1979年调《凉山文艺》。曾译介日本文学作品刊登在《凉山文艺》上。《凉山文学》各任主编、编辑，获得全国文学奖的不在少数，获得少数民族文学最高奖"骏马奖"的便有：吉狄马加、倮伍拉且、阿蕾、巴久乌嘎。②《凉山文学》编辑对文学新人的指导是不遗余力的。胥勋和，早在70年代便在西昌创办《西昌创作》杂志，1980年至1994年这10多年间，他任《凉山文艺》诗歌编辑。有人这样评价他："引进了现代主义诗歌，将国内外诗潮和诗论在大凉山进行传播，推动了大凉山新诗潮的发展，给大凉山新诗潮增添了许多欧美诗歌的元素。20多年来，凉山成长起来的一代又一代的年轻诗人，许多都曾得益于他的扶植、帮助和培养。"③ 笔者曾专访胥勋和。访谈过程中，已逾花甲的胥勋和，对诗歌的见解和对凉山文学的批评与期待，都给笔者留下了深刻印象。据介绍，吉狄马加那首著名诗作《自画像》中最末一句"我是彝人"中那个"彝"字，便是胥勋和建议添加的。现任《凉山文学》主编巴久乌嘎，在谈到自己创作之路时，也特意提到《凉山文艺》原编辑银虹对

---

① 《凉山文学》现为中共凉山州委宣传部主管、凉山彝族自治州文联主办。分为彝文版和汉文版。
② 《凉山文学》（《凉山文艺》）后期历任主编：1985年至1992年，主编吉狄马加，副主编阿鲁斯基、陈元通；1992年，主编倮伍拉且，副主编阿蕾；2014年至今，主编巴久乌嘎，副主编罗蓉芝、阿西依坡。
③ 倮伍拉且、李锐：《大凉山新诗潮的缘起与意义——当代大凉山诗人简论》，《凉山文学》2008年第4期。

他的影响。说他小说《梦幻星辰》在《凉山文艺》上发表时，银虹不厌其烦将小说从三万字改到了一万六千字（因为那一期正好出的是盐源县专号，不允许一个作品篇幅太长）。巴久乌嘎说他和银虹常书信往来，"银虹老师在信上会提出许多写作意见"①。

《凉山文学》一直为培养本地新人做着努力，且专注于纯文学道路。1990年初，《凉山文艺》拟更名《凉山文学》。编辑部为此展开论争：胥勋和主张更名为《新作家》，也就是像《新青年》《收获》等刊物一样，抛开地域限制，打造知名品牌。但《凉山文学》最终维持了"凉山"冠名，仅将"文艺"变为"文学"，如图：

《凉山文艺》到 1990 年 1 月改为《凉山文学》。资料由《凉山文学》编辑部提供

由此可见，《凉山文学》秉持的理念是为本土文学服务。倮伍拉且说："《凉山文学》杂志是凉山州的一个文学窗口，是凉山文学作者的一个阵地，

---

① 参见 2016 年 7 月 1 日至 6 日笔者对胥勋和、巴久乌嘎的访谈。

我们以发表本土作者的作品为主,更愿意发表新人新作。"① 凉山州的写作者,如吉狄马加、周伦佑、巴久乌嘎等人,其作品最初都发表在《凉山文学》(《凉山文艺》)上。② 进入21世纪以来,传媒发达了,发表渠道多了,一些年轻作者喜欢在网络上或其他地区的杂志上发表作品,但巴久乌嘎说:"(当前)凉山州散文和小说较有代表性的彝族作家吉布鹰升、英布草心等人,他们最初的小诗、散文都是在《凉山文学》上发表的。《凉山文学》是他们起步的园地。"

在选用稿件时,《凉山文学》会向本地来稿倾斜。现任《凉山文学》主编巴久乌嘎说,《凉山文学》每期刊稿大致保持着这样的比例:外地来稿40%,本地来稿60%。

《凉山文学》杂志社还负责选送本地写作者参加培训班、参加省内外评奖,负责整理出版凉山文学丛书。目前,杂志社已和文联合作出版了《中国彝族作家优秀作品选》《山鹰文学丛书》《凉山当代文学作品选》《纪念凉山彝族自治州建州60周年丛书》。杂志还定期推出专号,已推出女作家专号、彝族作家作品专号、会理专号、盐源专号、甘洛、越西等地区专号。谈到专号的作用,巴久乌嘎说:"这在巩固和强化一个地区的写作队伍上的效果,有时比国家级刊物,比如《诗刊》等大型刊物还要好。这给各县市的作家建立了朋友圈,起到了意想不到的沟通和交流作用。"《凉山文学》还举办多次笔会。倮伍拉且说:"和全国其他地区是一样的,80年代中期到90年代,作协和《凉山文学》每一年都会办笔会。"

《凉山文学》还肩负着培养本地彝族文学新人的重任。凉山州属"最大彝族聚居区"和"彝族自治州",培养彝族文学新人就成了编辑的一项政治任务。现任主编巴久乌嘎说:"彝族作家发表渠道和作品质量本身,决定了他们如果被《凉山文学》拒绝,就很难发表。而汉族作家被我们杂志拒绝,他还

---

① 《倮伍拉且答〈凉山日报〉记者问》,新浪博客(http://blog.sina.com.cn/s/blog_3f18f97301011f2e.html)。

② 巴久乌嘎说,他还在冕宁读高中时,便在《凉山文学》上发表了两篇短篇小说。后来获得四川少数民族文学奖的《梦幻星辰》,也是在《凉山文学》上发表的。

可以发在更高级的刊物上。所以，对于汉文作家作品，我们就有优中选优的过程；对于彝族作家作品，只要本质不错，有一定品质的，我们都会跟他交流、修改，尽量让他发表。"《凉山文艺》于 1980 年创办了彝文版。彝文版《凉山文学》"是我国唯一、乃至全世界唯一公开发行的彝文纯文学期刊。在繁荣彝语言文学、挖掘整理介绍彝民族的民间文化遗产、培养彝语言文学新人等方面做出了卓越的成绩"。[①]

阿蕾，原名杨阿洛，彝族人，1953 年生。本是一名中等师范学校毕业的小学教师。70 年代末，她被选派西昌学习规范彝文。学习结束后，交上一篇彝文习作《山茶花》。此文被推荐到《凉山文艺》彝文版发表。随后，《凉山文艺》彝文版编辑阿鲁斯基做主，将阿蕾调到了《凉山文艺》编辑部，任彝文版编辑。期间，阿蕾进入中国作协文学讲习所第六期学习。1983 年，阿蕾短篇小说《根与花》发表于《凉山文艺》4 月号上。1985 年，该文获全国第二届少数民族文学优秀短篇小说奖。

吉狄马加，彝族人，1961 年生。1981 年毕业于西南民院。毕业后即任《凉山文艺》诗歌编辑。在此期间，州委领导对他非常重视，叮嘱杂志编辑：要重点培养吉狄马加。[②]《凉山文艺》便常常给出版面让吉狄马加发表诗歌[③]。

在这样的推动下（包括《凉山文学》《凉山日报》副刊等报纸杂志的推动），20 世纪 80 年代至今，凉山州出现了许多本土创作者，其中，彝族写作者有：诗歌写作者吉狄马加、马德清、倮伍拉且、巴莫曲布嫫、阿库乌雾（彝汉双语），小说写作者阿凉子者、阿蕾（彝汉双语）、巴久乌嘎、贾瓦盘加（彝文）、时长日黑（彝文）、英布草心，散文写作者吉布鹰升。

三 "凉山诗人群"

凉山州彝族写作者中，半数以上是诗人：吉狄马加、马德清、阿苏越尔、

[①] 此处资料来自《凉山文学》杂志编辑俄尼·牧莎斯基。
[②] 参见 2016 年 7 月 4 日笔者对胥勋和的访谈。
[③] 这在其他地方是不可想象的。《扬子江诗刊》原编辑苏省说，刊物编辑是禁止在自家杂志上发表作品的。《贡嘎山》编辑列美平措说，80 年代他和吉狄马加同获中国少数民族文学奖时，两人的诗歌都发表在自家刊物上。

阿库乌雾、霁虹、吉木狼格、吉狄兆林、倮伍拉且、克惹晓夫、阿黑约夫、阿彝、俄尼·牧莎斯加、鲁娟、吉狄兆林、麦吉作体、吉克布、孙阿木、的日木呷、俄狄小丰、马海伍达、阿优……据统计，凉山州彝族诗人已有300多人，出版诗集100多部。① 这些诗人以汉语写作为主，以双语写作为特色，被称为"凉山彝族诗人群"。②

为何有这么多凉山彝族诗人？凉山州普格县汉语诗人周发星总结出10点因素，即凉山地区彝族文化的诗意因素、彝族文化学派的形成、重要诗人的榜样力量、诗歌圈的形成、诗集频出、民刊众多、评论跟进、网络平台的推出等。③ 这里，诗歌圈的形成，是一个非常重要的因素。

20世纪六七十年代，凉山地区聚集起一批文学青年，他们是蓝马（王世刚）、周伦佑、周伦佐等人。这些人在80年代在凉山州这块偏远之地造出了足以影响全国的文学声音。

周伦佑、周伦佐，一母双生兄弟，1952年生人，汉族。为80年代"非非"诗派核心成员。60年代末周氏兄弟开始写诗，并与陈守容、王世刚（蓝马）、欧阳黎海、刘建森、胥勋和等人结成诗友。70年代中后期，这群热爱诗歌的年轻人有了创办民间诗刊的想法。到80年代初，周伦佑《致母亲》在《星星》诗刊发表，周伦佑被借调《星星》诗刊作见习编辑。1983年夏天，周伦佑结识廖亦武、黎正光二人，形成四川诗界"三剑客"。④ 80年代中期，

---

① 参见2014年11月彝族学者阿牛木支在西南民大彝学院举办的"英语世界的彝族文化与文学国际研讨会"上发言。

② 凉山彝族诗人群的队伍之庞大，从《凉山日报》和《凉山文学》选编的彝文诗歌集里可见一斑：1991年由民族出版社出版，《凉山日报》编辑部选编，马黑木呷、马占高、吉呷果洛、哈马只初、孙子日洛共同编辑出版的《彝寨晨曦》彝族现代母语诗歌选集，共有72位作者，分别是格罗阿萨（卢学良）、马林英、且且、阿布、日俄等人。1992年，由《凉山文学》彝文刊选编，由朱洪明、王传廷、阿鲁斯基、贾瓦盘加、王秀芝、杨阿洛等人参与编辑的《沃土·花蕾》（彝文诗歌选），作者群有吉库乌尼、阿鲁斯基、吉尔丁古、骆元璋、沙马加甲、吉木约达、乌雾，共72位。需要特别说明的是，拉曲使者、博俄、拉博、觉哈、朵子尔、伊诺、吕里克等人都是阿鲁斯基的化名。

③ 参见周发星《21世纪，全面崛起的彝族现代汉诗群体》，作家网（http://www.zuojiawang.com/xinwenkuaibao/12138.html）。

④ "三剑客"得名来源于1983年秋召开的"四川省青年创作积极分子代表大会"。会上，三人对主流文学观念提出了公开挑战。随后，刘涛、陈小蘩、王世刚、李娟、万夏、李静等人加入"三剑客"讨论，形成四川最活跃的诗歌探索群体。参见周伦佑主编《悬空的圣殿：非非主义二十年图志史》，西藏人民出版社2006年版，第8页。

周伦佑发表作品《带猫头鹰的男人》《白狼》《十三级台阶》，被认为是继朦胧诗之后对诗歌语言进行重构的一次尝试，具有"非理性、非崇高、反诗史"等特征，是"写潜意识，在一种超现实的幻觉中写作"。① 1984年年底，四川省青年诗人协会在成都成立，周伦佑任副会长。1986年，"非非"诗派成立，周伦佑为理论带头人。1986年年底，《非非》创刊。

《非非》的创刊，呈现出理论化、体系化、流派化特征。蓝马、周伦佑、杨黎等人构筑的"非非主义"理论体系，包括"前文化"理论、"艺术变构"理论、"反价值"理论、"诗歌语言"理论，在当时国内诗坛实属前沿。②《非非》创刊后，杨黎、尚仲敏、梁晓明、余刚、敬晓东、刘涛、陈小蘩、何小竹、万夏、李瑶、小安、邵春光、吉木狼格等人纷纷加入，形成以"西昌—成都—杭州"三地为中心的非非主义诗歌群（诗派）。

1984年秋（或1985年初)③，周伦佑、周伦佐在西昌举办讲座。周伦佑讲诗歌，周伦佐讲哲学。讲座在西昌市工人文化宫和西昌农专举办，实行了罕见的学术讲座对外售票制，票价三角钱（或一角钱）。④ 据听众介绍，讲座的场面非常火爆，场场爆满，甚至有女学生当场递纸条表达对讲演者的爱。一些人通过这些讲座，走上了诗歌之路。周发星便是如此。据周发星说，当时他在西昌市凉山财贸学校读书，为了听周伦佐、周伦佑有关"现代诗"与"爱的哲学"的演讲，徒步10多里路，听完讲座又徒步返回。返回学校宿舍已是半夜，还抑制不住激动跟同学交流讨论。周发星形容听二人讲座的感受为：如遭电击。形容这场讲座对他整个人生观和价值观的逆转："第一次看见

---

① 陈小蘩：《被钉在十字架上的诗神》，周伦佑主编《悬空的圣殿：非非主义二十年图志史》，西藏人民出版社2006年版，第30页。

② 这四个理论中，前文化理论为蓝马所持有，主张怀疑和否定一切既有文化，致力于人类创造本源的探讨。周伦佑的艺术变构论和反价值论则致力于诗艺本体探讨，认为一切艺术都实现于对既有艺术价值和结构形式的质疑和瓦解，认为变构才是艺术的本质和生命。诗歌语言理论是非非诗歌的写作方法，由"三剑客"（周伦佑、蓝马、杨黎）共同完成。周伦佑主要论述了"三逃避"（逃避知识、逃避思想、逃避意义）、"三超越"（超越逻辑、超越理性、超越语法）原则，以及诗歌的"语感"理论，提出"语感先于语义，语感高于语义"。

③ 关于举办西昌讲演的时间，周发星的文本中记载是1984年9月，而周亚琴的记载是"大约"为1985年初。这里取周发星的记载。

④ 关于票价，周亚琴记载是一角钱，周发星记载是三角钱。这里取周发星的记载。

人类精神与人文的黄金焰火在华夏边关的大凉山蓝色天空下黄金般灿烂燃烧。"① 讲座尚未听完,周发星已为自己作了一生的决定:做个诗人。

当时来听周伦佑讲座的还有许多本地诗人,周跃东、王世刚、刘建森等。多年后,当周发星与晓音聊起当年听讲座的事,才知,当时大凉山许多有志写诗或胸怀抱负的诗人都在西昌市文化宫的一间会议室里,听过周伦佑口若悬河。②

周伦佑兄弟在80年代的西昌掀起了一股诗歌热潮。

1986年,"山海潮"诗社在西昌成立,领导人胥勋和、周志国。③ 成员一百多名,皆是各行各业公职人员。包括西昌城区、西昌市铁路分局,以及冕宁、盐源、会理、会东、宁蒗、德昌等县城中人。诗社同人有胥勋和、黄德怀、黄越勋、周志国、郑榜学、谢云、马兴、冯笃松、李亚兰、胥武、胥兵、胡薇、南岸、陈明觉、喻强、伍耀辉(倮伍拉且)、霁虹(祁开虹)、雨霖……④诗社同时推出《山海潮》诗刊。《山海潮》诗刊通过分发、散播的形式在凉山本地传播后,据说场面非常"火爆":有人要求购买《山海潮》,有人要求加入"山海潮诗社",还有人专门告知胥勋和,有一个英国诗人在重庆诗人傅天琳处看见《山海潮》时说:这是他看见的中国真正的诗。⑤ 与非非诗派提倡把诗写得无意义不同,山海潮诗社主张把诗情表现出来。⑥

除《非非》和《山海潮》以外,凉山州当时还有许多自发形成的诗歌团体,以及自费印制的诗歌刊物。周发星曾对凉山州民间诗刊作过如下统计⑦:

80年代——

1.《跋涉者》(油印,1983.1,同人:石草、文龙、晓音等);2.《三号文学社》(打印,1985.4,主编:周志国);3.《山鹰魂》(打印,1986年年

---

① 摘自2016年7月27日周发星微信朋友圈消息。
② 参见周发星《地名中的诗歌往事》,作家网(http://www.zuojiawang.com/pinglun/12682.html)。
③ 周志国,1985年在西昌市教育学院读书时便已创办诗歌民刊《三号文学社》,后又在西昌铁路局搞"达无主义""大浪潮诗派",是除周氏兄弟以外在西昌较有影响力的诗人。
④ 资料来自周发星。
⑤ 参见2016年7月25日笔者对胥勋和的电话访谈。
⑥ 同上。
⑦ 资料来自周发星。

底，主编：晓河、晓夫）；4.《折磨河》（油印，1986.12，同人：雨林、艾叶等）；5.《温泉诗刊》（油印，1987.10，主编：发星）；6.《跋涉者》（打印，1988年或更早，主编：静梅）；7.《000诗潮》（铅印，1988.7，主编：华文进）；8.《女子诗报》（铅印，1988.12，主编：晓音）；9.《野风》（油印，1988.9，主编：胡应鹏）；10.《苍狼》（打印，1989.2，主编：剑桥）；11.《流星》（油印，1989.11或更早，主编：付荣元）。

90年代——

1.《凉山诗歌》《凉山中学生诗坛》（打印、手写，1990.5，主编：余冰、发星）；2.《海灵诗报》（铅印，1990.8，主编：魏海灵）；3.《十三月》（打印，1990.10，同人：文康、胡应鹏、祥子等）；4.《二十一世纪中国现代诗人》（打印、胶印，1991.4，主编：谢崇明、周凤鸣）；5.《声音》（铅印，1994.8，主编：杜乔、野狼、秦风等）；6.《彝风》（打印，1987.7，主编：发星）；7.《独立》（打印、铅印，1998.6，主编：发星）。

从中可见，80年代以来凉山州的诗歌写作活跃程度。

第二节　彝诗运动

凉山州彝族诗人多，传播途径广，传播效果好。

"诗之为诗，以传播为前提，也以传播为旨归……传播是诗的生命，也是诗的文化属性。传播是诗的动力，也是诗的存在形态和展开状态。"[1] 凉山州彝族诗人的传播形式多，以人际传播、群体传播、组织传播为主。[2] 传播路径有三：吉狄马加的官方线路；阿库乌雾的学院线路；周发星和阿索拉毅等人的民间线路。三条路径各自独立，又彼此交错。吉狄马加借助官方力量，发起国际诗歌节。阿库乌雾凭借学院平台搭建国际交流通道，跨出国门进行诗

---

[1] 杨墅：《诗歌传播引论》，《诗刊》2006年第8期。
[2] 诗歌传播的方式有：自我传播、人际传播、群体传播、组织传播、大众传播。参见杨志学《诗歌传播研究》，博士学位论文，首都师范大学，2005年。

歌传播。周发星、阿索拉毅借助民刊和网络，推出彝族诗歌新人，构筑彝族现代诗史。三条路径，三种形态，皆视当前为发展彝族文学、创建彝族诗业的重要时代，并自觉将文学发展与彝族振兴相连，从而发起一场多层次、多区位、从国内直达国际的彝诗运动。[①]

一　官方传播

官方传播，以吉狄马加为代表。他以官员和诗人双重身份，创办了系列诗歌节，创建了一条国际诗歌交流新路径。

吉狄马加是凉山州20世纪80年代优秀的彝族诗人。90年代开始从政，历任青海省委常委、青海省委宣传部副部长、青海省政府副省长、中国作协书记处书记、中国作协副主席，有"诗人部长"之称。[②] 在青海为官时，他主办了青海湖国际诗歌节。

80年代以来，中国新诗界沉默、诗人下海、诗歌读者大量流失、诗歌日益边缘化，吉狄马加却坚信诗歌存在的理由，相信诗歌对于个体的功能，相信诗歌能让人们辨识正确的方向，找到通往精神故乡的回归之路。认为"属于人类精神现象的诗是永远也不会消亡的，诗人抚慰的永远是人类不安的灵魂和受伤的心灵"。[③] 相信人类需要诗歌，"因为无知和技术永远不可能在人类精神的疆域里，真正盛开出馨香扑鼻的花朵。"[④] 认为诗歌对于人类具有不可或缺性、普适性、精神家园性，诗歌能沟通人际关系，能和谐人际交往，具有特殊的社会功能："诗歌仍然是这个世界不同文明、不同国度、不同文化背景的人进行交流的最有效的方式……通过诗歌的交流，是最有效最迅速的，它可以在瞬间就抵达彼此的心灵……诗歌是人类之间进行交流的最至高无上

[①] 现任中国作协书记处书记、中国作协副主席的彝族诗人吉狄马加在为《中国彝族诗歌大系》作序时说："新时期以来的彝族现代诗歌潮为彝族文艺复兴运动。希望彝族诗人以此自勉，抓住机遇，成就诗业。"

[②] 2012年9月《南方周末》曾刊登《专访"诗人部长"》一文。

[③] 吉狄马加：《为土地和生命而写作：吉狄马加演讲集：汉英对照》，黄少政译，外语教学与研究出版社2013年版，第14页。

[④] 《诗人吉狄马加：诗歌像闪电一样瞬间从一颗心抵达另一颗心》，华西新闻（http：//news.huaxi100.com/index.php? m = content&c = index&a = show&catid = 248&id = 791399）。

的使者。"① 因此，在任青海省副省长、宣传部部长的时候，他不仅积极推动青海省文化产业开发建设，还组织创办各种诗歌文化活动：兴建青海湖诗歌墙、诗歌广场，发起创办"青海湖国际诗歌节"。②

2007年8月，首届青海湖国际诗歌节在青海省举办。以后每两年举办一次，至2015年，已办5届。共200多个国家上千位国内外诗人、诗评家、翻译家参加了诗歌节。每届诗歌节都有特定主题，有专门的组织机构和固定的活动：如诗歌朗诵、考察采风、高峰论坛、诗歌音乐会。诗歌节并发布了"青海湖诗歌宣言"，设立了"金藏羚羊国际诗歌奖"。身为诗歌节组委会主席，吉狄马加对诗歌节的定位是：成为世界性诗歌节。目前看来，此目的已实现：青海湖国际诗歌节被国际国内认同为世界第七大诗歌节。③

对于诗歌节的意义，吉狄马加有清醒认知：

> 第一，它在这个多种利益冲突的世界举起了又一面文化神圣的旗帜；第二，它为全球化语境下的多元文化提供了一个展示个性和价值的平台；第三，它为当代东西方文化的进一步理解和对话开辟了一条道路；第四，它为人类在物质时代的诗意生存树立了信心；第五，它在中国两千多年的诗歌历史中树立了一个全新的里程碑。④

诗歌节的举办，使吉狄马加的诗得到更好传播。2014年，吉狄马加获南非姆基瓦人道主义奖，并被授予"世界性人民文化的卓越捍卫者"称号。

---

① 《诗人吉狄马加：诗歌像闪电一样瞬间从一颗心抵达另一颗心》，华西新闻（http://news.huaxi100.com/index.php?m=content&c=index&a=show&catid=248&id=791399）。

② 吉狄马加认为，中国是一个有着悠久优良诗歌传统的国家，但是却一直没有一个世界性的诗歌节，世界性的诗歌节都在欧美。他为此深感遗憾，所以决心创办一个具有世界地位和国际品质的现代诗歌节。《吉狄马加：青海湖国际诗歌节成为世界第七大诗歌节》，新华网（http://news.xinhuanet.com/local/2013-08/07/c_116852093.htm）。

③ 参见《吉狄马加：青海湖国际诗歌节成为世界第七大诗歌节》，新华网（http://news.xinhuanet.com/local/2013-08/07/c_116852093.htm）。

④ 吉狄马加：《让诗歌再一次烛照人类的灵魂》，《青海日报》2011年3月4日，第1版。

2016年，又获得欧洲诗歌与艺术荷马奖。① 他的诗集先后被翻译到国外，有意大利文《天涯海角》（2005年），马其顿文《秋天的眼睛》（2006年），保加利亚文《"睡"的和弦》（2006年），塞尔维亚文《吉狄马加诗歌选集》（2006年），捷克文《时间》（2006年），德文《彝人之歌》（2007年），英文《火焰与词语——吉狄马加诗集》（2013年），俄文《黑色狂想曲》（2014年），土耳其文《火焰与词语——吉狄马加诗集》（2014年）。②

　　诗歌节的举办，也使凉山彝族文化和彝族诗歌有了很好的传播机会。吉狄马加主办诗歌节有一个目的，便是要通过诗歌活动，加强各国诗人之间的深度合作交流，进行诗歌翻译、出版工作，将中国文化、彝族文化推向世界。③ 他认为，诗人是民族精神文化的代言人，不同地域、不同文化背景下的诗人，便有不同的写作视角和精神世界。他一直在思考，在这个全球化时代，少数民族诗人如何保持住本民族的文化传统并向外界呈现。2011年第三届青海湖国际诗歌节，主题便是"国际交流背景下各民族语言的差异性和诗歌翻译的创造性"。2012年8月，吉狄马加又在青海发起"国际土著民族诗人帐篷圆桌会议"。吉狄马加对自己的彝族身份格外看重，时时不忘提及彝族诗歌和文化。2014年8月29日，其诗歌《我，雪豹……》多语版在北京国际书展举行首发式，6种语言版本中便有彝文版。"2016西昌邛海'丝绸之路'国际诗歌周"在凉山州举行，吉狄马加是主要组织者。他不仅全程带队，还身着彝族服装上台领"欧洲诗歌与艺术荷马奖"。他对彝族诗歌的关注还体现在2015年4月4日为彝族学者阿索拉毅主编《中国彝族诗歌大系》作序上。序中热情赞扬了新时期彝族现代诗的创作热潮，认为是一场以诗歌为先导的彝族文艺复兴运动；认为《中国彝族诗歌大系》是彝族文艺复兴运动的重要成果之一；

---

　　① 欧洲诗歌与艺术荷马奖以伟大的古希腊诗人荷马的名字命名，表彰具有世界影响的诗人和艺术家。参见《吉狄马加获2016欧洲诗歌与艺术荷马奖》，中国作家网（http://www.chinawriter.com.cn/news/2016/2016-06-28/275206.html）。

　　② 据统计，吉狄马加的诗歌已经被翻译成20多种语言，在30多个国家和地区出版发行，是当下中国诗人群体中被翻译成国外单行本最多的诗人。参见《诗人吉狄马加：诗歌像闪电一样瞬间从一颗心抵达另一颗心》，华西新闻（http://news.huaxi100.com/index.php?m=content&c=index&a=show&catid=248&id=791399）。

　　③ 吉狄马加：《让诗歌再一次烛照人类的灵魂》，《青海日报》2011年3月4日，第1版。

认为彝族文艺复兴运动丝毫不亚于20世纪初的爱尔兰文艺复兴运动和20世纪20年代的美国哈莱姆黑人文艺复兴运动，三者具有相似性质。

二 学院传播

学院传播，是以阿库乌雾为代表的、借助学院学术平台搭建起来的诗歌传播路径。

生于1964年的阿库乌雾，汉名罗庆春。1986年从西南民族学院中文系彝语言文学专业毕业后留系任教。先后创作出版彝文诗集"cux wa yyp mop"（《冬天的河流》，1994年）、彝文散文诗集《lat jjup》（《虎迹》，1998年），汉语诗文集：《走出巫界》（1995年）、《阿库乌雾诗歌选》（2004年）、《密西西比河的倾诉》（2008年）、《神巫的祝咒》（2010年）、《混血时代》（2015年）、《凯欧蒂神迹》（2015年）等。

最初，阿库乌雾的诗歌传播方式是：出诗集、办刊物、诗朗诵。

出版自不消说，是作家作品最基本的传播方式。阿库乌雾说他出版诗集主要是自费。出版以后，发行量不高，因为"没有这么大的读者群，我的诗歌很小众"。[①] 创办刊物，阿库乌雾也尝试过。1985年，还在西南民族学院学习的他，就创办了彝文刊物《黑土地》。由于《黑土地》是彝文，所以关注的人较少。朗诵诗作，阿库乌雾也在努力尝试。因为能够发表彝语文学的报刊太少了，朗诵便成了发表作品、突破交流障碍的一种方式。在成都白夜酒吧、四川大学、老书虫书店、凉山州各处、上海民生现代美术馆，阿库乌雾都朗诵过自己的诗作。通过朗诵，他的诗作《招魂》《口弦》《毕摩》等成了人们耳熟能详的作品，一些国内外人士将他称为"招魂诗人"。阿库乌雾还尝试过在学院附近创办"母语酒吧"。由他策划，诗人依乌具体经营操作。本意想把酒吧做成一个文化酒吧、文化沙龙。然而因操作失当，各方困窘，母语酒吧失败。21世纪以来，阿库乌雾热衷于在网上传播他的诗作。在网易博客和腾讯微博上，他都注册了主页。至2015年1月，网易博客中"阿库乌雾博客"共发表博文262篇，累计

[①] 参见2016年6月19日笔者对阿库乌雾的访谈。以后凡引用阿库乌雾的话未标明出处的地方，皆出自这次访谈。

有 69780 次的访问量。而"阿库乌雾"的新浪微博,至 2016 年 8 月,共发表微博 1923 个,获得粉丝 9257 人。① 通过这些方法,阿库乌雾的诗歌广为传诵,尤其在凉山彝族地区,一些诗作入编中小学至大学"彝语文"课本。

在阿库乌雾的诗歌传播路径中,最值得注目的,当属阿库乌雾通过学术平台建立起来的国际诗歌交流路径。这条路径中有两个人值得注意:一是日本独协大学的松冈格博士,一是美国的马克·本德尔教授。

日本独协大学的松冈格博士,与阿库乌雾在 2009 年云南省第 16 届全世界人类学大会上相识后,成为好友。② 松冈格遂翻译了阿库乌雾的散文诗《低于大地的歌唱》。阿库乌雾也于 2014 年 7 月 17 日—22 日赴日本独协大学参加了"姓名与族性:东亚中的多样性"国际学术研讨会,并在该会议上首发其原创诗歌:"谱系诗歌"(《co cyt. Jju cyt》)。

马克·本德尔(Mark Bender)是美国俄亥俄州立大学东亚语言文学系教授,上世纪 80 年代进入中国。自 80 年代初开始,他持续关注中国少数民族文化,先后译介彝族叙事长诗《赛玻嫫》《梅葛》《甘嫫阿妞》,以及《苗族史诗》《达斡尔族民间故事选》等中国民族民间文学。在向外推介中国少数民族文化和促进中西交流上作出了许多贡献。马克·本德尔与阿库乌雾的结缘,据阿库乌雾说是 2000 年在云南石林举办的第三次国际彝学研讨会上,③ 由巴莫阿依姐妹代为引介。二人随后一起到彝区考察。考察过程中,马克·本德尔注意到了阿库乌雾的彝文诗歌《虎迹》和《冬天的河流》,于是决定翻译。

2005 年,阿库乌雾应邀到美国俄亥俄州立大学东方语系访问。期间,阿库乌雾和凯特·波拉克一起录制了彝汉双语诗朗诵,并以文本与多语言 CD 合辑的形式由南俄亥俄州立大学外国语言出版社于 2006 年出版。2006 年,阿库乌雾和

---

① 粉丝即关注阿库乌雾微博的人。据阿库乌雾称,美国已经有人在研究他的微博诗歌。他微博诗歌也将结集出版,为"微博断片"。

② 松冈格博士是日本独协大学副教授,曾写作《彝族与高山杜鹃:论园艺以外的花文化》。他与阿库乌雾相识后,独协大学每年都邀请阿库乌雾去日本讲学,阿库乌雾也邀请松冈格到彝学院这边作日语班教学。

③ 据马克·本德尔的说法,二人相识是在 2001 年。参见黄立对马克·本德尔的访谈《走向世界的中国西南少数民族文学——俄亥俄州立大学马克·本德尔教授访谈录》,《民族学刊》2014 年第 5 期。此处援引阿库乌雾的说法。

马克·本德尔合作翻译的世界上第一部彝英双语版彝族当代诗歌集《Tiger Traces》(《虎迹》),① 由美国俄亥俄州立大学出版社出版,其中收录了阿库乌雾的《招魂》《黄昏,我思念母亲》等篇目。俄亥俄州立大学还设立了"阿库乌雾网页"对其文学成就做专门介绍。

2007年,由马克·本德尔翻译的《Dragon Egg》发表在俄勒冈《Basalt》杂志上2007年第2卷第1期上。2017年美国东俄勒冈大学网站以《东俄勒冈文学杂志激发文化复兴》为题对美国文学杂志激发中国彝族母语文化复兴一事进行了报道。②

2009年秋天,在Pullman华盛顿州立大学外国语言文化系的邀请和主持下,阿库乌雾与马克·本德尔教授在该大学音乐厅进行了题为"虎迹:彝族传统文化与阿库乌雾母语诗歌创作"的讲座并现场朗诵了《虎皮》《龙卵》《黄昏,我想念我的母亲》等6首彝英对照诗歌,博得了来自世界各地不同种族不同语种的师生们的热烈掌声和喝彩。有观众激动地对阿库乌雾说:你不仅是彝人之子,你也是世界之子!③

至2015年,马克·本德尔共翻译阿库乌雾彝文诗近50首,分别发表在美国的文学刊物和诗歌网站上。④

马克·本德尔还写了一些评论文章,发表在各类期刊杂志上,如:《白鹇鸟

---

① 据阿库乌雾介绍,为确保翻译准确,此次翻译采用了团队研讨式翻译,参与人有阿库乌雾、马克·本德尔和阿库乌雾西南民院的研究生。过程是:由阿库乌雾不断做解释,把自己的彝文诗歌的诗意、意境、象征、隐喻等讲给马克·本德尔听。马克·本德尔翻译成英语后,再由可以彝英互译的研究生把英语诗歌译回彝文,最后由阿库乌雾来做审定。尽管如此,阿库乌雾还担心诗作翻译到国外被误读或神秘化解读,他私下求证过三四个美国大学教授,得到的回答都是一样的:这样的翻译是一流的。

② 参见吉洛打则《阿库乌雾:传承与守卫彝族母语文化的旗手》,彝族母语在线(https://mp.weixin.qq.com/s/4t8ww4wq2FmAlaz6v2-Odg)。

③ 同上。

④ 这50余首诗歌中,大约30多首发表在文学刊物上,如美国《玄武岩》《诺顿亚洲文学选》《诗背后的诗:翻译亚洲诗歌》等期刊杂志;10余首发表在诗歌网站上。参见https://www.eou.edu/news-press/basalt-magazine-inspires-cultural-renewal/?from=singlemessage。发表在弗兰克·斯图尔特主编的《马诺阿:太平洋国际写作杂志》2005年特刊"血缘关系:跨越中国国界的写作"上的《招魂》一诗,是最早被翻译成外语并在国外发表的彝语现代诗。在《Rattapallax》(2006年第13期)上发表的《神圣的依依草》是第一首被翻译成外语并附有原文的彝语诗歌。参见[美]马克·本德尔《阿库乌雾的诺苏母语诗歌:发展中的民族诗学》,李兰译,罗庆春《双语人生的诗化创造 中国多民族文学理论与实践》,民族出版社2015年版,第338页;吉洛打则《阿库乌雾:传承与守卫彝族母语文化的旗手》,彝族母语在线(https://mp.weixin.qq.com/s/4t8ww4wq2FmAlaz6v2-Odg)。

的呼唤：当代四川与云南的少数民族诗歌》《〈林中女王〉与〈招魂〉：文化转型时期文学中本土的声音》。

由此，阿库乌雾的彝族母语文学创作逐渐赢得了国内外尊重，引起了诗歌界、人类学界、民间文学界、文化遗产保护界的重视。在过去几年间，阿库乌雾多次受邀访问美国、俄罗斯、加拿大、韩国等国，参加国际诗会和文学艺术会议。目前，阿库乌雾已被美国俄亥俄州立大学东亚系聘为客座教授，是该系在中国聘请的两位客座教授之一。①

与马克·本德尔的交流往来，还使阿库乌雾的写作体裁、主题和题材发生了变化。2005—2015年期间，阿库乌雾多次到马克·本德尔所在的俄亥俄州立大学访问讲学，这期间，他对当地土著印第安文明产生了浓厚兴趣，从而走上了文学人类学写作，用日记体诗歌记录下了自己的感悟和思考，其诗集《密西西比河的倾诉》（2008年）和《凯欧蒂神迹》（2015年）先后出版。

2010年，阿库乌雾受聘担任西南民族大学彝学院院长。任院长后，他积极搭建学术平台推广彝族文化、拓展彝学研究、重塑彝族形象，积极参与主持各项教育工作、社会活动、国际交流：参与主持《新时期四川少数民族文学研究》《中国当代少数民族汉语诗论》《彝文的起源与发展史研究》《彝族口承文化与当代彝族文学关系研究》等国家级省部级重大项目；发起并策划"喜德·首届中国彝族母语文化艺术节""首届中国彝族母语文学学术研讨会""人与自然——诗意的美姑国际笔会"等文化活动；实施人才培养"百名博士工程"，创办"国际彝学大讲堂"，举办国际学术会议，组建"中日文化交流团"，举办"中美大学生彝英双语国际文化交流活动月"。他还特别重视彝族文学新人（诗人）的培养：彝学院文学刊物《山鹰魂》和《黑土地》，出版发行经费由学院解决；青年学生的写作和各种诗歌活动得到他支持。他并推出国际交换生，开国际沙龙，推出彝族诗歌新人。他还把周发星的民刊介绍给马克·本

---

① 参见吉洛打则《阿库乌雾：传承与守卫彝族母语文化的旗手》，彝族母语在线（https：//mp.weixin.qq.com/s/4t8ww4wq2FmAlaz6v2-Odg）

德尔认识，把沙马、鲁娟等人的诗歌介绍给马克·本德尔翻译。① 马克·本德尔据此撰写的论文《垂死的猎人、毒植物、哑奴：当代诺苏彝族诗歌的自然与传统》一文，因而得以提出"凉山派诗人"这一称号。②

阿库乌雾全力推动着彝族诗歌和彝族文化的传播。他说他年轻时候通过彝文诗和汉文诗对民族、历史、时代、国家、世界许下了许多诺言，现在他有平台有资格有机会去兑现这些诺言了，他要通过他的教育实践、社会实践，去为国家历史、民族地区、社会事务、文化事业提供一定的智慧和思想，提供一定的干预和引导。③ "我们彝族人，要有尊严地活下去！"这是他一切行动的指南。

三 民间传播

凉山州彝族诗歌的传播路线，还有一条值得注意，即民间传播。民间传播以周发星、阿索拉毅为代表。周发星创办民刊《独立》《彝风》，阿索拉毅创办"彝诗馆"。

（一）《独立》

《独立》是由周发星创办并支撑的诗歌民刊。

民刊，指民办刊物。在当代中国文学史里，民刊指的是1978年12月由北岛、芒克、徐晓创办的《今天》以来的非正规出版物。这类刊物由于没有官方批准的期刊号和书号，因而被称为"内部交流资料"或"地下刊物"。民刊一般是民间诗人自己出钱筹办，采用手抄、油印、铅印等各种手段印刷

---

① 2014年，马克·本德尔翻译了鲁娟的《丧曲》（《funeral tune》），发表在《今日中国文学》（Chinese Literature Today, Vol. 4, No. 1, p. 81）。

② 2009年，马克·本德尔在《垂死的猎人、毒植物、哑奴：当代诺苏彝族诗歌的自然与传统》（Mark Bender: Dying Hunters, Poison Plants, and Mute Slaves: Nature and Tradition in Contemporary Nuosu Poetry. Asian Highlands Perspective: 2009.）一文中，以吉狄马加、阿库乌雾、鲁娟的诗歌中的自然意象及其共同主题来命名了"凉山派诗人"作品的共同特点。认为凉山派诗人诗歌关注的共同主题是：由中国经济高速发展和大开发所带来的传统与自然环境的改变。"凉山派诗人"遂成了凉山彝族文学代名词。此处资料来源于西南民族大学王培红教授一次会议发言，特此致谢。

③ 阿索拉毅：《启动整个彝族文化的书写时代——彝诗馆访谈系列之阿库乌雾》，彝族人网（http://www.yizuren.com/plus/view.php?aid=16332）。

并传播。由于民刊不能进入正规图书市场销售，只能在少数志同道合之人手中传播，所以一般采用赠阅、交换的方式发行。又由于民刊不需经过新闻出版审查，因此相对公开出版发行的"官刊"来说，更自由、独立。新时期以来，民刊承载了太多的自由精神、创造精神、自觉建设精神，因而在诗坛地位很高，一个民刊往往会产生一种诗歌写作流派：以《今天》为核心的朦胧诗派，《非非》为主的反文化诗写派，《他们》为代表的口语写作派，《倾向》中倡导书面语写作和知识分子写作的诗派。

凉山州在20世纪80年代初就已有诗歌民刊。由彝族人创办的民刊有西南民院（今西南民族大学）阿苏越尔、阿库乌雾等人创办的《西南彩雨》《黑土地》，阿黑约夫等从创办和克惹晓夫的《山鹰魂》——《黑土地》和《山鹰魂》后来成为西南民族大学彝学院的院办刊物。

1997年，周发星创办了《彝风》；1998年，周发星创办《独立》。① 这两本民刊都与彝族关系密切。《彝风》自称"中国第一本边缘民族现代诗民刊"，强调彝族现代诗写，追求自然、朴素、现代、民族特色。同人有石万聪、马惹拉哈、周发星、莎玛·柔雪、吉牧·思雨、克惹·晓夫、马·阿黑约夫、霁虹、阿苏越尔、梦亦非。《独立》追求边缘族群的地域诗歌写作，推崇个性诗人，同人有胡应鹏、柯红、祥子、得干·敖郎、周发星、尚华、梦亦非、郑小琼、阿索拉毅、鲁娟等。

《彝风》由于为专题资料性质，印数少，出刊日期不固定，所以传播范围小。《独立》则每期印刷100—500本左右，通过邮寄给朋友、诗歌评论家、诗歌作者、民刊收藏者进行传播。二十年来，周发星为《彝风》和《独立》付出甚多，光资金就用去十多万元（《独立》《彝风》每期成本在六七千元左右）。而周发星身为凉山州普格县一名私企普通工作人员，家庭收入并不高，所以周发星被称为"独立诗人"。其诗歌民刊《独立》获得"2014年中国十大民刊"等称号。

周发星及其《独立》为凉山彝族诗人和民刊提供过许多帮助，一些新生

---

① 据周发星介绍，《彝风》创刊不久即被纳入《独立》，成为《独立》的一个栏目。但《彝风》仍然在办，至2012年已出12期。

诗人通过周发星的《独立》为外界所知。①《彝风》《独立》最近的办刊方向是：关注独特诗人群体，如个性诗人、民间漂泊诗人、农民诗人、民间诗人中独立知识分子；推举边缘民族地域诗群；整理民间诗歌运动史和80年代重要诗歌文献。其中，推举边缘民族地域诗群是其办刊重点之一，包括对彝族诗歌的推举。

除《彝风》《独立》外，21世纪，凉山州彝族诗人还先后推出了以下民刊：2011年，在西昌，吉狄兆林、吉洛打则、伊萨、罗洪木果、孙阿木、的惹木呷等人成立"灵诗社"，推出民刊《灵》（铅印）。2013年1月，在成都，彝族母语现代诗刊《荷尔》创刊（铅印）。主编马海五达，成员为"荷尔诗人俱乐部"九位西南民大学生。2013年12月，在浙江，打工诗人阿优推出《飞鹰》（铅印）。三个刊物中，《灵》为同人期刊，《荷尔》为母语综合性期刊，《飞鹰》为文学类期刊。② 三个刊物的推广渠道如下。

《灵》是"灵诗社"成员内部交流杂志，目前只推出了几期。2016年开始在名为"微头条"的网络主页以及微信公众号上展示诗社成员作品。

《荷尔》一年一期，已出三期。其传播方式主要为赠阅或订阅，投稿并入选的作者可获样刊一本。《荷尔》并开设了微信公众号，以图文、声像等方式全方位呈现母语文化及诗歌。③

《飞鹰》的传播则另有契机。《飞鹰》本为打工文学聚集地，由几位志同道合的彝族文学爱好者共同出资印刷，印数几百册到近千册不等，除部分寄

---

① 据周发星介绍，在《独立》发表过诗歌且已小有名气的诗人有汉族梦亦非、郑小琼，彝族鲁娟、阿索拉毅。郑小琼，著名打工诗人。当年《独立》曾将郑小琼作为一个地域写作的代表人物来推出，使郑小琼在"打工诗人"这条路上走得很远。郑小琼在多个场合都表示过对周发星及其《独立》的感激。另据访谈资料显示，阿索拉毅创办《此岸》、阿优创办《飞鹰》、孙宏宇创办《大荒》、吉立土者创办《皎鹰》，都曾受过周发星的指点。

② 三个民刊中，《灵》主张"灵"写作。"灵"包含灵魂、灵性、祖灵。《灵》的创刊词上，吉狄兆林有"生命因为有灵而珍贵"。罗洪·木果呼唤"灵魂醒来，文字醒来——"伊萨宣布："从《灵》开始！"的惹木呷："唯灵而已"。孙阿木则说："愿灵重现"。《荷尔》主编马海五达是西南民大阿库乌雾教授的硕士生，所以《荷尔》关注母语写作，主张"弘扬少数族裔优秀诗歌传统，关怀少数族裔母语人文环境"。《飞鹰》则主推彝族打工文学。

③ 为配合《荷尔》第四期发刊，《荷尔》诗刊微信公众号做了一个专题叫"土豆乐话"，回顾彝族经典流行音乐。马海五达在接受笔者对他的访谈时说："我们注重从歌词去探析彝族音乐创作，每天都在更新，读者反响热烈。"

往各自故乡，也向全国各地的彝族打工者免费邮寄。其出刊也不定期，至2015年仅出4期。① 2015年，《飞鹰》及其主编阿优的命运迎来转机。虽然此前阿优已被阿索拉毅、周发星认定为"中国历史上第一个彝族打工诗人"，并出版《打工的彝人》一书，但2015年，阿优和其创办的《飞鹰》才获得社会关注。起因是2015年6月，财经作家吴晓波策划的以6个打工诗人为拍摄对象的纪录电影《我的诗篇》在第18届上海国际电影节获得纪录片金爵奖。此后，阿优成为媒体焦点：四川《工人日报》、上海《解放日报》、北京《新华日报》等多家媒体对阿优进行了报道。2015年2月，在北京举办"我的诗篇——工人诗歌云端朗诵会"上，阿优受邀参加。香港凤凰卫视著名电视谈话类节目《鲁豫有约——说出你的故事》，也邀请阿优参加。2016年4月，阿优受邀参加《人民日报》环球人物杂志社主办的"只是征行自有诗——《环球人物》创刊十周年暨2016中国当代诗会"。阿优的工作环境由此改变：进入浙江省平湖市林埭镇文联图书馆工作。总之，借助大众传媒，阿优实现了个人诗歌的传播与《飞鹰》的传播。

（二）"彝诗馆"

彝诗馆全名彝族现代诗歌资料馆。创办者阿索拉毅，乐山市峨边县彝族人。彝诗馆致力于构建当代彝族诗歌资料库，搭建彝族民间诗歌研究中心和交流平台，撰写彝族现代诗歌史。

彝诗馆既有实体办公地点，又有网络空间。

彝诗馆的创办，与周发星有密切的因缘关系。

周发星很早就开始整理研究彝族现代汉诗群。2002年12月，周发星主编出版了《当代大凉山彝族现代诗选（1980—2000）》（中国文联出版社）。2000—2015年，周发星陆续写出"中国本土边缘野性诗学"探索之《"彝族现代诗学"论纲》《21世纪，全面崛起的"彝族现代汉诗群体"》《"当代大凉山彝族现代诗群"论》《"大凉山彝族现代诗群年轻一代"浅论》等文章。

---

① 《一个彝族小伙的诗与远方》，嘉兴在线新闻网（http://www.cnjxol.com/xwzx/jxxw/jxshxw/content/2015-08/06/content_3416903.htm）。

2011年，周发星编辑《彝族现代诗派论》，在《彝风》第11期推出。周发星的举动，对阿索拉毅是一种启发。

阿索拉毅与周发星交往甚早，早在他初涉诗歌时便已开始。阿索拉毅在购买周发星主编的《当代大凉山彝族现代诗选》后认识了周发星，并在其鼓励下开始写诗。后又加入其主倡的地域诗歌写作群，又在其影响下创办《此岸》诗歌杂志，编写《中国彝族现代诗全集：1980—2012》《彝族现代诗派宣言》《中国彝族诗歌大系》，建设彝诗馆。①

彝诗馆于2011年11月12日成立。初衷是重新认识彝族现当代诗人诗歌，整理、保存、研究彝族古今诗人诗集（不分地域）及相关资料，策划制作推出彝诗馆文丛系列，呈现彝族现代诗群整体形象。彝诗馆成立当天即在网上发布"彝族现代诗派宣言"，不久便推出170份彝族诗歌资料（电子资料）和68本彝族文化类作品。2012年5月，彝诗馆整理推出《中国彝族现代诗人档案》数字版，随后建立起700多位彝族现当代诗人诗歌数据库。2013年8月，该馆又推出10万字的《中国彝族现代诗歌简史》。

2015年2月，"彝诗馆"专题网站落户"彝族人网"。② 在"彝族人网"开设了8个栏目："彝诗前沿""彝诗社""诗歌专栏""诗歌评论""诗集档案""新诗推荐""文化广场""诗人脸谱""访谈专栏"。

"彝诗馆"成立后，周发星与阿索拉毅的合作全面展开，从理论到方法、从思路到技术。其合作首先体现在各自主办的民刊上。二人经常在自己主办的民刊上通报对方刊物信息，刊登对方文章和作品，展现各自整理的彝族诗人写作态势、发展状貌、最新评论。二人还共同策划制作"彝诗馆文丛系列作品"之阿优的《打工的彝人》；一起主编"21世纪中国彝族现代诗23家"。二人并联合众人编印《中国彝族现代诗全集：1980—2012》（由阿索拉毅主编、周发星等人任编委）、《中国边缘民族现代诗大展》。二人还一起梳理彝族

---

① 据周发星介绍：《此岸》和"彝诗馆"的命名，阿索拉毅都参考了他的意见。参见2016年7月2日笔者对周发星的访谈。

② 彝族人网是目前创建最早、影响力和规模最大的彝族文化垂直门户网站。彝诗馆选择"彝族人网"落户，是非常具有战略眼光的：背靠一个成熟网站，对彝诗馆发展作用很大。

诗歌当代史。周发星梳理断代史，主要集中梳理新时期以来的彝族现代汉诗群和大凉山现代诗群。阿索拉毅书写《中国彝族现代诗歌简史》，自1932年始，到21世纪止，共10万字。二人还共同书写"当代少数民族诗歌志"，已书写2013至2015年的彝族诗歌大事志。①

2015年，由四川民族出版社出版发行的囊括了全国310位彝族诗人诗歌的四卷本《中国彝族当代诗歌大系》出版，阿索拉毅任主编。2017年，由阿索拉毅、马海吃吉主编的大型彝族诗歌选集《中国彝族当代母语诗歌大系》（上下卷）出版；2018年，由吉狄马加主编、阿索拉毅执行主编的《当代彝族女性诗歌选》出版……许多大部头彝族诗歌选集的正式出版，标志着彝族诗歌集结号的完成。阿索拉毅说："从民刊到多部文选正式书号的出版，这也可算是一种巨大的进步。"②

周发星、阿索拉毅二人的努力没有白费。彝族诗人木确奢哲说："彝人汉诗，近年来发展得兴旺和蓬勃，特别是在发星、阿索拉毅等人的组编和推动下，'彝族现代诗派'汇聚声势，自成气候并在中国诗坛占据了一席之地。"③

第三节　凉山诗人的抒情诗写

凉山州彝族文学自新时期以来，诗歌繁荣，堪当"彝族文艺复兴运动"重任。观其创作：第一，作品数量和质量较之传统彝族文学有大提升。第二，作品以唤起民族自尊、重塑民族形象为主。第三，与同时代汉语诗创作相比，彝族汉诗在抒情诗写作上，在抒情风格的多样性和技艺的圆融性上，在抒情与民族、地域、时代相结合的技巧性上，在抒情诗写作的坚持和探索上，比

---

① 周发星整理了《中国彝族现代诗界2013年十大新闻事件》《〈彝风〉版：2014年彝族现代诗界十大新闻》。在周发星启下，自2013年到2015年，阿索拉毅的彝诗馆也以年鉴的形式，记录彝族诗界发生的大事。彝诗馆和阿索拉毅已先后整理了《2014年彝族现代诗界大事纪实》《2015年1月彝族现代诗界消息汇总》。

② 参见2019年8月18日笔者与阿索拉毅的微信对话。

③ 《彝诗馆七人诗选02期：一群乌鸦飞过来像飘落的树叶填满了天空》，散文吧（https://www.wenji8.com/p/2aeHscn.html）。

起当下各式各样诗写者毫不逊色。

其抒情诗写作风格多样：吉狄马加写颂诗，倮伍拉且写自然诗，巴莫曲布嫫和阿库乌雾写文化诗，吉木狼格写前思想诗，鲁娟写轻俏灵动的诗，吉狄兆林写俚俗有趣的诗，阿苏越尔写明亮忧伤的诗……可以说，彝族诗人的抒情诗写，涉及了从前现代颂歌体到现代象征主义到后现代先锋解构潮的所有书写模式。以下便挑选几位诗人的诗予以评述：分别是吉狄马加、倮伍拉且、巴莫曲布嫫、阿库乌雾、吉木狼格。分为三组：直抒胸臆型，吉狄马加和倮伍拉且；文化书写型，巴莫曲布嫫和阿库乌雾；非思书写型，吉木狼格。

一 吉狄马加和倮伍拉且

"哦，大凉山，倮伍拉且的大凉山，吉狄马加的大凉山，一对表兄弟用诗笔为枪，打拼出文学劲旅的大凉山，如今我携斗酒而来，只为岁月的流逝与悲欢。"[1] 吉狄马加与倮伍拉且，两位彝族男诗人，为彝族现代抒情诗书写奠定了两座高峰。

吉狄马加写颂诗，现代意义上的颂诗。这在颂诗背负着坏名声的当下，确乎一个"壮举"。但挑剔的诗坛和评论家对其却并不挑剔，反而多赞赏。归因之，其诗作的优秀品质。倮伍拉且和吉狄马加不同。如果说吉狄马加写的是传达式抒情诗，那么，倮伍拉且写的就是表现式抒情诗。

传达式抒情诗，一定要使别人了解、分享自己的情感，写作者要对自身情感把握非常清楚，且传达的一般是公共情感。表现式抒情诗则只专注作者内心的自然呈现和抒发，不管别人能否体会。布洛克认为：艺术表现本身，乃是使某种尚不确定的情感明晰起来，而不是把内心原来的情感原封不动地呈示出来。[2]

吉狄马加是传达式抒情诗人，他的每首诗情感和主题都强烈而鲜明，清楚而坚定。他想通过他的诗写，告诉世人："我是彝人！"他要告诉世人，热爱人、热爱和平、保持良善友爱。倮伍拉且则不同，他只是在抒发自己

---

[1] 高洪波：《诗人作家对倮伍拉且作品的评介》，《凉山日报》2012年12月7日。
[2] ［美］H. G. 布洛克：《美学新解》，滕守尧译，辽宁人民出版社1987年版，第140页。

的情感，营造一种氛围意境。所以，吉狄马加的诗坚定有力，壮阔昂扬，像交响乐。倮伍拉且的诗深沉忧郁、空灵澄澈。二人的抒情途径和方法截然不同。吉狄马加重咏叹，重节奏和韵律的大开大合、跌宕起伏。倮伍拉且重情绪的流转，重视情景交融，语言平白如话，似行云流水、清新晓畅。二人虽然都在书写凉山彝族，但吉狄马加显然更强调民族，倮伍拉且更关注地域。

（一）吉狄马加的民族颂

颂，在古代汉语文学中，指美盛德、告神明、歌功颂德；文体要求词义纯美典雅，节奏舒缓，气氛庄严。① 至现代，受西方颂诗影响，汉语颂诗在题材和形式上发生了变化。颂诗空间得到拓展，产生了广场意识。"所谓颂诗的广场意识，指的是在广阔的现代市民社会（civil society）生活中培育起来的对自然、对社会、对人生无比肯定与赞美的思想意识，它是一种获得全方位展示的、公开的、积极的人生态度，一种必须能经得住广场公众检验与评价的真实的、健康的、纯洁的审美体验。"② 具有广场意识的现代颂诗抛开了古典颂诗的拘谨局限，开始颂扬一切可颂之物，自然万物、人文风物、人情人性。体例也变得自由。③ 20世纪五六十年代贺敬之、胡风等人的写作，可视作颂诗，体现了一种昂扬向上的时代气息和美学胸襟。④ 但他们的颂诗仍然难

---

① 中国古典汉语颂诗，以《诗经》中的《周颂》《鲁颂》《商颂》为早期代表，是用于神圣仪式的、歌乐舞相配合的言语唱诵，是献给神灵、祖先的颂歌，颂扬帝王将相之歌。主要为歌成功、美盛德。"颂是人神交ոնс之歌舞，讲究容状的雍容典雅，气氛的庄严肃穆，音乐节奏较舒缓。"参见柳传堆《颂诗的流变与诗学意义新解》，《雁北师范学院学报》2004年第2期。陆机说"颂优游以彬蔚"，刘勰说"颂惟典懿，辞必清铄"，"颂主告神，义必纯美"。

② 柳传堆：《颂诗的流变与诗学意义新解》，《雁北师范学院学报》2004年第2期。

③ 《章太炎国学讲演录·文学论略》中讲颂诗的内容和体例的流变："三颂而外，秦碑亦颂之类也。……此为颂诗一变也；由颂君王到颂贤臣，此为颂诗二变也；由一味地歌功颂德转为'褒贬杂居''义兼美恶'，此为颂诗三变也；由颂赞人事到颂赞动植物'比类寓意'（如屈原的《橘颂》），此为颂诗四变也；形式上，自古及今，颂诗体例变化不断。最早的颂诗且歌且舞，歌舞同源，音节和缓，庄重典雅，嗣后，古颂诗的音乐失传，大约到《诗经》编撰时期，颂诗已完全从乐曲中剥离出来了，此为颂诗形式一变也；有不少人把颂写得似'序引'，似雅，似赋，此为颂诗形式二变也。由《诗经》中以四言形式为主的板滞形式到《乐府诗集》中的三言、四言、五言、七言逐步格律化的倾向，此为颂诗形式三变也。由讲究格律古典颂诗到现代的自由式颂体诗（或颂歌），此为颂诗形式四变也。"

④ 贺敬之写《雷锋之歌》《十年颂歌》《放声歌唱》，胡风写《时间开始了》。

脱古典颂诗意味，属于"宏大叙事"、集体抒情。新中国成立后的十七年，颂诗变为政治诗、阿谀奉承、浅薄虚伪的代名词。[①] 至新时期，颂诗被无情抛弃。如敬文东所说："自1980年代以来，人人对'歌德'式的颂歌避之唯恐不及，包括那些原本准备'麻'起胆子媚上，以获取好处的人。从此，颂歌被认作现代汉诗中的不可能之物。"[②] 到90年代，颂诗重出江湖，开始转向个人，转向私人，"经典意义上的宗族意识、帝王意识、权威意识、英雄意识和社稷意识逐步被消解"。[③]

西方颂诗，自来内涵广泛，没有遭遇像中国颂诗那样的命运起伏。古希腊的颂诗，要么歌颂神灵、帝王、胜利者、英雄，要么歌颂自然、生活、爱情。中世纪欧洲颂诗主要是宗教诗。到文艺复兴后，颂诗开始转向人和大自然。济慈和雪莱是其中代表人物。[④] 总的来说，英语世界中的颂诗是"一种押韵的抒情诗，常是为庄严的场合或为寄赠而作，通常在题材、感情和风格上是庄重、高尚的。其格律特点是诗行长短不一，押韵格式复杂，分为几个结构不同的部分"[⑤]。

不管中西古今，人们对颂诗的判断基本一致：是为歌咏赞颂之诗，其言雅美纯正，其形简洁明朗，体现高昂的精神力。一如诗人所说，"是为希望、光明与和平而设。它倾向于一切美好的名词，涉及一切美好的动词"，"颂歌一定要讴歌胜利，因为它原本就是为胜利而生"。[⑥]

在写作最初阶段，吉狄马加就已经确定了他的颂歌风格，他写道"我的歌……/是献给这养育了我的土地的"（《我的歌》）。他歌颂民族，歌颂民族文化，歌颂民族中人，歌颂"我"。"颂"，是他诗歌的主题。[⑦] 有人称

---

① 如郭沫若《献给在座的江青同志》。
② 敬文东：《颂歌、我—你关系、知音及其他——关于吉狄马加诗歌的演讲》，《当代文坛》2016年第4期。
③ 柳传堆：《颂诗的流变与诗学意义新解》，《雁北师范学院学报》2004年第2期。
④ 济慈有《夜莺颂》《秋颂》，雪莱有《西风颂》。
⑤ 吴翔林：《英诗格律及自由诗》，商务印书馆1993年版，第203页。
⑥ 敬文东：《颂歌、我—你关系、知音及其他——关于吉狄马加诗歌的演讲》，《当代文坛》2016年第4期。
⑦ 敬文东：《在神灵的护佑下》，《天涯》2011年第2期。

他的诗为"臂力强劲、味道醇正、态度真诚,未曾显现矫揉造作之姿容的颂歌"①。

他歌颂民族:"对于我们的民族,对于我们民族所赖以生存的故土……作为这个民族和养育了我们的土地的最忠实的儿子,我们只有一个选择,那就是把心灵中一切最美好的文字都献给她。"② 因此,他一次次不忌直白,把满腔爱意和期待倾泻:

> 我曾一千次
> 守望过天空,
> 那是因为我在等待
> 雄鹰的出现。
> 我曾一千次
> 守望过群山,
> 那是因为我知道
> 我是鹰的后代。
> 啊,从大小凉山
> 到金沙江畔,
> 从乌蒙山脉
> 到红河两岸,
> 妈妈的乳汁像蜂蜜一样甘甜,
> 故乡的炊烟湿润了我的双眼。
> ……
> 我曾一千次
> 守望过群山,
> 那是因为我还保存着

---

① 敬文东:《颂歌、我—你关系、知音及其他——关于吉狄马加诗歌的演讲》,《当代文坛》2016年第4期。
② 吉狄马加:《圣洁的礼物》,《滇池》1998年第4期。

我无法忘记的爱。①

——《彝人之歌》

民族是吉狄马加的写作之根,他追求鲜明的民族性和世界性的统一。他相信"任何一个优秀的诗人,他首先应该是属于他的民族,属于他所生长的土地"。② 领取 2016 年"荷马奖"时,他再一次说:"作为一个在这片广袤的群山之上有着英雄谱系的诗人,原谅我在这里断言:因为我的民族,我的诗不会死亡!"③ 他歌颂彝族人的历史(《一支迁徙的部落》);歌颂彝人的现实世界和精神世界(《猎人岩》《老去的斗牛》《鹰爪杯》《老人和布谷鸟》);歌颂彝人的生死观与神灵信仰(《母亲们的手》《黑色的河流》《彝人谈火》《毕摩的声音》)。他歌颂"我",这个彝人的孩子:

  我是这片土地上用彝文写下的历史
  是一个剪不断脐带的女人的婴儿
  我痛苦的名字
  我美丽的名字
  我希望的名字
  ……
  我传统的父亲
  是男人中的男人
  人们都叫他支呷阿鲁
  我不老的母亲
  是土地上的歌手
  一条深沉的河流
  我永恒的情人
  是美人中的美人

---

① 吉狄马加:《身份》,江苏文艺出版社 2013 年版,第 24 页。
② 吉狄马加:《我与诗》,《中国文学》(外文版) 1990 年第 3 期。
③ 《因为我的民族,我的诗不会死亡!》,《凉山城市新报》2016 年 6 月 29 日,第 4 版。

人们都叫她呷玛阿妞

　　我是一千次死去
　　永远朝着左睡的男人
　　我是一千次死去
　　永远朝着右睡的女人
　　……
　　啊，世界，请听我回答
　　我——是——彝——人

——《自画像》

　　"我"是"一切最美好事物的化身"。"我"长到十八岁时，拥有干净的眼睛，充满幻想的目光，如波浪般自由的卷发，年轻而又自信的额头。"我"充满诗意充满情意充满英雄情结充满躁动和青春（《穿过时间的河流》）。随着"我"长大，"我"变得"热爱所有的种族/以及女子的芳唇"（《听〈送魂经〉》）。"我"还是雪豹，是"无与伦比的王者"，"前额垂直着，一串串闪光的宝石。谁能告诉我？就在哪一个瞬间，我已经属于不朽！"（《雪豹》）"我"之死，更是一场盛宴：

　　啊，黑色的梦想，就在我消失的时候
　　请为我弹响悲哀和死亡之琴吧
　　让吉狄马加这个痛苦而又沉重的名字
　　在子夜时分也染上太阳神秘的色彩
　　让我的每一句话，每一支歌
　　都是这土地灵魂里最真实的回音
　　让我的每一句诗，每一个标点
　　都是从这土地蓝色的血管里流出
　　啊，黑色的梦想，就在我消失的时候
　　请让我对着一块巨大的岩石说话

身后是我苦难而又崇高的人民

我深信这千年的孤独和悲哀呵

要是岩石听懂了也会淌出泪来

啊，黑色的梦想，就在我消失的时候

请为我的民族升起明亮而又温暖的星星吧

啊，黑色的梦想，让我伴随着你

最后进入那死亡之乡

——《黑色狂想曲》

死即是生。诗人在黑夜里祈祷，祈祷夜之灵、诗之灵保护"我"，赐予"我"化身万物、聆听万物、拥抱万物的神通。祈祷这神通能让"我"的歌声如土地一般真实醇厚，能感天动地，感动铁石之心。祈祷"我"在死亡前，能替"我"千年悲哀孤独的人民说话，能为"我"的民族召唤出"明亮而又温暖的星星"。到此时，"我"才能平静安详走向死亡，"我"才可以清点一生，问心无愧：

从我诞生的那天开始，

肉体和灵魂就厮守在一起。

——《这一天总会来临》

诗人赞颂"我"，赞颂"我"在生的苦难沉重面前取得了完胜；赞颂"我"如此笃定、清晰，清晰地生，清晰地死；赞颂"我"完成了自己，完成了"人"。

诗人也痛惜民族文化的变异、失落。他说，"我写诗，是因为在现代文明和古老传统的反差中，我们灵魂中的阵痛是任何一个所谓文明人永远无法体会得到的。我们的父辈常常陷入一种从未有过的迷惘。"[1] 因此，他用诗歌来守望：

---

[1] 吉狄马加：《一种声音——我的创作谈》，《民族文学》1990 年第 2 期。

> 守望毕摩
>
> 就是守望一种文化
>
> 就是守望一个启示。①
>
> ——《守望毕摩》

毕摩文化是彝族千年不倒的文化,毕摩掌管着彝族人的生老病死。然而随着现代文明的脚步逼近,毕摩文化正逐步消失。吉狄马加希望通过坚守毕摩文化,来坚守民族。美国诗人学者梅丹理(Denis Mair)说他在翻译吉狄马加的诗时,强烈地感受到吉狄马加同兰斯顿·休斯一样,企图完成一项文化使命:"在现代的文化错位和迷离的语境下,从根开始,将自己的民族的身份认同重新加以唤醒。"②

除此以外,吉狄马加还歌颂一切人,一切"骄傲的人""大写的人"。《这个世界的欢迎词》中他写道:"孩子,要热爱人!"他赞颂人的差异性和独特性:"所有的影子都不相同"(《影子》);他赞颂诗人:《山羊——献给翁贝尔托·萨巴》《致马雅可夫斯基》;他赞颂少数族裔:《西藏的狗》《吉普赛人》。他"不仅要把积极向上的情绪献给自己的部族,还必须献给全人类,尤其是那些饱受欺凌的种族"。③他还歌颂土地(《土地》《古老的土地》)、歌颂自然(《秋天的黄昏》)、歌颂时间(《时间》)、歌颂人与人之间的和平友爱(《做口弦的老人》《在绝望与希望之间》《基督和将军》)。在歌颂中,显出强烈的人道主义情怀,显示出对世界和社会干预的决心,显示出诗歌的力量:在这个诗歌严重妖魔化、边缘化、诗人萎靡不振"肌无力"的时代,吉狄马加用他的颂诗给诗坛带来了明亮的色彩。

吉狄马加是有底气的。他把握住了时代特点,避开了国家政治意识形态浓厚的"歌功颂德"型颂诗写作,转而歌颂人的主体性、族群的主体性。他

---

① 吉狄马加:《火焰与词语》(汉英对照),梅丹理译,外语教学与研究出版社2013年版,第59页。

② 梅丹理:《吉狄马加的诗·译者的话》,吉狄马加《吉狄马加的诗》,四川文艺出版社2010年版,第15页。

③ 敬文东:《在神灵的护佑下》,《天涯》2011年第2期。

的写作，符合了全球化时代个人及族群对其平等权和尊严的追求，这种追求，在目前，具有绝对意义上的合理性和合法性。他所以能把握住这种民族文化书写趋势，并在颂诗上取得成功，跟他对世界少数族裔文学尤其是黑人文学和拉美文学的学习分不开。① 通过学习，他知道：只有回到了民族的集体无意识、回到民族的哲学思想、历史传说、神话故事里，才能创生伟大的文学。他说："纵观今天的世界文学，成功者的经验告诉我们，放弃了自己的文化，摆脱了自己的根基，将只会一事无成。"② 因此他站在了民族的土壤里，向世界发话。又正值当下，彝族和世界所有少数族裔一样处在民族文化危机之中，信仰崩塌、传统社会秩序毁坏，因而吉狄马加的民族之歌就显得尤为壮烈、尤能吸引人们的注意。

吉狄马加又绝不仅仅为一个民族歌手，他说："在这个新的世纪，身处世界各地的各民族诗人必将给人类奉献出最伟大的、最富有人类情怀的诗篇。"③ 他送给世界的富有人类情怀的诗篇，包括劝善，向上，尚美，包括文化的回归，包括爱与和平与光明，包括人类精神的融通交汇、文化多样性的维护……这就达到气盛言宜的地步了。

总之，精气神到了，胸襟和视野到了，阅历和学识到了，就可以来去自如，就可高歌抒怀，就可在这样的时代里豪放抒情，气魄极大地抒情。正如敬文东在解读吉狄马加的《致马雅可夫斯基》时所说："因为某种外来的文明因素（比如彝文化）进入现代汉诗，致使现代汉诗虽然身处这个喧嚣的社会，却不仅可以像华夏古人那样寻找知音，还居然拥有更为艰难、更加骇人听闻的赞美能力。而且这种赞美能力，以及它焕发的道德力量，不会让我们为它感到虚妄，更不会让我们为它感到肤浅和矫情。……（可见）赞美的力量终归还是存在的——这就是《致马雅可夫斯基》给我们带

---

① 吉狄马加早期的作品里，反映个人性情的部分还很多，质感也澄澈。后来才转向了民族文化写作。
② 吉狄马加：《为土地和生命而写作：吉狄马加演讲集》（汉英对照），黄少政译，外语教学与研究出版社 2013 年版，第 4 页。
③ 吉狄马加：《全球化与土著民族诗人存在的价值》，《文学报》2012 年 8 月 16 日，第 4 版。

来的启示。"①

这也是吉狄马加给当代诗坛带来的启示。

（二）倮伍拉且的凉山吟

倮伍拉且是表现式抒情。倮伍拉且生于1958年，1983年开始写作。问及写作的原因，倮伍拉且说："那时全国人民都在写作。"②

高中时代，倮伍拉且已阅读了包含新中国成立后出版的苏联、法国、美国在内的许多文学作品，甚至还读了《罗丹艺术论》。高中毕业到部队，在一次和朋友聊天中，他贬斥部队报纸上发表的文章，说那些文字很差。朋友质疑他，他便写了一篇小散文投给部队报纸。文字很快登出来，他被调到团里新闻处。不久，他复员返乡，进了凉山州编译出版管理局。他的诗歌之路从此开始。③

倮伍拉且很快就确定了诗歌之于他的意义：证明生命存在的最本质的惟一形式。探索诗歌便是探索生命；探索生命便是探索诗歌。④ 他要通过诗歌呈现他的生命、他的情、他的意、他的灵。

1987年、1989年、2004年，倮伍拉且在《诗刊》上分别发表了《大凉山抒情》（组诗）、《大凉山梦幻曲》（组诗）、《大凉山组歌》（组诗）。

1990年、1996年、2011年，倮伍拉且在《民族文学》上发表《大凉山抒情诗》（组诗）、《山的怀抱》（外二首）、《大凉山的十二座山》（组诗）。

2007年、2014年，倮伍拉且又在《星星》诗刊上发表《大凉山，我只能在你的怀抱里欢笑哭泣和歌唱》（组诗）、《大山大水及其变奏》（二首）。

大凉山从此成为倮伍拉且诗作的原型意象。他对着大凉山浅吟低唱，以他对"生长的群山连绵的大凉山来源于血液的必然爱恋、认识和理解"，传达

---

① 敬文东：《颂歌、我—你关系、知音及其他——关于吉狄马加诗歌的讲》，《当代文坛》2016年第4期。
② 参见2016年7月4日笔者对倮伍拉且的访谈。以后凡引用倮伍拉且的话而没加标注的都出于这次访谈。
③ 参见2016年7月4日笔者对倮伍拉且的访谈。
④ 倮伍拉且：《倮伍拉且诗歌选·自序》，四川民族出版社2004年版，第1页。

他"对这个世界的爱恋、认识和理解"。①

李锐说,倮伍拉且是"一个怀抱月琴——诗歌竖琴的歌者。他边走边唱,且行且吟,唱出一首首自己心中的歌,唱出一首首献给大凉山的深情的歌"②。朋友们说:"倮伍拉且是把大凉山扛在自己的肩膀上,呼啸而来又呼啸而去,给我们留下了多少惆怅……"③

可以说,倮伍拉且是继高缨之后又一位"大凉山歌手"④,但和高缨不同。高缨的《大凉山之歌》带着强烈的时代感,叙写大凉山的人和事,大凉山是其背景;倮伍拉且笔下的大凉山是其直接书写对象。高缨的大凉山是具体实在的凉山地区,倮伍拉且笔下的大凉山则是浓缩于诗人精神世界和心灵境域里的一片天地——倮伍拉且曾对笔者说:"我笔下的大凉山不是地理概念,而是一种文化和精神的概念。"

所谓文化和精神的存在,是指经过诗人主观化后的客体对象。也就是说,倮伍拉且笔下的大凉山不是地理意义上的大凉山,而是经过他主观情感改造后的大凉山。这片大凉山虽然还有物理性,还有各种物象,但已不再为其本来面目。这片大凉山也没有时代烙印,没有过去现在未来,是超越时空的永恒存在。

因此,诗人和大凉山的关系,已经不是主客二分的关系,也不是物我交融或物我对立的关系,而是"物"即是"我","我"即是"物"的关系。诗人强大的主体意志笼罩了大凉山,大凉山成了"我"主观思想和情绪的映射物。套用英美意象派的观点,"意象是在瞬间呈现出的一个理性与感情的复合体"。⑤ 大凉山和诗人的关系,是一种以"现代生命意识为中心的物我关系",这种关系产生的结果是,以"意"为中心的对"象"的直觉体悟。⑥

再回头看倮伍拉且对大凉山的歌唱,其实抒发的不是他对大凉山的情,

---

① 倮伍拉且:《倮伍拉且诗歌选·自序》,四川民族出版社2004年版,第1页。
② 倮伍拉且:《大山大水及其变奏·代后记》,四川民族出版社2014年版,第8-9页。
③ 参见2016年7月4日笔者对倮伍拉且的访谈。
④ 倮伍拉且自己也说:"我的写作和高缨的《大凉山之歌》是一样的。"
⑤ [美]庞德:《回顾》,[英]戴维·洛奇编《二十世纪文学评论(上)》,葛林等译,上海译文出版社1987年版,第108页。
⑥ 鲍昌宝:《论现代诗学视域中的"意境"与"意象"》,《名作欣赏》2011年第19期。

而是他自己的情（意）。大凉山只是他情绪情感必要的一个载体而已。他在《我的世界》里说："我真实地爱它。它呀/是我生命的土壤/它的内核/它的最隐秘的地方/不息地传播某种朴素的律动……它呀/是我生命的土壤/惟有我能在它的怀里开花/证明它的生命/存在。它的悠远和沉重/我的血液能够体现/它是我的世界/真实而完整"，"我真实地写诗/自己将自己感动"。在这里，"它"即"我"，"我"即"心"。大凉山就是承载"我心"最好的对象。在《大凉山，我只能在你的怀抱里欢笑哭泣和歌唱》一诗中，倮伍拉且说：大凉山是他的心安放的地方。

他要借大凉山来表现他的生命存在状态，他的心理世界和精神世界，他的情感、幻梦、追求、欲望、冥想和沉思、智慧、喜怒哀乐惧、乡愁、对生命的启示和领悟……他对大凉山的一切抒情，都是主观化、意志化、理性化和情绪化后唱出的主体之歌。

倮伍拉且之所以选用大凉山来抒情，是因为"有一根无形的链子将我们拴在一起。'我们'是指我和生我养我的土地以及这块土地上生活的所有植物和动物。这是无法摆脱的。所以，我的语言、声音甚至呼吸都弥漫着大凉山美妙的气息"。[①] 诗人和土地之间，有命定的关系。

在众多抒情诗中，倮伍拉且有一些情写得特别真挚，有些意抒得特别别致。举例如下：

《绕山的游云》。这首诗极富汉语古典诗意境。古典汉语诗意境本指神与物游后产生的象外之致、韵外之旨，讲究"情景交融"直至"妙合无垠"。唐王昌龄认为，意境是"张之于意而思之于心"以后所得之"真"。此"真"，当是陶渊明之"此中有真意，欲辨已忘言"之真。倮伍拉且这首《绕山的游云》，便具备了"此中有真意，欲辨已忘言"的真意境。诗中这样写道："面对洁白的游云/我们悄然无语/与肃穆的山峰一起聆听"，"这是一种禁忌"；"面对洁白的游云/我们悄然无语/让思想脱离沾满尘埃的肉体/获得片刻安宁"，"这是一种自由。"宁静之感、灵动之感，悄然而生。犹如李白坐忘敬

---

① 倮伍拉且：《大自然与我们·题记》，西北大学出版社1992年版，第1—2页。

亭山，王维行至水穷处，人与物融合后的自由跃然纸上。如这一类的诗还有《我的水》《这是真的》。

《有刺的土地》，写乡愁。这乡愁是在本土而思念本土的乡愁，是一种随时可发作的心灵悸动。诗人将乡愁比作刺，从故土里长出，刺进身体，刺向心脏。每当回到故土，胸膛里的这些刺就脱落，扎进脚下的泥土，于是诗人和土地取得了沟通，建立了血肉联系。此诗意象独特，内涵丰富，空间结构也很有张力。诗中"刺"的比喻，虽然尖锐突兀却也新鲜，且能非常准确地把乡愁这种虚无缥缈的感情表达出来，引发读者身上类似的疼痛反应。卡西尔说："一个伟大抒情诗人有力量使得我们最为朦胧的情感具有确定的形态，这之所以可能，仅仅是由于他的作品虽然是在处理一个表面上看来不合理性的无法表达的题材，但是却具有着条理分明的安排和清楚有力的表达。"① 在我看来，倮伍拉且虽然没有达到将人类所有最朦胧的情感准确有力地表达出来的境界，但这首诗已经朝着这个方向迈了一大步。纵观倮伍拉且的诗与这首诗有相同特质的还有《故土》。

倮伍拉且的爱情诗也写得真切。《爱情的倒影》将陷入爱情的那种酥软状态形容为"你的爱情使我透明/你的爱情使我成为液体/透明的液体四处流淌"。与之相似的还有《恋人》《梦想成真》《致爱人》《把我的心脏雕成你的模样》。这类情诗炽烈如火，一咏三叹，对爱人、对爱情简直迷恋到极点。

还有写等待的诗，如《等待》中的向死而生、《等待一头熊》的朦胧和戏剧性；写梦想、幻想、幻梦的诗，《我们》《沉默者的自白》《对大海的向往》……这类诗多为意象型抒情，以意为主，象为辅。

总之，倮伍拉且的抒情诗，细腻敏锐，优美纯净，缠绵缱绻，澄澈宽广，真诚真挚。他说："要做一个优秀诗人，必须一要真诚，善良，热情，敏感；二要感情丰富，知识渊博；三要目光高远，心胸开阔；四要珍爱生命，对人

---

① ［德］卡西尔：《人论》，甘阳译，上海译文出版社1985年版，第213页。

生、对生活满怀积极乐观的态度，满怀美好的希望和期待。"① 他的诗写正是以此为标准。他用最质朴最透明的字词，最晓畅最熟习的语句，书写他最本真的情感，不无病呻吟，不生搬硬造。他的诗歌昭明爽朗。他对语言的纯度要求也很高。其诗歌多为民歌体，多复沓句式，很少多余的冗赘的修饰语。阿牛木支认为，俾伍拉且的诗开创了"互动空灵的自然之诗的新局面"。高缨说俾伍拉且的诗，"水一样洁净，风似的流动，土地一样厚实，图腾似的奥秘。这些诗，不是诗人的外在之物，而是他的灵魂与骨肉"②。胥勋和称赞其诗具有自然野性③。郑千山形容其作品，"喧嚣的成分较少……它们指向的是宛然向上的境界：千山之上，游戏神通"④。

二 巴莫曲布嫫和阿库乌雾

同为学者，同为彝族文化研究者，巴莫曲布嫫和阿库乌雾的诗写截然不同。巴莫曲布嫫是民族文化考古写作，拟古如古，追溯原型，用诗歌阐述其对民族文化本相的理解。阿库乌雾是古为今用，借"此"文化传统来改造"彼"文化传统，创造出另类异样的双语表达。前者可称为"文化—及物型"写作⑤，后

---

① 王永昌：《聆听大凉山的声音——访诗人、凉山文联主席俾伍拉且》，青海日报社网（http://www.qhlingwang.com/qinghai/content/2013-08/09/content_1221973.htm）。
② 高缨：《回归的诗人》，俾伍拉且《诗歌图腾·序》，四川民族出版社 1997 年版。
③ 胥勋和：《凉山有一只虎》，《民族文学》1991 年第 4 期。
④ 郑千山：《当代彝族汉诗的兴起》，《楚雄师范学院学报》2004 年第 10 期。
⑤ 法国符号学家罗兰·巴尔特在《写作，是不及物动词？》中区分了及物与不及物写作，认为不及物写作是真正的作家。真正的作家不在于引导我们穿过他的作品来到另一个世界，而在于生产"写作"。巴尔特说："作家的专业就在写作本身，这并不是为艺术而艺术的美学设想出来的那种纯粹的'形式'，而是更为激进，这是唯一为从事写作的人开放的领域。"及物，是对诗歌功能性的强调。认为诗歌是一个行动序列，诗写是工具和手段，是为了清楚明白地表达意义。在罗兰·巴尔特等人眼里看来，及物写作不是真正的艺术家所为。但新世纪以来的中国诗坛，又越来越强调及物，强调诗歌对生活的参与、对时代的参与。强调诗人以"诚恳的感悟力"去把握"遥远的现实"，诗意地重构现实，为世界带来更多细微、持续而深刻的变化。这主要针对的是当下诗歌写作越来越失去话语权，越来越私人化，越来越轻浮和无力的状态而言。人们认为，及物写作是厚重而瓷实的写作，是有批判力量的写作。因此，中国诗界当下掀起了一股及物大势，叙述进入诗歌，及物写作取代凌空蹈虚的大抒情。可见，及物与不及物，是关于艺术本质的哲学问题。及物并不等于不关心艺术性、审美性、诗性。不及物也不等于完全不关心意义和功能。二者各有侧重而已。参见刘波《当代诗坛"刀锋"透视》，河北大学出版社 2014 年版，第 197 页；杨章池《"及物"大势中的遥远现实》，《星星》2015 年第 29 期。

者可称为"文化—不及物型"写作。①

(一)巴莫曲布嫫的文化—及物

巴莫曲布嫫的诗处处体现出她对凉山的挚爱和对凉山彝人的深切同情，即便是幻境描写，最终也会涉及现实，带着她的体温和悲悯。

巴莫曲布嫫，1964年生于昭觉，北京师范大学文学院民俗学专业博士研究生（法学博士）。现为中国社会科学院民族文学研究所研究员，研究生院教授，博士生导师。主要从事民俗学、口传文学、彝族民间文学等研究。出版著作《鹰灵与诗魂——彝族古代经籍诗学研究》（2000年），田野图文报告《神图与鬼板：凉山彝族祝咒文学与宗教绘画考察》（2004年）。其诗写虽然不多，但其用汉语写就的彝族文化诗，却给汉语诗界带来不一样的体验。

巴莫曲布嫫的诗写，带着强烈的个人情感。她书写彝族历史与现实的诗歌，颇能打动人心。如组诗《图案的原始》，拟古诉今，一边赞颂遥远的文明，一边愤怒当下的失去。如《大小凉山》（组诗），她和彝人们一起欢笑，一起惊喜。如《彝女》组诗，表现她对彝族女人命运的关切，一边赞美，一边忧虑。她的笔法近于写实主义，即便是虚构场景，也画面感极强。她是一个真诚的及物型写作者。

她对彝族文化情有独钟。她说："大小凉山这片古老而神奇的土地，使我独步于高原、山地、古寨、恺木、山路、篝火、黑鹰、图腾、葬礼、祭仪等无始也无终的意象中间；彝族文化这个原始而精深的宝藏，使我沉湎在历史与现实、时间与空间、神秘与庄严、永恒与瞬间的辉煌之中……"② 在《图案的原始》（组诗）中，她展示了自己对彝族历史文化以及彝族人的深情。如《日纹》一诗，展示了彝族人的创世神话和先祖崇拜。巴莫曲布嫫在诗中对日

---

① 这样的归纳当然不全面。巴莫曲布嫫也有不及物写作，阿库乌雾也有及物写作。另，本处论述主要选取一些笔者认为二人抒情意味比较浓厚的作品。如阿库乌雾，本处便主要择取了他前期的作品，后期的日记体诗集《密西西比河的倾诉》《凯欧蒂神迹》，因不同于前期的象征主义，因而不在择取之列。

② 转引自阿库乌雾《阐释：从意义的追寻到意义的消解——试论彝族女诗人巴莫曲布嫫诗歌的美学指向》，《民族文学》1996年第9期。

纹的含义进行了追根溯源：总体象征太阳及其光束；十二角象征《十二兽历》，十角对应《十月太阳历》，八角象征八个方位，四角象征东西南北。日纹是彝人的自然意识的体现，是彝人对宇宙时空的想象和把握。诗人由此进入日纹空间，想象出一场远古彝人祭祀天地先祖的仪式，仪式由乐、舞、颂组成。

先有领唱者祝颂：

> 赤脚走在烈日下
> 你可记得支格阿鲁，
> 七天喊日，昼夜混沌……①

再出现代表十二部族的"十二兽舞蹈、祭祀/铺陈开十二道场"，持有"十二神签"和"十二面诺苏人的旗帜/以血书画出太阳"。并有众人合唱：

> 我们都是黑虎的子孙
> ……
> 太阳 如澄镜向荒野倾泻
> 倾泻我们瀑布般的泪水②

巴莫曲布嫫借自己创造的仪式及其颂诗表达了彝人对开拓天地者支格阿鲁的崇敬、对黑虎图腾的崇拜，诗歌并因此呈现出一种巫唱的神秘质地。诗人在这首诗里还展示出她卓越的空间想象力和语词驾驭能力、诗歌结构能力。

《图案的原始·武土上的鸡冠纹》一诗中，诗人首先解释了为何要在毕摩祭司的法器上绘鸡冠纹。③ 然后宕开一笔，由鸡冠形状联想到山峰如怒，从而展开了彝族先祖翻山越岭辛勤迁徙的历史场景。诗歌仍然采用音乐史诗结构，

---

① 凉山彝族自治州文学艺术界联合会编：《凉山60年诗歌选》，四川民族出版社2014年版，第39页。
② 同上书，第40—41页。
③ 因为鸡卜术在毕摩占卜术中种类最多、形式最复杂，有抖鸡占、鸡鸣占、掷鸡尸占、鸡舌占、鸡股骨占、剥鸡占等。参见《凉山彝族占卜有术》，中国民族文学网（http://iel.cass.cn/yistudies/bmwh/3-5.htm）。

由领唱、合唱、回声三部分构成。在领唱者引领下，彝人先祖阿卜笃慕带领族人跋涉山水的场景一一出现，彝人与蛮荒自然搏斗的艰辛也一一呈现：

尼洛山遍布坚岩

庇护过生命的摇篮迸发杀机

……

为了水源和土地

离祖地 向三方招展

我们赶牛我们耕地

耕牛倒下的地方

就是我们的田畴

……箭头落下的地方

就是我们的寨址①

然而，诗人突然愤怒了。在这样艰苦的生存环境中，本是相同族源的彝人六支，却分崩离析以后互相结怨，互相残杀。于是"山峰如鸡冠怒坚"。这里，鸡冠、山峰、诗人的愤怒实现了同构。诗人的想象力奇诡惊人。最重要的是，她影射了彝族社会中一个陋习：打冤家。

在《蕨子纹》《水纹》《羽纹》等诗章中，巴莫曲布嫫继续展开对族群文化心理的原型阐释及想象性抒写，并进一步展示她对这个族群的关切。《蕨子纹》象征生殖，使她想起贫瘠艰苦的高寒地带上顽强成长的彝人小孩："赤褐色的小脸，凝固为坚强的种子/萌芽在瘦薄的沙土那铁质的压迫下/深植于大地，挽结不散的根柢"。②《水纹》的女性气质，让她想起柔情的彝族女人，于是忍不住歌咏彝族男人对女人的依恋。《羽纹》则对着一副展览的铠甲展开了力量之思，"以湿润的音韵沉思/祭奠那荒野里被风遗落的膂力和生命"③。

---

① 凉山彝族自治州文学艺术界联合会编：《凉山60年诗歌选》，四川民族出版社2014年版，第42页。

② 同上书，第44页。

③ 同上书，第46页。

总之，组诗《图案的原始》里，诗人从彝族人生活器物上的花纹、图案着手，运用解释人类学和符号人类学的方法，去揭示和探寻图案背后的宗教意义、祖灵信仰、生殖崇拜、英雄崇拜。并运用联想、想象等方式，打通古今，呈现古今彝人的历史状貌、社会生活和心灵世界。这场远古和现代的对话，展示了诗人深邃的历史洞察力和超常的想象力，展现了诗人作为人类学者的深厚文化底蕴，是求真意志与诗性气质的完美结合。其流畅的表达、清晰的画面感、精心设计的结构、远古原始巫气的弥漫，都构成了"独特的、崭新的现代诗美"。①

另外，巴莫曲布嫫还有《彝女》组诗、《大小凉山》组诗。

《彝女》组诗，"围绕'水'这一核心'语象'（"水"这一意象的神话原型是孕育生命的母体）去描绘那辽阔深邃的山色苍茫之中一个个彝女的剪影，以及在高地上生存和繁衍的彝族女性的情感心性与美好愿望。"② 如水一般温柔多情的彝女，把自己"献祭般地给了大山，给了真正的彝人"：

> 月亮河里坠落的星星缀满你的衣领
>
> 太阳湖心浮出的莲花垂在你的耳际
>
> 龙眼泉中倒映的彩云折叠成你的长裙
>
> 柳花溪上漾动的波环闪熠于你的手腕
>
> 你和猎人那刚出生的儿子又牵动了你的温柔
>
> 你的心变得像金沙水一样宽阔
>
> ——《彝女》

巴莫曲布嫫热情赞颂彝女，"在没有路的山里，你织出了路"（《织妇》），认为彝女是《月亮的女儿》《山的女人》，是《女人的森林》。并结合民俗学，去书写彝女的生命仪式与成长过程。在《沙拉洛日子》一诗里，诗人写道：

---

① 阿库乌雾：《阐释：从意义的追寻到意义的消解——试论彝族女诗人巴莫曲布嫫诗歌的美学指向》，《民族文学》1996年第9期。
② 巴莫曲布嫫：《倾听一种声音……——当代少数民族女性诗歌的文化语境》，中国社会科学院民族文学研究所（http://iel.cass.cn/2006/nxwx/bmqbm_nxsg.htm）。

妈妈为十七岁女儿换裙时，妈妈那"滞重的眼""凝注花蕾般纯洁的笑靥"，想到自己"昔时那美好的索玛树"……这样的场景，真是骄傲又心酸。《死的眼 有一种悟性》写彝族女人的葬礼，写彝族女人一生疲惫困顿，最后灵魂在火焰中升腾并回归祖灵。诗人为之真诚祈祷："一枝青柏的芳香/为她的魂灵/送行"。[①]

《彝女》组诗随处可见诗人对彝女的关注和深情。在《四季：无词歌》里，诗人写家贫不能上学的彝家小女孩，借用细描手法，借助时间的推移、四季的变换和空间的位移，将洛乌沟一个渴求上学的小女孩的形象和故事一步步推至清晰，将情感一层层推至高潮：新生入学的秋天，小女孩待在"没有窗的木板屋"，"一张梦呓的小脸，仿佛一只鸟"；冬天，在"没有草的山间道上"，"一张向往学校的小脸，仿佛一只鸟"；春天，"没有阳光的石磨旁"，"一张困倦的小脸，仿佛一只鸟"。直到来年放暑假的夏天，草木丰茂，彝人的放牧全面铺开，小女孩也跟着来到"没有风的草甸上"，"一张哭累了的小脸，仿佛一只鸟。"读者的坚实外表随着诗人笔下这个独自诵读独自书写的可怜小女孩形象，一步步崩塌。但诗人并不意在煽情，她是在揭示凉山彝族社会的贫穷之根。她将一个小女孩形象同父亲的酗酒和哥哥的辍学链接在一起，将小女孩苦求无果、鹅石笔被踩碎、进草甸牧羊的无奈结局形容为"一支无词的歌"。正是：最不幸的事情是，你是个孩子。更可怕的事情是：你还是一个女孩子。正是在这种极度压抑下的极度失语状态令人痛彻心扉。诗人最后总结："不仅仅只有一只鸟/还有一群鸟"。

所以，巴莫曲布嫫绝不是一个以文化虚以矫饰的学院派写手，她是用心在歌唱。她关注边缘中的边缘，从边缘族群到边缘族群中的边缘人群，再到人群中最弱者。她不仅是在写诗，她是在讲问题。这是一个有良知有热血的学者在深入地了解族群文化历史和生活现实后的一种温婉爆发。这是一个女性诗人在脱离了个人叙事抒情后的一种宽容敦厚书写，以其哀而不伤的格调、单纯热烈的表达，感人至深。

[①] 凉山彝族自治州文学艺术界联合会编：《凉山60年诗歌选》，四川民族出版社2014年版，第51页。

在《大小凉山》组诗中，诗人更和彝族人一起，为丰收而欢呼，为新居搬迁而欣慰，为小山沟亮起电灯而惊讶，为清晨的静谧和早起读书并牧羊的孩子而高兴，为彝族人眼睛里的笑意而不再畏怯寒冬……

总之，从《图案的原始》的构思奇巧、神秘华丽，到《彝女》的深沉炽烈，到《大小凉山》的清新洗练，巴莫曲布嫫都在表达对彝族的爱。这种爱，结合了诗人非凡的艺术才华与语言表达，让人如饮甘露，如沐春风，陶醉不能自已。

这里，笔者感受到女性诗人一旦具有了广度和深度之后，其智识的力量。作为一个人类学家，巴莫曲布嫫用诗歌去补充和升华了她的人类学研究。其创作置于民族文化总体语境中，通过对文化现象进行考察、理解、阐释，将神话、宗教、历史、民俗、哲学汇入诗歌，使各类知识在诗歌里实现重组，拓宽了诗歌书写的视野、方法和维度，获得了诗写的新观念、新灵感与新模式，从而实现了对女性诗人纯粹直觉表述的跨越，表现出了具有高迈人文精神取向的艺术与审美。①

（二）阿库乌雾的文化—不及物

阿库乌雾和巴莫曲布嫫一样，都在学院工作，工作都与彝族文化有关，也是自觉的彝族文化研究者与传播者。其写作也都属于民族文化的再创造。不同在于，巴莫曲布嫫写诗是为了处理文化人类学研究范式之外的主体性感觉、想象和体验，可说是文化研究的副产品，是溢出学者理性之外的一些感性收获，所以有感而发，忧民伤世。而阿库乌雾更多着迷于诗词的语言游戏，沉醉于语言与言语本身，他的写作，是不及物写作。②

阿库乌雾的写作很少涉及日常细节，他的诗作也不为传达一个精确的理念。他崇尚语言，追逐语词间意外碰撞的快感。他喜欢建造新鲜的词组、章

---

① 参见巴莫曲布嫫《倾听一种声音……——当代少数民族女性诗歌的文化语境》，中国社会科学院民族文学研究所（http://iel.cass.cn/2006/nxwx/bmqbm_nxsg.htm）。
② 此处讨论主要参照《阿库乌雾诗选》《凉山60年诗歌选》，以及阿库乌雾新作《混血时代》。阿库乌雾后期写作的旅美日记体诗集《密西西比河的倾诉》《凯欧蒂神迹》，不在此次讨论之中。

句，并以之构成断裂的、歧义的诗歌世界。虽然也有对彝族文化现代性的担忧，对彝族人命运的担忧，也有浓厚的彝族文化氛围，但阿库乌雾更大兴趣似乎在展示他的思维空间和思维速度，以及他的语言驾驭能力和创造能力。他着迷于"写"的过程，而非"写"的结果。彝族文化题材在他这里，是改造彝汉双语表达的工具，是构筑象征世界的工具。既是工具，也是目的。一切词语在他这里，都只是工具和材料，帮助他构筑语言世界。这个世界既真实又虚幻，既有意义又无意义，既有汉语意义又有彝语意义。所有词语，都带着互不相容的两个民族的文化背景，被阿库乌雾强行安排在一起。阿库乌雾在创造，创造两种语言的新表达：在汉语世界里，他用彝族文化思维方式和言语方式来表达；在彝语世界里，他用汉语来充实和翻新。他试图创造属于阿库乌雾的、属于两个语言系统的双语诗写新传统。

阿库乌雾在做诗歌的实验，语言的实验。

他在抒情吗？当然在。他是象征主义、现代主义的抒情。

象征主义的抒情不同于现实主义、浪漫主义的抒情。象征主义抒发的是"不同感官之间、内心世界与外在世界之间、诗人心灵和隐秘世界之间"的交互感应[1]，抒发的是隐秘、神秘、微妙的人之情绪、情感、体验。象征主义强调人体与自然的神秘感应，崇尚人的主观性，反对现实主义和自然主义的客观实在。其诗作多表现诗人微妙复杂的内心感受和幻觉，极少涉及社会题材。手法上多采用有质感的形象来暗示、隐喻、烘托、阐发，从而营造出一种朦胧迷幻、飘忽多义的诗美。

如果说吉狄马加的颂诗是浪漫主义、理想主义的抒情诗，巴莫曲布嫫是古典主义、现实主义的抒情诗，那么阿库乌雾的抒情，便属于象征主义的抒情。在2016年我对阿库乌雾的访谈中，阿库乌雾承认："我受到法国象征主义影响比较大。这个影响是天生的，可能与个性相关，能把高度抽象和高度形象的语词统一在一起。"

受象征主义影响颇深的阿库乌雾，不会在诗中直呈他的情感，他要精密

---

[1] 童庆炳主编：《文学概论》，北京大学出版社2007年版，第259页。

地用词语包裹他的情感，如蜘蛛结网、蚕儿作蛹。他也不会直接表达他的意义，他要在词句间设置无数条分岔口，布下重重雾障，让意义呼之欲出又呼不出，让意义看似已通达已明朗，却一个拐弯，倏忽不见。读者不甘心，一定要寻出掩藏在语言深处的真谛，便要耐心地避开词语的本义迷宫，剥开重重雾障，最后得到一个看似明朗精确然而却不一定准确的理解。这便是阿库乌雾诗歌的难度，语言的难度，意义的难度。这也是阿库乌雾的美学追求和艺术向往。他写诗，是写给能进入他诗歌境界的人看的。他抒情，也是小心翼翼的。他乐此不疲。

诗之为诗，自有其完整性。要将这些创造（生造）的互不搭界的词连接在一起，自有其深层道理。这个深层道理便是写作主旨，也是全诗精核。不管象征主义的诗多么含蓄和多义，感官多么微妙战栗、思维多么迅捷飘忽、智力多么诡谲深奥、不可捉摸，其诗，仍有意义。以《凉山60周年诗歌选》上阿库乌雾几首诗作包括散文诗为例，其意义和情绪还是比较明显的。

《伐木》开篇即亮出主旨："不是预演死亡/只是目睹残桩流血的面孔"。很明显是对滥伐滥砍的鞭笞。第二节继续主题，但词与词、句与句之间的连接有了曲折："伐木完成一句锋利的格言"。"锋利的格言"，是对通感的运用。紧接着下一句："火葬地上空执拗的烟束/不再弯曲"，这句话与上句之间的逻辑关系便有些跳跃了。汉语读者表示很困惑，这是彝族葬礼中的禁忌和象征么？不解其意。再读下一句："让整个秋天没有爱情/仍是牧羊人单纯的意愿"，汉诗读者更加不解了，何其芳的《秋天》正在讲："秋天，梦寐在牧羊女的眼里"，阿库乌雾这儿却讲牧羊人要消灭爱情。好吧，可能这又是彝族放羊人的生活常识。最后一节，"抓一把沉甸甸的泥土/轻易掩盖一些真实/哪管那些无名的鸟儿/打开古森林"，汉语读者表示很欣慰，嗯，比较正常，能理解，但紧接下一句便是"生动的窗户"，这个转折太出乎意料了。鸟儿打开古森林生动的窗户？很美妙的转折，很美妙的想象，很美妙的搭配。很多意象似乎要蜂拥而出，很多解释似乎想冒出来，却又说不出来，冒不出来。正所谓欲辨已忘言。这就是阿库乌雾的象征诗，不敢轻易去解释。

再看一首《毕摩》。"唇齿之间生长过无数语言的草木/草木之上栖居过无数智慧的禽兽",联系下文,知道这是对毕摩言辞和智慧的赞颂。"如今猎人去了都市/……你留在寨子",可理解为现代化对彝族社会日常的改变。接下来写毕摩超度寨子里最后一位死者,"你没有忘记超度/你那两片厚厚的老唇",超度的既然是最后一位死者,那么毕摩只能提前为自己超度了。而这时一个惊悚的场面出现,毕摩的两颗牙齿突然脱落,飞起,击穿了毕摩的经卷:"有两颗/洁白如玉的牙齿飞起/击穿你/神圣的经卷"。一种不好的征兆,衰老和死亡的象征。毕摩"立刻念念有词/先祖啊/我用两颗旧牙/换你两颗新牙",毕摩还在挣扎,一定要抗击和挽回这不可逆的颓败。读者读到这里,真是一以贯通,神清气爽。因为这首诗主题鲜明、场景魔幻,还运用了对比、比喻、象征,表达情感也真切,能够引起读者同情……

如这样意象鲜明的诗,在阿库乌雾这里不多。他不断设置诗词的难度,很多诗几乎无解,如《虎子》。"牧羊人的手里/有驯虎的经典/虎既是篱墙/又是红草莓",这样的比喻,新奇陌生,暂且理解为虎之于牧羊人,是一种危险而刺激的诱惑。但"发情的母老虎/像一片垒满山石的沼泽/虎子是大泽中的阿扎花",这比喻就无法理解了。结合诗人的诗尾总结:"生生灭灭……"宿命的暗示油然而生。什么样的宿命?虎落平阳的宿命?猎人靠猎枪驯虎的宿命?彝人的宿命?任何一种解释都觉不够圆满。这首诗的象征意味就这样浓了起来。

以上诗作,还都是意义相对清晰而表达相对流畅的了。试看《阿库乌雾诗歌选》上的诗,随机挑选一首来读,读者就会坠入五里雾中:"蜘蛛无血/而蜘蛛肉丰/托梦表意/依然灵气活现","在蜘蛛的引诱下/诗人重新建立自身与语词的关系/在诗歌繁荣的时节/消灭诗歌/会令硕大的蛛卵爬满笔端"(《蛛经》)。

总之,阿库乌雾的诗,有一个共同点:完全不同于人们熟习的汉语组合方式或彝语组合方式,是作者放任潜意识之流,创造出的语感,是在意识的飞速流转中写下的词句。纷至沓来的意象之间并不一定有逻辑的粘连或意象的同一。各类意象如碎片般撞击转换,期待读者的想象力和好奇心去破解,去填补。这"语不惊人死不休"的写法,正是象征主义的追求。追求谜一样的诗歌，追求复杂性、歧义性和无解性。

人们从阿库乌雾这儿很容易想到现代派的各种把戏，夸张、变形、荒谬、讽刺、无意义。但如果把阿库乌雾仅仅想象为对西方流派的重复，那就太低估了他。他有自己的预设和野心：他要用母语与世界对话，进入文学史。

如何对话？拔高母语写作至世界先进水平。

在他看来，80年代发表在《凉山日报》和《凉山文学》上的母语文学作品，都只是一些民间文学，"单纯，简单，甚至脆弱"。他感到他接受过的教育和他的才能，足以写出超越性的母语诗歌，有难度的母语诗歌。他要让母语文学在他这里达到一个高峰。如何达到高峰？学习最先进的写法。80年代末，整个社会都在向现代化进发，文学也在现代化，现代主义、后现代主义、拉美魔幻、寻根文学，层出不穷。阿库乌雾选择了象征主义。他的诗集《冬天的河流》因此被称为彝族文学史上第一本彝文现代诗集。注意这个"现代"，一般而言，西方现代派的开端是象征主义，阿库乌雾用象征主义写彝语诗歌，那他的诗歌就可以被称作现代诗歌；那他在彝文史上，便是第一个用现代手法写作彝语诗歌的诗人。

随后的彝文散文诗集《虎迹》，阿库乌雾同样采用了象征主义写法。在与笔者的对话中，阿库乌雾阐述了《冬天的河流》和《虎迹》的创作初衷：

> 不是思想的直呈，不是哲学术语的堆砌，是诗歌。诗歌是灵动的、飞翔的、可感可触的。我的这两本诗集，这里面都是我的生命能感受到的往古，我能承受的现实，以及我通过这种往古和现实的积累，认识我可以憧憬的未来。历史、现实、未来，通过我的学养、天才，呈现出来。

关于《冬天的河流》和《虎迹》的主题抒发，他说：

> 这里面当然有批判，对我民族的劣根性、现状有批判。这里面有我对往古的祖先文明的遗迹的消化和传承，接续文脉，加上自我创造。传统彝语诗歌只懂彝语，只面对自然。我今天懂多语，我的生活更丰富繁复，面对外来文化的冲击更多元，我要处理和面对民族文化传承人在当

代面临的心理和精神遭遇……

关于这两本书的形式创新,他说:

> 可以说,我的《冬天的河流》已经吸收了后现代的理论智慧,后现代对完整性、整体性、结构性的捣毁,让彝族人读起有陌生感、既熟悉又陌生,产生新鲜的审美刺激。这两本书里的表达和语言方式,思想,会启发现代彝语的文学性和诗性。古人从来没有这样用过彝语。比如我在处理五言、七言、九言等古代彝族格言、律诗也就是古体诗歌的时候,我首先打破整齐的格式,并且用上了现代彝语表达,用上了口语……

总之,阿库乌雾积极地改革彝语古体诗的表述方式,打破其体式,重构其意象,解构其文化内涵,超越其诗歌主题。他说:"我既要坚守传统脉络,又要创新。我要凸显自己在彝语诗歌这个链条上的独特性。我必须有独特的贡献。即使遭后人的诟病,创造性意识和自觉都必须去做,做实验性写作。"他自信,以他的诗歌修养和民族文化修养,他写作的彝文现代诗,到目前为止,三十年过去,应该还没人能超越他。他的这个自信,在外界得到了证实。[①]

母语现代诗写第一人的目标实现了,阿库乌雾又开始汉语诗写。因为写彝语诗,读者太少,根本无法展示他丰厚的彝族文化积淀,无法推广彝文化,无法展示他的诗学诗才。于是,阿库乌雾在写彝文散文诗集《虎迹》的同时,开始了汉语诗写。他雄心勃勃地挺进汉语诗地,以孤胆英雄的姿态试图颠覆汉语。

如何颠覆?

那就是,"我只要汉语,不要汉文化!"(阿库乌雾语)也就是,不遵循汉语惯常表达方式,不理睬汉语文化的各类习惯和禁忌,"将自己所独有的异文化质素和精神特质全力贯注到对汉语的创造性运用"中去[②],用彝文的思维

[①] 在采访凉山州彝族作家时,众作家都对阿库乌雾的彝语写作表示称赞。成都高校的彝族学生也都知道阿库乌雾的大名,知道他对母语写作的贡献。

[②] 罗庆春:《寓言时代:中国少数民族汉语诗歌当代形态》,《西南民族学院学报》(哲学社会科学版)1996年第3期。

和表达，用彝文化内涵，写汉语诗，破坏汉语诗旧有的言语结构、文化系统，去撼动诗坛。阿库乌雾由此创造出许多陌生而艰涩、他称之为"第二汉语"的汉语：蛛经、春殇、街谱、性变、性源、人病、落雷、镜梦、大禽、蟒缘、船理、书光、纸天、木品、体语、骨鸣……写出一连串在汉语诗界看来莫名其妙的诗句："不死鸟/谁能将你击落/装饰山寨崭新的/痉挛"（《口弦》），"撕心裂肺的笑躲进安然的目洞""空气里长满春笋般哀伤的音乐""割据嶙峋的山脉是你们立体的耻辱"（《岁月》）……汉语诗歌的母题和原型意象被他抛掷一旁："我渴慕虚虚实实的乌鸦/栖落到我的头顶"（《乌鸦》）、"阳光像小狗/蹿进我们的肉体/寻找最后一处恶臭"（《阳光》），"天马行空/无人问津"（《天马》），"你的沐浴散步芬芳/完成惟一的送终仪式"（《春雨》）……

　　他热衷于改造，以后现代近于捣碎的方式。他也抒情。但他的情夹杂在紧张的语言世界中，因而显得焦虑、迷茫。语言在撕扯痉挛，情感也在纠结厮缠。这就是阿库乌雾。独特的阿库乌雾。矛盾重重、呕心沥血的阿库乌雾。有人说：他是拼了命在写作。确实，他在拼命，写作从来没让他轻松过平和过。他在苦吟。阿库乌雾说："我把自己放得很低，大地已经很低，被人踩在脚下，我比大地还低，但我还在歌唱，这其实是一种呻吟……"他忘记一切阻碍，忘掉一切非议，不顾一切、拼命写诗。不断挑战"新"，不断创造"写作"本身，创造出"文化诗""谱系诗""微博断片"、文化混血理论、第二汉语、第二母语……

　　阿库乌雾是真正的"不及物写作"。虽然今天的中国诗坛，对"不及物写作"有许多訾议，但訾议不代表绝杀。阿库乌雾仍在继续探索。正如巴莫曲布嫫所说：阿库乌雾在多重复调的精神对话中永远迁徙……

三　吉木狼格：非思与去民族

　　1963年生于甘洛的吉木狼格，18岁便开始写诗。先后出版诗集《静悄悄的左轮》《月光里的豹子》《走出峡谷》《天知道》。问及写诗的缘由，他调侃道：不知怎么就突然想写了。

　　吉木狼格的抒情诗写可以用两个字概括：非思。

非思首先是去民族。吉木狼格的诗写，极少与民族挂钩，更从来没考虑过用诗歌承担"民族文艺复兴"的重任。他的诗写，及物、日常，与人类、世界、民族、国家、地域、真善美这些庞大价值体系统统无关——他声称自己没有切入时代的"伟大"抱负。他的诗，用记录的形式，记录日常抒情，记录现代人最真切最细微的感受。用口语化的笔法，写个体生命的直观感觉和感悟。

接下来，非思。这是作为非非诗派重要成员特征之一。近三十年来，吉木狼格秉持"诗在思想之前"这个观点，三十年如一日地写，安静而稳定地写。① 他是当下彝族诗人中特立独行的一位，也是当下中国诗界里较独特的一位。他非常坚定地参与汉语新诗潮并默默为其耕耘，这在凉山州彝族诗人中非常少见；他一直保持着低调，却从未放弃对诗歌先锋性和诗意的探索。他说："他（吉狄马加）是主流写作，我是非主流写作，所谓的先锋诗人……他用汉语写作，但他的题材全是彝族题材……我是另类。"② 他的另类体现在，既不似吉狄马加式的赞颂式传达式抒情，也不似倮伍拉且式的表现式民歌式抒情，也不似巴莫曲布嫫和阿库乌雾的借用文化来写作，他是拒绝文化拒绝思想甚至拒绝个人强烈情感的写作。

吉木狼格执着于诗歌这种艺术形式的探索。他与非非派结缘很早，从写诗即开始。与"非非"结缘越久，其诗便越体现出第三代诗人的整体特征。③ 他想写的诗是独立存在的具有本体意义的诗。认为诗人之为诗人，必须是为"诗"而努力的人，必须追究什么是诗。诗人有自觉与不自觉两类。自觉的诗人，"是为写诗而写诗，他生来就对诗歌这个形式敏感。不自觉的诗人，他写诗是把诗歌作为工具，以满足自己急于表达的欲望，就像青春期"④。

---

① 吉木狼格说："我曾经调侃自己，从十五岁到今天，我就没有进步过。或者说，我是个早熟的人。从十五岁我就不想读书了。这三十年，没进步过。"参见 2015 年 10 月 6 日笔者对吉木狼格的访谈。

② 参见 2015 年 10 月 6 日笔者对吉木狼格的访谈。

③ 第三代诗人以南京"他们"诗派、上海"海上诗群"、四川非非主义诗派为核心成员。是继朦胧诗之后，在 20 世纪 90 年代之前的一代诗人。其主要诗学观念为反文化、反意象、日常化、口语化等。是对朦胧诗重意象、重象征的反拨。

④ 张3：《离她越近，越得不到她——吉木狼格专访》，杨黎主编《橡皮 中国先锋文学》，江苏文艺出版社 2012 年版，第 87 页。

吉木狼格是自觉的："文学是一种艺术形式，小说、诗歌。我追求这种艺术的时候，我永远不会把文学比如诗歌作为我的工具，来表达我想表达的东西。我就是在写诗。我的终极目标就是诗。我曾经说过，要成为一个好诗人必须要有一个广博的哲学背景。但并不是说我要表达我的思想。如果要表达思想，你可以去搞哲学。"[1] 他在完成诗："我只是完成一首首的诗，就像画家完成一幅幅画。"他把"诗"当作了艺术品，为了"诗"而追寻。他追寻的"诗"或"诗意"，"在思想之前"。

他这样阐释他的"诗在思想之前"这个观点：首先，"如果你要表达深刻的思想，古人早就有了"[2]。其次，诗歌是思想的土壤，但它不是思想。诗歌应该"在思想之前，在知识之前，在所有已知的人类文化之前，或者在人类文化的最前端"，"也就是说，面对文化，诗歌具有超前性，至少靠前性，它永远在前方，在我们下笔之前谁也不知道它是什么样子"[3]。可以认为，吉木狼格这个观点受到了非非诗派前文化理论的影响。

前文化理论主张回到"前文化"状态，即一切文化产生之前的原初状态。这个原初状态是产生现实文化的土壤。前文化虽然不能为人所见，但时时影响现实文化。所以，诗人要"清除掉既有文化对人的感觉、意识、语言乃至人的潜意识和深层心理的影响"，寻找到前文化，重新创造新文化。[4] 如何回到前文化状态呢？通过直觉和本能，通过"灵机一动"。

吉木狼格在他的理论中将前文化理论予以了贯彻生发，认为：第一，诗歌不应该追求思想表达，因为思想早已被前人表达得很深刻，很宏大。第二，诗人应专注于诗歌本身，而不是其承载的意义。正如他在《静悄悄的左轮·自序》中所说，当别人在听月琴声时关注琴声中的"话"时，他"听到的只是美妙的旋律"。第三，诗也不应该模仿或继承前人，包括其固定的意象和固定的主题，诗人要永远保持超越性和创造性。在吉木狼格看来，那些谨守传

---

[1] 参见 2015 年 10 月 6 日笔者对吉木狼格的访谈。
[2] 同上。
[3] 张 3：《离她越近，越得不到她——吉木狼格专访》，杨黎主编《橡皮 中国先锋文学》，江苏文艺出版社 2012 年版，第 88 页。
[4] 於可训：《新诗文体二十二讲》，武汉大学出版社 2012 年版，第 230 页。

统的文人，写出来的诗是"文化的符号，是已有的东西的堆砌。他们的诗没有一点儿发现、创新"。

吉木狼格的诗一直遵循着"在思想之前"这个原则。

首先，写日常之诗，写本色之诗。让诗歌贴近自己的生活和生命，贴近自己的体验、直觉和顿悟。"诗歌一言以蔽之，就是创新。哪怕这个创新，是写自己的感觉，只要这个感觉是自己独特的，而不是别人的，哪怕他逻辑上不成立也行。就像小安的诗，把一个女性独特的感觉写出来了。这是之前没有过的，这就是好诗歌。好多文人写诗，写的都是人家已经有的，人家写得比他好，他还在那里写……"

他的许多诗，都只属于吉木狼格。随机挑选一首：《读一本书》——

> 首先是前言
> 它想说明一些问题
> 对，问题
> 很多书都想解决问题
> 对我来说
> 看书不是问题
> 所以前言很重要
> 但可看可不看
> ……
> 后记是余味
> 是作者露出的尾巴
> 我通常点上一支烟
> 闭着眼睛看后记
> 我看得很随便
> 烟抽得很满足
> 对于作者的唠唠叨叨
> 我心领神会

却又不以为然①

再看另一首,《反省》——

今天是星期几

对我来说

并不重要

窗外阳光灿烂

晴朗的天空中

不时有飞机的声音

我吃饱了饭

没事干

在果皮村的广场上

像一个老手

到处点评

我吃得太饱了

我一边吃

一边对自己的厨艺

大加赞赏

人在得意的时候

往往会忘形

我真是个人②

絮絮叨叨,骄傲散漫,酒足饭饱后的悠闲和罪恶感。再有如《爱情和马》——

草原上只有马

---

① 凉山彝族自治州文学艺术界联合会编:《凉山60年诗歌选》,四川民族出版社2014年版,第109—111页。
② 吉木狼格:《天知道》,橡皮出版2014年版,第193—194页。

它们吃草，交配和奔跑

阳光灿烂

这快乐的表达

激起了我的不满

而阳光确实灿烂

我躺在草原上

制造虚构的悲哀

让目光把自己送到天上

……

我在只有马的地方

幻想爱情

当一匹母马朝我走来

说不定我会羞怯①

  可以看到，吉木狼格虽然声称反对思想，却并不反对思考。人哪能停止思考呢！"我思故我在"，一动笔即思考。他其实一直处在思考之中。只是，他写下来的思考都是属于他的、即视的、现实的、流动的、瞬时的思考，基本不涉及有关人类或族群的、普适性、一般性的哲学思考。他既不试图用诗歌表现哲学类社会类思考，也拒绝让自己的思考受整体的文化内涵、价值判断、意义系统的干扰，他只是顺从自身，让诗歌回到纯客观的人和物及生活状态上去，回到最本真的人的感觉上去，让诗人回到赤子状态，让诗歌回到透明状态。所以他的诗歌拒绝崇高、拒绝母题、拒绝"大诗"②、拒绝熟习、

---

① 吉木狼格：《静悄悄的左轮》，河北教育出版社2002年版，第5页。
② 所谓"大诗"，吉木狼格在《我的诗歌》中谈到，类似《海滨墓园》《荒原》这一类的诗，就称为大诗，也就是象征主义浓厚的诗，试图去揭示人类、社会、时代的总体性的诗。他说："这种写法免不了要象征来象征去，我不会写，如果真要我写的话，我会晕头转向的。"吉木狼格所反对的大诗还包括野心勃勃的诗，妄图用各种花招去超越前人今人的诗。这从他对周伦佑的批评可见。他说当年他和周伦佑是哥们儿，天天在一起。他就此批评过周伦佑，说他追求大结构、大诗，比如《十三级台阶》《自由方块》《头像》，实际是一种功利心的表现。所谓功利心，应该是指想进入文学史获取功名之心。意愿太强烈，心太盛，体现在诗歌写作中，则势必会显得急功近利和躁动不安。就会一味追求对文学史的超越，追求诗歌的体例革新，而忽略了诗歌对生命的贴近。

拒绝俗套……即便这样的诗歌很"幼稚",他也觉得是好诗,正如人类的童真年代、原始状态。

但实际上,作为一个博学多识的诗人,又怎可能不作形而上思考呢?诗在思想之前,但也不是时时都可以找到那个"之前"。对于这种情况,对于思想的这种偶尔越轨,吉木狼格也不排斥,他顺其自然。如他所说,非非主义的反文化理论只是一种态度。① 文化怎能反得掉呢?所以,他的诗,偶尔还是会有一些"大思考"冒出头来,这些大思考在他脑子里转悠,反复辩驳,他也听之任之。

如《门》:

> 你难以想象面对同一扇门
> 开两次而关一次
> 或者关两次而开一次
> 这就是门设置的道理
> 你无法逾越,哪怕你很想
> 而它的作用说到底
> 就是用来保护你的无能
> 一旦摆脱道理,你就有办法
> 使开门和关门的次数不相等
> 假如你一定要这样做的话
> 当你再次打开门
> 又不想再次把它关上
> 你就坚持不关
> 更何况你还可以把门去掉

---

① 吉木狼格说:"非非的反文化就是一个很文化的话,没有文化的人是说不出这句话的。反文化从逻辑推理上是站不住脚。实际上他只是一个态度……我们晓得自己反不了文化,但我们偶尔抽身出来,在空中来看下。只要有了这种思维后,做什么事情都好办。"参见2015年10月6日笔者对吉木狼格的访谈。

彻底杜绝那相等的一关①

整首诗在读者看来，象征味十足。门嘛，出远门、门外汉、家门、城门、心门、门里门外，门的隐喻不计其数。诗人在这里是想破除一个道理或规则：开门了总要关门，而且总是次数相等，有没可能改变一下？于是思考至道理最深处，发现是人的软弱作祟。那就坚强点，摆脱软弱，拆掉门。这也是吉木狼格的思考方式，为生活小事而盘算计较，一本正经地不解，一本正经地钻研，最后释然、自鸣得意。但是读者很容易沿着此思路继续延伸下去，认为吉木狼格是从生活中最普通平常一个动作入手，试图表明一种"破"的决心。因为"破"的是一个坚不可摧类似于自然规律或常识的动作。再引申开去，还可以引申出人与人之间的关系、人的不自由等大意义。那吉木狼格有没有隐射大意义的企图呢？也许有，也许没有。但即便有，语气也是吉木狼格的：不义正词严，不不容分说，不拿大词压人。

总之，吉木狼格拒绝一切"惊人之语"。因为在他看来，"惊人之语"（包括内容上的形式上的）都是一种功利心的表现。就如他年少气盛时对周伦佑的批评："你（周伦佑）追求大，某种意义上讲，实际是一种功利心，如果让我在大小之间选择，我宁愿追求小。"② 这当然不是说他没有功利心，他对笔者说："很多人都是把诗歌作为一个事业，希望这个事业获得成功，是功利意义上的成功。这就是他的终极目标。这跟从政和经商是一样的，只是希望由此获得成功。我和这类人本质上是一样的，都在追求自己想要的，都在努力，只是想要的不同而已。"他想要的是诗歌，是艺术品。他的艺术品，从小处出发，不急不慌慢慢写来，用吉木狼格的方式、吉木狼格的语言。他只要一写诗就安静了：

我的血液当然是热的

在我意识到自己

---

① 吉木狼格：《天知道》，橡皮出版2014年版，第221-222页。
② 参见2015年10月6日笔者对吉木狼格的访谈。

是一个诗人的时候

在我抛开一切

专心写作的时候

我暗暗降低热度

以免灼伤自己

和为我精心排列的诗句

……

我体验着语言

并留恋在捕捉到的字里行间

多年来

我把激情用在生活中

而在写作上坚持一片安静①

——《写作与生活》

  他安静地写作，安静地选择他的言说方式。诗人柏桦说："（吉木狼格）更关心语言的去向，而不是语言的意义或象征，让语言流露它自己的'6月6日'，一个普通的'纯在状态'……他也不带任何要求'伟大'的妄想念头在平凡的'字'里进行对字本身的探索。这探索从两个方面进入诗中意识：一是生存体验，二是语言体验。"② 柏桦说吉木狼格的语言，都是经过诗人生身体验过的词语，每个词都与诗人息息相关。但也绝不是任其自然流淌，每个文字在出现之前，都经过了语言的"发现"。最后每个词都适得其所，诗意盎然，"诗在文字中发光"。

  吉木狼格对语言的"发现"，便是经过他"诗在思想之前"的观念剔除以后，所留下来的语言，也无虚伪矫饰，也无声嘶力竭，也无呕心沥血，也无苦口婆心。语调平和，简单透明，从内容到语气都温和无害。当年，

---

① 吉木狼格：《静悄悄的左轮》，河北教育出版社2002年版，第116—117页。
② 柏桦：《演春与种梨》，青海人民出版社2009年版，第247页。

他看到蓝马和周伦佑为写诗而憔悴的时候，就曾说过，如果诗让他痛苦，他是不会写的。他的诗，不仅反对过度思考，反对故意刁难读者的意象，也反对将强烈的情感加诸诗上，加诸读者身上。因为思想给人带来痛苦，强烈的情感也让人痛苦，所以他的诗歌，落实到语言上，第一是去除语言的积垢，去除书面语的层层累积，包括层层累积的文明和文化，寻找最贴近人心最贴近嘴巴的语言，寻找最舒服的表达方式。所以他的诗多口语。他说："今天最好的语言在哪里？在生活中。要到生活中去发现语言。书面语读起来为何那样别扭？就是文化的符号……"① 其次，他的诗都有趣。因他从小生活在凉山彝汉杂居地，他看人们在彝汉两种语言中穿梭，觉得神奇有趣。不仅如此，他还发现凉山人都善于表达，且说话有个特点，不是想着怎样把一件事情说清楚，而是想着如何把一件事说得更有趣。这便给了他诗歌的语感：有趣。

吉木狼格的诗歌，寻常口语，非常有趣，细思极宜：比如常被诗人们提起的那一句"一碗面，越吃越从容"，比如"今夜多么现实/有家有事还有一杯茶"（《茶》），比如"也许道理就在她一边/也许道理并没有在她一边/反正道理不在我这边"（《穿过嘴唇》），比如"更不要说我在散步时一心二用/说明散步的功夫还没有练到家"（《散步》），比如"我想告诉我的朋友/运动能增强体质/至于能不能增强性欲/试了才知道"（《运动》）……

自 20 世纪 80 年代中期第三代诗人以来，语言成了人们认识一个诗人的基本素质之因素，也成了诗歌之基础，甚至目的。杨黎曾提出"诗从语言开始"，韩东则提出"诗到语言为止"，都是在说语言的重要性。吉木狼格作为第三代诗人之一员，也特别重视语言，重视语言的表现力，剔除思考和积垢后的表现力。张羞形容他的语言是："简洁而特别的汉语，新鲜，充满魔力"。②

吉木狼格是真正的诗人。他一刻不停地在追求诗，对于诗歌的一切言说都持怀疑态度："同意所有关于诗歌的言说，同时对所有关于诗歌的言说表示

---

① 参见 2015 年 10 月 6 日笔者对吉木狼格的访谈。
② 杨黎主编：《橡皮 中国先锋文学》，江苏文艺出版社 2012 年版，第 90 页。

怀疑"。对诗歌的超前性和对诗歌语言的追寻发现一往无前："诗歌具有超前性，至少靠前性，它永远在前方，在我们下笔之前谁也不知道它是什么样子。这正是诗歌的魅力所在。我说过愿意用一生去靠近它，但是离它越近，越得不到它。所以我还在写，还得写。"①

---

① 张3：《离她越近，越得不到她——吉木狼格专访》，杨黎主编《橡皮 中国先锋文学》，江苏文艺出版社2012年版，第87页。

第四章 藏族作家文学的甘孜模式

中国的藏族,主要生活在西藏、四川、云南、甘肃、青海等地。① 四川的藏族,主要生活在甘孜藏族自治州和阿坝藏族羌族自治州。② 甘孜阿坝两州的藏族作家文学发展模式有相似之处,也有不同。本章主要述及甘孜州藏族作家群从"康人"到"康巴作家群"的产生发展过程,以及康巴作家群的品牌推广模式,并对甘孜藏族作家的高地书写进行重点论述。

新中国成立前,民国西康省在甘孜地区兴教育、办学校、办报刊,使甘孜地区汉语文学兴起。此前,甘孜地区书面文学以藏语为主。新中国成立后,半个多世纪以来,藏族汉语作家成为甘孜州文坛主力。其发展大致经历了四个阶段:第一阶段,前本土阶段,即国家培养阶段,主要人物降边嘉措和益希单增。此二人都于20世纪50年代离开甘孜,到80年代初出版作品。第二阶段,本土发展阶段,即20世纪80年代至90年代,代表人物意西泽仁。意西泽仁同当时的回族作家张央,汉族作家龚伯勋、高旭帆一起,依靠《贡嘎山》杂志、《甘孜日报》副刊,在州委州政府支持下,逐渐开创甘孜州汉语文学新局面。第三阶段,康人阶段,即20世纪90年代至21世纪初。这时期一

---

① 中国的藏族主要分属卫藏、康、安多三大文化区。今日西藏自治区为卫藏文化系统,甘孜州的农业区和木里县是康文化区,甘孜州和阿坝州的牧区主要是安多文化区,阿坝州的马尔康等地则为嘉戎方言区。

② 甘孜藏族自治州前身为1950年11月24日成立的西康省藏族自治区。1955年西康省藏族自治区更名为西康省自治州。1955年,西康省撤并四川省,西康省自治州改名甘孜藏族自治州(简称甘孜州)。目前甘孜州位于川藏交界,四川省西部,下辖1个县级市,17个县,面积15.3万平方千米。

批作家聚合起来，以"康人"之名写作接力长篇小说。第四阶段，品牌推广阶段。起自 2012 年，标志是"康巴作家群"的提出与推广。

康巴作家群是以藏族为主、以甘孜州为主的多民族作家群。在州文联品牌策划实施过程中，康巴作家群根据甘孜州"文化强州"战略，依靠少数民族文学年等国家级文学活动，联合康藏四省区藏族作家，在三个面向（面向官方、面向评论界、面向媒体）、三个阶梯（州—省—全国）的传播思路指引下，采用开作品研讨会和新书发布会的形式，向外传播作品，得到官方媒体、文学评论界和商品市场的认可。

目前甘孜州藏族作家的写作是一种高地写作。所谓高地写作，是高原地理和藏地人文结合后产生的一种写作向度，是自觉了的地域写作。格绒追美、达真、亮炯·朗萨等人，站在青藏高原东部，背靠博大精深的藏族文化，面向中原、面向现代文明，书写藏地藏人，输出藏文化精髓：格绒追美的写作体现出对藏传佛教文化的信仰和坚守，达真重点表现藏地的包容和多元文化共存。而列美平措和尹向东，虽不直接表达藏文化，仍体现出高地写作者的自信。

第一节　创造品牌：由"康人"到"康巴作家群"

甘孜州藏族具有深厚的文学传统。州内流传着世界上最长的英雄史诗《格萨尔王传》，拥有"雪域文化宝库"之称的德格印经院。按现代文学体裁来看，甘孜州藏族具有诗歌、故事、传记、史诗、小说、戏曲等所有文学形式。若按古代藏族文论《诗镜论》对文学的分类①，甘孜州藏族也有诗歌、散文、诗文合体三种文类：诗歌主要为民间诗歌，有路（山歌）、谐（弦子）、卓（锅庄）、箍箍卦、酒曲、婚曲、路路（流行于巴塘地区）等多种。②散文有故事、传记、小说等类型。散文多为僧侣贵族所作，多宗教内容，如

---

① 藏族文学分作三类：诗歌、散文、诗文合体，相当于汉族文学中的韵文、散文、说唱体。
② 王忻暖：《藏族文学史略》，《西北民族大学学报》（哲学社会科学版）1982 年第 3 期。

旬努达美的《五世喇嘛秘传》《国王的故事》。诗文合体类有韵散结合类文体如《猴鸟的故事》《格萨尔传》《旬努达美》等。

新中国成立后，甘孜州涌现了一批多民族作家：汉族汉语作家龚伯勋、高旭帆、嘎子、郭昌平、贺先枣、胡庆和、贺志富、胡德明、何小玉、杨丹叔；土家族汉语作家冉仲景；回族汉语作家张央、窦零；藏族汉语作家意西泽仁、列美平措、蒋秀英、格绒追美、达真、桑丹、尹向东、泽仁达娃、梅萨、拥塔拉姆、陈光文、洼西、泽仁康珠、雍措、郎加、赵敏、南泽仁、落迦·白玛；藏汉双语作家根秋多吉、章戈尼玛；藏语作家达机、郎加、扎西。

一 《贡嘎山》与《甘孜日报》

甘孜州作家的成长与新中国推广汉语教育、重视文学发展有密切关系，与《贡嘎山》杂志、《甘孜日报》更有紧密联系。[①]

20世纪50年代以前，甘孜州主要文学形式是藏文文学。50年代以后，甘孜州出现了一批汉文文学工作者。其中。回族张央、汉族龚伯勋，是甘孜州现代汉语作家文学奠基人。

张央（张世勋），回族，土生土长康定人。求学于重庆和江南时，便与诗人沙蕾一起被时人视为最有希望的两个青年回族诗人。1947年大学毕业后，张央回到康地，主编《西康日报·金川》文艺副刊。五六十年代，张央与黄启勋、龚伯勋一起被称为甘孜州"三勋"。所谓三勋，是指20世纪五六十年代在甘孜州历次政治运动中被列为重点批斗对象且热爱写作的三个人：因其名字中都带有"勋"字。[②] 70年代，张央联合意西泽仁等人[③]，筹办文学刊物《贡嘎山》。

1979年，意西泽仁（甘孜州委宣传部人员）、张央（康定县文化馆员）、

[①] 有关康巴作家群的情况，1982年即开始在《贡嘎山》杂志做编辑的列美平措以及现任文联主席格绒追美为笔者作了详细介绍。列美平措，男，藏族，甘孜州康定人。1982年毕业于西南民族学院语文系汉语言文学专业。任甘孜州《贡嘎山》杂志编辑至今。1999年加入中国作家协会。

[②] 参见2015年7月11日笔者对列美平措的访谈。

[③] 1973年，已在《四川日报》文艺副刊上发表了两篇文章的意西泽仁由色达县委宣传部调到甘孜州报社，主办《甘孜日报》文艺副刊《农奴戟》（后更名为"雪花"）。1978年，意西泽仁进入州委宣传部。

龚伯勋（《甘孜日报》编辑）向上级部门呼吁：创办文学刊物。报告由意西泽仁起草。得到州委州政府同意后，张央从康定县文化馆调出，专门负责筹备《贡嘎山》创办事宜。1980年，《贡嘎山》杂志创刊，创刊当年出版了甘孜州建州30周年文学作品选。1981年3月，《贡嘎山》出试刊，见下图：

《贡嘎山》第一期试刊——资料由《贡嘎山》编辑部提供

创办后的《贡嘎山》很快成为甘孜州文学主要阵地①，甘孜州本土写作者在这里汇聚交流。在《贡嘎山》杂志任编辑已30多年的列美平措说："1982年第2期开始，我就参与《贡嘎山》编辑（为诗歌编辑）。当时甘孜州的文学水平那真是差，我编一个稿子，假如八句诗歌，我最多给作者保留两

---

① 列美平措的诗歌处女作便发表在《贡嘎山》杂志上。1982年，从院校毕业的列美平措被调到《贡嘎山》杂志做编辑。列美平措对张央非常尊敬。在和我的访谈中，每次提到张央的名字，他都会加上"老师"二字，感激之情溢于言表。

行,其他全部(诗句)相当于我送给他。很多作者就这样慢慢起来了。"①

《贡嘎山》编辑部逐渐被人们称为甘孜州"第二党校":因为只要在《贡嘎山》发表了文章,就会被调到县上去,调到各级各类办公室去。列美平措说,甘孜州各县各级机关单位中都有《贡嘎山》作者,每个写作者后来都成为单位的顶梁柱。

文学与仕途的结合,刺激了甘孜州的文学创作。《贡嘎山》杂志有来稿登记传统,只要新人(新作者)发稿,就登记作者资料,建卡。据统计:"1988年,全州总共才七八十万人口,懂汉文的人也不多,投稿人数就达到百分之零点二左右。"这意味着,仅1988年一年给《贡嘎山》投稿的甘孜州作者就达到了一千四百多人,列美平措强调:"一千多人,不是一千多人次。"

和全国当时许多地区刊物一样,《贡嘎山》也属政府文化机关刊物,财政全额拨款。1984年、1986年、1992年,编辑部召开了笔会。②

列美平措对三次笔会进行了回忆:

> 我们搞笔会,都是自己(杂志社)搞,资金基本都是自己(杂志社)出。(1984年第一次笔会)杂志社出了点钱,(跟州委州政府)要了点钱。当时州里面的领导还是比较重视。当时分管文化的州委副书记、副州长、宣传部部长,都到场主持开幕式。搞了半个月。每天都是改稿、写稿。我那时才二十三四岁,把那些老头都快逼疯了,不改好不行啊。当时还有些细节很好耍。有个老作者,拿着三支笔,说,这支笔写不出来,这支笔也写不出来,这支笔还是写不出来,咋办嘛?我说:你混了我们的饭钱,你必须写出来。一遍,大浪淘沙,高旭帆就脱颖而出了。当时还有几个人出来了。还有许多人就慢慢慢慢不写了。1986年,我们搞了第二次笔会。那次笔会规模还要大。第一次笔会只有20多个人,第

---

① 参见2015年7月11日笔者对列美平措的访谈。以后引用列美平措的话皆来自此次访谈,不再一一标注。

② 1984年、1992年的笔会都在甘孜州姑咱乡举行。甘孜州姑咱乡是甘孜州文化重镇,康巴大学、农校、卫校、财校、工校等中高等院校都汇聚于此。20世纪80年代,经州文联批准,姑咱地区文学学会"大渡河文学社"成立,成为州文联分会之一,欧阳美书任会长。姑咱乡每个学校都建立了文学社,并推举一个代表担任姑咱地区文学学会常务理事。姑咱地区的文学创作因而十分活跃。

二次就有30多人。第二次笔会包括诗歌、散文、小说，都有。那时也是文学正在兴盛的时候。那时我们的诗歌很强，小说也写得不错。1992年我们搞了第三次笔会，也在姑咱乡。当时姑咱地区的老师学生每天都来听课，参与讨论……人很多，仅姑咱地区就有10人。那次笔会有冉仲景、阿措、泽仁达娃等。那时简单，一个小旅馆，每个房间挤两个人，中间还要放张桌子，那时都是手写。

下图是第三届笔会现场：

《贡嘎山》第三届笔会——资料由《贡嘎山》杂志社提供

通过笔会，甘孜州本土作家取得了联系，形成了比较稳定的创作队伍：列美平措、窦零、冉仲景、阿措、格绒追美、陈思俊、毛桃、欧阳美书、梅萨、泽仁达娃……

甘孜州写作队伍的逐渐壮大，与《甘孜日报》的推举也密不可分。《甘孜日报》前身为《康定报》《甘孜报》，其副刊名字几经更换，由"民间文艺""短笛"到"农奴戟""雪花"，再到"康巴文学""康巴人文"。不管改名背后有怎样的故事，但为本土作者提供交流平台的初衷没变。一些文学爱好者、优秀作家的加入,使《甘孜日报》副刊很快成为甘孜州本土文学又一重镇。先后任过副刊编辑的有杜冰琨、龚伯勋、意西泽仁、杨丹叔、窦零、唯色。杨丹叔在任编辑时,曾用整个版面推出甘孜州的写作者,一人一版,持续推出了20多个人。杨丹叔还将副刊作者作品结集出版,取名《天上牧歌》。杨丹叔还请人给作家作品写评论,并请作家互评。

如今,《甘孜日报》副刊在秉持一贯的办刊宗旨上,对新形势也有所跟进。其办刊目的调整为:"记录时代、见证历史、传承文化;介绍康巴作家、作品,培养康巴文学新人;致力于把康巴文学推向世界。"[1]

二 "康人"小说

21世纪初,成长起来的甘孜州多民族作家策划了一件事情:写长篇接力小说,并统一署名"康人"。这是甘孜州作家群的第一次集中亮相。

具体运作过程如下:2003年一次文人聚会上,康定城内写作者陈光文、郭昌平、列美平措等人宴请调出康定的文友吃饭,意西泽仁、龚伯勋等人到场。龚伯勋说起最近将召开的打造康定情歌城的会议,感叹康定跑马山没什么特色。列美平措便建议围绕"情"字做文章:"我们在跑马山下散步时,经常捡到一块块黑石头、片石,如果把这些石头捡起来,刻上字,比如海枯石烂啊什么的表示爱情的字句,然后堆起来,慢慢就会成为玛尼墙一样的东西。这就是情歌的情了嘛。"在座诸人认为这是一篇小说的开头,于是讨论起一个长篇小说的构架来,准备写"中国首部接力小说",把康定作家全部囊括进来。讨论中,小说的开篇得到确定:"一个叫列美的诗人提出一个思路……"后来由陈光文执笔的小说也正是以此开篇。

小说运作简单:一人写一篇,每篇3000字,写完交给下一个人,一共写了21篇,共21人参与写作。[2] 在连续四五次召开了康定写作者会议以后,小

---

[1]《〈甘孜日报〉副刊在历史的风云变幻与求索中走向成熟》,《甘孜日报》2014年8月25日。

[2] 21个作者按写作先后次序依次为:陈光文、紫夫、尹向东、桑丹、窦零、郭昌平、何幸、韩长龄、张央、土登吉美、格绒追美、陈思俊、列美平措、宋涛、毛桃、窦笠、胡庆和、骞仲康、仁真旺杰、杨丹叔、梅萨。

说写作的线索、内容和主题都确定下来：围绕康定城来写，打造康定城。要求参与写作的还有意西泽仁、高旭帆、嘎子、冉仲景等已经调出康定城的写作者，但因手写稿传递不便，当时网络传输还不普及，所以他们没能如愿。

负责小说写作出版的是《贡嘎山》编辑陈光文和《甘孜日报》总编郭昌平。陈光文负责小说的起笔和收尾；郭昌平负责小说写作的组织工作。二人并同时承担小说出版费用的征集。① 小说稿出来后，先在《甘孜日报》上连载，随后用《贡嘎山》杂志的名义出版，书名《弯弯月亮溜溜城》。小说出版后，在康定情歌广场举行了新书首发式，州委州政府一些领导出席并作了讲话。

《弯弯月亮溜溜城》的出版，虽然没为甘孜州作家群带来巨大经济效益②，但对于甘孜州的文学文化发展而言，具有积极意义。

首先，该书的写作为康定城的打造提供了一些思路。

20 世纪 90 年代，全国进入区域开发阶段。③ 作为高山高原地区，甘孜州资源富集，但开发利用有限。1997 年 9 月四川省政府发布的《四川省国民经济跨世纪发展战略》中，甘孜州被列为扶持对象。④ 1995 年王晓黎发表的论文《对甘孜州经济发展前景的思考》一文指出，甘孜州旅游资源丰富，可以作为开发对象。⑤ 2003 年一篇名为《四川省甘孜州区域经济发展的优势资源

---

① 出版资金主要来源于小说在《甘孜日报》上连载的稿费（作者没要稿费），《贡嘎山》编辑部也出了一部分稿费。资金不足的情况下，陈光文还去找一个老板要了一笔赞助。
② 列美平措说书都放在《贡嘎山》编辑部仓库里，没有传播。
③ 区域开发热潮兴起于 20 世纪 80 年代改革开放之后。改革开放之前，各地区都是在国家和中央宏观调控指挥下发展，基本没有独立的区域发展。改革开放以后，各地区才有了独立独特的针对自身省情的区域发展战略思路。1999 年"西部大开发"战略宣布实施，四川省迎头赶上，先后制定出一系列区域发展政策：1. 重点发展成都、重庆的"两点式"发展战略；2. "一线、两翼"战略；3. "依托两市，发展两线，开发两翼，带动全省"发展战略；4. "一点、一圈、两片、三区"发展战略；5. 规划五大经济区，培育四大经济群。参见戴宾《改革开放以来四川区域发展战略的回顾与思考》，《经济体制改革》2009 年第 1 期。
④ 1997 年 9 月四川省政府发布了《四川省国民经济跨世纪发展战略》，明确提出"依托一点，构建一圈，开发两片，扶持三区"的区域发展战略思路。扶持三区，即"扶持、加快丘陵地区、盆周山区和民族地区经济发展"。甘孜州作为民族地区，也在扶持计划中。参见戴宾《改革开放以来四川区域发展战略的回顾与思考》，《经济体制改革》2009 年第 1 期。
⑤ 参见王晓黎《对甘孜州经济发展前景的思考》，《西南民族学院学报》1995 年第 5 期。

开发》的文章则指出:"长期以来,甘孜州的旅游资源没有得到有效开发。"①在这种焦虑下,甘孜州各级政府都在为甘孜州的旅游开发事业贡献力量,《弯弯月亮溜溜城》正诞生于这样的背景。据《贡嘎山》编辑列美平措说,康人接力小说为打造跑马山、建设康定城提供了一些思路:现在打造的跑马山,好多地方都是书里提供的思路;小说里出现过的十六层(好像是)情歌酒店,也在康定城实现了。

其次,《弯弯月亮溜溜城》的写作和出版,为甘孜州作家文学的发展提供了一些积极作用。

90 年代的甘孜州文学迎来了发展低谷:《贡嘎山》杂志因资金短缺、主办困难,主编不断更换,一段时间内靠与企业合作谋生②;作家也必须各谋生路。在这样的背景下创作一本集体的书,对于已经处于社会经济边缘的文学作者而言,不啻为一件好事。《甘孜日报》称:"2003 年,为打造文化康定品牌,促进我州旅游发展,《甘孜日报》副刊连载了全国乃至世界首部长篇接力小说《弯弯月亮溜溜城》。康定二十一位作家参与其中,开创全国先河。其后,连载文章结集出版《弯弯月亮溜溜城》的创作,是康巴作家群的第一次集体合作和整体展示。"③ 这话表明了"康人"接力小说的意义:第一,让已经处于边缘化的文学群体重新亮相;第二,锻炼了作家们的文学史意识、文学品牌意识;第三,联络了作家们的感情,使甘孜州作家产生了集体意识,也就是康人意识,为后来康巴作家群的诞生打下基础。

列美平措说,打造一部"中国甚至世界首部长篇接力小说",在文学史上是有价值;"虽然写作者良莠不齐,质量可能得不到保证,但是全世界可能都没有人这样写过,从这个角度来讲,意义是很大的。"其二,自《贡嘎山》杂

---

① 张婷、张文秀:《四川省甘孜州区域经济发展的优势资源开发》,《国土经济》2003 年第 9 期。
② 《贡嘎山》编辑列美平措说:90 年代以后,办杂志的资金越来越少,印刷费用等各种费用都在上涨,杂志只能勉强维持生计。1995 年前后列美平措曾到成都办刊物,把社长让给他一个同学当,同学给他一万块钱,他就每月给杂志社职工多发一百块钱工资。杂志实在办不下去的时候,《贡嘎山》便和一个外地文化公司的《西部观察》杂志合作,合作时每期只出 10% 的版面给文学,剩余的版面全部发政治经济文化类文章。合作近十年后,甘孜州州委州政府决定把杂志收回来,不再跟外地杂志合办,杂志的所有出版费用由甘孜州财政解决。
③ 《〈甘孜日报〉副刊在历史的风云变幻与求索中走向成熟》,《甘孜日报》2014 年 8 月 25 日。

志生存日艰以来,自1992年召开第三次笔会以后,甘孜州的作家再没了群体集合的机会,有也是小部分人的集会。这次活动让甘孜州的作家群再次走到了一起,并意识到仅康定就有这么多作家,那么,一旦甘孜州作家团结起来,力量肯定是惊人的。

列美平措说:

> 写这本书的时候,共同的名字都叫"康人"。写到个人的名字的时候,就在名字前加"康人"。比如我,就是"康人·列美平措"。我们打的名字是"康",不是"康巴"。因为甘孜州这个地方,简称就是康,鞋子叫康靴,衣服叫康装。所以我们就叫康人。汉藏回都是康人。

"康人"意味着:写作对象和内容围绕着康定,写作者居住在康定,写作者自称为"康"——不仅是康定的"康",而是甘孜州的"康"。由此可见,通过这次写作,作家们确立了康人意识。

三 "康巴作家群"

"康人"小说的写作是甘孜州作家们积极寻求话语表达、表明自身存在的一次事件,也是作家们积极参与社会、迎合区域开发的一次实践,表现了作家们的群体意识、文学史意识和积极传播意识。继康人之后,康巴作家群出现。康巴作家群诞生于2011年,背后有两个强劲动力:区域文学发展的愿望和区域政治经济文化发展的愿望。康巴作家群在延续康人写作时的社会参与意识、文学史意识(品牌意识)、群体意识和区域意识的同时,增添了民族意识。

2011年,甘孜州文联联合四川省作协巴金文学院在康定情歌大酒店举办了甘孜州首届作家培训班。培训班请来阿来、熊召政、谢有顺、《民族文学》副主编石一宁、中国作协尹汉赢等人讲课。来听课的学员中除已加入作家协会的作家之外,还来了文学爱好者一百多人。这使来讲课的老师感到震惊:甘孜州这么一个贫困边远的民族地区竟有这么一批热爱文学、对文学充满热情和梦想的人。于是,人们提出了"康巴作家群"概念。

现任甘孜州文联主席格绒追美说：

> 我们甘孜州早就有这样一个作家群体，这群人中有 20 多人都有自己的专著，作家紫夫（贺志富，前《贡嘎山》主编）一个人就出了 10 多本书……2000 年甘孜日报主编郭昌平发起中国首部接力小说《弯弯月亮溜溜城》。这件事情虽然有悖于艺术规律，但这么多人参加进这个活动，诞生 10 多万字的一个小说，标志着这个群体已经存在。但是当时没人提出'康巴作家群'这个概念。所有人都是业余状态，没有一个专业作家，每个人都是通过自己对文学的热爱，对这片土地的情感、对世界的认知，独自探索文学，自生自灭，没人来组织大型活动、研讨会，没有人来提升这个群体的高度。①

康巴作家群的提出，为甘孜州作家文学的发展迎来了新的机遇。

在命名这个作家群的时候，人们选用了"康巴"而不是"康人"或"甘孜"，这里大有讲究。

2004 年 8 月，甘孜州政府和学界联手，在康定县举办了首届"康巴文化研讨会暨康巴文化名人论坛"。会上，"康巴学"作为一个新概念被提出。中国藏学研究中心研究员杜永彬在他提交的会议论文《康巴文化在国外的传播和影响——以国外康巴研究为例》中倡导"康巴学"，并对康巴学的定义、内涵和学科体系进行了界定。2006 年 6 月，由西南民族大学和中国藏学研究中心联合主办的"第一届康藏研究国际学术研讨会"在成都召开。会上，李绍明、格勒、任新建、石硕等学者再次对康巴学进行了论证和阐释，从而使"康巴学"作为"藏学"的一个分支被确定下来。②"康巴学"的确立，引发了连锁反应。2005 年，甘孜州社科联成立，同时发出《关于建立康巴学——致广大社科工作者的倡议书》。康定民族师范高等专科学校也决定将《康定民

---

① 参见 2015 年 7 月 10 日笔者对格绒追美的访谈。

② 对"康巴学"一语持反对意见的有冉光荣、喜饶尼玛、王川、彭文斌等人。他们认为：康巴指康人，康巴学应该是康人学，而不是康区研究。但学界最终决定采用"康巴学"来指代康区学或康学研究。理由是："目前'康巴'一词在人们的语汇中已逐渐变为对康区地域的一个俗称。"参见石硕《关于"康巴学"概念的提出及相关问题》，《西藏研究》2006 年第 3 期。

族师范高等专科学校学报》的特色栏目"康藏研究"改版为"康巴学"研究。① 康巴学逐渐在甘孜州、四川省乃至全国藏学界兴起。

在为甘孜州作家群命名时，人们采用了已获各界认同的"康巴"称号，其价值不言而喻。日本学者山上定曾经说过："畅销商品的条件是什么？一是命名，二是宣传，三是经营，四是技术。"② 一个好的命名，对一个品牌的形成和发展至关重要。"康巴作家群"这个命名容易获得大众认同，因为"康巴文化""康巴风情""康巴汉子""康定情歌"已深入人心③，"康巴学"现在又火热兴起。"康巴作家群"的提出首先便在大众层面和学术层面有了认知基础。

第二节 运作推广：由省到国

"康巴作家群"的提出，是因为客观条件和基础因素已成熟，也就是作家作品大量集中出现。现任甘孜州文联主席格绒追美如是说："康巴作家群这个概念和品牌提出来后"，"就要规划和运作"，"因为已有一定实力和丰富成果，只需要很好地规划……如果自说自话，没人认可这个群体也不行"④。

从"概念""品牌""运作""规划"这几个词可以看出，"康巴作家群"背后蕴含着品牌意识、品牌营销理念。接下来便是品牌运作。康巴作家群的运作主体是相关机构与个人，运作模式是举行研讨会加新书发布会，运作结果是由省到国，再由国内到国外。

---

① 杜永彬：《"康巴学"的提出与学界的回响———兼论构建"康巴学"的学术价值和现实意义》，《西南民族大学学报》（人文社会科学版）2007 年第 3 期。

② 参见谭爱平《产品命名的艺术》，《企业活力》1992 年第 10 期。

③ 《康定情歌》流传甚广。此曲产生于康定溜溜调，一般认为是诞生于康定，由吴文季先生收集，转交江定仙配乐伴奏，后经当红歌星喻宜萱演唱走红。世界三大歌王帕瓦罗蒂、多明戈、卡雷拉斯都曾演唱过康定情歌。近年来，甘孜州政府为提升旅游软实力，也在"康定情歌"上大做文章，拍纪录片，举办情歌节，大力宣扬情歌之乡等，使康定情歌更加名声大噪。有关"康巴汉子"的美名，笔者也有所耳闻。比较一般的说法是，康巴汉子是世界上最优良的男人，许多欧洲女子都会跑到康巴地区来借种。而许多文艺作品对"康巴汉子"的描绘，也奠定了康巴汉子威猛、坚韧、伟岸、彪悍、智慧、铁骨柔情的形象。

④ 参见 2015 年 7 月 10 日笔者对格绒追美的访谈。以下凡是引用格绒追美的话都出自此次访谈，不再一一标注。

一 运作主体

康巴作家群的品牌推广运作主体包括甘孜州文学艺术界联合会、作家协会、各级党委政府。

(一) 甘孜州文学艺术界联合会

甘孜州文学艺术界联合会在康巴作家群的推广运作过程中起主导作用。

现任甘孜州文联主席兼甘孜州作协主席、甘孜州宣传部副部长的格绒追美,青年时即是文学拥趸,2011年担任文联主席后,更将文学的命运与写作者的命运作了深沉思考。[①] 他说:

> 我兼了作协主席,我认为艺术家这个群体,应该得到很好的扶持、关注和支持。因为我热爱文学,不管是业余写作也罢,我对文学倾注了很多东西。……像桑丹,她的诗歌和中国一流的诗人没有什么差别,诗歌写得非常纯熟,非常好,但就是窝在一个小地方,没有人包装、推荐,没人认识到她的价值。

拥有写作者与领导者双重身份的格绒追美,既精通文学实践又深谙文艺思想路线,既能管理、领导、号召作家,替作家代言,代表作家与州委州政府沟通,代表区域作协与其他地区作协、省作协、全国作协取得联系,还能组织文学活动,帮助作家获得提升。上任不久的格绒追美即组织举办了甘孜州首届作家培训班,目的是"培养文学新人,提高康巴作家群的整体创作水平"。[②] 在培训班上,人们提出了"康巴作家群"概念,并确立了整体打造甘孜州作家群的思路和方针。

---

① 格绒追美,藏族,四川省甘孜藏族自治州乡城县人。中国作协会员,四川省作协会员,曾参加鲁迅文学院第十七届中青年作家高级研讨班。先后从事乡村教师、教育管理、宣传、旅游、文化等工作。现供职于甘孜州文联。已出版长篇小说《隐藏的脸》,中短篇小说集《失去时间的村庄》,散文、随笔集《掀起康巴之帘》《神灵的花园》《青藏时光》。参见藏人文化网(http://people.tibetcul.com/dangdai/sd-wt/201303/31411.html)。

② 参见2016年2月17日笔者对格绒追美的访谈。

（二）甘孜州委州政府

甘孜州委州政府在康巴作家群的品牌推广活动中起到了巨大的支持和促进作用："地方政府作用是区域品牌形成不可或缺的中介变量。在区域品牌的形成过程中，政府构建性明显大于市场生成性；地方政府创建区域品牌的主观偏好与政策导向很大程度上主导了区域品牌演进的方向、速度及可持续发展水平……"① 甘孜州委州政府从 20 世纪 80 年代起便提出"文化扬州""文化兴州"口号，现如今是"文化强州"。② 2011 年，州委办公室出台《关于加强和改进新时期文联工作的意见》（甘委办〔2011〕138 号），此意见以"加强和改进文联工作"为主题，以"新时期"命名今后的文联工作。

2011 年，"康巴作家群"出现。随后举办的多次作家群推广活动中，甘孜州委州政府都是主办单位，以州委宣传部居多。格绒追美将甘孜州委州政府提供的无数资助分为两类："有形的支持和无形的支持"。"有形无形的支持，第一是资金，第二是营造了氛围和环境，给作家一种荣誉感和自豪感。"格绒追美说，"甘孜州前州委宣传部长毕世祥他非常支持、高度认可我们的文学活动。2013 年（康巴作家群）北京研讨会的时候，他当时带队在昌都参加康巴艺术节。为了参会，他连夜坐飞机从昌都飞成都，成都飞北京。这就是一种支持，无声但有力的支持。"另外，"州委州政府对作家艺术家很尊重。州上主要领导在大会上说，只要是作家，都要高看一眼，厚爱三分。书记州长两个一把手还写了致康巴作家群的一封信，对康巴作家群的成绩给予充分肯定。这就是支持。"

二 运作模式

甘孜州康巴作家群的品牌运作模式是：以集体的方式亮相，出书系、开

---

① 孙丽辉：《区域品牌形成中的地方政府作用研究》，《当代经济研究》2009 年第 1 期。
② 2012 年甘孜州委出台《中共甘孜州委关于推进文化大发展大繁荣 加快建设文化强州的决定》（甘委发〔2012〕1 号）。2013 年甘孜州人民政府出台《甘孜州推动文化发展三年行动实施方案》。方案中提出"抓文化就是抓发展、抓文化就是抓稳定、抓文化就是抓人心"的工作思路，并决定"在 3 年内投入 1 个亿用于文化基础设施建设和文化活动开展"。参见甘孜州文化体育和广播影视局《甘孜州 2013 年度系列文化活动新闻发布会讲话稿》，中国甘孜（www.gzz.gov.cn）。

研讨会、开新书发布会。

首先是出书系。

格绒追美说:"为扩大作家影响,我们的书必须发行。"意思是,必须由出版社出版发行。当下,书籍出版主要有三种路径:自费,寻找资助,出版社出版发行。由出版社出版发行,意味着从出版到发行都不需作者出力,书籍有更快的传播速度和更广的传播范围,且作者还有版权收入,这对作者而言,最有尊严、最方便。① 康巴作家群书系自第二辑起就不再由四川文艺出版社出版,而转到作家出版社出版。格绒追美给出的理由是:"四川文艺出版社出书比较受限,相对来说比较保守……而作家出版社要发行,也还要返还一部分给我们,这就很好。"

至 2015 年,康巴作家群已出版发行三辑书系,共出版 22 位作家作品②。以下是三辑书系目录:

第一辑:

散文集《雪容斋笔谈》	意西泽仁(甘孜·藏)	四川文艺出版社
散文集《在雪山和城市的边缘行走》	格绒追美(甘孜·藏)	四川文艺出版社
中篇小说集《雪岭镇》	贺先枣(甘孜·汉)	四川文艺出版社
诗集《洞箫横吹》	窦零(甘孜·回)	四川文艺出版社
长篇小说《康定上空的云》	赵敏(甘孜·藏)	四川文艺出版社
诗集《边缘积雪》	桑丹(甘孜·藏)	四川文艺出版社

---

① 出版社(公司)在考虑一本图书是否出版发行时,总要先期对该书的价值作出判断:适合作短期安全投资的畅销书,还是作长期风险投资的常销书。这里,既要考虑一本书的经济利益,也会考虑其象征利益。因而,能争取到出版社出版发行,表明出版方已经代替读者和市场对作家作品进行了选择,这已是一种肯定。而一旦选择出版图书,为了收回成本,出版商必定要对图书进行包装、宣传、推广,则图书的传播速度、范围都要大大超过自费图书。

② 至 2019 年,康巴作家群已推出五辑书系。预计 2020 年将推出康巴作家群藏文书系。

第二辑：

长篇小说《雪夜残梦》	仁真旺杰（甘孜·藏）	作家出版社
长篇小说《走在前面的爱》	泽仁达娃（甘孜·藏）	作家出版社
散文集《遥远的麦子》	南泽仁（甘孜·藏）	作家出版社
散文集《箭炉夜话》	郭昌平（甘孜·汉）	作家出版社
诗集《萍客莲情》	拥塔拉姆（甘孜·藏）	作家出版社
《康巴作家群评论集》	格绒追美主编（甘孜·藏）	作家出版社

第三辑：

散文集《凹村》	雍措（甘孜·藏）	作家出版社
诗集《青藏》	欧阳美书（甘孜·藏）	作家出版社
诗集《我的骨骼在远方》	阿布司南（云南·藏）	作家出版社
诗集《高原上的骑手》	才仁当智（青海·藏）	作家出版社
小说集《天空依旧湛蓝》	阿琼（青海·藏）	作家出版社
诗文集《玉树十年》	朱玉华（青海·汉）	作家出版社
散文集《边地游吟》	伊熙堪卓（甘孜·藏）	作家出版社
诗集《做在一个陌生的清晨》	扎西旦措（青海·藏）	作家出版社
小说集《刀尖上的泪滴》	洛桑卓玛（甘孜·藏）	作家出版社
《康巴彝族作家作品集》	合著（彝）	作家出版社

发行就要面对市场。中国图书市场一年出版的书籍非常多，仅2012年就有414005种，而2012年国人的阅读量却平均为每年4.39本，且多集中在畅

销书一类，也就是育儿、教辅等实用类书籍以及惊悚、言情等娱乐型书籍上。康巴作家群的书籍如何走向市场？康巴作家群拓展了一条推广之路：召开研讨会，发布新书，把研讨会和新书发布会从成都开到北京。

2012年10月30日，由甘孜州文联牵头，第一次"康巴作家群作品研讨会暨新作发布会"在成都召开。研讨会由四川省作协主办、甘孜州作协承办。[①] 研讨会邀请到了评论家20多位，其中包括《中国作家》杂志社副主编、《人民文学》编辑部主任。研讨会请来了20多家媒体。出席研讨会的还有中国作协创研部副主任、四川省委甘孜州委宣传部领导、四川省作协领导、甘孜州文联领导。研讨会上推出了12本康巴作家群新作，包含康巴作家群书系第一辑（6本）以及巴金文学院签约作家书系及其他出版社出版的个人作品集。[②]

2013年10月26日，甘孜州作协联合西藏、青海、云南部分地区的文联和作协，在北京市朝阳区西藏大厦召开了"康巴作家群研讨会"。州内10余位作家参会，《民族文学》主编、《民族文学研究》主编、《文艺报》原主编、《诗刊》副主编、《散文选刊·下半月刊》主编、《人民文学》编辑、中国社科院文学研究所研究员等多位评论家到场，邀请到国内媒体30来家，发布新书11部。

到2015年，康巴作家群已连续召开三次研讨会兼新书发布会。康巴作家群的推广模式基本确立：面向官方、面向评论界、面向媒体，召开研讨会兼新书发布会，推出康巴作家群。其中面向官方既包括面向纯粹的官方机构如党委政府、宣传部门，也包括面向半官方文学组织如文联、作协。面向官方是为了获得政策和资金方面的支持，是康巴作家群向外推广的基石。面向评论界，指包括面向研究机构和评论家个人。面向评论界是为了确立作品美学

[①] 研讨会的经费主要来源于甘孜州文联和甘孜州政府拨款。

[②] 此次研讨会除推出康巴作家群书系第一辑6本书以外，还推出了：洼西彭措（藏）小说散文集《乡城》，四川文艺出版社出版；格绒追美（藏）散文集《青藏时光》，四川文艺出版社出版；胡庆和（汉）小说集《妖妖》，中国文艺出版社出版；夏加（藏）长篇叙事诗集《天子·格萨尔》，四川民族出版社出版；罗凌（藏）散文集《远岸的光》，中国戏剧出版社出版；藏文散文诗合集《金色甘孜》，四川民族出版社出版。

价值，建立作品认同。面向媒体，包括面向纸媒和电商，是为了更快更广地传播。三个面向，三位一体，使传播和接受（评论）同时进行，既评且出，以评论带动新书传播，新书传播的同时即能收到读者反馈。这样做，客观上缩短了评论周期，使传播变得直接而有效。

三 由"省"而"国"

召开研讨会和新书发布会的目的，是要把康巴作家群向外推广，其路径为由省内到省外，由"省"而"国"。

2012年10月召开的研讨会，格绒追美认为在"省"这个层面提出了康巴作家群，因为"（康巴作家群）受到了省委宣传部领导的认可"。

2013年10月26日，甘孜州作协联合西藏、青海、云南部分地区的文联和作协，在北京市朝阳区西藏大厦召开了"康巴作家群研讨会"。此次会议的主办单位是中国少数民族文学委员会、中国社科院民族研究所、中国少数民族作家协会、四川省作家协会、中共四川甘孜州委宣传部，承办单位是四川甘孜、西藏昌都、青海玉树、云南迪庆四个地市州文联和四川省作协巴金文学院。此次会议规格很高，首先可视作对2012年"少数民族文学年"活动的延续。"2012年，中国作协带队分四个片区进行了少数民族文学现状大调研，在了解了大量情况，掌握了大量资料的基础上，2012年被确定为'少数民族文学年'。从5月26日至7月10日，中国作协先后召开了5场少数民族文学研讨会，集中推介了一批优秀的少数民族作家。"①

落实到会议的发起、筹备、组织、召开，则个人的资源和人脉起了关键作用。格绒追美说②：

> 北京的会议是我和中国社科院全国格萨尔办公室主任诺布旺丹博士

---

① 参见《2013年康巴作家群在京举行作品研讨会纪实》，《甘孜日报》2013年11月19日。
② 在《2013年康巴作家群在京举行作品研讨会纪实》一文中，格绒追美对《甘孜日报》记者说："从研讨会的发起，以及研究讨论，直到研讨会时间的敲定、参会人员的邀请，前前后后一共准备了一两个月。"但据笔者对格绒追美的访谈来看，此次研讨会从筹划到正式召开，时间远超一两个月。

筹划起来的。因为全国格萨尔办公室还挂着一个中国少数民族文学研究所藏族文学研究室的牌子，他兼主任，他可以争取一些经费。我们把北京相关的（早已认识的）人都动员起来，包括（中国）社科院的杨霞老师（副研究员），由她来出面请北京的评论家，发作家作品，请他们写评论。仅仅她的力量太单薄，我们又把（中国）少数民族文学作家学会的赵晏彪请来，他的人脉比较广。他给叶梅（中国少数民族作家学会常务副会长）他们汇报后，他们（中国少数民族作家协会）也同意挂名字。然后（赵晏彪）找北京很好的评论家，把作品寄给他们，给了他们两三个月的时间。……我们又拜访了中国作协的领导丹增书记等。

研讨会能顺利举行，还要归功于："这是第一次真正意义上的康巴作家群的集中亮相。"真正意义上的康巴作家群，应包括康巴地区的作家群。康巴地区，从地理文化内涵上来看，包含四川甘孜州、西藏昌都、青海玉树、云南迪庆这四个省市地区。此次研讨会要想在国家层面上提出康巴作家群，就必须保证品牌内涵的准确性，保证"康巴"所内涵的地理空间都在内。因此此次研讨会请到了康巴四省区作家。而康巴作家群所暗含的藏族身份，也为这次研讨会增加了分量。因为"康巴"不仅是个文化地理概念，还是个族群概念，"康巴"主要指藏人。[①] 2012 年"民族文学年"时，中国作协便专门为 8 个藏族中青年作家召开了研讨会。则此次的研讨会（多为藏族作家）也容易获得政策上的支持。再有，四省区作家的集合，在扩大作家队伍、增强作家群实力的同时，也使作家交际圈和人脉资源得到充分发挥，从而为研讨会的顺利召开提供了更多保证。

[①] 藏文文献《智者喜宴》中，把藏区分为三大区域："上阿里三围，中卫藏四如，下朵康六岗"。汉文文献《西藏志》把这种划分减缩成"三部：曰康、曰卫、曰藏"。"康"是相对于拉萨而言，意为藏区边地。"巴"，则是汉语里的"人"。"康巴"指的是生活在康区的藏人。格勒在《略论康巴人和康巴文化》一文里说："讲康方言的人，分布在西藏的昌都、四川的甘孜州、青海的玉树州、云南的迪庆州等地，这些地区加起来就是我们通常说的康巴或康藏地区，或西康地区。居住在这些地区的藏族就是康巴人。"参见格勒《略论康巴人和康巴文化》，《中国藏学》2004 年第 3 期。

总之，借助国家少数民族文学年活动，借助康巴地区的整合①，借助各种人际关系和工作关系，在省州等各级部门的努力配合下，研讨会得以圆满举行。有人说，这次研讨会使康巴文学"第一次以空间上的一致性，以更加完整的姿态，在首都北京，在中国文坛再一次竖起了自己的旗帜"②。格绒追美则说："康巴作家群以此为标志，正式登上了中国文坛。"

正式登上中国文坛的意思是：在北京举办了研讨会，得到中国作协以及国家级领导人的肯定性评价，如中国文联副主席丹增就称康巴作家群为"全球化时代中国文坛上一道响亮的闪电"③。相关评论在中共中央党报（机关报）《人民日报》《光明日报》上发表，评论中把康巴作家群称为"四川文学的三驾马车之一"④。可以认为，康巴作家群通过获得国家级文学机构、国家级领导人、国家级媒体的关注和肯定，实现了"由省到国"的跨越，实现了"进一步提升康巴作家群品牌的影响，使康巴作家群走上中国文坛"的目的。⑤

四　运作结果

康巴作家群，在受到官方和评论界肯定性评价的同时⑥，也收到了来自其他方面的良好反馈：

2013年12月，国家级文学卷《新时期中国少数民族文学作品选集·藏族

---

① 2015年11月1日，又一次康巴作家群研讨会和新书发布会在成都召开。这一次发布会包括康巴四省区作家新作17本，含《康巴文学》丛书四卷本，分别为：甘孜卷、玉树卷、昌都卷、迪庆卷。
② 《2013年康巴作家群在京举行作品研讨会纪实》，《甘孜日报》2013年11月19日。
③ 丹增，藏族，为中国文联副主席，原中国作协副主席。
④ 《人民日报》是中共中央机关报，《光明日报》是中共中央宣传部主管的报纸，也是中央机关报。两报刊载的文章分别由四川评论家刘火和苏宁写出。
⑤ 《"中国文坛一道响亮的闪电"——关于北京召开康巴作家群作品研讨会的情况报告》（甘文联〔2013〕74号）。
⑥ 2011年《当代文坛》第二期、第四期分别推出康巴作家研究论文专辑。西南科大、重庆西南大学等十多所高校把康巴作家群作为课题在进行研究。有关康巴作家群的整体评论和作家评论，散见于各类期刊。中国知网上以康巴作家群为题的文章有四篇，作家专论有数篇。2013年10月，在山东社会科学院主办的"地域文化与文学的传承及发展研讨会"上，张元珂博士在归纳全国主要区域型作家群时，收录了康巴作家群。参见张元珂新浪博客（http：//blog.sina.com.cn/s/blog_5fc7be640101g65i.html）。

卷》出版，甘孜州有 21 个作家的代表作被收录。

自 2013 年北京研讨会后，四川省作协巴金文学院签约作家里，每年都有康巴（甘孜）作家的身影。

2014 年"圣洁甘孜州走进北京"系列活动中，康巴（甘孜）作家作品的展览引发了"轰动"，"几千部图书当时一抢而光。当天一开张就抢没了。"随后，甘孜州州长令格绒追美紧急从北京和深圳出版社调运图书过来。格绒追美说，在这次展览会上，"民族图书馆收藏了甘孜州的 78 部作品，并发了收藏证书……副省长黄彦蓉也说，甘孜州了不得，这么多沉甸甸的作品"。

甘孜州藏族作家达真的长篇小说《康巴》，"首版销售已突破 3 万册，其电视电影版权由知名传播机构购买；历史小说《茶马古道》，不仅以纸质媒体出版，更在网络世界创下数十万的点击量……"① 达真的长篇小说《命定》精装版于 2016 年北京图书订货会上架。《命定》韩文版（《那个男人的战争》）于 2016 年春在韩国最大的网络书店销售。《命定》的电影编剧 2015 年已完成，拍摄正在筹备当中。②

2015 年年底，由中国作协组织力量翻译的达真的《康巴》、格绒追美的《隐蔽的脸》、亮炯·朗萨的《布隆德誓言》三部长篇小说，已翻译完成并交中译出版社对外出版发行。2015 年 8 月 26 日，包括三部著作在内的"藏族青年作家丛书"国际研讨会在中国国际展览中心举行。

第三节　高地写作：甘孜藏人的价值输出

从地理位置来看，甘孜州地处高原，位于四川省西部，"地处中国最高一级阶梯向第二级阶梯云贵高原和四川盆地过渡地带，属横断山系北段川西高

---

① 钱丽花：《"康巴作家群"：一个值得关注的文学现象》，《中国民族报》2013 年 11 月 1 日，第 9 版。
② 2015 年 7 月 4 日笔者访谈达真时，适逢原四川省电视台张台长与达真商讨《命定》剧本改编及影视拍摄事宜。

山高原区，青藏高原一部分"①。州内地势高亢、高山云集，属"三高"地区。② 高地位置赋予甘孜写作者"一览众山小"的高地视野，以及向东俯视的"西高"视野（不是向西仰视和攀登的视野）：甘孜州作者在写作时，会不自觉把目光朝向东方和中原地区，康巴作家群的传播途径也是从州到省（成都）到中央（北京）、一路向东。这种高地视野可概括为："背靠高原，俯视中原（平原）；占据上流（游），哺育下流（游）"。③

拿什么来俯视中原，哺育下游呢？康巴文化、藏族文化。

甘孜州藏族作家的书写因此具有一种独特的地理环境和民族文化融合后的文学品质，即藏族高地品质。这种品质大致可概括为：浓厚的文化意蕴、高尚的道德追求和纯粹的审美特性。甘孜藏族作家的写作因此可称为高地写作。

高地写作，即扎根本土、面向中原的写作。站在高处，俯视低处，将康巴藏地视为人类精神家园、将藏文化视为人类终极文化，向藏地之外输出康巴藏地的文化精神和文学精神。具体做法是，拔高作品的精神维度、思想高度，用作品与世界对话，与现代文明对话，用康巴文化精神来审视世界、洗涤世界。通过这样的书写，把相对于中原来说在政治和经济上处于边缘地带的康巴地区变为在文化上、文学上和精神空间上都足以傲视中原、引领世界的高地。这种写作，格绒追美、达真、亮炯·朗萨在践行。而列美平措、尹向东两人，虽不专写藏人藏文化，在写作中仍时时流露出高地写作者的自信。意西泽仁、桑丹等人则不计高低，只追求本土本族人情特色书写，行文抒情。

一　本土书写：意西泽仁、桑丹

本土书写是指贴着康巴藏地藏人写作，书写本真，书写平凡。这类写作

---

① 《甘孜地理》，中国甘孜州（http://www.gzz.gov.cn/10000/10001/10003/10004/10437245.shtml）。
② "三高"地区指丘状高原区、高山原区、高山峡（深）谷区三大类型。参见《甘孜地理》，中国甘孜州（http://www.gzz.gov.cn/10000/10001/10003/10007/10000249.shtml）。
③ 甘孜州位于中国西部，处于中国江河文明的上游。境内有中国两大江河文明之一的长江文明的主要支干流，即两江一河（金沙江、雅砻江、大渡河）。同中原相比，甘孜州在地理上便具有了"上游"性质。

者有意西泽仁、桑丹、仁真旺杰、南泽仁、泽仁达娃、拥塔拉姆。这里重点介绍意西泽仁和桑丹。

意西泽仁是较早的康巴地区汉语写作者,是他所生活的康巴大地上的抒情者。正如徐其超所指出,意西泽仁的小说具有"游牧民族的人道主义"和"扎根于现实的浪漫主义"。"人道主义"是就小说内容而言,即叙述的主题、人物和思想情感。意西泽仁笔下有诸多小人物,牧民男子、放牧姑娘、养猫阿婆、哑巴阿妈、卖牛粪的小女孩、牧民中的智者、驮脚汉、县乡镇村组各级政府官员、记者等。他称他们为草原上平凡的小花。他对这些"平凡的小花"给予了深刻的热爱,主要是同情之爱。他说:"那些像无名小花的牧人、城里人、老人、青年人,在他们平常的生活中,有更能使你感动的悲和欢,离和合,恨和爱。你真正爱上了他们,因为你也是他们当中的一员"。[1] 意西泽仁通过写作走进这些人群,走进他们,关注他们,感知他们,于是,产生了"现实的浪漫主义"。现实的浪漫主义,一指现实,即主题的现实和"叙述结构的写实"。一是浪漫。浪漫为"表述方式的写意"。[2] 意西泽仁的写作以现实主义与浪漫主义的结合为特色,"表现主观的热切愿望,抒发个人的强烈感受,而且往往用情感、感受创造意象、意境,宣泄诗情观念。"[3] 所以他的小说似抒情散文,不讲究情节,行文舒缓,语调温柔。这种风格显然与他的日常个性和创作个性非常匹配,体现出十足的怜悯宽厚。意西泽仁的写作因此充满哀婉动人的情绪,悲天悯人的情怀,温柔悲戚的氛围,日常朴素的生活。

有人说:"(意西泽仁的)小说作品以川藏草原、山寨和小城镇为背景,透视了我国藏族地区的历史变革以及五光十色的社会生活,关注了人的悲欢离合的命运,揭示了人生的哲理,也展示了奇特的地域文化……"[4] 著名老作家艾芜也称意西泽仁的小说"都是描绘藏族人民真实生活的。很新鲜,很有

---

[1] 意西泽仁:《雪融斋笔谈》,四川文艺出版社2012年版,第172页。
[2] 徐其超:《论意西泽仁对艾特玛托夫的接受》,《西南民族学院学报》(哲学社会科学版)1998年第5期。
[3] 同上。
[4] 引自《意西泽仁小说精选·内容简介》,重庆出版社1998年版。

吸引力，很能引人入胜"①。意西泽仁自己也认为："我的小说创作来源于生活真实，来源于草原、故乡、藏族人民。"②

意西泽仁秉持的作家素质是：说真话，读书多，震撼人，要对社会有贡献，要在内容和技法上都让人过目不忘。他的写作目的是希望"有更多的作家来写我们藏人"，使民族与民族之间多一些了解。③因为许多写藏人的作品都像草原上老人们的哈巴狗儿或是姑娘们的戒指，或是打禁猎野物，或成为玩物、或沦为摆设、或成为猎奇，不够真实，远没达到生活的本质，更没接触到藏族人民生活的核心，所以他要反映真实的藏民生活，"从生活中得到养料、从生活中得到启发、从生活中得到力量……扎根在生我、养我的这片土地上，用加倍的勤奋，创造……作品"。④总之，意西泽仁的写作，笔墨虽然集中在桑塔草原、色曲河和康定，也是以康巴地区的草原和高原描写为主，但书写的是这些地方的人，抒发的是对这些人的怜爱之情，并未拔高地域文化的意思。

女诗人桑丹笔下⑤，则多康巴意象，如康定情歌、打折多、青稞、驮脚汉、康巴女子、木雅女子。王冉说："在诗人（桑丹）的笔下，家乡是浸沐在皎洁的月光中的，是萦绕着热辣的康定情歌的美好的精神家园……所有的情感都不是无病呻吟……所有的意象都是有根性的，带着民族文化的烙印。"⑥冉仲景说桑丹："生活在高原，语气和思想，就有很高的海拔。"⑦列美平措评价桑丹，认为她的诗更多是生活的表征和情感的抒发，"写下一组组关于小城人的生活和情感的诗章"。⑧笔者认为桑丹的诗没有刻意拔高精神高度，她的诗更多是一种情感的自然流露，是感性的抒发。她的诗作中，有对故土的

---

① 引自《意西泽仁小说精选·内容简介》，重庆出版社 1998 年版。
② 参见 2014 年 11 月 17 日笔者对意西泽仁的访谈。
③ 参见意西泽仁《意西泽仁小说精选》，重庆出版社 1998 年版，第 71—72 页。
④ 泽仁拥登：《奋蹄的"马驹"——访藏族青年作家意西泽仁》，《民族文学》1984 年第 5 期。
⑤ 桑丹，1963 年 11 月出生于四川康定，现就职于甘孜藏族自治州人民医院。写作小说、散文、诗歌。
⑥ 桑丹：《边缘积雪》，四川文艺出版社 2012 年版，第 163 页。
⑦ 冉仲景：《请让格桑一次次唤醒沉睡的爱情》，桑丹《边缘积雪》，四川文艺出版社 2012 年版，第 161 页。
⑧ 列美平措：《说说桑丹和她的诗》，桑丹《边缘积雪》，四川文艺出版社 2012 年版，第 2 页。

深情讴歌，有对情爱的执着追求，有对这片土地上的民族和文化的感激赞美。她的诗作，表达的是她心中的情感，不吝啬不隐瞒，热烈真诚，所以她的诗，是一种浪漫化、个人化的诗。

桑丹说："藏族传统文化中所追求的真善美，如对信仰的虔诚、对大自然的敬畏、对生命的博爱，无一不渗透于我的血脉当中。所以在我的作品中，理想和精神的圣洁犹如白雪之巅，焕发着炫目的光芒。藏族本身就是一个极具诗情、浪漫、爱心的民族，是我的民族和那片纯净的雪域净土让我找到生活与德行之美。"① 生活即诗，即文学，用生活所见入诗，用诗来表现生活，是桑丹的使命。她说："我生存的雪域净土是如此的苍凉、美好、如此的厚实、坦荡，我听见我的族人念诵着六字真言，转动着永不停息的经轮，我看见迎风招展的经幡，鹰鹫盘旋的天空，这一切，即诗，即文学……我的文字将是我最深情的表达。"② 她采用"打磨晶莹的瓷器"的办法，使诗歌心灵如翻着"白银的花瓣"的"月亮的急流"。她的诗歌，精美，明亮，情绪高昂，即便伤痛也是英朗的、热烈的，不悲戚不沉湎。

除开意西泽仁和桑丹这两位以外，仁真旺杰、南泽仁、泽仁达娃、拥塔拉姆，也都是本土文化写作者，也都以作家自身的经历为蓝本，加以再造和创造，力图还原康巴人的真实生活、情感和面目。仁真旺杰小说《雪夜残梦》如一副曼妙的藏族民俗画缓缓打开。南泽仁的散文集《遥远的麦子》充满了人世间的清浅温情。泽仁达娃的长篇小说《走在前面的爱》中，则表现了一对康巴青年的成长与爱情、生活与理想。

二 高地写作：格绒追美、达真

意西泽仁、桑丹等人，是站在主位视角或者说"内在"视角，由内而外书写康巴，是一种感性书写。而另一些人，他们在书写康巴的时候，有了全局眼光和比较视野。他们站立本土，遥望远方，以本土经验去考量全国乃至全球、全人类。他们书写康巴、甘孜，是带着审视和反思的眼光去写。他们

---

① 参见笔者对桑丹的文字访谈。
② 同上。

试图用文字中的康巴与外界对话。因而他们的写作视域宽广，目光深邃，目的性更强。他们挖掘、归纳、提炼本土文化，以本土文化为基点，辐射外在文化，在本土文化与外在文化的联系与比较中，突出和展现本土文化。这种写作，可将其视为"外化"写作，也就是经过"出走、回望、归来"一系列心路历程后的写作。这种写作，是客位写作、反思性写作、理性写作。代表人物有格绒追美、达真、亮炯·朗萨。

格绒追美、达真、亮炯·朗萨的写作，具有高地写作特征。其写作，将康巴地区视为国家、世界乃至人类的精神高地、精神家园，恢宏而自信地展开。①

（一）格绒追美的价值坚守

背靠青藏高原和藏族文化，面向中原，面向势不可当的现代化进程，格绒追美用神子的眼光回望故土，为故土所受到的冲击黯然神伤。他试图通过阐释康巴藏地的文化精神和藏传佛教的核心教义，为处于现代化危机中的人们指出方向。其写作因此带上佛性眼光和神性色彩。又由于他深知时代大势及个人力量的卑微，所以他的写作掺杂着深重的忧虑。

格绒追美对藏地文化的发掘和坚守经历了一个过程。最初他是看不起本族文化的。他从小在藏族村寨长大，接受汉语教育，受汉文化影响，他常拿汉文化眼光来自我观照："最开始的时候，受教育嘛，认为自己民族是落后的……人家民族是先进的，宗教是迷信的愚弄人的等等。"② 他在小说《古宅》里便写了一个在大城市里读了大学的藏族青年，以新青年自居，回到村寨后再也不能理解亲人与村民。③ 随着阅历的增长，格绒追美逐渐认识到："文明没有高下，没有标准"。于是他开始反思本族文化存在的价值，反思本

---

① 精神家园是一个由文化体验、心理状态、情感方式、认知模式、价值观念、理想信念等要素构成的精神文化系统。它作为一种寄托、一种象征和一种家园感而存在，是主体普遍认同的意义世界，是主体精神文化高度自觉的产物，也是民族独特的精神气质和价值取向的反映。对于个人来说，精神家园是安身立命的精神归属；对于民族来说，则是精神文化延续与发展的动力源泉。参见宫丽《精神家园论》，博士学位论文，华中科技大学，2011年。
② 参见2015年7月10日笔者对格绒追美的访谈。
③ 参见格绒追美《古宅》，《康巴文学·甘孜卷》，2015年，第1—35页。

族文化受到的时代冲击，反思文化变迁给族群带来的生存危机及文化危机。其创作主题便落实到了对藏文化的坚守上。

他逐渐发现了康巴藏族文化的独特价值："藏族文化不仅是民族文化，而且是一种世界文化。"① 当他走出村庄，把青藏高原放到地球上来打量的时候，觉得这个地方有一种独特的精神价值，这种精神价值对人类是有贡献的，这就是藏传佛教文化。

格绒追美认为藏传佛教文化可以拯救世道人心。从雪山（乡城）来到城市（康定），格绒追美切身体会到城市人口的不安，感到城市与乡村人口的浮躁和充满欲望："我们难免其俗的追逐利欲之心有时片刻醒悟：为何看着别人的脸色，为讨好上面而行事呢？那也是一种奴性啊。可是回落到现实中，你又不得不承认：再多的努力和再好的结果，只要上面不认可那也就等于零。"② 放眼望去，所有人被欲望裹挟和吞噬："在都市里，人为了显示自己的能耐，构筑摩天接云的高楼大厦的森林——那是用人的心血、智慧和金钱堆积而成。然而，它修成后的异化果子是：人又感到了压力，感觉渺小，感到那背后金钱带给你的喘息……"③ 格绒追美决定用藏传佛教来拯救人心。

《隐蔽的脸》中，他试图用转世神子的忧伤来表达他对世界的思考，包括慈悲、生命平等，包括世界的有机整体和相互依存、因果循环。《隐蔽的脸》中对藏文化的展示、活佛力量的书写，绝不是为了增添作品的传奇色彩，而是通过对传统藏人生活和生命本来形态的还原，表达作家的忧思：如何让村庄中人面对现代文明的冲击，作出正确的价值抉择，坚守藏文化核心，不在外来冲击中溃散和衰败，从而摆脱灭亡结局。从《失去时间的村庄》到《隐蔽的脸》，格绒追美一直在写村庄，在哀悼村庄逝去的同时，进击人类的当下和未来："地球是人类的村庄。故乡是我的村庄。……我从村庄看雪域，看世界；看过往岁月，看当下进程，也窥探未来的面目。"④ 村庄是他的窗口，他

---

① 参见 2015 年 7 月 10 日笔者对格绒追美的访谈。
② 格绒追美：《雪山与城市的边缘行走》，新浪博客（http://blog.sina.com.cn/s/blog_59d921ba0100-bd24）。
③ 同上。
④ 转引自胡希东《藏地村庄演绎的描述与追忆》，《当代文坛》2013 年第 2 期。

从这里出发，思考世界，思考人类的命运，思考现代人在现代社会中的处境，用雪域高原藏传佛教所蕴含的精神力量，去昭示处于现代化进程中的人类，去唤醒被欲望冲昏头脑的部分人群。

格绒追美的作品因此呈现出极高的思想性和哲学性，"像博尔赫斯那样，通过一个个短小文本，把对世界的思考和认知融入进去"；像奈保尔一样，做个"世界人"，写世界文学。——这是他想要追寻的写作目的和意义。

如何写世界文学？格绒追美的方向是，通过文本，通过笔下的青藏高原和村庄，把有价值的、有益的、独特的藏地文化精髓呈现给读者，并在文本中构建自己的精神世界。他随后写的《青藏时光》《青藏辞典》都在做这方面的努力（都在开掘青藏高原的文化精神）。由此，对于那些靠编织传奇故事、编织矛盾冲突赢得读者的作品，他完全没有兴趣：

> 一个作家如果有自信，就不会去追求猎奇、传奇的故事。康巴这片土地上传奇的故事不少，如果要博个眼球啊什么的，仇杀的、神通的、一妻多夫啊这些，写不完的传奇，像新龙的布鲁曼，完全是典型的人物，根本不需要塑造，就可以弄成小说的。但真正的作家不能纠缠于这些，这种虽然可以带来个人的功成名就、名利双收，但走不长远。

格绒追美试图在语言层面、文本层面、审美层面为汉语文学或世界文学贡献康巴作家独有的价值。

受藏族文学影响，格绒追美的文字表达有如诗一般华丽而优雅。他说："数千年来，从祖先嘴里流淌出的是山泉、珍珠般充满诗意的语言。这语言据说得到过神灵的加持。充满弹性，灵动，如珠玉扑溅，似鲜花缤纷，常常让人心醉神迷。"[1] 严英秀说格绒追美的《隐蔽的脸》："以其精湛的藏、汉语的化用和汇通，激活的是更多的人久违的乡土记忆。它本身的优美、华丽、流畅、准确更是毋庸置疑的。小说中随处可见的比兴、隐喻、排比、递进等汉语修辞，藏地典型特色的谚语、民谣，就像金子般的诗章，像熠

---

[1] 格绒追美：《掀开康巴之帘》，西苑出版社2004年版。

熠闪烁的群星，像纷然坠落的珍珠……这种美令人目不暇接，却又能句句直触心灵。"①

除了语言，格绒追美还非常重视文本的探索。他说内地许多作家的作品有同质化现象，"如果把作家的名字盖了，任何人都可以说是他写的，因为风格、思想，语言的圆滑溜顺，故事的技巧，都很雷同。……中国充满探索精神的作家太少，莫言、阎连科是非常具有探索性的作家。国外如马尔克斯、帕慕克、奈保尔，这些人很厉害。"他认为自己的作品，与国内作家比起来，是独有的，"至少我的东西不是其他人能写出来的"。他的作品，互不雷同，每一部在文体和表达方式上都有所突破。从中短篇小说到散文，到长篇小说，文化考察类书籍，到辞典式作品。② 甚至一部作品集也由多种文体构成，《青藏时光》就包含随笔、寓言、故事或微小说等多种文体。

格绒追美还力图给世人贡献他独特的审美经验，即超现实性和梦幻性。由于他从小受青藏腹地藏族人神灵与现实交错的生活观影响，尤其是藏民族宗教信仰给他留下的深刻印象，因而他的作品多写神灵和预言，写神启和转世。正如马尔克斯称自己的《百年孤独》写的不是魔幻而是拉丁美洲的现实一样，格绒追美也说自己的作品"没有借用所谓的魔幻现实主义"，因为"在汉族人看来传奇和魔幻的事情，在藏人眼里，就是现实，我们的现实，精神时空的现实"。③ 这些现实是：大山里的藏人对那苍茫的原野、冷峻的雪峰以及蓝如碧玉的海子的敬畏，对山川皆有神灵的信仰，对人神佛统一于一体且生命可以轮回的活佛的信仰。格绒追美也相信梦为"透视心灵的另一种方式，一种沟通白昼与暗夜的虚无之桥，是冠冕堂皇和欲望赤裸罪恶滔天裹合的混

---

① 严英秀：《"世界上所有的梦早已被梦过"——评格绒追美小说〈隐蔽的脸〉》，格绒追美主编：《康巴作家群评论集》，作家出版社2013年版，第41—42页。
② 在笔者对格绒追美的访谈中，格绒追美说："我的每部作品没有重复自己。出了七本书，最早是《掀起康巴之帘》和《失去时间的村庄》，之后是命题作文《神灵的花园》，接下来是《青藏时光》《隐蔽的脸》《在雪山和城市边缘行走》和与洼西合著的《雪山赤子》。《失去时间的村庄》是小说集。《隐蔽的脸》中构建了自己的东西。《青藏时光》用短文的形式，有意识地呈现了青藏这块土地的文化，虽然篇章非常短，我自认为有精神容量和文化容量在里面。《青藏辞典》是用辞典的方式呈现青藏文化……这个算不上如《马桥辞典》那样有大的探索性，但也渗透了我的思考。"
③ 格绒追美：《我总是让自己的思想自由飞翔》，新浪博客（http：//blog.sina.com.cn/s/blog_59e73a4d0100ah6u.html）。

合产物,也是心灵能够通达的最为遥远的国度"①。他秉持莲花生大师在梦中对他的开示:"你终将承接到神秘家族的最后衣钵,成为一个游走于阴阳两界、虚幻和尘世之间的最后诗人。"(《青藏时光·梦的呓语》)于是他自我定位为"一个捕梦者"(《梦的呓语》),由此开始叙梦过程。他的写作,便似呓语,在实境与幻境中往返穿梭、自由飞翔。长篇小说《隐蔽的脸》便借用了"一个能自由穿越时空隧道、感觉极其敏锐的'神子'"视角,描述定曲河谷一个村庄久远的神话传说以及半个多世纪的沧桑巨变,描述格绒追美所生长的村庄和藏民族前世今生的心灵史,表达对一群执着于生而魔性未除的村民的命运的同情与悲悯。神子的眼光,既是格绒追美自身的悟性和想象空间的开掘,也是藏族文化赐予他的宝贵视角。

总之,格绒追美的写作,既不是"景观化、表浅式抒写",也不是奇风异俗的展示:"表现民族习俗,那是个表浅的东西。你在写作过程中自然而然就带着身后的习俗、文化、家教,包括所受的知识教育等等。"(格绒追美语)②也不是纯粹哲学文本的表达。在展示哲学观念的同时,他坚持回到人本,回到人本身的生命状态里,写普通人的感受:"作家应该立足于人的基本概念来写,写出人类的普遍性,这是最关键的。像刘震云说的,作家应该学会倾听。……在构筑小说文本时,作家要退出去,写人的时候,要想办法进入人的内心来写,这样会更贴近真实,贴近土地,进入文化内核。"在追求作品精神价值的时候,格绒追美始终没放弃语言、文体、审美性的探索。他相信:"面对物欲横流的世界,来自世界第三极的青藏高原的文字一定会给技巧无比纯熟却缺乏神性光芒的现实主义中国文坛带来一股清新之风——我还不敢说带来震荡。"③

(二)亮炯·朗萨的理想塑造

如果说格绒追美在展示传统与现代的对立之后只能失意离开,远离这是

---

① 格绒追美:《青藏时光》,四川文艺出版社 2012 年版,第 25 页。
② 参见 2015 年 7 月 10 日笔者对格绒追美的访谈。
③ 格绒追美:《在雪山和城市之间行走》,新浪博客(http://blog.sina.com.cn/s/blog_59e73a4d01013qpc.html)。

非不分、罪恶渊薮之地①，那么亮炯·朗萨则用两部小说为人们塑造了康巴人的理想人格，给传统失落的藏地带来亮光和希望。

徐琴说亮炯·朗萨在"创作中张扬着一种理想主义精神，这就是对康巴精神的追寻，对理想健全人格的塑造，对亢昂奋进的民族精神的张扬"②。确实，亮炯·朗萨笔下多铁骨柔情、坚强英俊的康巴汉子和独立坚强、敢爱敢恨的康巴女子。她在他们身上寄予了期望，赋予他们以完美性格，期待他们重塑康巴儿女的神采风韵，用自己的热血和热心，为这个颓靡的俗世增添一点力量。她用两部小说《布隆德誓言》和《寻找康巴汉子》，完成了她对当代康巴汉子精神的转换。③

第一部《布隆德誓言》，展现的是传统康巴儿女的精神风貌。这部小说中，重点刻画了康巴汉子坚赞的英俊高贵、坚忍顽强和情真意切。故事围绕土司之争展开，其中掺杂了坚赞、萨都措、沃措玛三人的情爱斗争。"布隆德誓言"，藏文意思及延伸义即为吉祥谷男儿的铮铮誓言。亮炯·朗萨在封底语中，用"享誉世界"和"神奇"来盛赞康巴汉子："康巴高原在我心中就是片浩茫、充满无限魅力和神奇的丰美的高原，享誉世界的康巴汉子就是这片吉祥的土地滋养的神奇"；"一群群、一组组男儿、汉子，无论是茶马古道风雨中、雪地里冒险往来的马帮娃、聪本（商官），还是土司、僧人、贵族、贫民、农奴等等，他们中的优秀男子，才是真正立地顶天的康巴汉子……他们可歌可泣，他们伟岸高尚，他们是民族的好男儿"。④《布隆德誓言》中既有好男儿，也有好女儿。两个女子，一个萨都措，一个沃措玛，她们一刚一柔，同时爱上坚赞，又同为坚赞的仇人（土司）的女儿。"在激烈的各类矛盾冲撞中，在他们（康巴汉子）血与火、生与死的生活中，走来一个个卓然出色的康巴女子，成为他们生命重要的组成，生活中重要的结，也成为他们爱与恨、

---

① 参见格绒追美《隐蔽的脸：藏地神子秘踪》：作家出版社 2011 年版。
② 徐琴：《民族精神的追寻与写照——亮炯·朗萨的文学风景》，《湖北民族学院学报》（哲学社会科学版）2015 年第 1 期。
③ 亮炯·朗萨出生于甘孜州乡城县。其名字寓意着："高处的天地，高原的女儿"。其两部小说都以康巴藏地为基础，写康巴儿女，主要是康巴汉子。
④ 亮炯·朗萨：《布隆德誓言·序》，外文出版社 2006 年版。

情与仇、悲与欢矛盾交织的扭结之一。"① 刺杀仇人未遂后,坚赞组织"红金刚"起义军,与土司同归于尽。身为情敌的土司的两个女儿(萨都措和沃措玛),姐姐萨都措被嫉恨淹没理智,设计毁了坚赞的同时,也误杀了妹妹沃措玛。《布隆德誓言》一书,展现了康巴汉子的英姿和阳刚,展现了康巴儿女爱恨分明、果敢勇猛的作风和本真生命力。

而另一部小说《寻找康巴汉子》,则用平实的故事,甚至是写实的口吻,展示了康巴汉子的当代风貌。该书封面顶部有这样一段话:"打开康巴藏地的一把钥匙,领略神秘血性的康巴男人,领你认知现代的雪域风情。"此书封底有这样一段话:"藏东康巴高原生长着康巴汉子,他们英俊、彪悍、潇洒、敢爱敢恨、充满魅力。自古以来,民间就流传着他们的传奇。相传,亚力山大大帝东征期间,一支骑兵队从印度走过喜马拉雅山后消失,与康巴当地人生活在一起,并孕育了优秀的康巴汉子。据说,希特勒也相信雅利安人和康巴藏人结合的后代,就是优秀种族……"② 两相呼应,尤其是编辑故意将封面推荐语中"雪域风情"前"现代"一词作了淡化处理后,极易让读者产生联想和想象:本书应该会写一段康巴汉子的风流奇遇。然而打开书发现,此书与康巴汉子的旖旎传说无甚关系,此书写的是当代,写的是当代康巴人,在失去了剑与火、马与刀后,如何自处。书中,亮炯·朗萨表现了她对康巴汉子完美人格的追寻:一个女画家仰慕康巴汉子,寻迹康巴,这时,一个藏族青年进入她眼帘:尼玛吾杰。尼玛吾杰英俊挺拔、聪明智慧、善良正义。从城里返乡后,先是在村里带领村民致富:修路、修水渠、争取三老干部补助、修村小、开砂石厂。后当乡长,带领乡民调整产业结构、化解草场风波、顶住掘金诱惑保护河滩草场生态、发掘和光大本土文化(格萨尔文化和宗教寺庙文化、旅游文化)。雪灾来临时,他不惜牺牲自己的政治前途,前往灾区救人。最后,他得到所有人敬佩,被提拔为副县长,并得到自己美满的爱情。书中,亮炯·朗萨通过对尼玛吾杰的书写,展现了自己对当下康巴青年完美人格的期待,寄托了对康巴汉子精神和禀赋的向往。主人公尼玛吾杰如一轮

---

① 亮炯·朗萨:《布隆德誓言·序》,外文出版社2006年版。
② 参见亮炯·朗萨《寻找康巴汉子》,中国书店2011年版的封面和封底推荐语。

太阳,既有高贵高尚的情操,又有顶天立地的言行,还有感天动地的爱情,这样的人能照耀周围的人,包括"80后""90后"的汉族青年。在尼玛吾杰身上,亮炯·朗萨集中表现了康巴汉子的大美与大爱。

如果说在《布隆德誓言》中,亮炯·朗萨表扬了传统康巴汉子的英勇本性,那么,在尼玛吾杰身上,亮炯·朗萨则表扬了新一代康巴汉子的智慧,表扬他们身上的坚强意志、理想追求、激情才学、胆识和实践力。这样的康巴汉子在当下同样能撑起一片天,同样可为铮铮铁骨,为民族的优秀男儿,同样不侮"康巴汉子"的称号。

亮炯·朗萨表示,自己之所以不断书写康巴汉子,是希望为现代世界树立康巴汉子的完美形象,希望为世间贡献一些康巴汉子这样的人才,这样,人类精神家园可保,人的幸福生活才可寻。为实现这样的目的,她采用了对比的手法,用新旧政府干部形象作对比,用传统与现代作对比,来突出新康巴汉子形象:过去,"干部是个荣耀的语词,民主改革时候,共和国建立初期,干部好的那就是特殊材料制成的,最大的特点就是跟老乡是一家,亲民爱民那是没说的。"[①] 现在,干部们的表现令村民寒心,他们在村民面前赌博,搞形式主义,弄虚作假,欺上瞒下,擅弄职权,谋取私利,在岗不作为,瞒发补助……而今,有了尼玛吾杰,这样一个具有完美人格的理想的执政党的好干部。他经历了种种挫折和诱惑,守住了民族文化底线;他无论人品还是政德,都达观、淡定和透彻,他有良知、公正、公信和实干精神,坚守信仰、勇敢顽强;他心地坦然坦荡,精神澄澈辽阔,行为纯净从容。小说更不惧直白,多次直接讴歌康巴藏人的精神境界和个性气质:尊重生命和自然、坚守信仰、崇尚自由、追求大美大爱。不断歌颂康巴汉子的"帅气和魁梧、豪情",使得一些女人包括国外的都来借种。[②] 不断突出康巴人的性格特点:胆大,心细,精明和仗义在他们身上同时存在,经商几乎无师自通。[③] 多次直接赞美康巴汉子:"康巴藏地人的特质,极其入画,高原大山大水壮美至极,歌

[①] 亮炯·朗萨:《寻找康巴汉子》,中国书店2011年版,第103页。
[②] 同上书,第96—97页。
[③] 同上书,第6页。

也格外动人，在那里感觉到大美的真实存在，那沁人心脾、穿透心灵的大美让你控制不住自己就要沉醉并且热爱它。"①"'康巴汉子'像传奇，让外界的人好奇而又感到神秘……容貌的俊美和体格的健美、高大，性格的豪爽……康巴汉子的气质没了粉饰和矫情，如此的真切、可爱、质朴而更显高贵。"②不断赞美藏地"遗世独立，朴素纯洁"③，"博大、古老、神秘和海拔的高度本身，就是一种境界、一种高度。人一旦到达这个境界，就可以排除许多的杂念，大自然悄悄地将你灵魂进行一次洗礼、净化……让你扬弃城市人文化人身上的一些陋习"④。尼玛吾杰之所以能面对荣誉不骄不躁、不贪不图，时刻保持清醒、守住底线，正是由于高原的大美大德和其品格中的大美大爱有了对应。所以，藏地高原，无疑是人类的最后的精神家园："高原高高在上，是让人仰视的高地；高原文化，也一样让人不得不仰望，它是人类共有的财富，充满高贵的精神！"⑤

小说还多次讴歌藏地藏族文化的博大精深，称赞藏地百姓朴素的生态观中包含着的深刻的人文、自然学道理⑥，称赞恢宏的寺庙绘画艺术，"精粹、高妙、深厚、博大"⑦，不断提到藏传佛教的旨归，"佛以无数的善巧、慈悲形象示现，引导众生回归真理，踏上精神之路，去发现智慧、慈悲、勇气和谦逊……"⑧

小说并重点表达了康藏文化中"快乐至上"的人生命题，在此命题下，现代化进程中的一切问题都可迎刃而解。如城乡对立，如现代青年的价值抉择。小说一开头便借一个苯波教法师的嘴巴告诉读者："人生重要的是快乐，来自心灵的快乐……助人，就是给别人快乐，那其实是在帮自己，自己才会

---

① 亮炯·朗萨：《寻找康巴汉子》，中国书店2011年版，第82页。
② 同上书，第89页。
③ 同上书，第234页。
④ 同上书，第75—76页。
⑤ 同上书，第177—178页。
⑥ 同上书，第102页。
⑦ 同上书，第176页。
⑧ 同上书，第177页。

更快乐。"① 这番话成了尼玛吾杰一生追求的方向，引出了全篇故事的主旨和构架：怀揣理想主义和英雄主义，毅然放弃城市荣华，回到噶麦村，为村民谋福利。在给人们带来欢欣、抚慰的同时，获得深刻的人生体验和广阔的心灵自由，得到真正的心灵快乐。

从《布隆德誓言》到《追寻康巴汉子》，从追求生命的自由表达到追求心灵的真正快乐，亮炯·朗萨实现了康巴汉子精神的当下转换，实现了她对康藏精神家园的讴歌与守护。

亮炯·朗萨认为："'家园'更多时候应该是内在的，是文化和精神层面的美好……如果一个社会到了默许、纵容邪恶和堕落的时候，精神家园就肯定会受到致命的威胁，甚至彻底失落。"中原内地，"年轻人对汉民族传统文化的承袭在减弱"，其精神家园正遭到侵蚀。只有在"封闭的高原，这样的影响还没有那么明显。"② 所以亮炯·朗萨通过对康巴汉子精神的追寻，找到了守护藏人或者说人类精神家园的途径：在现代化进程无法抵挡的当代，应该在继承传统文化核心精髓的基础上，融入现代社会，成为像尼玛吾杰一样既能实现自身价值又能找到真正的心灵快乐的人。

所以，亮炯·朗萨的写作，尤其是第二部小说，虽然由于过多植入了当下社会意识形态，采用了较多直呈式的社会批评语句和官方话语，文章因而显得太过纪实和说教色彩浓厚，且过于强调二元对比，批评和弘扬都过于简单化，人物塑造也比较平面化、理想化……但毋庸置疑，作者是试图拔高康巴文化，为当代社会树立精神标杆和道德标准的。

（三）达真的国族叙事

与格绒追美、亮炯·朗萨都想为世界贡献康巴文化或康巴精神相似，达真也在思考如何让自己的文学走向世界、参与世界、与世界交流。他不断问自己："在纷乱的充满希望和危局并存的新世纪，崛起的中国将以什么样的担当和世界观走向世界？惠顾世界？随着中国经济的崛起，中国如何与世界有

---

① 亮炯·朗萨：《寻找康巴汉子》，中国书店2011年版，第5页。
② 同上书，第195页。

着真正的心理平视?"① 在这场崛起的战役中,康巴作家应该如何参与进去并留下漂亮身影?

比起格绒追美的忧心忡忡和亮炯·朗萨的单纯昂扬来,达真更开阔思辨。他的写作,以康巴为中心,向外辐射,从周边到中国,到东亚,再到世界。他的写作,试图囊括全球,让全球聚焦康巴:在这个文明正在发生或已经发生剧烈冲突的时代,康巴地区的多元共存理念,足以让世界瞩目。

2005年,达真辞去州电视台工作,在电视台承包了一个公司。五年中,他带着一台车、一个编导和一个驾驶员,走完了青藏高原。2015年7月,达真的足迹已遍及中国西部,包括内蒙古、新疆、西藏、青海、甘肃、云南、四川等地。在这些游历中,他感到自己"对中国西部半个河山的轮廓都熟悉了,也感觉到了少数民族的沧桑"。他感觉到民族与民族的问题、民族与国家的问题是世界性问题,也是中国的问题。

达真相信自己找到了问题、也找到了解决问题的办法:多民族"必须融合,不然……中国就会四分五裂"。②基于这样的理念,他开始写作。第一部作品是长篇小说《康巴》。③此书试图呈现中西文明、藏汉回彝各民族之间的交往与冲突,包括政治的、经济的、文化的、军事的。通过书写,突出康巴(康定)地区兼容并包、多元共存的特点,突出康巴地区经验在今时今日的重要价值。

以《康巴》为起点,达真决定书写"康巴三部曲":《康巴》《命定》《家园》。④《康巴》表现清末民初多民族地区的混杂与和平,《命定》表现抗日战争中的信仰和大爱,《家园》则计划以水之链串起中华文明(东亚文明)的交融历史。

《康巴》主要表现康巴地区多民族的和与不和。该书由三个故事交织而

---

① 达真:《"康巴三部曲"的总体构思》,中国作家网(http://www.chinawriter.com.cn/wxpl/2014/2014-12-05/226948.html)。
② 参见2015年7月4日笔者对达真的访谈。
③ 《康巴》第一版2009年由浙江文艺出版社出版,第二版(修订版)2014年由四川文艺出版社出版。
④ 目前达真已经写出《康巴》和《命定》,《家园》正在写作出版中。

成,三个故事三场梦:"大梦""悲梦""醒梦"。"大梦"讲述的是云登土司家族的兴衰,"悲梦"讲述的是回族青年郑云龙的发迹史,"醒梦"则为藏族商人尔金呷和降央土司之间的仇杀故事。① 三个故事都涉及多民族共处,突出康定乃混合了酥油味、牛粪味、茶砖味、菩萨味、神父味、阿訇味、关公味的"大爱之地、包容之地"。"大梦"之中,云登土司,身处汉藏交界,一生都在中原朝廷、西藏政府、本地人、西洋人的夹缝间求生存,练就一身平衡术、妥协术。奉行"睦邻友邦,亲汉近藏"理念,想在康定建出比德格巴宫更加宏大的巴宫,将康定变为一个没有仇视和血腥的大爱之地,让自己的名字同登巴泽仁一样,在康巴的天空与日月同辉,在广袤的藏地和汉地之间形成一个持久标志——爱的吉祥地。改土归流后,他的愿望落了空。抗日战争爆发,强盗入侵,他和城里各族人民一起,为保卫家园而战。至此,"和"的主题呈现:在生与死的临界点,所有民族身份都是符号,要活下去,各族人民只有团结。

"和"之外有差异。《康巴》里有中西差异、伊斯兰教和藏传佛教差异。② 结果是:"信仰与理性同在;宗教热情与宗教宽容并重。"③

第二部小说《命定》,接续《康巴》,写抗日战争中的远征军。④《康巴》的多元(差异、战争)与和平(包容、大爱),仍是《命定》的主旋律。《康巴》中关于民族文化的差异书写,在《命定》中也持续展开。⑤《命定》中还有一个主题:凸显藏族军人在保卫战争中的出色表现与家国情怀。

---

① 参见达真《康巴》(修订版),四川文艺出版社2014年版。
② 小说中写道:西方人类学家鲁尼和他的助手(两个纳西人)进到康区以后,与藏文化处处龃龉。而当鲁尼看到朝圣者时,觉得自己的优越感正在动摇。朝圣者用他们对信仰的执着,那种不问便不答的沉默,以及对生与死的坦然和从容,消解了鲁尼作为白人的自以为是。而回族青年郑云龙则带着两种信仰上路,组建了一个藏回汉结合的模范家庭,完成了"康定是一个民族团结,没有民族纷争、共谋和平的模范城市"的定格式书写。
③ 达真:《"康巴三部曲"的总体构思》,中国作家网(http://www.chinawriter.com.cn/wxpl/2014/2014-12-05/226948.html)。
④《康巴》写了清末赵尔丰改土归流到民初四川军阀混战近百年时间。书中已经提到抗日战争,提到战争中康定成为避难地和大后方,康区的佛教寺庙为抗日将士举行超度仪式,西康政府在康区收购战马、组建骑兵,康区各族青年自愿报名参加青年远征军等多种场景。
⑤《命定》中的多元差异有藏汉差异、中美差异;也有和平与团结,如藏、汉、美一起对抗日军;更有包容与大爱,如土尔吉为日军上尉度亡。

有人说，《命定》是"借助藏人抗战的故事在表达中国的故事、中国的问题"①。是的，达真在表达战争与和平、多元差异与包容大爱的基础上，借被湮没于历史深处70年的康巴籍抗日远征军的故事，表现当下中国政府的"大中国"气度。

何为大中国气度？第一，具有宽容胸襟；第二，各民族血脉相连、同心同德。

具有宽容胸襟是达真肯定的"大中国"气度之一。在达真看来，拥有宽容胸襟的政府才是具有大国气度的政府。在采访了许多远征军老兵及其家属以后，达真决定书写远征军的故事，"远征军的故事至今仍'伏藏'在雪域里，这对远征军来说极其不公平"；远征军也是抗日英雄，但现实的表述有着明显缺漏。他感慨远征军的故事"似乎离纪念馆纪念碑墓志铭太遥远了"，感叹"完整的中国抗战史如果没有他们的添补，即便是鸿篇巨制都是缺失的，这不是大中国的胸怀"。②他认为自己有责任将这些老英雄的故事展现在世人面前，希望通过《命定》唤起人们有意遗忘的历史，让人们记住这一批藏族老兵，记住他们曾为"国家统一浴血奋战"。

达真想要表现的第二个大中国气度是，各民族和谐统一。他希望在《命定》里树立这样一个观念：藏族属于中国大地上一员，藏汉之间早已血肉相连，不可分割。当外敌入侵时，藏族人和所有中国人一样，有责任和义务为守护国土而战。他说，"我讲述的藏汉各民族人民共同抗日的故事，希望验证一个颠扑不破的真理——中华民族这个大家庭，这个民族共同体是命中注定的。"达真从地理空间和文化空间的亲密因缘来解释这种共同体性质，认为中国这片土地的形成不是偶然的，是有其先天地理因素和后天历史因缘的，是无法更改、是命定的：

> 我们（中国）的祖先被东边浩瀚的太平洋、西边的戈壁和雄亘的帕米尔高原、北边了无人迹的西伯利亚、西南和南边横亘的喜马拉雅

---

① 赵晏彪：《我眼中的达真》，新浪博客（http://blog.sina.com.cn/s/blog_4bda6ff10100zj4b.html）。
② 达真：《命定·后记》，四川人民出版社2016年版。

山脉和茫茫无际的大海阻隔了,……但就是在这个旷达而封闭的地理单元里,我们可以从五千年的朝代更替看到一个命定的逻辑,中国各王朝的版图概念是中心清晰边缘移动的,这个移动的疆域是随王朝的力量而定的。①

中心清晰,是指在现有中国版图上,不管朝代如何更迭,人们始终认同中原这个中心。边缘模糊,是指不同王朝实际辖有的国土面积不同。② 因此,中国的历史和文化向来是由这片土地上生存过的人共同创造的,这即意味着,"中国"这个地理空间概念,非某一民族概念;中国文化是多元一体文化,非某一民族文化。大中国文化应该具有"宽广性、包容性和命定性",应该"和而不同、美人之美、美美与共"。也即意味着,生活在这片土地上的人,都是中国人,都不应该被历史遗忘和遮蔽;生活在这片空间中的人,都有血脉牵连,是不可分割的,"这片有着五千年历史的版图上的任何一个民族无论用什么方式脱离这个大群体都是站不住脚的,中国是各民族组成的大家庭,这是命中注定的,就像本书的主人公义无反顾地走向抗日战场那样,是命中注定的"。③

达真用层层推理的方式告诉人们,"中国"这片"稳定而又变动"的土地上,历来都是多民族共同生活共同创造。生活在这片土地上的人应该认同"中国",不应该有民族区隔。以苏联为例,他认为苏联解体之后,民族之间的爱恨情仇导致了四分五裂,认为中国不能走苏联的老路。

总之,《命定》具有强烈的民族国家意识。写藏人在不自觉状态下承担起的保卫国家的职责,写藏人对国家的融入④,都在试图破除国家(或汉族)

---

① 达真:《命定·后记》,四川人民出版社 2016 年版。
② 如元朝可以将版图扩展到欧亚非三大洲,而南宋则只偏居江南。
③ 达真:《命定·后记》,四川人民出版社 2016 年版。
④ 在笔者对达真的访谈中,达真认为:少数民族作家容易偏激,如张承志。认为张承志一贯持有对文学的真诚表达和坚守,但因没能很好化解,采取了较为极端的方式,因而是有问题的。"我不会采取这个方式……我们毕竟在这片土地上……中国走到这一步,虽然挂一漏万,有很多弊病,但现在执政党的纠错功能是具备的,他没有走苏联的路子,也不像南斯拉夫,他仍然把这个独特的地理单元团结在一起。"

对少数民族的忽略和歧视①。其写作是在尊重现行政体和现有国家疆域基础上，面向多民族国家提出的合理建议。追求的仍是多民族的"和"。

在"康巴三部曲"第三部《家园》里，达真将继续《康巴》的多民族共存主题、《命定》的民族国家主题，继续围绕"中国"这个地理单元，围绕青藏高原和中原大地的相互依存关系，阐述其"和"的理念。

达真说，长江黄河的源头都在青藏高原，"长江从格拉丹东雪山的姜根迪如冰川发源，最后流入东海；黄河从巴颜喀拉山发源，最后注入渤海。这两条世界级的大江大河像龙一样缠绕在东方这块古老的大地上……"②这两条大江大河哺育了中国文明，串联起了中国文明。水的脉络便是生命网络、命运网络、文化网络，水的传输就是生命信息的传输，文化脉络的传递。从这个意义上说，水脉牵连起来的文明便具有内在的血脉相连。"这一多元共存的思想，使得饮源头第一口水和源尾最后一口水的人会感到这是一种绕不开、避不了的命运的连接。这是命运刻在中华民族每一个个体心灵上的永恒的胎记。"③达真决定用河流来象征中国，河流曲折，奔涌汇合，每条河流都是一个文明，每个链接点又生出不同的文明。一部水的历史，就是多元文明的历史。达真将在《家园》里，以国土为面，以河流为线，以各文明为点，串联起一个广阔浩瀚的多文明共存空间，制造一个由水脉联结而成的"共同体"，水的共同体，人类的共同体。

既是一个共同体，就意味着互助互让，就意味着谁也离不开谁。所以，作为万源之源的青藏高原是无法独立的。如果独立，就是无视人类多

---

① 达真认为汉文化既有宽厚的一面，也有狭隘的一面。"比如中原朝贡体系：我不需要你太多东西，我反而反馈给你更多东西，这是中原朝廷最流行的一种外交方式。还有，对周边少数民族也是宽容的，不像真正的种族主义一样赶尽杀绝，他就是享受一种优越感，享受被尊重的感觉。"但同时，汉文化传统里仍然有一种无形中的优越感，在排斥着包括同文化在内的族群。"这种排斥又不是刻意的，而是文化传统里有这种东西。他的文化传统里有这一个东西，但却又没有落实到规章制度里去，就是大而化之地处理了。"所以要站在更高层次去看民族问题。"实际上，进入现代社会以后，民族和国家都是百年内进入的，民族问题是双方的问题，需要真正有良心的知识分子来修补，尽管很漫长。再有就是知识分子进入决策层的视野，还是很难。"参见2015年7月4日笔者对达真的访谈。

② 达真：《"康巴三部曲"的总体构思》，中国作家网（http：//www.chinawriter.com.cn/wxpl/2014/2014-12-05/226948.html）。

③ 同上。

元共生的历史,忽略历史、破坏未来。达真说,青藏高原是亚洲的天然的最高的水塔,如果"没有这个江河之源,那么长江黄河文明都有可能改写。又假如青藏高原独立出去了,那么这个水,很可能就因为这个原因而改道,改到印度去都有可能,那么长江还有文明么,黄河还有文明么?没有了"①。这又一次照应了《命定》中关于藏人藏地与中国中原乃一体共生的关系书写。

达真还试图在《家园》中凸显青藏高原作为万水之源的上善品质,从另一角度呈现藏地高原精神风貌。

达真认为:水的气质是上善若水的气质。上善若水的气质,是坚韧不拔的气质,是滋养万物的气质,是和的气质:"水的极限气质,遇坚硬而荡气回肠,最终水滴石穿;遇沟壑而充满四溢,滋养大地。……某种意义上,中国的气质就是水的气质。"②长江黄河的发源地在青藏高原,则青藏高原是上善若水的气质的起源地。达真说,青藏高原这片东方高地,至今仍在上演"上善若水的伟大奇迹"。青藏的水,不仅惠泽了中国,更养育了南亚诸文明,"养育了20亿人的生命"。③达真在这里无疑想将青藏高原推至又一个高地:上善若水的起源地,文明文化的发源地。这对以往的汉族中心、中原中心论点而言,实在是一个巨大反拨!正如达真在《康巴》中所写的:"藏地用六条蕃之水滋养了下游,下游的汉人用茶回敬了藏人。"联想古代中原王朝对藏地或边地民族惯用的"朝贡""封贡""羁縻""怀柔"等话语体系,此番反拨,让人不得不钦佩达真的勇气。

达真的勇气并非凭空产生,其中既有文学的大胆想象④,也有对历史空间的洞察,最重要的是对历史问题的思考和凝练。他立足青藏高原、康藏大地,以之为起点,串联中国文明、东亚文明直至世界文明,他要其书写中表现

---

① 参见2015年7月4日笔者对达真的访谈。
② 达真:《"康巴三部曲"的总体构思》,中国作家网(http://www.chinawriter.com.cn/wxpl/2014/2014-12-05/226948.html)。
③ 同上。
④ 这是对江河文明的一种想象。是否离了这个发源地,就不行呢?事实上,长江黄河是由众多河流形成的。达真这里是用了一种文学的想象力,想象一种宏大的结构,想象青藏高原在这个结构中的重要节点和地位。

"和",民族的和,国家的和,多文明的和,世界的和,人类的和,并对"和"之源头进行匍匐礼赞!

所以,有人说达真的"康巴三部曲"是具有宏大叙事构架的三部曲,是具有史诗性质、史书性质的三部曲。① 对此,达真很坦然。他认为他的作品与政治关系紧密,"集中了很多当前的焦点,不政治都政治了"②。他说好的作品不应该与政治划开,"所有好的作品,都与世界观有关,与政治有关。"但表达政治意图应该巧妙,如美国电影《拯救大兵瑞恩》里,一句"我们的飞机",就把爱国主义缝合进电影中了。中国的爱国主义文学作品,也应该如彼一样,将爱国主题巧妙地缝合进文本之中。③

徐新建在分析中华人民共和国成立以来的"长江叙事"时指出,"新型的多民族文学书写从族际交融的视角出发,对国家地理加以塑造,使原本散在的地方性知识与族群性观念上升为国家级的宏大叙事,从而辅佐完成国族共同体的认知与凝聚。"④ 达真的作品在一定程度上符合这样的"国族叙事"。他在"守护大中华的文化版图"⑤ 基础上,直面大时代,直面热点,直面多民族国家的当下诉求,将多民族中国的焦点问题与康藏这片土地结合起来,

---

① 参见阿来《康巴:民族融合的人性史诗》,格绒追美主编《康巴作家群评论集》,作家出版社2013年版,第56—61页;刘大先《成长·历史·非权威叙事》,《中国民族报》2012年5月25日;刘火《命定:宏大叙事的别一书写》,新华副刊(http://news.xinhuanet.com/xhfk/2012 - 10/27/c_123877917.htm);陆晓明、陈慧《"命定"的"康巴"史诗》,《当代文坛》2013年第2期。"宏大叙事"是指以其宏大的建制表现宏大的历史、现实内容,由此给定历史与现实存在的形式和内在意义,是一种追求完整性和目的性的现代性叙述方式。罗斯认为,史学界的宏大叙事将一切人类历史视为一部历史,在连贯意义上将过去和将来统一起来,因而是一种神话的结构,是一种政治结构,一种历史的希望或恐惧的投影。它使得一种可争论的世界观权威化。邵燕君认为,新中国文学主要是宏大叙事。"民族—国家"的寓言性叙事一直是现代文学史的主体。在新中国成立以后的五六十年代,"宏大叙事"更以"革命历史小说"的形式表现出强硬的意识形态规定性和意识形态生产功能。新时期的文学创作依然是在当时的主流意识形态的指导下进行的,直到80年代中期的"文学变革"发生,"寻根文学""现代派小说""先锋小说""新历史小说""新写实小说"以及"个人化写作"等等小说潮流的出现,"宏大叙事"的整体性才被打破、颠覆、瓦解,个人欲望、文化动因、性格命运、偶然性以及文本的美学规范代替历史的完整性和目的性,成为文学叙述的基本动力。参见邵燕君《"宏大叙事"解体后如何进行"宏大的叙事"?——近年长篇创作的"史诗化"追求及其困境》,《南方文坛》2006年第6期。
② 参见2015年7月4日笔者对达真的访谈。
③ 同上。
④ 徐新建:《多民族国家的文学与文化》,人民出版社2015年版,第24页。
⑤ 同上书,第23页。

通过主位视角，塑造人物，结构故事，将康巴风情和康区人物与政治观点、和平理念结合起来，进行书写。① 其书写，具体且辽阔，雄厚而深刻，既实现了康巴在文学世界里由局部向整体迈进、从区域地理升级为国家地理、由边缘向中心靠拢并成为中心的理想，也实践着他要辅佐国家共同体完成认知与凝聚的决心，实践着他要参与世界、对话世界的雄心。

三 非高地写作者的高地自信：列美平措、尹向东

格绒追美、亮炯·朗萨、达真，都在康巴地区上做文章，以康巴藏地文化精神的挖掘，来介入现实、介入世界。列美平措与尹向东则不同，他们既不强调作品的区域性，也不强调康巴的高地属性，也不强调藏民族精神的高拔，但他们的写作，仍然具有高地写作者的自信与倨傲。

（一）列美平措与通天塔

列美平措，生于20世纪60年代。由于父亲是县级官员，又从小受汉语教育，因此列美平措不会讲藏语，更无法用藏文书写。大学期间，列美平措写了一些诗，被意西泽仁看重。1982年列美平措从西南民族学院毕业后，便进了《贡嘎山》编辑部。

列美平措的诗写集中在20世纪80年代。其间他的诗歌大多收录在诗集《心灵的忧郁》《孤独的旅程》《列美平措诗歌选》中。1993年以后他停笔不写。最近又开始了诗歌构思。

列美平措说，他是"自由写作"，"写自己想写的东西。"他写诗就是"喃喃自语，感觉像跟一个人在倾诉"。但倾诉的不是爱情，而是"倾诉自己的思考"。所以他的诗歌以哲思为主。他很少写爱情诗，而是写自己对人生的、民族的、山川、宗教的、自身的、朋友的认识。他形容自己"不是激情型诗人，也不是那种才华型的写作者"。不像一些诗人，如窦零，喝了酒，马上就可以想出一首诗，并可以朗诵出来。也不是那种一天一首的诗人。他写

---

① 达真说自己的写作："并不是为了突出藏人或康巴汉子，我主要还是讲故事，讲故事就要塑造人。故事只是一个传送带，最后要表达一个理念和魂魄。"参见2015年7月4日笔者对达真的访谈。

诗"很笨",要拉出初稿后慢慢修改,边想边写。而且要平时积累,到一定时候爆发。比如写《圣地之旅》,前后共写了三年。

列美平措的诗歌和他的日常个性极为相似,都很少强调藏族身份,也很少强调藏地文化书写。

他的父母都是藏族,但都有汉族血统,所以他虽然认同藏族身份,但常会根据语境作出选择:

> 我下乡,去色达,我一般不说我是什么民族,因为一说你是藏族,人家就用藏话跟你摆,这就尴尬了。所以人家说我是汉族。我就说是,我是汉族。到了内地,我就可以说自己是藏族,反正没人跟我说藏语。这是借用陈毅的话:我在武将面前说自己是文人,在文人面前说自己是武将。这样才能游刃有余。

即便这样,他仍会遇到异族人的误解。比如有一次他到简阳实习、蹲点,有个汉族中学教师就问他:"你们那里吃什么?"列美平措回答他:"吃石头。"中学教师不相信:"石头可以吃啊?"列美平措说:"可以吃。"列美平措说,从中可以见出汉族人对少数民族无知到了哪种程度。

即便如此,列美平措仍然没有严重的民族主义情结,他的诗歌里很难找到那种刻意彰显民族精神和民族文化的成分。比如他的《圣地之旅》,似乎在作朝圣之旅,但他朝的圣,并非藏人通常所指的拉萨圣地或神山圣湖,而是"诗歌的圣地",或者是他自己的精神高地。

列美平措与藏地和藏人的关系,始终保持着距离。他称藏人为"他们",说"他们为歌声为幸福的家园活着/为血液像天空蔚蓝的色彩/他们理所当然为自己的欢乐歌唱/他们的精神是雪山和草原的精神/如源头细小的水流 奔流在生命不可企及的远方",他渴望自己"成为他们之中的一员/并从此不再怀疑生命的所有意义"。但他只能是"他们"的旁观者,因为命中注定他是沉思者。

他称藏人为"你们","是你们吗 在我们相识不久就离去/驮着盐和茶 布匹和食物的牛群/走进草地深处的暴风雪中……而最终我不敢与你们风雪同行。"①他艳羡驮脚汉的生活，羡慕他们能够过搏击风雪的日子，但也仅限于此，他无法也不会真正成为他们。族群身份与诗人身份之间，他只能固守后者或者更愿意固守后者。

出生地和身份虽然无法选择，但却可以选择为谁而活，列美平措是为自己而活的诗人。在《圣地之旅》组诗中，他写道："我行走在一条没有慰藉的道路/那曾属于我的一切都已远去/……/我一无所有了　留给我的/惟有旅途漫无边际的黄沙和风雪。"在这首诗里，他将自己比作孤独的旅人，"独自行走在高原的边缘和腹心地带"。所以，列美平措虽然行走在藏地高原上，也写高原之境之景，也写高原之人，但他只是以他们为背景，突出自己的情和思。这一点上，他跟桑丹有相似之处。但与桑丹的自由抒情不同，列美平措在抒发个人情志中更偏重"志"，也就是思维层面，这既与他爱思考的个性相关，也与他对诗歌精神的理解有关。

列美平措认为，"现代诗人写的叫诗，过去的老诗人写的叫诗歌。"这里的现代诗人，当指具有现代性的诗人。②他把自己定位为了现代诗人。他的诗，注重意义，注重内在的韵律，不会像传统诗人一样去押韵，不适合朗读。他的诗追求解构和创新，他还曾经尝试过写口语诗，尝试过用口语诗写甘孜州的所有地方。他还打算以地理文化来建构诗歌体系："最早打算写《圣地之旅》系列，分文化等各方面，一个方面写30首。写到后来发现不是那么回事了。到二十五六首时就有些重复了。就不能再写了。"

现在，他在构思他的下一部诗集。灵感来自甘孜州的黑石城。黑石城是一座石头山，这座山上，"风把表面的沙石刮走后，只剩下黑色的片石，像一片宫殿的废墟，像曾经辉煌的人类文明的废墟。老百姓到那里后就很自觉地堆玛尼堆。我们那次，文联编辑部的四个人去了，堆了玛尼堆。玛尼堆堆起来的时候，我觉得我的诗歌也堆起来了。所以，我的下一部诗集就叫《黑石城》。"

---

① 列美平措：《圣地之旅》组诗，第二十五首。
② 现代性诗歌，一般指19世纪中叶至20世纪初兴起的现代主义诗歌，以波德莱尔等人的象征主义诗为代表。这里专指20世纪80年代以来以中国朦胧诗为代表的先锋诗人和诗歌。

这部预想中的诗集,有鲜明的空间感。是以石头山为根基的诗集,既有石头山(黑石城)的高耸,也有现实空间的广阔。届时,包括藏地,甚至"拉萨、纽约,所有东西都会拿进来"。当然,列美平措更想在这部诗集中展现的是精神空间的高度。以黑石城上玛尼堆为象征基点,他"要用塔的形式、建筑的形式,把诗歌完成。把生、死、爱,写出来……写成艾略特的《荒原》一样。但不是长诗,是一首一首的抒情短诗。在内在和形式上都造成一个塔一样的感觉,通天的感觉"。

　　通天的感觉,是沟通人与神、人与宇宙的感觉。堆在高山上的玛尼堆,在列美平措眼里,具有了通天神性。[①] 联系古蜀地区的建木、中西传说中的通天树和宇宙树[②],高山上的玛尼堆之象征意义与穿越性呼之欲出。列美平措之要建造的诗歌之塔,无疑要将自己所在之地(黑石城或藏地)想象为世界中心或世界高地,连接天地,贯穿古今。诗人在此,无疑成了连接天地沟通神灵呼风唤雨的巫师或神人。

　　　　我一定要站在人类文明的高度,从信仰层面(我并不是说今天的中国人没有信仰,我要去给人家建立一个信仰),站在自己的精神高度,去完成这个《黑石城》。

　　列美平措的写作,从这个层面上来看,仍是具有高地气质的写作。

[①] "玛尼堆"(又译作"嘛呢堆")是刻有"玛尼六字真言"或其他本尊佛陀罗尼咒的石头砌成的祭台,没有刻任何字迹的大小石堆和刻有佛教尊像的大小石板构成的石堆都可以称作"玛尼堆"。作为宗教活动场所的玛尼堆,"一般有两方面的意义:一,通过玛尼石的祭祀活动,祭祀山神和神灵;二,镇压妖魔鬼怪。"作为具有灵气的石堆,在藏区,玛尼堆无处不在,经常出现在村寨的出入口、神山圣湖旁、河边浅滩上、神庙寺院边、山巅(神山之巅)、山垭口以及交通要道上。其大小规模不一。参见拉巴次旦《试探"堆尼玛"和敖包的起源》,《西藏大学学报》2006年第1期。据侯光、蒋永志《嘉绒藏区的信仰习俗》记载,在四川的嘉绒藏区,玛尼堆摆放在必经之路口,与摆放在突兀的山头,二者的含义是不同的。山顶上的玛尼堆有代表战神的意思。凡有征战行动,出征前要围着山顶的玛尼堆绕行,并进行煨桑。人们一面围着玛尼堆转,一面高声呼喊:神必胜!恶魔必败!并把自己带来的白石放在堆上,还要插上玛尼旗。

[②] 建木和宇宙树的共同特征是:"以其高大无比,通天入地为重要特征,但是,它们另一个或许是更为重要的特征,则几乎都位于世界的中央,以及几乎毫无例外地位于高峻的山上。"参见芮传明、余太山《中西纹饰比较》,上海古籍出版社1995年版,第239页。

（二）尹向东的世界文学

一直认为尹向东是汉族写作者，因为在他作品里，看不见太多藏族精神的宣扬。后来知道他是半藏半汉，父亲是汉族，母亲是藏族。藏名为次仁罗布。①

初见尹向东是 2015 年 7 月在康定举办的作家培训班上。达真将我介绍给他后，他给我打来电话。我们在喧闹的餐厅里各执一词，听不清对方说话，只能互打手势。后来在采访中，我发现这个长相有些木讷的作家，说话也很"木讷"。四个字形容他：惜字如金。和他约谈时，他用了不到一个小时的时间讲完了他所有的话。

对尹向东，列美平措的评价是："真正的作家。藏族，却不用藏族名字。有藏名（次仁罗布），但不用。和陈光文一样，是我们康定长大的藏族里面的异类。他说我就是尹向东，我就是康定人，康定人本来就是混杂的。"这概括了尹向东的两个特点：纯文学写作者，非民族文化写作者。

在跟我的访谈中，尹向东谈到，康定这个地方很怪，藏汉回各族混杂，相当于一个界点。从小在此地长大的他，小的时候还跟着母亲说藏语，长大后就无法说藏语了，只能听一些简单的藏话。民族文化的印记，在他身上比较少，不像从小在藏地长大的人那样，民族意识浓。关于民族语言文化的坚持，尹向东认为："很多时候，语言、文化都是不断在改变的，所以究竟要坚持哪一种文化，这是很难说清的。"

关于列美平措说尹向东是"真正的作家"，我的理解是：尹向东是心无旁骛的写作者。我注意到，在回答"藏人文化网"有关近期奋斗目标和一生中最大理想这两个问题时，尹向东的答案是相同的："写出自己的好作品"。当我当面问及其写作理想时，尹向东只迟疑了一二秒钟后便缓慢而坚定地说：

我对自己的文学创作的定位是比较高的。绝不是简单的写出来，地

---

① 尹向东，生于 1969 年，1984 年毕业于康定中学后进入农行工作，后在甘孜州文化局上班，2009 年开始在《贡嘎山》编辑部工作。自 1995 年开始创作，已发表小说近百万字。关于自己的藏族身份，尹向东说：母亲是藏族，所以就选用了藏族。其名字也有藏汉两个。

区上晓得你行就可以了。这个定位我是比较高的。最终的定位是能够写出一批对世界有影响的文学作品。①

这个高度真不是一般的高度了。如何实现这个高度？尹向东认为，第一要有思想性。

所谓思想性，便是关于人的哲学命题。尹向东说："最终极的哲学命题还是：人从哪里来，到哪里去。"他在考虑人物命运和发展的时候，会根据自己的哲学理解去安排小说情节。他的小说虽然注重"人的味道"，"人在面对事情时，他的想法、做法"，但在选择具有人的味道的材料时，一定要有哲学支撑，也就是要选择能体现思想观点的材料："我写作习惯先有触发点，再去写。我好多在生活中听到的故事，虽然很好听，但是没有点，流于普通，我就不会写。"所谓的点，指的就是哲学观点。

我问尹向东这是否是一种主题先行的小说构思方式和写作方式，他点头承认，说：

> 最早写作，基本没有思想性，纯粹写故事。随着写作时间越来越长，现在的作品，就想表达自己的思想了。比如目前正在创作的这个长篇小说，故事主要发生在康定，有两条线，一条关于两兄弟，一条关于土司家族命运。但最终想要表达的主题是：人一辈子，挣钱再多也好，官再大也好，最终结局都会回归到人本身的意义上。另外一篇，如一家人，我虚构了一个姐姐，成绩好，全家都喜欢她。七八十年代的时候，康定有许多街娃。姐姐就在快考大学时，跟街娃混到一起，并且和一个街娃结婚了。我主要想写的是，虽然她好像找的是街娃，是叛逆了。但是姐姐在婚后对街娃要求了特别多的东西，不断要求，不让他出去耍。过了十多年二十年，街娃变得一无所有，不会挣钱，也不会操黑社会。这个人本身全部消失了。我就想写这个，并且有暗示，关于政治的强势，也

---

① 参见2015年7月11日笔者对尹向东的访谈。以后引用尹向东的话皆出自此次访谈，不再一一标注。

是这种方式。强权、集权，施加于人身上，人也就废了。

为了提高作品的思想性，尹向东广博阅读，"读了很多藏传佛教的书。看佛教对这个命题的解释，看佛教的世界构成和原理。也看黑格尔、萨义德以及一些公共知识分子的书籍……"但表现思想性不意味着直接写意。尹向东不会将藏传佛教的教义或者哲学思想直接引入作品，而是将思想化作生活日常事件来展示。将哲学化入生活，还原成生活的表达。他说："小说家中除了昆德拉，直接用哲学来写作品的，其他还不多见。包括博尔赫斯，他们也有很深的思想性，但绝不会用哲学来写。"

第二，要体现人的味道。所谓人的味道，便是要在写作中表达从生活中提炼出来的观点，表现人的最终命运，表现人在社会中体现出来的高贵精神，如"善"。这要求写作者一定要进入生活，写生活中人，写生活中事。尹向东认为自己的写作是现实主义写作。

第三，构筑另一种宏大叙事。尹向东认为，因受到的影响和教育，大多数中国作家都想写宏大叙事，但宏大叙事本身是被界定了的，是历史的，这会给写作带来沉重枷锁。他希望能自由创作，抛开以前认定的宏大叙事理论，将一件小事写得很深，结构出另一种宏大叙事。这一种宏大叙事，也许和卡夫卡《城堡》有相似之处。尹向东说，如果以往是为了在杂志上发表作品，取得名声，那么从今后，他希望自己能完全表达自己，呈现自己心性中最隐秘最敏感的部分。

总之，尹向东在向往世界文学的方向奋进。他的小说，绝不满足于边疆文学或者是民族文学。他力图超越边疆限制。他说，

> 现代社会，更多人生活在城市，城市小说应该占主流（但中国的城市文学还不成熟，跟欧洲比起来，还很落后）。边疆生活是少数人的生活，边疆文学是不可能得到城市文学那样的关注度的。边疆写作也极难登上真正的城市写作的核心部分，特别是少数民族地方的写作。所以边疆容易跨到国外去，但想登上国家（国内）极高层面，很难，屈指可数。但从另一方面来说，边疆文学的限制是自己给的，要设法超越这个限制，

要设法走出去。走出去，就不是民族文学了，就是世界文学了。

所以尹向东对"民族文学"概念持保留意见。他不认同"民族文学"这个界定，"生活落实到个体的时候，都具有共同的构成，无论你具有什么样的生活方式。如果把这个共同的东西找得准的话，就不存在（民族文学的）限制和障碍了。"也不愿意被人认为是一个民族作家，也不愿意用藏名去发表东西："文学只属于人本身，不需要界定民族，只要能写出人本身的东西，就是世界性的作家。"也不喜欢打着民族文学旗号，接受一定程度的照顾和优惠。他认为优惠体现了一种贬低、歧视和小看。所以他的作品，从作者命名和表达内容都不会强调民族性。

但是这并不意味着他不书写藏族。他早期的小说，一部分写藏区，一部分写城市。写藏区题材的小说，他会有意识选择汉藏两个民族之间的冲突题材："在这种题材的小说里，我有意识地把藏民族佛教思想中的善，贯注到我的民族小说中去。大家都知道善，但是我的小说里会写出善良的多个层次，可能人们不会想到的，人可以那样去善良。这是宗教上的东西。《草原》《鱼的声音》《丢手巾》《空隙》都在写善……"对藏族文化精神中"善"的书写，只是他发掘出来的人类共同伦理之一个，如果可能，他还可以从任何一个地方任何一个民族去发掘，所以他从不刻意写某个民族，也不刻意表现某个地域："如康定这个地方，就是汉藏结合，很自然作品就带出来了。如果刻意去表达民族，效果可能就不好了。但是你作品很自然地表达出来的时候，效果就好了，是无法摆脱的。"

总之，尹向东强调自己是康定人。康定的混杂环境培养出了他的开放气质，又给了他追逐文学的梦想与信心。所以，即便尹向东的创作没有高地写作倾向，不会刻意去塑造藏人形象或书写藏地特质，只是把他们（它们）当作他的素材，在他们身上寄托自己对人对世界的认知，从中寻找人类的共同表达，但他的世界文学理想，也是相当具有高地自信的。

第五章 藏羌作家文学的阿坝模式

本章主要论述阿坝藏族羌族自治州的作家文学发展历程及藏羌作家的写作特征。分三部分论述：20世纪末阿坝州作家文学的兴起；新世纪阿坝州作家文学的三种传播方式；阿坝州藏羌作家不同的写作取向。

阿坝藏族羌族自治州为多文化区①，以语系为代表的文化形态主要有四种：安多草原文化、白马文化、嘉绒河谷文化、羌人断裂带高山文化。新中国成立以前，阿坝州藏族以藏语书写为主，羌族为汉语书写。新中国成立后，阿坝藏族产生了全国第一个藏族汉语诗人昂旺·斯丹珍。20世纪80年代以来，阿坝州出现了一批多民族汉语作家诗人，藏族有阿来、范远泰、索朗仁称、康若文琴，汉族有龚学敏、贾志刚、潘梦笔，土家族有周辉枝。羌族作者也于此时成长起来，有谷运龙、叶星光、何健、朱大录、李孝俊、羊子、雷子张炬、张力、张成绪等。

阿坝州文学目前有三种主要传播方式：以阿来为典型的个体传播；以羌族为整体的族群传播；以阿坝州为整体的区域文学传播。三种方式中，阿来的个体传播最为成功，羌族的整体传播和阿坝州的整体传播目前正在组织实施中。

阿坝州藏羌作家的写作有明显差异。藏族作家写民族而不强调民族，不

---

① 阿坝藏族羌族自治州位于四川省西北部，面积8.42万平方千米，下辖2市11县。是中国第二大藏区，羌族人民主要聚居地。据2015年人口统计数据显示，州内藏族人口最多，占全州总人口的57.6%；第二是汉族，占总人口的20.4%；然后是羌族，占总人口的18.6%。

管是抒情还是叙事，都挥洒自如、开合自由，代表人物阿来、索朗仁称、范远泰。尤其阿来，甘居边地，主动选择，获得了大声音大叙述。其写作大气优美，深不可测，试图透过边地写世界，从视野到技巧都走在汉语表达前端。羌族作家则在2008年汶川大地震之后进入焦虑而艰辛的民族文化书写，代表人物谷运龙、羊子、梦非、雷子、张成绪、张力、王明军、任冬生。他们是继叶星光、何健、余耀明、朱大录等人之后的又一批羌民族文化代言人。

第一节　藏羌混声

20世纪50年代以前，阿坝州已有藏语、汉语两种书写方式。20世纪50年代以后，在《岷江报》"雪原"副刊的聚拢下，一批汉语写作者为阿坝州现代汉语写作打下基础：张世俊、江漫（何发中）、白汀（周丛纯）、曹逐非、苏学仁、张占禾、白翼、蒋光衡、晏春元、遥潘、征冰、冯汝涵。随后，阿坝州第一位藏族汉语诗人昂旺·斯丹珍出现。80年代，借助《新草地》等文学平台，阿坝州产生了一批有影响力的作家，藏族阿来、范远泰、索朗仁称、泽旺、苍林、康若文琴、阿郎、达尔基，土家族周辉枝，汉族贾志刚、龚学敏。羌族写作者也陆续出现，谷运龙、叶星光、朱大录、何健、李孝俊、阙玉兰、余耀明、张力、羊子、李炬、梦非、雷子、张善云张成绪、任冬生、王明军。

一　藏人新诗

阿坝州很早便有了中原王朝建制。自公元前316年起，秦便在此置湔氐道（今松潘），西汉置汶山郡，宋置茂州通化郡、威州维川郡，元为土司，明置茂州、威州、松潘卫，清设茂州、理番厅、松潘厅、懋功厅，民国设公署、成立四川省第十六行政督察区。阿坝州一直是多民族融汇地，州内主要有藏、汉、羌、回几个民族。民族民间文学发达。新中国成立后，阿坝州收集整理、印刷出版的民族民间故事集有《阿坝圣迹志》《阿古顿巴的故事》《藏族动物故事》《青蛙骑手》《羌族民间故事集》《羌族民间故事选》。①

阿坝州的书面文学也比较发达。8世纪时便有马尔康藏人玉扎宁波（763—846）著《毗若遮那传记》（藏文），记述吐蕃时期著名的大翻译家毗若遮那从西藏来到嘉绒地区弘扬佛教的事迹。19世纪，阿坝县境内格尔底寺第八世活佛罗让成烈（1849—1905）著有许多藏文宗教作品，宣讲教义，宣讲宗教故事。②汉语文学也有。已知汉语文学主要产生在汶川、茂县、松潘一带。如清末贡生董湘琴所作《松游小唱》，③民国无名氏所作《论九寨羌民》，④民国初年马西乘、马尧安、马贡三、汤德谦等人的古体诗词创作。⑤据《羌族文学史》载，至迟在清代中期，岷江上游的羌族人已有书面文学作品存世，并在清末民初得到大发展。⑥《羌族文学史》认为这些写作者中可以确定羌族身份的有清代中后期的高吉安、高辉斗、高万选、高万崐、赵万矗、高体全等人，他们的写作都是汉语写作。⑦

新中国成立后，阿坝州文学朝"现代化"方向转变。1953年1月1日，阿坝州《岷江报》（汉文版）创办。⑧创办不久即开辟"雪原"文艺副刊，为阿坝州文艺爱好者提供了一个发表交流现代书写的平台。据称，当时的《岷

---

① 参见《阿坝藏族羌族自治州概况》修订本编写组编《四川阿坝藏族羌族自治州概况》，民族出版社2009年版，第305页。

② 有人评价罗让成烈的写作："以诗的形式，语句严谨，辞章华丽，比喻巧妙，气势恢宏"。参见黄新初《阿坝文化史》，四川民族出版社2006年版，第267页。

③ 董湘琴（1843—1900），清末灌县人，光绪10年贡生，人称"川西第一大才子"，为董姓土司后裔。光绪年间应松潘总兵夏毓秀邀请，到松州城为总兵幕僚。一路行来，志得意满，写下《松游小唱》。其诗洋洋洒洒、不拘格律、文白夹杂、用典自如，是介于古典诗词和现代自由体诗之间的过渡文体。有学者统计，全诗记录了从都江堰到松潘"凡32处景观，120处风景名胜，叙述了18处历史古迹，16处民族风情，10余个掌故传说"。光绪年间，松潘厅视学蒙春晖还曾续写《松游小唱》。参见周正《董湘琴＜松游小唱＞的成因简析》，《阿坝师范高等专科学校学报》2010年第2期；松潘县志编纂委员会编《松潘县志》，民族出版社1999年版，第719—720页。

④ 参见祝世德等编著民国《汶川县志》，成文出版社1976年版，第184—183页。

⑤ 参见松潘县志编纂委员会编《松潘县志》，民族出版社1999年版，第720页。

⑥ 李明、林忠亮、王康：《羌族文学史》，四川民族出版社1994年版，第513页。

⑦ 同上书，第516页。

⑧ 《岷江报》初成立时为四川省藏族自治区机关报，因为其时阿坝藏族羌族自治州还未成立。后为阿坝州委机关报。《岷江报》藏文版创立于1953年6月1日。1969年《岷江报》更名为《岷山报》，1980年更名为《阿坝报》，现在为《阿坝日报》。

江报》来稿,"文艺稿件占大部分,诗歌稿件又占文艺稿件的大部分。"①

五六十年代阿坝州汉文写作者有张世俊、江漫(何发中)、白汀(周丛纯)、曹逐非、苏学仁、张占禾、戴北辰、李秉中、白翼、范增、蒋光衡、晏春元、遥潘、征冰、冯汝涵。其中,江漫的小说《腰刀》,白汀的大型组诗《农村新气象》、叙事长诗《李小霞与王小福》等在文坛均有不小影响。②《松潘县志》记载,"1950年至1990年,(松潘)县内许多业余作者先后在国家、省、州报刊杂志发表歌颂新中国建设的诗词。"③

50年代,一批外来文艺家进入阿坝州,如肖崇素、傅仇、梁上泉、胡可。他们响应国家的双百方针和文艺为工农兵服务的思想号召来到阿坝,扎根山地,深入森地草地,体验生活,启发创作,对阿坝州的文学发展起了不可忽视的作用。民俗学家肖崇素深入理县,写出了流传甚广的《青蛙骑手》。诗人傅仇深入林区,写出了清新感人的森林诗歌,获得了"绿色森林诗人"美誉。傅仇并促使阿坝州第一个本土藏族汉语诗人也是全国第一个藏族汉语诗人出现,也就是昂旺·斯丹珍的出现。④

50年代阿坝州的少数民族汉语写作者中,昂旺·斯丹珍是唯一。羌族现代意义上的文学写作者,目前还未见有资料提及。

二 《新草地》

1958年至"文化大革命",阿坝文学进入低谷,文坛一片沉寂。直到20世纪70年代末才逐步复苏。⑤ 20世纪八九十年代,阿坝州文学迎来繁荣,以阿来为代表的少数民族汉语写作者成就惊人。

以阿来为代表的少数民族汉语写作者的快速成长,除其自身的天赋和勤奋外,与当时的整体氛围、与当时州内的《新草地》杂志不无关系。

---

① 阿坝藏族羌族自治州地方志编纂委员会:《阿坝州志》,民族出版社1994年版,第1906页。
② 《阿坝藏族羌族自治州概况》编写组:《四川阿坝藏族羌族自治州概况》,民族出版社2009年版,第305页。
③ 松潘县志编纂委员会编:《松潘县志》,民族出版社1999年版,第720页。
④ 有关昂旺·斯丹珍与傅仇的交往经历,本书第一章第二节已有叙述,这里不再赘述。
⑤ 阿坝藏族羌族自治州地方志编纂委员会编:《阿坝州志》,民族出版社1994年版,第1906页。

1979年，阿坝藏族自治州①金川县创办文艺杂志《金川文艺》②。1980年6月，阿坝州文教局（文化局前身）在马尔康县创办《新草地》。《新草地》的创办，为阿坝州文学史上重要一笔。其初期为内部刊物，季刊，1982年改为双月刊。1983年阿坝州文联成立，《新草地》成为州文联机关刊物。1987年，《新草地》更名《草地》，正式对外公开发行。同年创办藏文版。③

《新草地》更名为《草地》，名字虽然改变了，权属也在文化局和文联之间不断轮换④，但其"立足本州，面向全国，大力培养少数民族作者"的宗旨没变。据统计，1980至1989年这9年间，《新草地》"发表了小说465篇，其中州内作品334篇，占总数的72%；少数民族作者作品168篇，占总篇目36.1%。诗歌1161首，州内作品489首，为42.1%；少数民族作者作品212首，为18.23%。散文327篇，州内234篇，为75.1%，少数民族96篇，为29.3%"⑤。

《新草地》还发起各类笔会，团结培养文学爱好者。据统计，自创刊以来，《新草地》编辑部"先后开展了《草地》创办十周年征文、纪念红军长征胜利60周年征文，以及百期纪念笔会、汶川萝卜寨文学笔会、九寨采风、华东五市采风、2014'金秋小金行'基层创作培训笔会等，并先后邀请《当代》《湖南文学》《四川文学》《西南军事文学》《青年作家》《民族文学》《西藏文学》等全国全省大刊编辑、主编以及知名作家到州交流办刊和创作经验……"⑥《新草地》周围很快聚集了一批优秀写作者，如张世俊、泽旺、雀

---

① 1955年设阿坝藏族自治州，1987年更名为阿坝藏族羌族自治州。

② 《金川文艺》属金川县内部文学刊物，共出版3期。发表小说12篇，诗歌39首，寓言、民间故事3篇，曲艺2篇，杂文、随笔、评论9篇，少年习作8篇。参见阿坝藏族羌族自治州地方志编纂委员会编《阿坝州志》，民族出版社1994年版，第1906页。

③ 由于人员和经费原因，自1987年到1990年，《草地》藏文版共出版5期便停刊。2005年《草地》藏文版（《邦炯》）复刊。参见蓝晓梅提供的《〈草地〉编辑部志·〈草地〉编辑部（1991—2015）》；阿坝藏族羌族自治州地方志编纂委员会编《阿坝州志》，民族出版社1994年版，第1906页。

④ 《草地》最初为阿坝州文教处也就是后来的阿坝州文化局主办，1983年归阿坝州文联领导。1988年8月29日，阿坝州委宣传部发出《关于理顺〈草地〉编辑部领导关系的决定》（阿委宣〔1988〕13号），将《草地》编辑部重新交由阿坝州文化局管理，人事财政皆由文化局按规定办理。同年，《草地》编辑部经阿坝州编制委员会核定为事业编制。2002年，文联恢复成立。2005年，根据阿编发〔2005〕39号文件《关于明确草地编辑部隶属请示的批复》和阿宣函〔2005〕15号文件，《草地》编辑部归阿坝州文联管理，为阿坝州文联机关刊物。

⑤ 阿坝藏族羌族自治州地方志编纂委员会编：《阿坝州志》，民族出版社1994年版，第1906页。

⑥ 朱丹枫主编：《四川文艺年鉴2007》，四川出版集团2008年版，第67页。

丹、苍林、杨胤睿（阿来）、谷运龙、达尔基、索朗仁称、范远泰、叶星光、周辉枝、朱大录。①

阿来的成长与《新草地》（《草地》）关系密切。

在纪念《草地》创刊35周年时，阿来撰文写道："一个杂志的存在，除了作为一个发表作品的平台而存在，她更应该是一个文学创作氛围的酝酿中心，是创作热情的鼓舞者，是文学梦想的聚集地。我就是这样，从《新草地》编辑部外围一个稍有文学热情的青年，成为一个矢志不渝的文学追梦人。"②

生于1959年的阿来，汉名杨胤睿，马尔康县梭磨乡马塘村人。在马尔康中等师范学校毕业后，他到村小教书。因教学成绩突出，先被调到中学，后又被调到马尔康县任教。到马尔康以后，阿来显出对文学的热爱，也就跟《新草地》编辑和编辑部有了往来。那时他刚二十出头，形容自己是"一个从老乡村走出来的年轻人，遇到了文学，并发现这是一条个人的求新求变之路"。他的第一个短篇被《新草地》毙掉后，他仍不断往编辑部和编辑老师家里跑。问其原因，"不是为求照顾发现，而是发现在那里可以讨论庸常生活之外与之上的另外的东西"。③终于，他最初的一首诗歌《丰收之夜》在《新草地》上发表。1984年，他应邀参加马尔康县文化馆笔会，会后一首诗作发表于《西藏文学》。随后他被调到《新草地》编辑部，时年25岁。

任编辑的阿来，对文学是苛刻的。编辑工作锻炼了他的文学感觉，使他的文学要求变高，文学观念、创作技巧、捕捉诗意的能力得到精进。他说："（我）时刻省思的，是我自己写的文字，以及我自己作为一个编辑推出的文字，有没有遵从我对文学美好的初愿。"④他对没有才华的写作者，会瞪眼规劝："不要浪费时间。"⑤但对有潜力的写作者，则全力支持。《新草地》编辑部先后迎来的各位主编：曹逐非、侯光、李秉中、周丛纯、何发中、蒋永志、

---

① 阿坝藏族羌族自治州地方志编纂委员会编：《阿坝州志》，民族出版社1994年版，第1906页。
② 阿来：《我对〈草地〉杂志的祝愿》，《草地》2015年第3期。
③ 同上。
④ 同上。
⑤ 参见2016年6月24日笔者对羌族诗人羊子的访谈。

阿来、李如生、苍林、索朗仁称、周文琴、叶星光、贾志刚、蓝晓梅，他们都在"发现培养作者方面做了大量工作"。土家族作者周辉枝曾撰文回忆道：他的第一篇散文《三笼灯》是张世俊老师亲手改出来的，小说《蜜月》是侯光主编几易其稿刊在《新草地》上的，1985 年《新草地》开笔会时，编辑阿来还送给他一口袋名著。①

任《新草地》编辑以后，阿来走上了自由创作和专业创作之路，他更多时间在家创作。1996 年，时任《草地》副主编的阿来对时任州文化局副局长、主管杂志社的范远泰说他不想当主编了②，想留职停薪一年，写一篇小说。与阿来素为知交的范远泰回复道："可以，你去吧。一年后，只要你在《四川文学》上发个中篇或者短篇，一年的工资就发给你。"结果，阿来在《当代》杂志上发了一篇中篇小说《月光里的银匠》，在《人民文学》也发了一篇小说。③

20 世纪 80 年代阿坝州浓厚而宽松的创作氛围创作环境，给了阿来这样的写作者安心创作、积极进取的机会。

民族自治地区对少数民族作家的照顾是不言而喻的。《新草地》（《草地》）对少数民族作家发表作品的量和百分比向来重视。下表是 20 世纪 80 年代以来阿坝州少数民族作家在《草地》上刊发作品的数量和百分比④：

	1980—1989 年		1991—2005 年	
	篇目	占比/%	篇目	占比/%
小说	168	36.1	207	32
诗歌	212	18.23	733	28
散文	96	29.3	264	37

---

① 周辉枝：《〈草地〉在火苗旺盛的地方绽放》，《草地》2015 年第 3 期。
② 范远泰，藏族诗人、作家。有《阳光与高原》（四川文艺出版社 1993 年版）、《阳光与人群》（四川文艺出版社 1994 年版）、《阳光与我》等诗集出版。被称为"阳光诗人"。
③ 参见 2014 年 12 月 9 日笔者对范远泰的访谈。
④ 1991—2005 年的数据来自《草地》现任主编蓝晓梅的《〈草地〉编辑部志》。

此表可见，八九十年代，阿坝州少数民族作家刊发的作品数量和比例，除小说一类略有下降，诗歌和散文都有增加，且占比不低。

80年代，《新草地》不光培养出了阿来这样的优秀藏族作家，也给索朗仁称以很好的发展土壤。索朗仁称，藏族诗人昂旺·斯丹珍的儿子，理县人。80年代初在《新草地》上首发短篇小说以后，逐步成长为《新草地》编辑。如今他在成都自由创作，在与笔者的访谈中，他说是《草地》把他推向全国的。①

藏族作家之外，谷运龙、叶星光、李孝俊、何健、朱大录、余耀明等羌族作家诗人也是《新草地》（《草地》）的常客。

谷运龙（1957—），茂县人，羌族。著有散文集《飘逝的花瓣》《花开汶川》《天堂·九寨》《平凡："5·12"汶川大地震百日记》，长篇小说《灿若桃花》《迁徙》。他与《新草地》感情很深。写于《新草地》创刊35周年的《〈草地〉如金》一文，深情地赞美80年代的《新草地》，如"会飞的阿拉伯地毯在雪域高原翩然翱翔"。②文中并回忆了1984年《新草地》的笔会，称何发中、周从纯、李秉中、侯光等老师的教诲为"加持般的启蒙"。谷运龙并说他一直珍藏着当年《草地》编辑李秉中给他写的改稿信，感念信中"真切的语言、画龙点睛的指点"。③

20世纪80年代，除《新草地》之外，阿坝州各县文化馆都有自己的文学刊物：红原县有《邛溪》④，松潘县有《黄龙文艺》，汶川县的是《羊角花》⑤。伴随着这些期刊杂志，阿坝州的藏羌作家成长起来。

三 《羌族文学》

羌族主要分布在今阿坝州茂县、汶川县、理县、黑水、松潘一带，甘

---

① 20世纪80年代初，索朗仁称的短篇小说《白云寨恩仇记》在《新草地》上发表后，被《西藏文学》转载，当年获得了四川省首届优秀文学作品奖。1986年，在蒋永志帮助下，索朗仁称从家乡理县来到马尔康，任《新草地》编辑。后索朗仁称进阿坝州公安局，主编内刊《阿坝公安》。再到成都交警支队从事文案工作。近几年，索朗仁称提前退休，在家安心写作。
② 谷运龙：《〈草地〉如金》，《草地》2015年第3期。
③ 同上。
④ 《邛溪》后更名为《红柳》。
⑤ 《羊角花》后更名为《岷江文学》，再更名为《羌族文学》。

孜州丹巴县、绵阳市北川县、贵州省铜仁地区也有羌族居住。羌族人口少，2010年开展的第六次全国人口普查资料显示，羌族人口为29.7万。羌族既没有本民族文字，也没有本民族的文字历史。《羌族文学史》记载，1949年以前，羌族只具个别文体。"1949年中华人民共和国成立后，羌族作者的书面文学创作进入了一个新的历史发展时期。40年来，尤其是党的十一届三中全会以来，羌族书面文学创作取得了十分可喜的成绩，出现了初步繁荣的局面，也是继元代之后的又一个高峰。文学形式的多样化，文学作品数量的增多及质量的提高，大批作者的不断涌现与成长，是羌族当代文学繁荣的标志。"[1]

羌族当代文学的初步繁荣体现为，出现了小说、新体诗、抒情散文、电视剧本等文学文体，出现了小说写作者谷运龙、叶星光、蒋宗贵、向世茂、余峰、张力、张成绪，诗歌写作者何健、李孝俊、余耀明、羊子、雷子、李炬、梦非、曾小平、王明军，散文写作者朱大录、罗子岚、张善云，等。其初步繁荣与阿坝州当代文学发展背景相当。首先是政治环境的改变、教育的拓展，然后是文艺部门的重视、文艺阵地的开辟、文艺活动的展开。20世纪80年代，是羌族当代文学兴起发展的重要阶段。

诗人余耀明回忆道[2]：1984年，还在西南民院中文系汉语言专业读书的他便在《星星》诗刊主办的培训班和讲座上听过课，听流沙河等人讲台湾诗歌。毕业后回理县工作，在《新草地》上发表文章，并认识了很多文学爱好者和作者，由此结成朋友。这群朋友包括：阿坝州教师进修校的何健、阿师专的李康云、理县桃坪乡中心完小的周兴琦、理县薛城中学的李孝俊、理县乡镇企业局的程明刚、汶川县商业局的樊银品、威州中学的龙绍明、四川省文联的汪青玉、理县关口园艺场的叶星光。余耀明说他们这帮人大多自费订阅了《绿风》《诗神》《诗林》《星星》《诗刊》《四川青年》《人民文学》等

---

[1] 李明、林忠亮、王康：《羌族文学史》，四川民族出版社1994年版，第538页。
[2] 余耀明（1963—），阿坝州理县羌族诗人。著有诗歌《羊皮鼓》《赠你一双云云鞋》《梦见酸猪草》《羊妈妈》等。曾任理县政府办公室秘书、理县宣传部干事、理县广电局记者。现在阿坝州图书馆工作。

杂志，并"在《羊角花》《阿坝报》《新草地》上经常有诗作发表。①"他们经常聚会交流：

> 那时我经常骑了自行车，从理县到汶川，去和何健、李康云他们聚。其实也就是朋友聚会。更多时候是到何健家头去讨论作品。当时茂汶一带的周辉枝老师、朱大录老师、罗子岚大姐，我们都认识，都知道，但一起耍的时候少。一起耍的人主要还是写诗的人。我们差不多有10个诗人，还在汶川姜维城下研讨，合影留念，甚至想成立'九寨诗社'。诗社最后并未成立，只是口头上说说而已。②

余耀明一群人还创办文学刊物《清泉》（1984年），"是油印铅字本，非刻印本，那是阿坝州内较早的，为数不多的铅字本。遗憾的是，一共好象只出了3期。③"余耀明等人还于1982年成立了理县文学工作者协会（会员由6人发展到17人），并于1988年组织举办了文学创作有奖赛（收到参评作品90多篇），后又举办全县诗歌大奖赛。余耀明说，他创作的长诗《羊皮鼓》获得了一等奖，"没有奖金，有获奖证书，奖品是一套玻杯。④"

汶川县当时则创办了《羊角花》杂志，并举办"文学讲习班"。

1982年⑤汶川县文化馆主办《羊角花》杂志（内刊，油印），由周辉枝创办。1988年，《羊角花》改为《岷江文学》（铅印），主编汶川县委宣传部祝定超，副主编周辉枝、易清福，编辑张力、曾宪刚、赵曦、何健。1995年，《岷江文学》改为《羌族文学》。

---

① 参见2016年8月26日笔者对余耀明的访谈。
② 同上。
③ 同上。
④ 参见2016年8月26日笔者对余耀明的访谈。
⑤ 《阿坝州志》上记载《羊角花》创办年份是1983年，但创办人周辉枝回忆是1982年。此处以周辉枝意见为准。参见阿坝藏族羌族自治州地方志编纂委员会编《阿坝州志》，民族出版社1994年版，第1908页。

1995年1月《岷江文学》改版为《羌族文学》——资料由《羌族文学》编辑部提供

《岷江文学》改为《羌族文学》要溯源常务副主编周辉枝和时任汶川县长的谷运龙。谷运龙是羌族人,羌族第一代作家,对羌族文化非常关心①。周辉枝虽是土家族人,但对羌族文化很热爱——长期羌地生涯已使他"羌化"②。1995年谷运龙到汶川县作县长,两相碰撞之下,《羌族文学》诞生了。

改版后的《羌族文学》从地域文学转向族群书写。每年三期,经费由县财政解决。

1995年于是成为《羌族文学》"转运"的一年,也是其转向族群书写的关键一年。有人认为,从那时起,《羌族文学》便成为了羌族作家的聚集地,成为了羌族文化文学的重要载体。③《羌族文学》第一期《主编寄语》也说:

---

① 谷运龙是一个有民族责任感的人。他说他还在阿坝州委作副秘书长的时候就已经产生了强烈的民族意识和民族责任感,说:"陆陆续续搞了十多年创作,读了一些关于羌族历史和文化书籍,确实感到羌族文化有待挖掘。感到有责任。通过自己的写作、阅读、观察和思考,良知和良心不断被唤醒,对民族的热爱和责任感不断强化。"参见2015年7月9日笔者对谷运龙的访谈。另外1994年由李明等人编著的《羌族文学史》的出版,对《羌族文学》改名也应该起了一定的作用。

② 1986年,周辉枝跟随羌族地区民间文学三套集成工作人员上山下乡收集整理羌族民间文学资料以后,对羌族文化文学有了更多了解。1991年,周辉枝与祝定超合作的民族电视艺术片《羌族》获第三届全国少数民族题材电视艺术"骏马杯"奖。

③ 参见尹腾连《大山深处的百合——1988年至2009年〈羌族文学〉杂志研究》,硕士学位论文,暨南大学,2012年,正文第4页。

"《羌族文学》像百合花一样，成长在这片有着千百年羌民族历史的沃土上。遥望那白花花的云朵，聆听那悠扬的牧歌。那脆生生的羊皮鼓，催促着我们去挥笔耕耘，劳作，去赞美自己的民族，去讴歌改革开放的火热生活。"[1]

《羌族文学》坚守民族性、文学性、时代性、探索性。历任主编都非常注意杂志的文学性。第一任主编祝定超为杂志设置了"民间文学"和"域外小说欣赏"栏目。第二任主编高跃进为杂志开辟了"女作者之页"。第三任主编易清福为杂志增添了"歌词""杂文""怪斋随想录""文学作品赏析"等栏目。第四任主编周辉枝则为杂志增添了"影视作品""序与跋""理论与欣赏""卷首诗文"等栏目。现任主编杨国庆（羊子），从2006年任主编起，便以其诗人身份，对《羌族文学》进行了持续推进。首先是在杂志封面上打出"全国羌族唯一纯文学刊物"字样——2009年根据国务院公布的羌族文化生态保护实验区将字样改为"全国羌族文化生态保护实验区唯一文学刊物"。为增加杂志诗意，栏目名称也变为"小小说快读""闲情生活""中篇看台""身心之旅""不凡成长""羌寨有约"。杨国庆并推出"新写实诗歌"。[2]

统计数据表明，《羌族文学》最初刊登的作品以小说为主，后转为报告文学。自2006年到2009年，杂志基本不再刊登以往为宣扬先进人物事迹而写的报告文学，而以刊登诗歌散文为主。[3]

相同的统计表明，1988年至1994间《羌族文学》（时为《岷江文学》）仅刊登了18篇与羌相关的文章；1995年改版《羌族文学》后，至2006年9年间刊登了与羌相关的文章58篇；2006年到2009年，3年间刊登了与羌相关的文章198篇。[4] 主编杨国庆说，《羌族文学》虽刊载的是多民族文学，但更注重羌民族主体身份，更注重羌。《羌族文学》一面承载着传播发现羌

---

[1] 《羌族文学》1995年第1期，卷首语。
[2] 参见田晓青《岷江畔绽开的蓓蕾——〈羌族文学〉杂志研究》，硕士学位论文，西华师范大学文学院，2016年。
[3] 参见尹腾连《大山深处的百合——1988年至2009年〈羌族文学〉杂志研究》，硕士学位论文，暨南大学，2012年。
[4] 同上。

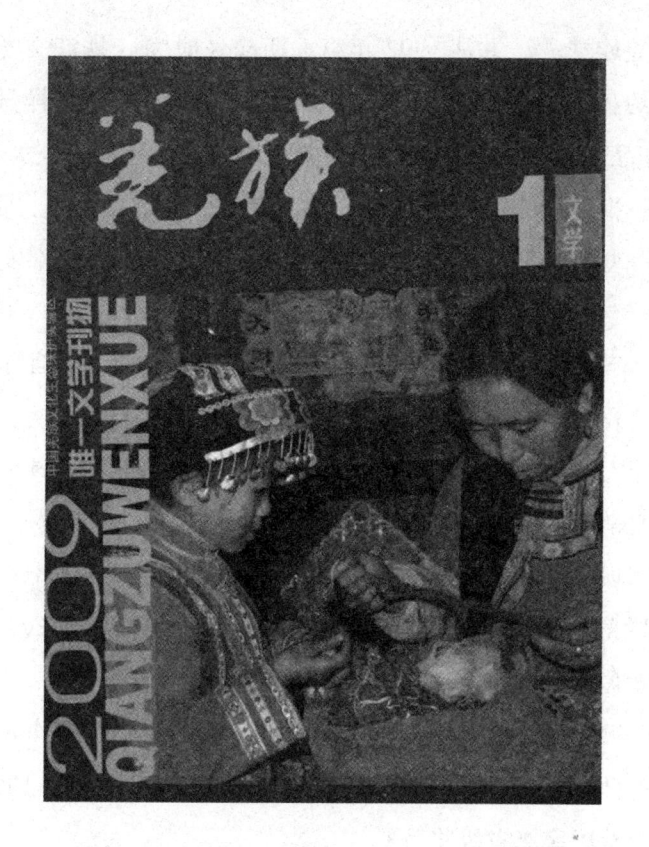

2009年1月《羌族文学》封面，印有"中国羌族
文化生态保护实验区唯一文学刊物"字样

族文化文学的重任，另一面也承载着培养、发展、团结羌族作者的任务。杨国庆用"三个一批"来形容后者的工作：团结一批，发展一批，培养一批；团结的是名作家，发展的是有潜力的作者，培养的是大中小学生。《羌族文学》为此专设"校园文学"栏目，培养学生写作者。组织采风创作活动、作品研讨会，向上级报刊推荐地方作者，推出新作者。并一直沿袭文学讲习班传统，自1986年《羊角花》编辑部到现在①，已举办文学讲习班

---

① 《阿坝州志》记载首次文学讲习班在1987年，由汶川文联主办，邀请了《现代作家》编辑授课。参见阿坝藏族羌族自治州地方志编纂委员会编《阿坝州志》，民族出版社1994年版，第1908页。另据《羊角花》主办人周辉枝的回忆，首次文学讲习班在《羊角花》编辑室召开，请来阿坝师专赵曦讲小说，李康元讲诗歌，曾宪刚讲散文。参见周辉枝《梅花香自苦寒来》，《羌族文学》2018年第1期。

达13期。《羌族文学》并从1992年第1期起（时为《岷江文学》）便向藏族作家阿来约稿，以后持续向各地名家约稿，周辉枝说这样做的目的是："借助名家作品的写作技巧，从而提高羌族地区写作者的写作水平"。[1] 通过这些努力，一批羌族作家聚合起来，如谷运龙、羊子、雷子、张力、梦非、叶星光……一些青年写作者成长起来，如周小平[2]。一批文学爱好者走上工作岗位[3]。

2001年，茂县"羌族文学社"成立，成员多为羌族人，目标是推动羌族地区文学事业发展。文学社成员有梦非、雷子、梦笔、阙玉兰、朱大录、承林、王平方等人。文学社除不定期举行文学活动以外，还编辑出版羌族文学史上第一套文学作品专集《羌山文丛》[4]。

总之，阿坝州羌族作家文学就此发展起来。20世纪八九十年代，产生了谷运龙、叶星光、朱大录、何健、张力、余耀明、罗子岚、张善云、蒋宗贵、向世茂、李孝俊、阙玉兰等写作者。进入21世纪，羊子、雷子、李炬、梦非、张成绪、顺定强、曾小平、王明军、任冬生、王国东等作者出现。谷运龙、朱大录的散文，何健、羊子、雷子、李炬的诗歌，张力的报告文学，张成绪的小说分获国家级省级奖项[5]。

---

[1] 周辉枝：《梅花香自苦寒来》，《羌族文学》2018年第1期。

[2] 周小平起初只是在《羌族文学》上发表散文诗歌，后成为杂志编辑之一。

[3] 《羌族文学》原副主编陈晓华说：《羌族文学》不仅拥有众多的读者、作者，而且在州内外、省内外、国内外都有较好的声誉……同时亦为本地培养了一大批文学青年，先后有二十余人走上了州、县、乡镇领导岗位上任职。为繁荣汶川的文学事业，为汶川的文学强县，为汶川的文学事业壮大与发展，提高汶川对外宣传的知名度等，都作出了积极的贡献。参见陈晓华《真情守望三十载》，《羌族文学》2018年第1期。

[4] 《羌山文丛》一套三本，包括小说集《那方的故事》，诗歌集《颤动的笛音》，散文集《云朵上的歌谣》，2001年由四川人民出版社出版。

[5] 朱大录的散文《羌寨椒林》获1981年首届全国少数民族文学创作奖；谷运龙的小说《飘逝的花瓣》获1985年第二届全国少数民族文学创作奖；何健的诗歌《山野的呼唤》获第三届少数民族文学创作奖；叶星光的小说《神山·神树·神林》获第二届四川省少数民族文学创作奖、《情殇》获全国首届路遥文学奖；余耀明诗歌《羊皮鼓》获"1998·中国杯"全国青年诗歌大奖赛佳作奖。李孝俊于1994年出版了"当代羌族诗歌作者的第一部个人诗集《在这片星光下》。叶星光发表了羌族第一部电影文学剧本《尔玛魂》（1997年），整理编写了第一部羌族神话剧《木吉珠剪纸救百兽》（1998年），并出版小说集《神山·神树·神林》（1999年）。

第二节　多路径传播

从 20 世纪 80 年代到 21 世纪初，阿坝州作家文学传播方式主要有以阿来为典型的个体传播、以羌族为整体的族群传播、以文联为主导的区域整体传播。三种方式中，个体传播最为成功，族群传播正艰难迈进，区域传播正在成形。

一　阿来的个体传播

从传播角度来讲，阿来无疑是依靠实力而取得成功传播的典型。他的作品《尘埃落定》的出版和发行是 20 世纪末中国出版业的传奇，被业界认为是发现经典的典型案例。

《尘埃落定》之前，阿来的小说和诗歌已经在各种期刊上发表，并已出版小说集《旧年的血迹》（1989 年）和诗集《梭磨河》。《旧年的血迹》由当时四川省作协主席周克芹推荐，由作家出版社出版。

《尘埃落定》1994 年即已写出，写出来后，遭到出版社一而再、再而三的拒绝。3 年间，这部书稿在 10 多个编辑部之间流浪。阿来并不灰心。他说："我这个人是一个很固执的人，那个时候我不跟任何人交流，我也不请教任何人，即便是当时功成名就已经在文坛上享有盛誉的人，我也觉得没有必要，我想他们也不一定懂我。因此，这部与那个时候主流意识形态当中关于文学的理解不一样的作品，发表起来就很困难。"[1] 即便发表困难，阿来也绝不妥协，有出版社的编辑要他按照意见修改文章时，他拒绝了，他说他除了错别字以外，一个字都不改，标点符号都不改。他说："不出版就不出版，但是我相信它会有一天出版的。"[2] 这句话透露他对自我文艺的信心。这信心，建立

---

[1] 叶筱静：《访谈阿来：我用了十年去除文革的暴力影响》，搜狐博客（yexiaojing.blog.sohu.com/103077984.html）。

[2] 同上。

在遍览古今文学作品后的自信，也基于作者对文学本质的清晰认知和对文学实践的清醒把握。1998年3月，经历了漫长而疲惫的跋涉和等待后，《尘埃落定》在人民文学出版社出版。

出版背后，一长串故事。

阿来是这样描述的：1996年，他到成都《科幻世界》杂志社做了编辑后又做社长，对《尘埃落定》的出版已经不抱希望。这时，听说人民文学出版社的编辑到了成都，来看四川几个作家的稿子。他的朋友邓贤[①]就把《尘埃落定》推荐给了几位编辑。几位编辑看了一点，拿走了稿子。

《当代》杂志编辑周昌义是这样说的：提出要稿子并向人民文学出版社其他编辑推荐这部小说的人是女编辑脚印。她是四川人，在《四川文学》杂志工作时和阿来是朋友。脚印对周昌义说，阿来有部长篇想给《当代》杂志社，问周愿不愿意看。周不太愿意看，因为是藏族作家写的，太敏感，"怕出问题"。后来还是看了，看了以后，退还给脚印。脚印就把稿子给了人民文学出版社编辑高贤均看。高贤均看了，赞赏有加，决定编辑出版。

据人民文学出版社编辑脚印的回忆：四川文艺出版社编辑林文询对她说起，由于《尘埃落定》屡遭退稿，作为朋友的他决定帮阿来出版。他找来书商出钱，初步印数3000册。书稿正要付梓印刷时，出版社出了问题，被勒令整顿半年。心灰意冷的阿来将书稿拿给脚印，脚印拿给《当代》杂志编辑周昌义，周昌义退还脚印，脚印遂将书稿给了人民文学出版社编辑高贤均。高贤均看后叫好，立即决定出版，由脚印为责任编辑。初步订数8000册，后增加到1万册。此时《小说选刊》编辑关正文也来找脚印要稿子，脚印便力荐《尘埃落定》。很快，关正文来找脚印商量《尘埃落定》的宣传事宜。关正文设想的是，请年轻评论家来开个研讨会，他们更能接受先锋作品，如李敬泽、孟繁华、陈晓明……研讨会召开，当时北京比较活跃的评论家都到场了，好评如潮。随后，激动的脚印找到出版社策划部主任张福海，请他好好策划这部作品。张福海在阅读了书稿以后，找到社长，要求将印数增加到5万册，

[①] 邓贤，四川省报告文学作家，有长篇纪实文学《大国之魂》《中国知青梦》《落日》《流浪金三角》《中国知青终结》等出版。

并以工资和奖金作担保。张福海随后找来北京各大媒体,在人文社4楼开了一场新闻发布会。这是人文社历史上第一次为一本书开新闻发布会。作为国家级出版社,人民文学出版社从来不主动宣传文学作品,《尘埃落定》破了例,这是人民文学出版社历史上第一次尝试全方位策划、营销一本纯文学作品。《尘埃落定》的宣传和推广,成为人文社史上一个标志性事件,标志着人文社开始了对文学作品的市场化运作。①

据参加了关正文组织的研讨会的作家徐坤回忆:《小说选刊》编辑关正文在《尘埃落定》的推广上助力很大。当时关正文到人文社选稿,高贤均向他力荐《尘埃落定》。关正文选了20万字发在《长篇小说增刊》上,并迅速组织召开研讨会。研讨会在1997年年底召开,比人文社正式组织的研讨会早开了几月。这是一次半民间性质的研讨会,来的都是年轻评论者,都是此书的真正拥趸者,并且此书当时还在印刷车间,大家看到的只是《长篇小说增刊》上的节选本。研讨会本来预定40人参加讨论,结果来了60多人。很快,关于《尘埃落定》的评论在报纸上陆续出现……②

《尘埃落定》在北京文学界"火"了。《当代》主编何启治看到后,责问周昌义:"这么好的作品,怎么《当代》不发呢?"③ 于是,《当代》杂志也赶紧选发了《尘埃落定》部分章节。

在人民文学出版社的推广宣传下,《尘埃落定》的销售异常顺利,当年即发行近10万册。盗版书铺天盖地。到2013年,该书已销售上百万册。随后,《尘埃落定》以15万美元的海外版权输出北美。自1998年至2013年,该书已被翻译成30多种语言出版。荣誉接踵而至,获1999年全国少数民族文学骏马奖,2000年茅盾文学奖,入选"百年百种优秀中国文学图书",入选教育部新课标高中生必读丛书。

这些,对阿来来说,都是无法预期和控制的事。他说:"当这本书写作完

---

① 参见脚印《〈尘埃落定〉:一路旅程与传奇》,《中国新闻出版报》2013年5月7日。
② 徐坤:《阿来:尘埃如此落定》,《人民日报》2010年9月9日。
③ 周昌义、小王:《〈尘埃落定〉误会》,中国文学网(http://www.literature.org.cn/article.aspx?id=31045)。

成，进入出版与流通过程时，写作者对于它们的命运就无能为力了。"① 当《尘埃落定》获得第五届茅盾文学奖的消息传来，阿来并没有多少吃惊，他对记者说：作品写得好，得奖是应该的。

从始至终，阿来对自己作品的艺术水准都相当自信，绝不降低标准去迎合编辑，也不迎合市场——当时还说不上市场，因为 90 年代大家都在说市场，但市场在哪里，没人知道（阿来语）。出版过程虽然漫长，阿来也曾意志消沉，情绪低落，也曾想过转行，甚至有人建议他去参军，但他始终不变对文学的期盼和价值判断，终获成功。

和阿来一样走个体路线的还有索朗仁称。索朗仁称从阿坝州公安局调到成都市交警支队宣传处后，2007 年便办理了退休（提前 9 年办理退休），从此进入自由写作者行列。他的作品主要发表在期刊上，有的由出版社出版发行。他说他的书都是出本版书，有版权费。他很少依靠地区组织和民族团体资助出书。② 2014 年，索朗仁称在公安部文学期刊《啄木鸟》杂志上连载了长篇小说《滑头局长》（分别载于 11 期和 12 期）后，《啄木鸟》杂志社约他写长篇小说。

二 阿坝作家群的整体传播

阿坝作家群的整体传播由阿坝州文联组织和实施，其主要举措为：运用百万文艺基金，鼓励创作，推出阿坝作家群书系。

（一）文联恢复成立

"2002 年 12 月，在文艺界州政协委员的呼吁下，阿坝州文联恢复成立。同时召开了州第二届文联代表大会。《草地》杂志不再由文联代管，归属州文联主管。"③ 现任《草地》主编蓝晓梅的这段话标识了一个重要事件：阿坝州

---

① 《〈尘埃落定〉出版 15 周年 阿来透露背后故事》，中国新闻网（http://www.chinanews.com/cul/2013/04 - 11/4722782.shtml）。
② 参见 2014 年 12 月 9 日笔者对索朗仁称的访谈。
③ 蓝晓梅：《在坎坷中前进，在变化中发展——写在〈草地〉创刊 35 周年》，《草地》2015 年第 3 期。

文联恢复成立。

阿坝州文联实际在1983年即已成立,蓝晓梅这段话标示的意思是,阿坝州文联作为一个文艺机关得到正式确立。

正式确立,得从"三定"说起。"三定",即定职责、定机构、定编制,是国务院和县级以上地方人民政府设定人员、设立机构、规定职责的简称。争取到"三定",意味着成为了政府部门,成为了行政机关。阿坝州文联成立之初时为人民团体,任职人员都是兼职。到1986年,随着人员调动和离退休等原因,文联工作陷入瘫痪,文联第二次代表大会也未能如期举行。到2002年阿坝州文联争取到了"三定"以后,才标志着文联作为一个文艺机关得到正式确立。

有关"三定"的争取过程、重要人物、事件、会议,原《草地》主编贾志刚为笔者做了详细介绍。他说,在1997年他当上《草地》主编以后,便开始用以前在政府办公室工作积累的人脉资源帮助恢复成立文联。说:

> 由于人员变动,文联就散伙了,《草地》就没人管了,由州文化局代管。我到《草地》以后,就形成了在阿坝州建立文联机关这样一个报告。我们就通过知识分子代表,两会代表和委员,不断提出议案。再加上我跟各级领导又比较熟,比如州委宣传部的杨秋部长。总之,就是通过我们知识分子提议案、几届宣传部部长的支持,还有当时副州长谷运龙等人的努力,最后终于在机构改革中搞了三定方案。参照省文联的方式,建立了阿坝州的文联机关。我是筹备委员会的主任,从会议筹备到机关筹备,一切都是我筹备和领头。我也就通过代表大会,选举为了专职文联副主席。虽然是副主席,但是是作为法人代表来负责整个文联机关的建设。[①]

三定方案以后,2002年12月16日,阿坝州第二次文代会召开,同时还召开了阿坝州文联第二届一次全委会议和各文艺家协会代表会议。会议选举产生新一届领导班子,并宣布阿坝州文联成立。[②]

[①] 参见2015年12月11日笔者对贾志刚的访谈。
[②] 《文联简介》,阿坝文艺网(http://www.abzwl.com/ReadNews.asp?NewsID=712&BigClassName=&BigClassID=11&SmallClassID=41)。

州文联成立，标志着阿坝州有文联没有文联机关的历史结束。① 文联从此有了办公地点、办公人员和办公经费，有了独立的预算，有了公务员编制，《草地》也重为文联主管。② 文联从此成为"中共阿坝州委和州人民政府联系广大文艺家的桥梁和纽带"，担负起了"繁荣发展社会主义文艺事业、建设社会主义先进文化"的重任。③

如果说阿坝州文学50年代为当代文学第一阶段，80年代为第二阶段，那么阿坝州文联的恢复成立，则推动阿坝州文学进入第三阶段。50年代，阿坝州文学的重要平台是《岷江报》，但"报社人手少，版面小，对文艺作者无力更多培养，创作仍处于自流状态"。④ 80年代，《新草地》（《草地》）诞生，为散在的阿坝州文学写作者提供了一个属于自己的家园。⑤ 新世纪，文联成立，标志着阿坝州有了专门行使政府职能的文艺部门——以往是州文化局⑥，阿坝州的文创工作从此有了新局面。

时任文联副主席、作协主席和《草地》主编的贾志刚说，文联成立后第

---

① 机关，也称行政机关，是指能够行使行政权力的国家机构。

② 1978年，阿坝州文教局文化科设立了创作组，创作组成员有赵德厚、周丛纯、杨祥明、张世俊。1980年，在原宣传部长曹逐非的号召和鼓舞下，文教局创作组成员开始筹备成立州一级文学刊物。6月，在州委宣传部和州文化局的协同下，《新草地》诞生，下设4个人员编制，曹逐非任主编，为文化局主管。1983年文联成立，《新草地》划归文联主管。此时《新草地》人员编制增加到12人，年办刊经费6万元。1986年文联工作陷入窘境，《新草地》重为文化局代管。2002年文联恢复成立，《草地》再次回到文联名下。参见阿坝藏族羌族自治州地方志编纂委员会《阿坝州志》，民族出版社1994年版，第1955页。

③ 《文联简介》，阿坝文艺网（http://www.abzwl.com/ReadNews.asp? NewsID=712&BigClassName=&BigClassID=11&SmallClassID=41）。

④ 阿坝藏族羌族自治州地方志编纂委员会：《阿坝州志》，民族出版社1994年版，第1906页。

⑤ 20世纪90年代，《草地》虽也遭市场化冲击，发行不继，办刊经费几近于无，但在主编李如生等人的坚持下，总算站稳脚跟，守住了纯文学立场。后贾志刚为主编（1997年）时也仍未改变《草地》的纯文学初衷。参见蓝晓梅《在坎坷中前进，在变化中发展——写在〈草地〉创刊35周年》，《草地》2015年第3期。

⑥ 阿坝州文化局前身是1950年茂县专区专署下的教育科。1953年茂县专区撤销，四川省藏族自治区成立，教育科变为文教处，下设教育科和文化科。1955年，四川省藏族自治区改为阿坝藏族自治州，文教处仍保留。1971年，文教处改为文教局。1981年，文教局分家，阿坝藏族自治州文化局成立。州文化局负责州内各项文化事业、文化产业的法规政策的制定和实施，包括新闻出版、广播影视、文物保存等各类。于文学艺术，文化局并不专管。但1980年《新草地》创刊时，文联还未成立。参见阿坝州文化局编《阿坝藏族羌族自治州文化艺术志》，巴蜀书社1992年版，第34页。

一步工作便是把《草地》杂志变更到自己名下①，接着成立了包括州作协在内的7个协会。贾志刚说，他在位期间，积极为文艺家奔走，经常把省里的领导、专家请到阿坝州开笔会、开研讨会、看稿。在他推动下，《民族文学》《四川文学》推出了阿坝州作家专辑。阿坝州还设立了"丰谷杯"文学艺术奖。

现任州文联主席周文琴（康若文琴）说，目前文联的工作方针为"十二字"方针：出作品，出人才，惠民生，强传播。具体为：出作品方面，调整思路，主动作为，不时督促、询问作者，进行柔性调查；通过笔会培训会，掌握作者的创作计划，了解其3年计划，5年计划；并运用文艺创作基金，扶持作品出版，奖励作家作品。周文琴并为笔者介绍了近年文联举行的活动，说：2002年成立文联之前，都是《草地》编辑部在搞一些文学活动，搞得比较少。自2002年文联恢复成立以后，阿坝州文学活动逐渐增多。尤其自2012年州文联第四次代表大会召开以后，州文联主办的笔会、培训会，几乎每年都有一到两次。②

大致罗列如下：

2011年11月3日，组织承办阿坝州首届"丰谷杯文学奖"颁奖大会。

2012年6月15—19日，召开"相约茂县"阿坝州作家培训笔会。

2013年6月24—28日，举办"相约马尔康"阿坝州作家培训笔会。

2014年7月21日，举办"相约达古冰山 感受最近的遥远"阿坝州作家培训笔会。

2015年7月24—28日，举办"多民族作家看阿坝暨2015年《民族文学》藏文版作家翻译家培训班"。11月，又在汶川县召开阿坝州作家笔会及改稿会。

阿坝州文联并创办《阿坝文艺报》，一月一期，内容包括：文联工作展评、个人风采展示、文艺评论、各类文艺活动宣传展示……报纸免费赠阅州

---

① 2002年《草地》划归阿坝州文联，给州文联增加了人员编制。2002年的州文联只有5个编制，而《草地》编辑部却有14个编制。

② 参见2016年1月19日笔者对周文琴的访谈。

内各级文艺单位和文联会员。文联还与中国作协《民族文学》杂志社共同创办中国作家协会《民族文学》阿坝创作基地。①《阿坝文艺报》上称，基地的建立"必将对阿坝州民族文学的创作与发展，对进一步提升阿坝州作家整体素质和作品质量，进一步提高阿坝州文学创作知名度和美誉度，都将起到重要的现实推动作用，并将产生深远的影响"②。

文联工作得到了上级肯定，原阿坝州文联副主席贾志刚说：

> 领导这方面就是，如果你长期不出面，他就忽略你。像2003年建州五十周年成果展，都是社会、经济发展成果展，我们文联就不在。最后我就提出，我们（文联）也有成果。但是展位没有了，咋办呢？经请示州委州政府领导，我们就在展览厅大门的过道里，自己买了几个大板子搭个展台，把我们自己这几年来办的刊物，出版的书籍，都拿出来摆起。这就是成果。当时中央和省里的慰问团、领导都在，包括省长张学忠都来了，觉得这样一个少数民族地区建州几十年来，文明成果有那么多。这就有了影响，就引起了领导的重视。不仅仅是亮相的问题，还是有作为的嘛，给了资金支持。领导就很欣慰。以后我们再开展工作就相对容易一些。③

2012年，阿坝州文联得到州委州政府百万文艺基金支持。

（二）百万文艺基金

"2012年，经文艺界州政协委员提议，州委、州政府高度重视，阿坝文艺

---

① 2014年11月11日，《民族文学》杂志和阿坝州文联在九寨沟县签订了合作协议，同时举行了创作基地揭牌仪式、"名家看九寨及重点作品改稿会"。有关建立创作基地的好处，现任阿坝州文联主席周文琴说：阿坝州作者作品可以优先上《民族文学》杂志，优先参与《民族文学》举办的改稿会和培训会；而《民族文学》杂志社在阿坝举办活动，阿坝政府和文联要负责落地接待。

② 庆九：《中国作协〈民族文学〉阿坝创作基地挂牌成立》，《阿坝文艺》2004年11月26日，第1版。文章还称："中国作协《民族》文学阿坝创作基地的成立，是阿坝州文学发展史上的又一件大事、喜事，体现了中国作协对少数民族地区文学事业的深情关怀，承载着《民族文学》各位编辑对基层文学工作者、文学爱好者的殷切希望，更凝聚着全州少数民族文学创作的一份责任。"

③ 参见2015年12月12日笔者对贾志刚的访谈。

创作基金得到落实。文学的春天又一次来临。"①《草地》主编蓝晓梅这段话点明阿坝州文学发展之路上的又一机遇。

自20世纪80年代以来,阿坝州政府对于文学的投入从未停止。阿坝州的文学刊物能在90年代的市场化冲击和改制风险中存活下来,与政府关系相当大。汶川县文化馆内部刊物《羊角花》(《羌族文学》),其办刊经费一直由县财政解决;《新草地》的办刊经费也一直由政府资助:创刊当年是10万元,后为6万元,2000年又恢复为10万元——虽然90年代也曾一度停发,但很快恢复。《草地》并于2014年被定义为"公益一类事业单位"②,这除要归功于《草地》主编李如生、贾志刚、蓝晓梅等人的努力争取,还要归功于州委州政府的支持。

周文琴为笔者详细介绍了阿坝州百万文艺创作基金的设立与政府领导的关系:

> 州政协委员有些是文艺爱好者,他们在政协会议上提交了议案,说希望成立阿坝州文艺基金,奖励和繁荣阿坝州文艺创作。州政府很重视,2012年就设立了20万文艺基金。到2013年1月开第四次文代会时,州委书记刘作明要来讲话,让文联提一提困难,于是文联就提出20万资金对一个州的文艺来说太少了。第二天开会谈到这个问题,刘作明书记说,20万确实太少了,那就提到100万,每年100万。③

每年100万的文艺创作基金,专用来扶持和奖励州内文艺创作。周文琴说:"2014年评2012和2013年的文艺创作,按照出版类、稿酬类、获奖类三个类别去评定,总评下来,59万多。2015年评定2014年的扶持项目,评下

---

① 蓝晓梅:《在坎坷中前进,在变化中发展——写在〈草地〉创刊35周年》,《草地》2015年第3期。
② 定位为"公益一类事业单位"意味着获得来自国家的财政支持。所谓公益一类,是指承担义务教育、基础性科研、公共文化、公共卫生及基层的基本医疗服务等基本公益服务,不能或不宜由市场配置资源的单位或机构,其业务活动的宗旨、目标和内容、分配的方式和标准等由国家确定,不得开展经营活动,其经费由国家财政予以支撑。
③ 参见2016年1月19日笔者对周文琴的访谈。

来大概是 66.9 万。"具体到出版一本书,由文联补助 8000 元到 2 万元不等;在各级各类报纸杂志上发表文章有相应稿酬;获得文学奖也会按照级别给予相应奖励。周文琴说,从 2012 年开始,到 2015 年,阿坝州作者出版书籍 100 多部,待出版 50 多部。2015 年,阿坝州获四川文学奖、少数民族文学奖的作者有 3 个。百万基金设立人刘作明对此很欣慰,他对阿坝州文学这几年的发展给予了肯定性评价:"我们的文学进入了井喷时期。"①

下表是 2014 年阿坝州文艺创作基金扶持的文学类项目(仅出版类)②:

作者	出版物	类别	出版时间	出版书刊号 ISBN	CIP 核字号	出版社
周兴耀	《鹞》	长篇小说	2014.06	ISBN 978-7-5409-4515-2	(2014)第 028662	四川民族出版社
周文琴	《康若文琴的诗》	诗集	2014.01	ISBN 978-7-5411-3797-7	(2014)第 253362	四川文艺出版社
李孝俊	《羊角花开》	诗集	2014.09	ISBN 978-7-5034-5162-1	(2014)第 156499	中国文史出版社
余瑞昭	《唱游茂县》	诗集	2014.03	ISBN 978-7-5660-0671-4	(2014)第 026395	中央民族大学出版社
任东升	《羌风遍野》	散文集	2014.07	ISBN 978-7-5647-2290-6	(2014)第 059632	电子科技大学出版社
杨宁	《那山那林那泉那人》	散文集	2014.07	ISBN 978-7-5059-8778-4	(2014)第 118376	中国文联出版社
李刚	《圣地回音》	散文集	2014.06	ISBN 978-7-5059-8730-2	(2014)第 097613	中国文联出版社

---

① 参见 2016 年 1 月 19 日笔者对周文琴的访谈。
② 参见《阿坝文艺报》2015 年 4 月 28 日,第 2 版。

续　表

作者	出版物	类别	出版时间	ISBN	CIP核字号	出版社
李如生	《那山那人那些事》	散文集	2014.01	ISBN 978-7-104-04135-1	（2014）20140058	中国文联出版社
李刚	《圣地回音》	散文集	2014.06	ISBN 978-7-5059-8730-2	（2014）第097613	中国文化出版社
郑刚	《花开金川》	散文集	2014.03	ISBN 978-7-5660-0682-0	（2014）第034599	中央民族大学出版社
刘善刚	《远亲近仇》	小说集	2014.12	ISBN 978-7-5409-5622-6	（2014）第215788	四川民族出版社
顺定强	《神奇的莲宝叶则》	民间故事集	2014.12	ISBN 978-7-5409-5886-2		四川民族出版社
李龙清	《长歌短吟》	散文集	2014.11	ISBN 978-7-5120-1543-2	（2014）第220706	线装书局
潘梦笔	《倾听如歌》	长篇小说	2013.12	ISBN 978-7-5660-0565-6	（2013）3第295316	中央民族大学出版社

文艺基金的设立与爱好文艺的官员关系很大。对此贾志刚发出感叹：

> 文联这种单位，有时领导就不那么重视，因为不是重要的经济部门，有或没有，对领导在任影响不大……文艺单位百年树人，不是一朝一夕能出来的，所以文学要获得领导的支持比较难，需要领导的觉悟。

阿坝州就有这么一些"有觉悟"的领导：谷运龙、杨克宁、刘作明。这三人依次为：州委副书记、州长、州委书记。

谷运龙，从黑水县到阿坝州，一路被州内作者尤其是羌族作者称为"谷爸儿"（抑或谷伯儿）。在阿坝州文学史上，许多事件与他相关：文联恢复成立、文学刊物获得扶持、文艺基金设立、《民族文学》创作基地建立。20世纪90年代,《草地》面临改制的时候,也就是政府不再主管而要其自谋生路的时候,谷运龙"在报纸上呼号,在圈子里结盟,共同抗击,誓死去争取",终于得到领导的认同和支持,救《草地》于行将待毙。① 据周文琴介绍,阿坝州《民族文学》创作基地也是谷运龙促成。2014年,时任阿坝州州委副书记的谷运龙到北京出差,顺道去《民族文学》编辑部拜访——因为他是《民族文学》老作者。在编辑部,谷运龙碰到《民族文学》主编石一宁,谷运龙就把阿坝州文学创作情况和个人创作情况给石一宁谈了。石一宁觉得一个州委书记如此热爱文学,阿坝州文学又是如此有活力,便提议到阿坝州创办文学基地。谷运龙当即给州文联主席周文琴打电话。2014年11月,《民族文学》杂志社和阿坝州文联签订了合作创办基地协议,11月11日双方在阿坝州举行了授牌仪式。

杨克宁,州长,省作协作家,《草地》杂志的老作者,曾参与恢复成立文联。在设立文艺基金过程中,杨克宁和州委书记刘作明一样,发挥了很大作用。

像以上三位一样有文学情结的官员在阿坝州还有很多,他们都曾帮助过文学的发展。在这些官员看来,中国现行体制下,文学写作者的能力有限,他们做不到的事情,官员们可以帮他们做到。② 贾志刚介绍,成立州文联时,"分管文教的副州长王建明、州委常委、宣传部部长杨秋,州委常委、副州长谷运龙,州委组织部常委副部长杨克宁,还有文化局的领导周巴局长等"都参与了组建,州委书记黄新初也非常支持文联的成立事宜。③

官员们热心文学热衷于帮助文学,这是阿坝州一个特色。阿坝州羌族诗人余耀明回忆道,很多人羡慕我们,说我们一个州内作家的文学笔会上,竟然同时出现两个州委常委!余耀明所说的这次文学笔会也许指的是2007年11月30日至12月2日由阿坝州作协和《草地》杂志社在汶川县萝卜寨举行的

---

① 参见谷运龙《〈草地〉如金》,《草地》2015年第3期。
② 参见2015年7月9日笔者对谷运龙的访谈。
③ 参见2015年12月11日笔者对贾志刚的访谈。

"萝卜寨笔会"。这次笔会谷运龙和杨克宁两位州委常委都出席并作了讲话。①

贾志刚说,阿坝州文学能有如此良好的文艺气氛和基础和人才,与阿坝州的领导分不开。并特别强调,不是因为领导的个人喜好,而是因为有重视文化的领导。说:"一个关心文化的领导,对区域经济是知道轻重的,文学艺术对人类进步的重要性他也知道,自带这种认识能力。这是全人类的财富,是一种不可或缺的人文精神。这里的领导有,对这片区域而言,就是有福气。"

阿坝州文人对此非常感激。

谷运龙在《感言辉枝》一文中谈到,21世纪初他还在汶川县当县长的时候,《羌族文学》主编周辉枝找他诉苦,说杂志要停刊了,谷运龙当即决定将《羌族文学》纳入汶川县财政预算,每年从财政里出一笔经费办刊。② 谷运龙说:"我用他对这个民族的情爱做了一个族人本该做的一件小事。十多年了,他一直惦记并经常提起……"

羌族诗人羊子(杨国庆)也说,当年他从若尔盖县一所学校调到《羌族文学》杂志社任主编的时候,因跨县调动很难,全靠谷运龙帮助。羊子至今由衷感激。

(三)阿坝作家书系

文艺基金启动三年后,阿坝州文联开始着手推出阿坝州作家书系。2014年策划,2015年选送出版社,2016年1月书系进入排版。

州文联主席周文琴这样介绍出书缘由及过程:

> 要形成拳头,形成拳头才有力,单兵游勇对地区文学发展不利。所以州文联就策划了"阿坝作家书系"。书系交给中国文联出版社出版发行,是公开发行。甘孜州"康巴作家群"都出了三辑书系了,且康巴作

---

① 参见《萝卜寨笔会专页·编辑语》,《草地》2008年第2期。
② 《羌族文学》的办刊经费最初是一年5000元,后从1.5万元涨到3万元再到4万元,再到5万元、7万元、8万元,到2015年是12万元。

家群联合了迪庆、果洛等多个藏区，覆盖面广，还可以强调康巴藏族。我们阿坝州是藏羌回汉多民族地区，强调哪个民族都不对，所以就用阿坝作家群（书系）比较合适。

阿坝作家书系第一辑遴选了 8 部作品，包括小说、散文、诗歌：

体裁	书名	作者
小说集	《迁徙》	谷运龙
诗集	《马尔康 马尔康》	康若文琴
小说集	《仰望雪宝鼎》	白林
散文	《天真的梦与羌野的歌》	雷子
诗集	《天上的风》	文君
散文	《记住我的姓氏》	任冬生
小说集	《摇曳的格桑花》	扎西措
长篇小说	《玛曲》	张翔里

书系邀请阿来写序。阿来在序中说，希望阿坝作家书系一直推下去，这样一定会在全国形成影响力。周文琴也表示，书系出来后会接着开研讨会、发布会，并且肯定还会出第二辑、第三辑。① 阿坝州文联这样做的目的是：推出阿坝作家群。周文琴说，"上次省作协开人员培训会，各市州文联作协领导都到了场。省作协在会上规划出了五个作家群，包括康巴作家群、凉山诗群、阿坝作家群、嘉陵江作家群、大巴山作家群。阿坝在五个作家群之中，这是

---

① 参见 2016 年 1 月 19 日笔者对周文琴的访谈。

省作协对我们工作的认可。虽然目前省作协还没有拿具体的支持政策出来，但至少已经认可我们了。"

在阿坝州文联的强力推举下，人们都相信，阿坝作家群一定会在未来几年崭露头角。贾志刚说，目前阿坝州的大作品还没出来；但不久会成为一种整体的实力展现，"因为大家都处于蕴藏力量的过程中，总有一天会来个地动山摇。"

三 灾后羌族文学的整体传播

阿坝州羌族作家文学自20世纪80年代兴起，至新世纪，已产生一定成果，但向外传播效果不佳。2008年汶川大地震后，羌族文学获得外界关注，羌族文学写作者也努力实现内部整合，以促进族群文学整体传播。

（一）震后凸显

早在2008年以前，阿坝州羌族人士便在为族群争取话语空间：1958年7月7日争取成立了茂汶羌族自治县[①]，1987年争取进入到阿坝藏族羌族自治州[②]。由县到州，预示着政治经济文化权利空间的拓展。[③] 羌族文化界并于20

[①] 1950年至1958年，羌族地区先后隶属四川省藏族自治区和阿坝藏族自治州。1958年7月7日茂汶羌族自治县得以成立。《茂汶羌族自治县概况》里介绍道："一九五八年七月建立了茂汶羌族自治县，实现了民族区域自治，使全县的政治、经济、文化各方面，都发生了巨大的变化。"参见《茂汶羌族自治县概况》编写组《茂汶羌族自治县概况·前言》，四川民族出版社出版1985年版，第2页。

[②] 1987年阿坝藏族自治州改为阿坝藏族羌族自治州，茂汶羌族自治县改为茂县。有关申请成立阿坝藏族羌族自治州的报告，是由时任理县政府办公室秘书的余耀明写初稿，理县法院院长王永安修改，并且以茂县县长王龙清和理县县长左昌棋的名义，递交有关国家部门的。报告内容大致是：羌族在汉唐时是大族；西南诸多民族包括中华民族身上都流淌着羌族的血液。从历史到现在，从民族文化自治权利，从民族经济文化发展，从民族历史沿革来看，从经济、政治、文化任一角度，都需要成立一个羌族自治州，以适应这个民族的天性和发展。报告由时任国家领导人之一的习仲勋审批，然后递交讨论，最后同意。据参与报告初稿撰写的余耀明说："提出成立羌族自治州的理由还有一个，针对国外的某些质疑，说羌族这么大个民族，难道就被消灭了？不存在了？如果成立了自治州就不一样了，民族地位就上升了，就不是自治县而是自治州了。从县到州，民族自治区域扩大了，权利增多了，地位提高了，干部构成也发生了很大变化。藏羌自治州以后，州级干部的民族成分、构成就不一样，会有名额分配和纷争。"

[③] 《阿坝州志》记载：1987年的阿坝藏族自治州更名为阿坝藏族羌族自治州，预示着"藏羌回汉各族人民在中国共产党的领导下，实现了民族平等和民族区域自治"。参见阿坝藏族羌族自治州地方志编纂委员会编《阿坝州志》，民族出版社1994年版，第3页。

世纪90年代创制了本民族文字：羌族文字①。阿坝州羌族文学写作者也很早便有了族群意识：创办《羌族文学》杂志，发起"羌族文学社"。但总的说来，羌族作家文学传播效果不佳，传播范围比较窄。

2008年汶川大地震让羌族文化的濒危状态得到外界关注。中央政府在羌族地区成立了全国羌族文化生态保护实验区②，羌族语言文字读本作为乡土教材进入茂县民族学校课堂。以冯骥才为代表的学者抓紧实施对羌族文化的抢救性挖掘和保护③。有关羌族研究的论文迅速增长，"中国知网"上与羌族有关的论文大致数目如下：

2008年后，羌族文学得到外界评论界关注。2008年以前研究羌族文学的文章以徐希平《深沉的反思 热切的企盼——当代羌族青年诗人论》[《西南民族学院学报》（哲学社会科学版）2000年第11期］为代表。2008年后，论文有黎风《羌族文学重建的理论话题》[《西南民族大学学报》（人文社会科学版）2010年第10期］，张建锋《生命之思：当代羌族文学的一个维度》[《西南民族大学学报》（人文社会科学版）2010年第12期］，周正《羌族现代文学的起点及现状初探》（《阿坝师范高等专科学校学报》

---

① 羌语属汉藏语系藏缅语族羌语支，分南北两大方言，每个方言内部各分5个土语。现在实际使用羌语的人口约为15万。1984年四川省民族事务委员会派出调查组，就羌语的分布、使用情况和羌族是否需要创制文字等问题进行了实地调查。1989年7月，经省省政府批准，省民委组建了"羌族拼音文字创制领导小组"。经过2年的调查研究，完成了《羌族拼音文字方案》的创作。1991年10月，省委省政府批准了《羌族拼音文字方案》，并按程序报国家民族事务委员会。国家民委于1993年3月对方案进行了专家鉴定，批准同意在羌族地区试行。至此，羌族有了自己的拼音文字。羌族文字创制后，曾在汶川、茂县试行推广，羌族文化工作者们还编写了《汉、羌文对照词汇手册》。然而自20世纪90年代以后，羌族新创文字的推广和试行工作走了下坡路，到目前几乎绝迹。参见贾银忠主编《中国羌族非物质文化遗产概论》，民族出版社2010年版，第95页；魏向清《中国辞书发展状况报告1978-2008》，商务印书馆2014年版，第368页。

② 2008年11月14日，由文化部命名的羌族文化生态保护实验区授牌仪式在北京人民大会堂举行。2010年12月，四川省文化厅颁布《羌族文化生态保护实验区规划纲要》。《纲要》确定以茂县为核心区，以汶川、理县，绵阳市北川羌族自治县为重点范围，以阿坝州和绵阳市行政区域及相关地域为羌族文化生态保护实验区的保护范围，与其相对应的现行行政区划范围是：阿坝藏族羌族自治州的茂县、汶川县、理县、松潘县、黑水县、九寨沟县、绵阳市的北川县、平武县等。羌族文化生态保护实验区总面积为39204平方公里，总人口30.61万人。

③ 2008年6月1日，中国民间文艺家协会等单位联合主办的"紧急保护羌族文化遗产座谈会"在京举行，中国民间文艺家协会主席冯骥才、羌族文化研究专家李绍明等数十位与会专家学者向全国民间文化工作者发出《紧急保护羌族文化遗产倡议书》。2008年9月1日，由冯骥才、向云驹主编的《全新羌族文化学生读本》由中华书局出版。

与羌族有关的论文

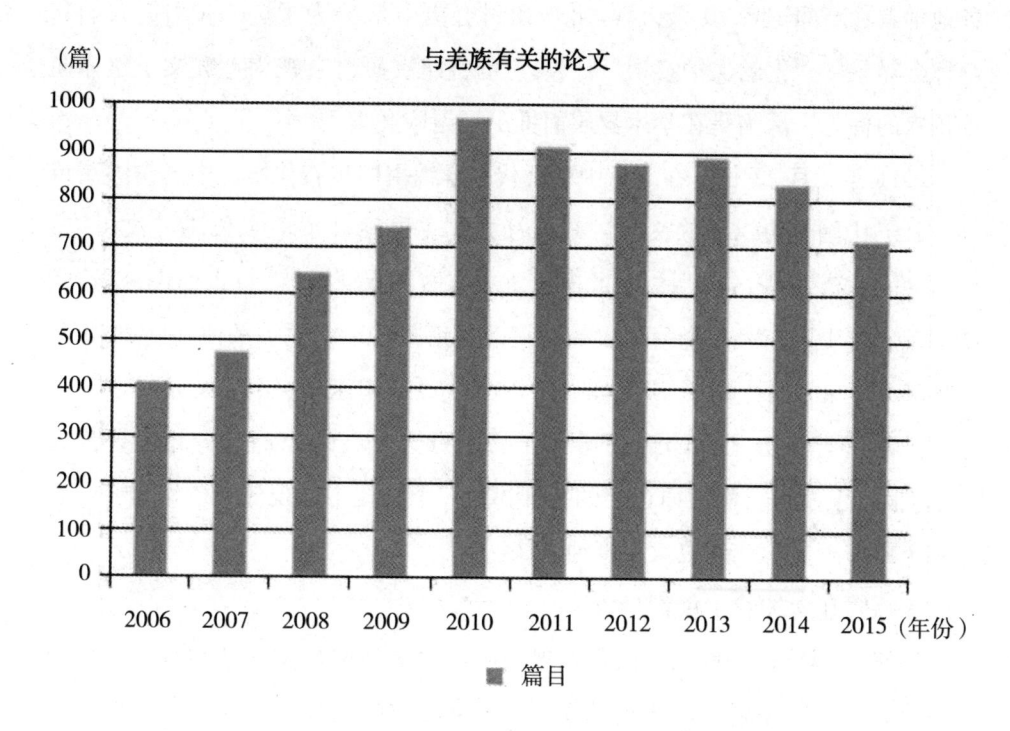

年份	篇目
2006	约 410
2007	约 470
2008	约 640
2009	约 740
2010	约 960
2011	约 900
2012	约 870
2013	约 880
2014	约 820
2015	约 700

2011年第28卷），徐希平《融汇进取的羌汉文学关系略论——以羌族诗人羊子的诗歌为例》（《当代文坛》2012年第2期），尹腾连《大山深处的百合——1988年至2009年〈羌族文学〉杂志研究》（暨南大学2012年硕士学位论文），邓星羌族文学前世今生发展情况概述》（《剑南文学》2013年），熊刚、邹莹《羌族文学研究综述》（《大连民族学院学报》2014年），王学东《羌族当代新诗的发展及特征》（《阿来研究》2014年），周宏彦《中华文明共同体背景下当代羌族文学创作的文化认同》（《西南民族大学学报》，2015年），田晓青《〈羌族文学〉杂志研究》（西华师范大学2016年硕士学位论文），等。

"羌族文学研讨会"很快召开。2008年以前，只四川省作协组织召开过谷运龙散文创作研讨会。2008年以后，2010年6月，由省作协、省中国现当代文学研究会和西南民族大学主办、西南民族大学文新学院承办的首届羌族文学研讨会在成都举行。与会人员包括省作协吕汝伦、意西泽仁、钟庆成，省社科院李明泉，台湾中央研究院王明珂，加拿大UBC亚洲研究所彭文斌等各地学者、新闻记者 70 余人。① 此次研讨会更多是"为了进一步引起人们和全社会对羌族文化的保护意识"②。人们也将此次研讨会视为羌族文学整体向外传播的标志,认为是在学术界层面推出了羌族文学。③

2011 年 9 月 22 日,在北京中国现代文学馆由四川省作协、中国作协《诗刊》社、中国作协《民族文学》杂志社共同主办召开了羊子长诗《汶川羌》研讨会。《文艺报》《诗刊》对此次研讨会作做了专题报道。④ 人们说,"这是中国羌族有史以来第一个第一次如此正面、正式、正宗地被关注"⑤。2015 年 4 月 28 日,由中国作家出版集团、中国少数民族作家学会、《民族文学》杂志社、四川省作协主办的"谷运龙作品研讨会"在北京召开,相关评论在《文艺报》上发表。两次研讨会的召开,且一个是在中国现代文学馆召开,意味着羌族作家文学受到更大程度地承认。

羌族写作者加快了创作步伐。

2008 年以后,羌族文学新作频现。以谷运龙为例,2008 年以前,他的作品主要有小说散文集《飘逝的花瓣》(四川民族出版社 1991 年版)、散文集《谷运龙散文选》(四川民族出版社 2004 年版)。2008 年至 2015 年,他出版了《平凡:"5·12"汶川大地震百日记》(四川民族出版社 2009 年版)、《天堂九寨》(四川民族出版社 2012 年版)、《我的岷江》(四川民族出版社 2012 年版)、《灿若桃花》(人民文学出版社 2013 年版)、《花开汶川》等散文集和小说集。诗人羊子在 2008 年以后也相继出版长诗《汶川羌》(四川文艺出版社 2012 年版)、《静静巍峨》(四川民族出版社 2015 年版);并与王晋康合著长篇小说《血祭》(四川文艺出版社 2012 年版);主编并出版《汶川时空》《震前汶川 100 个经典记忆》《震中汶川 100 个惊心动魄》《震后汶川 100 个精

---

① 参见徐希平、彭超《聚焦羌族文学与文化——"首届羌族文学研讨会"综述》,《西南民族大学学报》(人文社科版)2010 年第 10 期。

② 同上书。

③ 参见 2019 年 8 月 22 日笔者对羊子的访谈。

④ 《文艺报》2011 年 10 月 17 日以《〈汶川羌〉为民族立传》做了报道。《诗刊》2011 年 11 月以《"为民族书写,为时代讴歌"》做了专题报道。

⑤ 《〈汶川羌〉作品研讨会纪要》,新浪博客(http://blog.sina.com.cn/s/blog_ 4765027f-0100uv8c.html)。

美画卷》等书籍。茂县的羌族文学社也很快在 2010 年出版了首套地震灾区文学作品集《羌族文学作品选》①。

羌族作家出书也受到越来越多的资助。如羊子长诗《汶川羌》、诗集《静静巍峨》获 2008 年、2012 年中国作协重点扶持,长诗集《汶川年代:生长在昆仑》是中国作协 2017 年度少数民族文学出版工程项目,诗集《祖先照亮我的脸》是中国作协 2019 年度中国少数民族文学之星项目作品。梦非的长篇小说《山神谷》也获中国作协 2015 年度重点扶持。

获奖也有增多。如 2008 年雷子诗集《雪灼》获少数民族文学骏马奖时,雷子表示,自己听到这个消息都很意外。②

(二) 离散与聚合

2008 年一场大地震,让原本默默无闻的羌族文学来到世人面前。这对羌族作家来说,是天意,也是命运。《羌族文学》主编羊子说:"眼下,是我国文学发展势态良好的时期,对于羌族文学的发展也是一个千载难逢的契机。"③

外界评论界开始整体关注羌族文学,羌族文学写作者也想借此机会整合族群,实现更快更好发展。身为羌族地区唯一文学刊物《羌族文学》的主编,羊子自然而然被视为羌族文学代言人;《羌族文学》编辑部也自然而然被视为羌族文学发展平台。羊子有了担当,向羌族写作者发出整合呼吁(或号召),然响应者寥寥。

余耀明认为,羌族写作者本来便少,以爱好者居多,还有些各自为阵,如山上放养的羊,很难形成群体力量走出去。④

余耀明直言羌族文学写作者未形成整体的原因主要在于作家内部不团结,在于得奖和培训等方面存在的资源分配不均。也就是说,地震后少数羌族作者充当了民族代言人,走在了世人前面,这令大多数没有得到更多权益的羌

---

① 《羌族文学作品选》分小说、诗歌、散文三卷,由成都时代出版社 2010 年出版。
② 参见 2015 年 7 月 9 日笔者对雷子的访谈。
③ 杨国庆:《羌族文学面临的新机会》,中国作家网(http://www.chinawriter.com.cn)。
④ 参见 2016 年 8 月 24 日笔者对余耀明的访谈。

族作者难以接受。余耀明表示，这种心态是可以理解的。因为这个民族人少，写作者也少，"如果有个什么奖或者一个什么出去学习培训的机会，比如去美国，那么这个名额给谁？大家就会很珍惜。比如这个骏马奖，考虑到羌族需要扶持，考虑到这个民族遭遇到大地震这样的灾难，所以要评一个奖（给羌族），那么这个奖给谁？我认为我写得好，他认为他写得好，（所以）这也是可以理解的。"但他转而批评："这也是让我遗憾和困惑的地方。就这么几个人，就是这么小个圈子，大家都沾亲带故，都了解的，大家能够创作就很不错，深度、广度和数量都可以再说。哪个得了什么奖也没得关系。你得了，你水平还没我高，但我心胸宽阔，大度一点儿；我得了奖，我谦卑一点儿，都是从山上下来的放羊子的娃娃……"①

比起余耀明，羊子的分析更深切，他认为羌族写作者没有形成合力的客观原因是写作者群体人才匮乏，爱好者少，思路不开阔，视角不独特，表述不新颖，传播范围窄，在全国影响力小。② 主观原因则包括：

第一，羌族写作者对羌族文学认同度不高，"羌族文学"名存实亡。羊子说，有关羌族文学的整体打造，往往只少数几个中坚分子在热心操办，而多数作者消极怠慢。如2015年四川省作协搞民族文学总结，需要羌族作者汇总自己的文学成果时，以及中国作协出版新时期少数民族文学选集羌族卷需要收集材料时，收到的反馈都很少，"我们的作者，当我们要汇总到（羌族文学）这个点的时候，他们对我们这个点的支持和力度都不够，提供信息和参与的热情度不够。"

第二，羌族作家彼此不服气。羊子说，外界称他为羌族文学领军人物时，"一些羌族作家不舒服。他们认为，你羊子怎么就成了领军人物了呢？"羊子表示："我只是在做我的工作，只是恰好处在了《羌族文学》这个平台。我进来时，杂志就已经是《羌族文学》，我必须有责任感，为这个民族工作。我必须培养、团结、服务羌族文学工作者，我的职责在里面。但是地震后我再去

---

① 参见2016年8月24日笔者对余耀明的访谈。
② 参见2016年6月24日笔者对羊子的访谈。

做这些事的时候，似乎就变成了我个人在做这件事。这就很困难了。"① 羊子的意思是，因为《羌族文学》的关系，也因为外界的关注，在他按照以往的责任去做羌族文学相关工作时，就似乎是在为个人谋名利了。这导致他发出去的倡议被消极对待。

第三，羌族作者民族文化积淀不够，民族认同度不高。羊子说，有些羌族作家走出羌地以后，在公开场合都表示：民族关我屁事。羊子问："这些作家都受过民族身份、民族文化、民族政策带来的好处，怎么能这样说呢？民族文化、民族精神，若在本族人之间都没有形成一个宽容、包容、欣赏的态度，怎么传承？怎么传播？传下去有什么作用？有些作者连羌族历史、羌族文化、羌族文学概念都没搞清楚，怎么传承？"羊子这样的苦口婆心，在有些写作者眼里就是："要不完了"②。有人甚至在开会时含沙射影指责他："有些人自以为取得一点小小成绩就天下第一，就不得了了，就目中无人了……"比较严重的事件发生在 2010 年，当羊子的《汶川羌》研讨会在北京召开、省作协做了一个版面来宣传研讨会后，有些羌族作家不满了。他们中有人写信去批评省作协，说省作协做得不对。有人攻击羊子，说羊子在某些时候说的话伤害了民族感情，说羊子常常这样认为：羌族在藏汉之间，是没有前途的民族。羊子说："这个事情影响很大。省作协搞得很被动。"

羊子认为，羌族作家这种不团结，是羌族文学发展的软肋。

但当笔者准备用"一盘散沙"来形容羌族写作者群体时，羊子说："不能用这个词，这个词会伤害到我的同胞们。"③羊子并于 2019 年 8 月向笔者提供了系列证据④，证明羌族文学正在朝整合方向行进。

第一是，羌族文学年度报告正在形成。自 2015 年开始，到 2018 年，由羊子撰写的羌族文学年度报告已连续四年交由四川省作协统一出版。报告涵

---

① 参见 2016 年 6 月 24 日笔者对羊子的访谈。
② "要不完了"，四川土话，用来形容骄傲自满、颐指气使的人。
③ 参见 2016 年 6 月 24 日笔者对羊子的访谈。
④ 此书初稿完成于 2016 年 8 月，2019 年 8 月，羊子给笔者提供了补充资料。

盖了州内外羌族写作者①。第二，《新时期中国少数民族文学作品选集·羌族卷》已编撰完成，并荣获第四届中国政府出版奖。第三，《羌族文学》杂志读者增多②。第四，羌族作家作品不断获奖。谷运龙《天堂九寨》、羌人六《太阳神鸟》获第六届四川少数民族文学创作优秀作品奖。成绪尔聘（张成绪）长篇小说《川西才子董湘琴》、梅吉（余理梅）诗集《浮云牧场》、雷子（雷耀琼）散文集《天真的梦与羌野的歌》获得第七届四川少数民族文学创作优秀奖，杨国庆散文集《最后一山冰川》获第四届四川散文奖，羊子诗集《静静巍峨》、长诗集《汶川年代：生在在昆仑》同时入评第七届鲁迅文学奖。第五，羌族作家作品开始参与国际交流。2010年5月羊子参加了美国爱荷华大学"国际写作计划中心"举办的中美文化交流活动。2016年11月由西南民族大学中国少数民族文库翻译研究中心组织翻译的《中国当代少数民族作家作品精粹》在美国出版发行。其中选译了羊子的4首诗歌，雷子的5篇作品。羊子的诗歌《入海岷江》并英译发表在了美国杂志《Silk Road》（亚洲之声）上。

羊子并给出了另一个重要证据：继首次羌族文学研讨会在成都召开之后，2015年、2018年，由《羌族文学》编辑部组织承办的第二届、第三届羌族文学研讨会先后在汶川召开。两次研讨会分别请到包括《民族文学》主编、中央民大少数民族文学所所长、四川大学文新学院、西南民大文新传播学院、中国少数民族文库翻译研究中心、中国诗歌学会、《星星诗刊》《现代文艺》《都江堰文学》《草地》等组织机构的教授专家及羌族作家近百人参会。研讨会对羌族文学的整体概貌特质、创作和翻译（包括民间文学）、对《羌族文学》杂志、对羌族文化的历史和影响等方面展开了研讨。③

---

① 自2015年开始，羊子每年都会向四川省作协报送羌族文学发展状况，至2018年已报4期。羊子的年度报告涵盖了省内羌族文学，包括四川德阳绵阳都江堰以及阿坝州各地市州的羌族作者，如绵阳市平武县的羌人六、德阳的李炬、都江堰的余理梅、北川的张成绪。参见2015年至2018年四川省作家协会编《四川文学年度发展报告》。

② 《羌族文学》的销量从1988年的几百本，到2006年的3000本，到2008年后的持续上升，并且欲进一步增加其发行量。参见尹腾连《大山深处的百合——1988年至2009年＜羌族文学＞杂志研究》，硕士学位论文，暨南大学，2012年。

③ 资料来源于2019年8月，由羊子提供。

两次研讨会都由《羌族文学》编辑部承办（不似首届研讨会那样由外界举办），且研讨效果好，意味着羌族写作者向内部整合方向迈进了一步。

2018年《羌族文学》编辑部还主办了顺定强长篇小说《雪线》作品研讨会，邀请到四川大学文新学院、成都大学、乐山师范学院、阿坝师院、西华大学文新学院、《草地》杂志社及汶川县内作者30余人参会，分别从文学品质、思想品格、读者感受、身份意识、后期改编等方面进行了探讨交流。①

看来，《羌族文学》编辑部将继续承担整合发展羌族文学的重任，主编羊子也将继续扮演整合发展羌族文学的核心人物。羊子说以往族群内部不团结是因为自己做得不够好，以后会越来越好。未来他将继续依托《羌族文学》，"不辱使命，担当舞台，再聚合力，不断推出佳作新人……团结培养本土作者。"②

第三节　世界与民族：藏羌作家的差异

阿坝州地处四川西北部，为川甘青交界地带，地理上属中原边缘，文化上属华夏边区。阿坝州的藏羌作家，书写有明显差异。

藏族作家，书写时民族意识弱，专注写作本身。阿来，立足地理和族群，采用宇宙全息视角，试图通过书写藏汉边地的历史与现实，穿透世界人心，达至世界。索朗仁称笔下题材多变，一切故事皆可入文：红军故事、藏地故事、公安题材、青年文学，其作品严谨而灵动，可读性强。"阳光诗人"范远泰，热衷抒情，情感明亮，表现出对故乡故土故人的无比依恋。

羌族作家更强调民族，尤其2008年以后。2008年大地震前，叶星光、何健、朱大录、余耀明等人已有民族意识。地震后，新老羌族作家几乎全线转向民族书写，期望在民族文化彰显与民族形象塑造中重振民族，创造民族文

---

① 资料来源于2019年8月，由羊子提供。
② 同上。

化新传统。由于漫长历史中羌民族的迁徙融合与文字文献的缺失，羌族作家在书写时有一些困难：何谓羌族？如何表现羌族？谷运龙、羊子、梦非、张成绪、雷子、张力、王明军、任冬生等人因此大多走向田野，收集羌文化因子，解释羌文化内涵，走进（近）羌文化。

一 藏地阿来：边地即世界

阿来处在双重边地。他所在的嘉绒藏地，在藏区属于边地[①]，在汉文化里也属于边地。边地自有边地的好处。当突破了身份的困惑和语言的困惑以后，阿来获得了表达的自信，在他这里，边地即世界。

在《我只感到世界扑面而来》一文中，阿来说：萨义德说过，"所有文化都能延伸出关于自己和他人的辩证关系，主语'我'是本土的，真实的，熟悉的，而宾语'它'或'你'则是外来的或许危险的，不同的，陌生的。""我"是民族的，内部的，"它"或"你"是外部的，也就是世界的。如果"它"和"你"不是全部的外部世界，那也是外部世界的一个部分，"我"要通过"它"和"你"，达至整个世界。[②]

在边地上漫步的时候，阿来感觉整个世界向他扑面而来：

>　　我静止而又饱满
>　　被墨曲与嘎曲
>　　两条分属白天与黑夜的河
>　　不断注入，像一个处子
>　　满怀钻石般的星光
>　　……
>　　现在，诗人帝王一般

[①] 嘉绒，藏语意为靠近汉区的农人。学术界一般认为嘉绒藏族是藏族的一支，主要分布在邛崃山以西的大小金川河流域和大渡河沿岸，在邛崃山以东的理县、汶川和夹金山东南的宝兴、天全、康定、道孚等地也有分布。其分布位于四川阿坝藏族羌族自治州和甘孜藏族自治州之间，同时也位于两个藏语区安多方言和康方言的过渡地带。参见德吉卓嘎《试论嘉绒藏族的族源》，《西藏研究》2004年第2期。

[②] 阿来：《我只感到世界扑面而来》，《当代作家评论》2009年第1期。

巫师一般穿过草原
草原，雷霆开放中央
阳光的流苏飘拂
头戴太阳的紫金冠
风是众多的嫔妃，有
流水的腰肢，小丘的胸脯。

——《三十周岁时漫游若尔盖大草原》

阿来站在边地，接收世界，书写世界。

（一）破除障碍，获得大声音

阿来的写作，突破了小情绪、小技巧，进入大世界、大声音。

小情绪指的是主观情绪，是从个体意志出发的情绪，以表达写作者为主。刚开始写作时，阿来的作品还涉及一些民族身份意识，其作品中的主人公常为民族身份而敏感焦虑。如发表于《民族文学》1984 年第 9 期上的小说《红苹果，金苹果……》便讲述了一个想改变自己藏族身份的"他"的故事："他"想靠拢汉族，对自己的民族身份敏感自卑。1986 年，阿来写了《猎鹿人的故事》，写一个叫桑蒂的藏族青年，因汉族女友骂他"蛮子"而割掉了对方的鼻子。

90 年代以后，阿来对民族身份的敏感减弱，不再写这种源于个体、个别族群的焦虑，开始关注人类社会，关注人类社会秩序的改变，关注人类历史与人类共性。阿来的写作也不再醉心技巧——所谓技巧，指的是"各种现代派创作手法"。[①] 阿来进入了大声音写作：1990 年发表小说《阿古顿巴》，1994 年写出《尘埃落定》，之后《空山》《格萨尔王》《瞻对》……阿来逐渐告别个体式抒情式写作，告别对个人情感情绪感官光亮的沉迷与捕捉，告别

[①] 阿来在创作谈《人是不朽的》一文中提及自己早期的写作："过多考虑技巧，而忘记了应该得到充分表达的东西。"他所说的要充分表达的东西是："把众多的人（包括我自己）的日复一日地卑微生活中的美，庄严与真诚揭示出来，使我们深受等级观念、宿命论语悲剧色彩浸泡的灵魂看到一点温暖的光芒"。参见阿来《人是不朽的》，《民族文学》1990 年第 4 期。

单点式深描、传奇式描写,告别对技艺的着魔,转向更广阔天地更纵深历史与地理的书写。《尘埃落定》聚焦藏汉边地新旧政权交替,涉及国共内战;《空山》系列涉及新政权给山村带来的剧变;《格萨尔王》目光在蛮荒与现代、神话与现实之间转换;《瞻对》则再次回到二百年前,写中原王朝与边地的拉锯战;《三只虫草》《蘑菇圈》《河边的侧柏》则是对当下资源问题、社会人心问题的反映。

大声音写作"应该表达某种普遍性的思想,表达普遍的人性和普遍的历史感"[1];应该能反映时代生活和社会风貌,能在复杂多变的时代风云中打捞历史真相,能介入现实、批判现实,能对现实生活发言;能站在思想和历史的高度去思考国家和民族的命运、思考社会的走向和症结。大声音的写作是有价值有力量有深度的写作。阿来做到了。他始终立足边地,挖掘边地,挖掘边地与外界发生关系的历史,挖掘边地历史转换节点,站在边地,书写"我""它""你",书写世界。他在历史与现实之间穿梭,寻找有关人类命运走向与现实大问题的话题:传统秩序衰落、民族问题、民族国家问题、边地问题、环境问题、民生问题、资源问题。其写作不仅涉及人的世界,还包括自然界。2014年写出《草木的理想国:成都物候记》,是对自然物候的关注。[2]

阿来的大声音写作不是像思想家和历史学家那样去表达,而是通过感性自然的方式,"美"的方式——其对"美"有近乎神圣的信仰与追求。《尘埃落定》的语言是诗意的,"美"的。其表述准确又优美:自20来岁写诗以来,阿来的语言便具备了诗化特征。《尘埃落定》的语言写实又象征,读者在惊讶其洞悉力与贴切度的同时,又惊讶其不"狠"不"躁"——再血腥的场面在他笔下也不会失掉从容优雅:形容爱情的感觉是,骨头里充满了泡泡;描述行刑人割下的舌头是,一个小小肉团,被割舌头的人在"这并不好看的东西

---

[1] 韩怡宁、汪汉利:《"大声音"的诗化表达——从〈遥远的温泉〉看阿来的"大声音"叙事》,《阿来研究》(第2辑),第207页。
[2] 阿来具有宏阔的"宇宙意识",视万物为与人无分别的存在。多年以来他就用手中的相机和笔观察与记录青藏高原横断山区这一区域的生物多样性。

面前皱了皱眉头，才昏了过去"。① 阿来的语言极其讲究，摒弃一切"不美"的东西——即便事实上的不美，他也要借用汉语的空灵，赋予其诗意的审美特性。人们从他的文章里只能闻到语言的芬芳、智性的光芒，而闻不到"落后的粗糙的愚昧的"气息。《尘埃落定》《空山》之后，阿来的语言开始转换，越来越朴实无华。《格萨尔王》《瞻对》《三只虫草》《蘑菇圈》，文字洗练直白，贴切度不变，高原味不变，但其高远高深境界、其洞悉力，比以往更甚。阿来的写作，在笔者看来，是越来越接近于"大道无言"境界了，无华彩、"大音稀声"。

（二）确认乡土

阿来在36岁之前一直待在阿坝。少年时他想离开阿坝而未能成行，成年后他有许多机会可以离开阿坝却不愿离开，因为文学，"因为我的作品地域色彩比较强，觉得自己留下来还可以把生活挖得更深一些。"② 当他在36岁写出《尘埃落定》以后，他觉得自己可以离开阿坝了，因为他确信："这片大地所赋予我的一切最重要的地方，不会因为将来纷纭多变的生活而改变。"③

出走后的阿来，写作之根仍在阿坝："我所写的这片地区是藏族地区的东北部，这个区域从文化上命名就叫嘉绒。"④ 他的写作与嘉绒藏区密不可分，他知道嘉绒藏区不为人知的现实和历史，而这，就是他的文学之根。这样的确认，源于30岁时的一次漫游。那次漫游对阿来而言具有划时代意义，确定了他的写作阶段：前期和成熟期。

30岁的一次漫游让阿来确认了一些东西。首先确认了他能够书写，有足够的感觉能力，能够继续朝着"作家"这条道路迈步。其次确认了自己的书写对象。通过漫游，他感受到了土地与自己的契合，感受到了自己与这片土地的呼应、感应，感受到了与这片土地上的人和物的紧密融合，感受到了与

---

① 阿来：《行刑人尔依》，四川文艺出版社2015年版，第35页。
② 阿来、唐朝晖：《阿来：心中的阿坝，尘埃依旧》，《出版广角》2002年第7期。
③ 阿来：《大地的阶梯》，人民文学出版社2001年版，第7页。
④ 何言宏、阿来：《现代性视野中的藏地世界》，《黄河文学》2009年第1期。

这片土地上的一切生灵同呼吸共命运。他感觉自己可以用文字将这种种感受表现出来，也就是，能"真正书写这块土地，书写这块土地上的人"。①

漫游回家后，阿来继续写作，写得很慢，更主要的精力在研究地方史。他要使自己从漫游中获得的感应关系变得更真切。由于地方史记录的空白、汉语世界对四土地区②记录的空白，他用了很大力气来收集资料，包括作人类学田野考察。在这过程中，他有了一个重要收获：民间口传文学。他发现，民间口传文学保存了丰富而高超的想象力，堪比欧美魔幻现实主义、象征主义、荒诞派、超现实主义。作家如果面对这样的文学宝库而不去利用，那简直太蠢了，因为根本不需费力去"重建文学的幻想传统"③，只需发现就行，拿来就行。所以阿来的《尘埃落定》里，开篇即有民间歌谣，光着身子的姑娘，像鱼一样流到人的怀里。也有创世神话。创世神用一声"哈"来造物，傻子少爷也像创世神一样发出"哈"的一声，顿时天地动摇，平实的文字也轻舞飞扬。

可以说，阿来的写作，从表达内容到表达形式，都离不开乡土，他的写作是乡土写作——不管他用了多少现代派的手法。与福克纳一样，福克纳用自己的笔造就了美国南方小镇杰弗生镇，阿来用自己的笔造就了嘉绒藏区。

但和福克纳不同在于：福克纳用自己那"邮票大"的家乡牛津镇幻化出杰弗生镇，构造出约克纳帕塔法世系，写出了丰富人性。阿来从生养自己的小山村出发、写作，扩展到更大的故乡，文化意义上的故乡，这个故乡"如果不是整个青藏高原，至少是青藏高原东部，横断山区……最北边是阿坝，中间是甘孜，然后，再往南边是云南的香格里拉，还有甘南，还可以往西边一点，青海的果洛、玉树，西藏昌都一带，金沙江两岸"④。阿来用笔触及了更大范围的乡土。

---

① 徐春萍：《作家阿来访谈录：重要的信念不可缺》，《文学报》2007年2月8日。
② 马尔康，藏语意为"火苗旺盛的地方"，是以卓克基、松岗、党坝、梭磨四个土司属地为雏形建立起来的，亦称"四土地区"。
③ 《重建文学的幻想传统》是阿来给一套五十本的科幻丛书写的序言。
④ 阿来、卢一萍：《阿来：我一直都在追问，为什么？》，中国作家网（http://www.chinawriter.com.cn/n1/2017/0630/c405057-29373267.html）。

对于乡土写作，当下写作界有些耿介，认为乡土写作老旧、掉价、文青（怀旧）。实则，如福克纳，乡土成了他的"宇宙"；如阿来，乡土成了他的"宝库"。他们在乡土之上构筑神话，超越现实，给人审美。可以说，乡土写作无好坏，只看作家的才气、学养、见识、意志力、生命力、表现力、自信心。乡土写作也可以是优秀的伟大的写作，因为乡土是一个作家最为熟悉和最有感应的地方。乡土在哪里并不要紧，只要作家愿意去感受，那里就是他的乡土。关键是作家在这片土地上付出的情感、体验、时间和精力。而这，是当下作家很难做到的：真正走近乡土，理解乡土，书写乡土，提高乡土，成就自我审美和艺术。而这，也是阿来所做到了的。

（三）拒绝类型

阿来的写作，拒绝类型。他不愿意给自己过早地划定一个区间，确立一种风格，也不愿意给自己贴上某个标签。他一直在突破。类型在突破，从历史小说到现实主义小说到非虚构文学；题材在突破，从土司家族到空山村民到劫匪亡命徒，从自然到政治到军事、经济、文化。

阿来最重要的突破，是对小说和诗歌类型的突破。

通常认为小说便是讲故事，讲大众喜闻乐见的故事。但在阿来这里不仅是，他要讲的故事是，具有诗歌一样意象多重、意味多重、意境多重的故事，像诗歌一样优美、优雅的故事。

他说：

> 我追求很好地讲一个故事。故事可以是现实的，也可以是不那么现实的，可以像生活，也可以不像生活，但本身要是一个好故事。好故事像一座矿藏，可以不断挖掘出有价值的东西。很多人讲故事，故事被讲得没有什么意义。我不这样。我追求在讲述的过程中不断发现意味，发现言外之意，不断发现故事有意义、有意思的地方，我力求让读者意会一点东西，产生共鸣。对我而言，讲述的过程就是一个不断发现寓意，追寻寓意的过程。有时故事进展到一个地方，它言外的意味特别浓，这时我会使用较多的笔墨。一个故事可能包含多种寓意或意味，有大的，

也有枝蔓性的，我必须迅速分清哪一个是贯串全篇的，哪些只宜点到为止。不过我会尽量使故事多具备几层蕴含，因为只有单一寓意的故事很贫乏，叫人回想起中学时代只有一个中心思想的写作和阅读。①

《尘埃落定》是对历史小说写作类型的突破。《尘埃落定》讲历史，讲一个土司家族，却不同于历史小说的客观还原、一板一眼。《尘埃落定》借用了一个傻子的视角，让这个傻子既扮演戏中人，又扮演叙述者，又扮演旁观者——旁观者实际是阿来，真实的作者，所以才有戏中那个傻子看着自己流血死去这样的场景发生。傻子是实实在在的傻子，是阿来对历史早已了然于胸后的全知全能给予了傻子先知般的能力和神异。所以，这是一部虚构的历史，是一部早就上演过的大戏，阿来是导演。他清清楚楚看着这部戏上演、又看着这部戏落幕。他在这里玩弄了一次历史，历史不是什么大事件，进化论，现代化进程，历史是人，是人的渐渐醒悟，是人对历史的穿透与洞察。所以，《尘埃落定》这部历史小说，不同于一般历史小说。没有太多借古讽今，也没有刻意还原历史本来面目，是阿来站在历史废墟前，虚构了一场美轮美奂的大戏。一切已既定，棋盘已摆好，一切抗拒都是徒劳，不如像美丽罂粟花，绚烂一阵烟消云散，直至尘埃落定。

《尘埃落定》里，阿来尽情挥洒他的智慧、理性、灵性、才情。《尘埃落定》是他的一次尽情写作，搭进去了他彼时的全部才情和思考。《尘埃落定》将阿来30多年来在这片土地上的积蓄全部花光，所以写完《尘埃落定》后阿来就离开了阿坝，必须离开。后来多年他再没出大作品。阿来说："在这一本书的写作过程中，倾尽我所有的力量，无论是对作品外在的形式优雅美感的追求，还是内在的对于人生与社会的探寻，都会本着向善的渴望，往着求美与求真的方向作自己最大的努力。"②

《尘埃落定》是阿来对自己以往写作的一个总结。《尘埃落定》之前，有

---

① 阿来、陈祖君：《文学应如何寻求"大声音"》，《现代中国文化与文学》2005年第2期。
② 《〈尘埃落定〉出版15周年 阿来透露背后故事》，中国新闻网（http://www.chinanews.com/cul/2013/04-11/4722782.shtml）。

《阿古顿巴》;《尘埃落定》之后,有《行刑人尔依》和《月光里的银匠》。

《阿古顿巴》写于1986年,是阿来对民间传说的超越。文中的阿古顿巴,据研究者称可看作《尘埃落定》中傻子的原型——笔者不这样认为。阿来写作此文的初衷是,藏区有关智者阿古顿巴的传说很多,但没有一个故事描绘过他的形象,于是阿来准备描绘一下阿古顿巴的形象,并且想象一下他的命运。在这篇小说中,阿来打破了以往民间叙事的固定模式,将阿古顿巴塑造成一个悖逆反叛的形象,这形象既不清晰,也不美也不善,当然也不丑不恶。小说情节推进上,多用象征与转折,整体氛围呈现出一种做作与夸张的哀叹调。这篇小说发表在《西藏文学》杂志上后多年,时任编辑的色波在和我的谈话中,还称赞这篇小说有"大师气象"。

《远方的地平线》1987年发表于《民族文学》。作品穿透历史,从过去到现在到未来,展露了对"民族历史的热爱,对民族同胞生长于斯的草原本土的深情"。[①] 同一年发表的《奥达的马队》和《旧年的血迹》,虽都是对硬汉性格的描写,但表现得更多的是阿来的思考,表现藏区人民的心灵震颤,他"直视着藏族人民的现实变革和历史进程;他没有过多地去追求作品的永恒性,但他的一些作品却回荡着历史回声和闪烁着哲理光彩。他的立足点是写自己的民族。他以特有的民族心理和敏锐的审美眼光去捕捉藏族地区在时代大潮冲击下的矛盾焦点和人们心灵的颤抖,并以独特的视角和深沉的思考去表现自己对历史、对现实、对人生的理解"。[②]

总体来看,阿来早期作品"都以民族区域为背景,以命运的神秘和文明的困惑为主题"[③],其间充斥着历史、现实、人生、孤独、追寻。作家站在现实里,进入历史,再反观现实。这反观不清晰,总是被一个个彰而未显的谜团所笼罩,谜团模棱两可,若明若暗,使作家感到自己阐释能力的低下和无能,因而流露出一种艰难感慨和唏嘘语气,显示出一种价值判断上的矛盾。

[①] 冯宪光:《现实与传统 幻想与梦境的交织——评阿来的短篇小说》,《当代文坛》1990年第6期。
[②] 白崇仁:《大变革中的心灵颤抖——读阿来的〈奥达的马队〉》,《当代文坛》1988年第2期。
[③] 刘中桥:《"飞来峰"的地质缘由——阿来小说中的"命运感"》,《当代文坛》2002年第6期。

到《尘埃落定》，阿来清晰了一些。他不用面对现实了，他全部进入历史。阿来曾说《尘埃落定》"总体来讲是一部关于权利和时间的寓言"。① 换言之，就是"昔日王孙门前燕"的感觉。但是《尘埃落定》毕竟不同于一般的历史小说，此不赘述。

《月光里的银匠》（《人民文学》1995年第7期）是从《尘埃落定》里剥离出来的短篇。沿袭了《尘》的诗意空间，"弥散着诗意、梦境、寓言和意象，这些神秘的叙事元素共同构成了文本独特的审美风格。"② 小说着力描写了银匠的手。手是银匠的生命，他的自由和骄傲都来自这双手。当双手被毁，银匠也不能苟活。古今类似的表述很多，诸如"刀在人在，刀亡人亡"，"宁为玉碎，不为瓦全"。但阿来这篇小说的奇特之处在于，其声音、色彩以及营造出来的澄澈通透情境，是同类型小说中不具备的。

《行刑人尔依》（《花城》1997年第一期）也出自《尘埃落定》。阿来说他写完《尘》后觉得意犹未尽，于是抽出一些人物再写。这是一群面貌模糊的行刑人，阿来着力描写了他们的身份、生活以及孤独状貌：深夜穿上死者的衣裳，变幻出不同形象，歌着舞着，日行千里，穿梭阴阳。这类似的表达可使人联想到戴上八角帽的仲肯、穿上水袖的陈蝶衣、画上符咒后的义和团将士……阿来在这里实现了一种表达的快感，也揭示了一种人与物的互文关系，其中深意值得深究。

总之，21世纪以前阿来的写作，有一大半可归为《尘埃落定》系列。该系列是用诗意的眼光和诗化的手法，去看一段逝去的历史，去写一些消失的人事。这种写法到《尘埃落定》是高峰，《行刑人尔依》和《月光里的银匠》是余音。

阿来注定要走的是现实主义道路。《尘埃落定》再诗化，都已现出现实主义端倪，属主观现实主义，也就是，"从他自己对现实的理解、体验中去发掘

---

① 沈文愉：《写作是生命本身的一种冲动——访问〈尘埃落定〉的作者阿来》，人民书城（http://www.book.peopledaily.com.cn）.
② 梁海：《阿来文学年谱》，复旦大学出版社2014年版，第72页。

现实生活与历史文化、未来前景的联系。"① 阿来随后开始了客观现实主义写作。他写了《空山》系列，写了《瞻对》《蘑菇圈》《三只虫草》。这些作品有的是写过去的现实，有的是写当下的现实，都对当下现实问题进行了回应。

《空山》系列回应的是自然与人的关系问题、环保问题，视点落在新中国成立后的二三十年间，那个中国大地最混乱的年代。90年代阿来发表的《已经消失的森林》（《红岩》1991年第1期）、《银环蛇》（《四川文学》1991年第3期）等作品，已经在用神秘主义眼光检视自然与人的关系。随后又有《最新的和森林有关的复仇故事》《天火》等作品，以自然的复仇来警示人类罪行；又有《人熊或外公之死》中困惑于人类为何要猎杀人熊，《红狐》中对人对自然行动胜利与精神惨败之间的反差描述。

现实政治也是阿来关注的问题。《空山》中有对政治权力的问询，有对暴力执政的批判。比如政府任意宣布一个地方属于国家，而当遇到大灾难时，国家却束手无策；比如借助国家的名义滥砍滥伐，给空山村民带来灭顶之灾。《瞻对》也持鲜明的民族国家立场：既然民族国家已成事实，那么大家就应想办法让其往好的方向发展。《瞻对》中，阿来截取了清朝年间藏汉边地的一段历史，展现了中原王朝与藏区边地的拉锯战，把今日的"藏独"分子和中国政府各打了五十大板，最后亮出态度：好好执政，和平相处。

经济问题也是阿来关注的现实问题。2015年，阿来出版《蘑菇圈》《三只虫草》，对接的便是全球化经济潮中藏地人心被改变、藏地资源被掠夺的事实。其后不乏社会批判、文化批判。

总之，从历史到现实，从主观到客观，从诗歌到故事，从魅蔽到清晰，阿来永远站在藏汉边地，书写历史，书写现实，达至世界——他只需守住边地，世界自会向他扑面而来。

二 羌族书写：叶星光与谷运龙

作为人口较少的民族，羌族在中国版图里居于边缘地位：经济的边缘、

---

① 冯宪光：《现实与传统　幻想与梦境的交织——评阿来的短篇小说》，《当代文坛》1990年第6期。

文化的边缘①，羌族作家很早便有了民族意识。何健说："多么可悲的现实，中国'五胡'之一的'羌人'，几千年的历史流过去，到如今，没有一部本民族的历史书；没有一首本民族的史诗；没有一位本民族的诗人；没有一篇本民族人写的在全国有影响的作品"，因此，"写出我的民族的历史，写出我民族的心理素质和个性特征，写出我民族的精神和风俗，写出我民族的变迁和生存之地域，是我提笔写诗那一天就明确了的、终生追求的一条艰辛的道路"②。余耀明也把"破译那亘古不变的生存密码，演绎羌族独特的心理个性因素"作为其主要文学目标③。

20世纪八九十年代，叶星光的《神山、神树、神林》、何健的《羌民篇》、朱大录的《羌寨椒林》、余耀明的《羊皮鼓》，都是羌民族文学文本。

2008年大地震后，羌族作家深切感受到民族的生死存亡，感受到内外界对羌族的重视和重建羌族的呼声，于是在继叶星光、何健、朱大录、余耀明之后陆续进入羌文化书写。他们是谷运龙、羊子、梦非、雷子、张成绪、张力、王明军、任冬生等人。他们早期或许并不太重视羌文化，但在地震中及之后，他们对"羌族"有了更深刻的认知和更强烈的情感：认同感、归属感、责任感，于是在作品中转向羌族。

转向是困难的，由个人转向文化，由地域转向民族。在这个问题的处理上，一些羌族作家比较成功，如叶星光。其写作自然贴切，作品中的民族、文化、文学相映生辉、彼此融合。后来的写作者如张成绪和梦非也较平和自然④：张成绪的小说《川西才子——董湘琴》，在宏大背景下展现羌人群像，细节真实、贴近生活；梦非的小说《山神谷》充满羌区神秘氛围，处处展现

---

① 参见王明珂《羌在汉藏之间》，中华书局2008年版，前言。
② 何健：《致〈诗林〉编辑部的信》，《诗林》1986年第3期。
③ 转引自徐其超主编《族群记忆与多元创造——新时期四川少数民族文学》，四川民族出版社2001年版，第293页。
④ 张成绪，又名成绪尔聃，羌族，四川北川人。著有诗歌集《九寨雨黄龙雪》《羌红飘起来》，长篇小说《川西才子——董湘琴》《银雪骁骑》《羌红依旧》，剧本《羊角花儿美》《第63次飞行》，音乐作品《西羌大峡谷》《神性的天空》《圣洁的白石》等。梦非，原名余瑞昭，汶川人，供职于茂县。曾参与完成《茂县民间文化集成》的收集整理出版工作，完成旅游文化散文集《相约羌寨》《人文羌地》《茂州史话》，诗体游记《唱游茂县》，出版诗集《淡蓝色的相思草》，长篇小说《山神谷》。

羌人心性及羌区风貌。

另有一些写作者则遇到了困难，如谷运龙。谷运龙写作底子好，在写作地域文化时毫不费力，但在写作羌族时便感力不从心。他自觉与羌文化存在距离，所以他不停重新认识羌族书写羌族，期望有一天能创造出代表羌族的作品。羊子也如此，他想要在作品中坚定地"说出"羌族，见证羌族、见证历史、见证时代。

与以上写作者不同，雷子①的写作不刻意强调羌族。她自认是古羌后裔，认为"羌"已经在基因和血液里。因而其诗精神高拔，情意悠远，既不刻意写民族，也不刻意追随诗歌的现代性，犹如巫师狂舞，灵魂出窍，语词如呓语般直下，追求一种原始状态下的感性写作。其诗随景赋歌，内容广泛，想像奇崛，情绪饱满。文字本身挟带着体积、重量，制造出呼啸之感，制造出霸蛮的力量。

（一）叶星光：自然地写

对羌文化的描写，大多数作家都有一个自觉回顾、自觉认知的过程。这些作家大多有羌寨生活经历，如叶星光。

早年的叶星光，写作以故土风物为主，较少关注民族。他虽然也写羌人羌地，偶尔带出点羌文化元素，但不着力写羌族，他写的是高山高地人群的生活，可称为田园牧歌式书写。②早期他塑造了系列小人物：《年轻的石包老汉》（1982）、《憨老表》（1984）、《啬老汉外传》（1984）、《父亲的辉煌》，等。着力表现羌区生活：如《月到中秋》（1985）中的父女关系、家庭伦理；《试刀面、试机面》《挂面》《还债》中的婚姻礼俗、人际交往、艰难困境；《阴差阳错》中的爱情亲情；《梁》（1985）《头帕》《病源》（1988）中的新老冲突；《山地》（1987）中政府的出尔反尔，浪

---

① 雷子，原名雷耀琼，生于 1970 年，汶川县人。14 岁开始写诗，擅长抒情诗。著有诗集《雪灼》《逆时光》，散文集《天真的梦与羌野的歌》。《雪灼》表达着对生死的理解，"生命燃烧的速度比流星更美、更残酷"。飘逸的笔触和空灵奇幻的意境是其诗歌特点。

② 徐希平在《走出羌寨神山　走向现代文明》一文中，将叶星光的创作归纳为三方面主旨：第一，田园牧歌式的赞颂。第二，忧患意识的融入。第三，羌民族文化的浸润。

费资源。也尝试表现一些新技巧，如《阴差阳错》（1988）中的阴阳穿梭视角。

90年代，叶星光进入羌民族书写。1997年发表羌族第一部电影文学剧本《尔玛魂》；1998年整理写出第一部羌族神话剧《木吉珠剪纸救百兽》；1998年出版小说集《神山、神树、神林》。

其首先是展开调查，对羌族历史文化进行彻底了解。有资料称，其"曾以极大的兴趣和热情比较系统深入地钻研过羌族的历史与文化，博览群书，采访调查，多方收集整理流传于民间的羌族习俗、宗教、道德、文学、艺术等原始史料，分析比较和探讨其深刻的文化内涵和特点"[1]。并发表文章《浅谈羌民族传统文化中的宗教意识》，对羌人的神灵崇拜作系统分析，清理出羌族自然界诸神、家神、工艺劳动神、地方神四大类三十余位神灵的性质、渊源和在羌人生活中地位、影响。[2]随后，于写作中大量运用羌族研究成果和羌文化元素：于小说《神山、神树、神林》中表现羌人神林信仰，于《沉重的大山》中刻画羌人宗教人士"许"的职业道德和职业信仰，于《头帕》中表现羌人的服饰特色与神龙信仰。羌族木比、许、尔玛、祭山歌、云云鞋、邛笼等特有文化标志散落文中。

叶星光并有意识地提炼羌人性格与羌人心性，凸显羌民族整体性与独特性——他在文中不止一次提及"我们尔玛人"（"尔玛"是羌人的自称），他想替民族立言、替民族树立形象。他在作品中书写了系列山寨中人系一列故事，写了系列山寨：牛山寨、鸡公寨、龙山寨、沟口寨。其着力刻画的山寨中人是这样的：正义、勇敢、勤劳、淳朴、坚守信仰……如《神山、神树、神林》中以死护树的老木比、敢作敢当正义凛然的余八斤，《沉重的大山》中痛失爱子仍坚守草原、坚守职业信仰的韩金保，《情殇》中追求美好生活与树结缘的石巴老汉，《头帕》中拒绝新变的执拗老阿爸。

叶星光并注意打造作品的艺术形式，使作品具有可读性，使羌人生活、

---

[1] 徐希平：《走出羌寨神山　走向现代文明——论叶星光的小说》，《西南民族学院学报（哲学社会科学版）》1999年第5期。

[2] 同上。

心性、信仰与故事紧密结合，这首先有赖于他对这片土地、这片土地上的人们的熟悉。因为他自小在这些器物中长大，他熟悉这些器物的用法，熟悉这些器物使用之人的方法过程信仰空间，用一个短语来形容就是"浸润已久"。所以他写起来得心应手、毫不生涩。另一方面，他对作品的每个环节都下了功夫。其开篇讲究，充满浪漫激情和戏剧性。《心祭》《父亲的辉煌》《沉重的大山》《神山、神树、神林》中，开篇都是通过景物描写、人物独白或对话渲染出一种紧张激烈氛围，表达出一种悲愤悲壮情绪，使故事指向死亡、复仇和救赎主题，使接下来的故事大开大合大起大落。《情殇》中石巴老汉与一棵树的生死恋也极富浪漫激情。他在写作过程中也不断运用倒叙、顺叙、插叙、并叙等手法，使作品呈现出曲折魅力。他还注意在结尾时设置开放性结局，引人深思。如《梁》《山地》《病源》中的开放式结尾。

总之，叶星光的写作既富民族风情，又富故事性，两者融合较好。有论者这样评价叶星光的后期写作："自然而然地流淌出一种粗犷深沉的羌民族文化底蕴，完全不同于某些浅尝辄止或有意搬弄之作"，"愈到后来，运用愈为自如，完全融合于中，成为有机整体"。① 叶星光也这样自述："（羌区）这种特殊的历史文化背景和多元的民族文化心态赋予了我创作的激情，羌区多姿多彩的生活激励着我，使我爱上了文学，并选择了文学创作这条艰难的道路。我对我的民族和我所钟爱的文学虔诚而又执着。"小说集《神山、神树、神林》是他这种虔诚和执着的反映，是其"对羌区历史的和现实的生活观察、体验、审视和感受的一种心迹流露"。②

（二）谷运龙：认同与困惑

可以这样认为，何健、余耀明、叶星光等人的羌文化写作是自然而然的，因为是对其熟悉的人、熟悉的生活的观察、体验、审视和概括，属"回归"

---

① 徐希平：《走出羌寨神山 走向现代文明——论叶星光的小说》，《西南民族学院学报》（哲学社会科学版）1999年第5期。
② 叶星光：《神山、神树、神林》，四川民族出版社1999年版，第283页。

型写作,"在乎其中、出乎其外、入乎其内"。而谷运龙则不同,谷运龙的羌族书写是"在乎其外、入乎其中"、由外而内的写作。这种写作,属文化他者写作,难度较大。谷运龙说:"地震后虽然很多学者写了很多关于羌族的东西,但是羌族自己写出来的东西太少。现在还没有一部作品能代表这个民族,所以我有责任、而且有能力去做这件事情。"①他要做的事情是:写一部最能代表羌族且能代表羌族最高文学水平的书。

生于阿坝州茂县的谷运龙,出道较早、年纪也不轻。早年写散文,也写小说,以乡土生活为主,笔调细腻,风格清新,情感深沉。这一时期集中在20世纪90年代。他自述写这样的文章较为舒畅顺手,如《家有半坑破烂鞋》《淘金》。这些作品虽然也反映羌人生活场景、民风民俗、精神信仰,但更多的还是表现他自己的心路历程。2000年以后,谷运龙当上汶川县长、后又为汶川县委书记,再为阿坝州副州长、州委副书记,于是,写作之路基本停止,直到2008年。2008年以后,其写作进入喷发期,陆续出版《平凡——"5·12"汶川大地震百日记》《我的岷江》《花开汶川》《灿若桃花》等多部作品。2008年以后,谷运龙开始全力写作羌族。

谷运龙的羌族意识建立于20世纪80年代,于2008年后达至强烈。

小时候的谷运龙其实并没有羌族意识,也没有羌族身份认同。他说他出生在茂县东兴乡桃坪村,这里的人大多没有民族意识,因为这地方离汉族地区近。他说:"我们跟汉文化接触早,从小受的是汉语教育。我父母爷爷奶奶都不会说羌语,我也从小说汉语,只穿的衣服是羌族的。"②直到60年代国家发布票,汉族一年发一丈,少数民族一年发一丈二,大家才在搞民族普查的时候把身份变为了羌族。

谷运龙的羌族意识在走上写作之路后逐渐树立并得到强化。80年代,在羌族诗人作家何健、叶星光、朱大录等人影响下,谷运龙逐渐有了民族文化意识。他在写作中逐步了解了羌文化,认识到羌文化的博大精深,羌族独特的生态观,羌族的神树林、石棺葬;也熟知了羌族的音乐舞蹈,知晓了岷江

---

① 参见2015年7月9日笔者对谷运龙的访谈。
② 同上。

文化的渊源；并暗自猜度，羌族文化是华夏文化或者是蜀文化的上游？太阳神鸟是岷江族群的信鸽？岷江上游的羌族是外来人口还是土著居民？于是意识到，羌族文化处在多元文化的夹击之中，受汉、藏文化的冲击、吸附和融合，文化更多元，成分更复杂，文化的坚守难度更大。①

2008年大地震后，谷运龙感到了民族的可悲、民族的危机，于是在作品中有意识地书写羌族，为羌族哭号。他说他的《我的岷江》一书，是"比较自觉的（民族文学）写作状态"。阿来在读了他写羌族震灾的作品《平凡》之后说："作为一个文化之子，他（谷运龙）放任了自己，以带血的嗓音哀其所哀，长歌当哭。而在读到他作为一个羌族人发出的呼号时，我流泪了。为了一个民族之子的拳拳之心，为了被震魔摧残得伤痕累累的文化。"②

如今，谷运龙正着手书写系列民族文化文学文本，他碰到了困难。他说他最大的困惑在于：无法进入羌族文化核心。因他长期接受汉文化影响，他大多数羌族文化知识都来自二手，不是他亲自体验，他说："这很麻烦。"这导致了他在作品中想要表述羌文化时，无法很好地融入。他这样评价自己的作品：《我的岷江》（羌文化书写）稍好，《灿若桃花》中的羌族文化书写有一些牵强，还不是行云流水，显得生硬，格格不入，还没到水乳交融的程度。长篇小说《灿若桃花》在写完开篇一场精彩的羌族婚礼后，便和同类小说（汉语小说、农村小说、"文革"小说）无甚区别了。谷运龙对此说：

> 文学，不反映民族的风土人情，民风民俗，是不可能的。应该注意的是在反映的时候如何像流水一样自如、自由。首先要把自己完全融入这个文化。如果只是表象的了解，或是读书而来，没有在其中自然生长，表达没有根植于这个地域的这群人中，那么你的表达就是游离的。比如你去表现赤不苏，去表达边缘地方的生活，就格格不入。如果写土门，因为我根植其中，所以写出来就是行云流水，很流畅。因为你在生活的时候，那方土地的文化已经深深烙印到你身体之中。而后头去了解和认

---

① 参见2015年7月9日笔者对谷运龙的访谈。
② 阿来：《平凡——"5·12"汶川大地震百日记·序》，四川民族出版社2009年版，序言第1页。

知的，去写，就完全不同，就不容易。①

虽然困难，但谷运龙不会放弃：

> 我觉得我既然是一个民族作家。我就想把这个民族最好的东西展示给别人。我自己觉得我的家乡的文化不能代表羌族文化，因为汉文化太多了。我既然想把这个民族介绍出去，把这个民族鲜为人知的文化告诉别人、书写出来，就应该把羌族最有代表性的最本真的最原生态的东西展示给别人。所以虽然我能得心应手写我的家乡，但我不去写。咋个实现这个超越，这就需要自己努力、深入、融入。

他努力地超越，超越地域进入民族。长篇小说《灿若桃花》写羌族婚礼、写婚礼歌、写咂酒。中篇小说《迁徙》更进一步，配备了大量羌元素：羌寨、寨碉、羊皮鼓、白石神、释比爷爷、杀牛敬神、建寨上梁、跳锅庄、唱羌歌，并用文中主人公岷山的视角介绍了"我们"羌族历史的迁移。

谷运龙说他在离休之后会尽快进入阅读状态，让自己从行政状态过渡到读书写作状态，把过去没有时间写的小说作品写出来。他散文功底本来不弱，写起故乡来行云流水，评论者认为其散文写作是"岷山深处烂漫而真切的心灵写作"，"在题材的选取和主题的确立上，无不清晰而深刻地烙印着属于自己和民族的特征，创作的脚步是悠远凝重的，现实的眼光是亲切苍凉的，美好的心灵是襟怀坦荡的，执著的抒写是开门见山的。"② 认为其散文作品"气势磅礴，潇洒自然，一气呵成，让读者也随着他的情绪时而崇拜、向往自然，时而对羌文化历史深沉愤慨；另一方面，他一唱三叹，一步一回首，低沉的调子，悲怆的氛围，一次次让我们去思考羌民族历史及我们生活的环境和人生。典雅、灵动如诗般的语言是其散文特色"③。但他不满足，他要创作小说。

2015年4月28日，谷运龙作品研讨会在北京召开。与会评论家叶梅认

---

① 参见2015年7月9日笔者对谷运龙的访谈。
② 杨国庆：《天空与大地：岷山深处烂漫而真切的心灵写作》，《当代文坛》2006年第5期。
③ 白羊子：《典雅、灵动如诗的语言——浅析谷运龙散文的语言艺术》，《草地》2007年第1期。

为，谷运龙的长篇小说《灿若桃花》开篇极具特色，以细致的笔触让读者了解到羌族人真实的婚丧嫁娶、喜怒哀乐等现实生活的表现，"就如同绘制桃花花瓣，非常精心对民风民俗作出点缀，真切自然，是对羌族文化活化石般的记载"。① 2016 年，谷运龙出版小说集《迁徙》，收录中短篇小说 7 篇，从历史到现实，从农到工到官到商到校园青春都有涉及，细节扎实、在场感强、感情细腻浓郁。

作为羌族第一批当代汉语书面文学写作者，谷运龙的小说可算得上优秀。然而与当下小说发展比起来，也不能不说稍逊一筹。在谈到创作问题时，谷运龙说，阿来认为他《灿若桃花》细节描写不够，叶梅也认为其在描述和写景状物上把握不够。谷运龙总结自己的原因：读书不够多，读书总是浮光掠影，没有细读。

谷运龙是真诚的。尽管前方困难重重，但他没有放弃，他在努力。他秉持的是文学乃人学观，坚持为文要有灵气、元气、和气、生气；要兼顾文学的责任感、思想性和审美感受；要能不断亲近生活，紧跟时代的变迁，不断赋予文学作品新的时代意义和生命力。他自豪自己是羌族作家，认为：民族文学既给作家带来高度，也带来难度。认为："羌族文学总的说来不大气，走得不远，还不能代表整个民族文学的最高成果。整个状态也不太好，跟民族心态、思维、胸怀都有关系。"认为："一个作家如果局限于一个民族的狭隘意识当中，那就走不远。"他想要在文学的道路上，从民族到文学到人学，路越走越宽、越走越广、越走越远。但愿他早日实现目标。

三 羌族羊子：坚定地"说"

羊子在羌民族写作这块，比起谷运龙来，所遇到的困难和困惑要少一些。汶川大地震后，羊子展开了用文字记录羌人历史、展现羌人心灵史的过程。在此过程中，他"看见"并"说出"了羌人性格（内化隐忍的性格），确立了自己的诗观。

---

① 《羌族作家谷运龙作品研讨会举办 阿来到场致贺》，中国新闻网（http：//www.chinanews.com/cul/2015/04 - 28/7240540. shtml）。

（一）羊子原名杨国庆，出生于四川理县，是土生土长羌族人。1992年他从四川师范学院汉语言文学系毕业后，到阿坝州若尔盖县任教10年。2002年，到汶川县《羌族文学》杂志社任主编。

羊子最初的诗歌，以抒情为主，表现个人情感为主。涉及对象主要是亲人、朋友、爱人。写作歌词《神奇的九寨》，被歌手容中尔甲唱遍大江南北。

（二）羊子的民族意识在2005年即已显现。2005年他写了一篇散文《一个民族的话语权》：一个民族的话语权只有通过文化和文学才能彰显，作家要承担起获取民族话语权的重要责任。自那时起，羊子就把获取民族话语权振兴民族作为自己的责任和使命。[①] 2008年，在灾难带来的剧烈情感激荡之下，在众人的鼓励之下[②]，羊子选择拾起诗笔，书写羌族这个充满了磨难和考验的民族。至此，羊子的诗作，大部分与羌族有关。

其实还在读大学时，羊子就已有了强烈的民族情感和民族文化意识。在别人问起羌族文化他答不出来时，在看到一些少数民族同学为自我身份自卑时，他都会产生民族自尊心，并努力为自己补民族文化课——内心的羞愧和骄傲促使他去找资料来补充自己的本族知识。参加工作以后，成为《羌族文学》主编以后，成为羌族地区文化行政官员以后（汶川县文体局副局长），羊子对羌族文化的了解越来越深，越来越觉得羌族文化书写是一块空白。他有了责任担当，总是主动去接近和记录民族文化。2008年大地震，对羊子是一种催化。

（三）羊子目前出版的四本诗集，都与羌族有关。

2007年由四川文艺出版社出版的诗集《一只凤凰飞起来》，中有对远古羌人足迹的追寻：

顺着三星堆的目光

越过成都平原

深入到岷江大峡谷的里面

[①] 参见杨国庆编著《最后一山冰川》，现代出版社2016年版，第46页。
[②] 四川作家意西泽仁、阿来、梁平都曾鼓励过羊子。

第五章　藏羌作家文学的阿坝模式

　　这，仅仅是一切事件

　　刚刚拉开的序幕

一群远古羌人，从岷江源头出发，掠过断裂山谷，顺江而下，来到营盘山、岷江大峡谷，再来到大渡河边、横断山巅，随后南下，来到成都大平原，来到宝墩、郫县，最后来到三星堆，回望岷江上游——

　　此时，上游石纽山上，石室飘香

　　鲧之子名叫禹，早能辨水识山音了①

2010年，羊子出版长诗：《汶川羌》（四川文艺出版社）。该诗共有3000多行，一出版即被称为"羊子的诗，羌人的诗，代表着羌民族的集体声音"。② 有评论称："这是一部关于灵魂的复活和看守，关于土地的死而后生的长诗，也是一部可称为民族史、为民族立传的长诗。"③ 羊子也自认为，在《汶川羌》中，他"说出"了羌族。

参见2015年、2017年，羊子相继出版诗集《静静巍峨》（四川民族出版社出版）、《汶川年代：生长在昆仑》（作家出版社出版）。两书分别为2012年中国作协重点扶持作品（专项二，少数民族作者）、中国少数民族文学发展工程出版扶助专项作品，都与羌族有密切关系。

（四）四部作品中，以《汶川羌》最具代表性。

羊子自认为在《汶川羌》中，完成了"说出"羌族这个动作。

创作《汶川羌》时，正值2008大地震。羊子为情所苦，为民族而哭，拼上了自己全部心血。他说，大地震到来之后，羌族需要他，需要他来书写，他就只能站出来。说：我是汶川人，我是羌族人，在灾难尚未到来之前，我已经无可挽回地爱上了自己脚下的这片土地和自己生命出发的这个民族，我必须在这个大悲大痛大慈大爱的时机中有所思考，有所表达，有所维护，有

---

① 杨国庆：《一只凤凰飞起来》，四川文艺出版社2007年版，第3、7页。
② 杨国庆主编：《从遥远中走来——羊子长诗的评论》，中国文联出版社2013年版，第22页。
③ 羊子：《静静巍峨》，四川民族出版社2015年版，序言第1页。

所确立和张扬。① 他开始写作,自述为一种非正常状态下的书写,"天都知道,这是朝不保夕的危机之中的忘我抒写!"在写作过程中,他历经了"身体与灵魂双重交织的痛","险些几次昏厥甚至出离悲愤",但在时代和民族的需要下,在亲情和真情的支持下,他认真地痛,认真地写,终于写出来了。②

他自述这次写作是:"清醒深度地看见,大胆要命的书写!"

在《汶川羌》中,羊子"说"出了羌人的性格。此前,他一直在苦苦思索,令羌族人生存下去且将继续生存下去的理由是什么?联系自己的童年疑惑:祖辈为何选择这样的穷山恶水生活?他想到了,选择居住在高山断裂带的羌族人,其民族性格中最大的成分便是内化隐忍、不争。他认识到:"羌族在历史上是没有声音的,现实当中也没有声音。羌族在藏汉之间,生存非常艰难。历史上,屡遭排斥、打击、压抑。屡屡被征战、被当成奴隶使用。羌族却是一个安分守己的民族,是牧羊人性格,没有掠夺性,忍让,沉默,坚韧。"③ 正如幽怨苍凉的羌笛声,羌族人也历经了灾难、孤寂,然而始终充满坚忍:

这是世间独一的吹奏,居然,十分恰当啊,
承载着一个民族内化隐忍的全部性情和人格力量。
情不自禁,叫我泪雨横飞。④

——《神鼓与羌笛》

《汶川羌》里,羊子对羌人历史进行了梳理,从民族的过往迁徙和遗传渊源,到现实的无情遭遇和灭顶之痛,再到新生的可能和未来的畅想,运用史诗的写法,把羌族这样一个在艰苦环境中面对各种灾难仍能顽强生存的民族"说出来了"。他相信,羌族一定会获得重生,他说:"地震以前,羌族地区的土地是很荒芜的,所有庄稼、生灵都被太阳收去了,满目苍茫。地震后,看着山渐渐丰茂起来,碧绿起来。这个变迁,象征着什么?象征

---

① 杨国庆编著《最后一山冰川》,现代出版社2016年版,第94页。
② 同上书,第94—95页。
③ 参见2015年7月9日笔者对羊子的访谈。
④ 羊子:《汶川羌》,四川文艺出版社2010年版,第13页。

着羌族的新生。"①

阿来评价《汶川羌》：是对历史、对现实、对个人的一种诗性的超越和抒写。梁平以为此诗是一首优秀的"大诗"：以现代人的感觉、现代人的语境，为民族画像，不遵循历史线性叙事，不遵循史诗的叙事规律，而是将自身灵魂与生命附着于民族之上，观望、洞察、想象、评述，写出了民族的心声、民族的痼疾、民族的生与绝望，写得浩荡而厚重。②其大格局大气象体现在：反反复复絮絮叨叨中，抵达了诗歌的本质意义。虽将民族、国家联系在一起，却没有丝毫政治标签的生硬和虚伪，而是真真实实的感恩心情的流露。感情之自然，实乃一鼓作气之喷射。其对各方营养的自觉吸收，也成就了诗歌的大格局。总之，"羊子以自己优秀的诗歌为自己的民族树碑立传，羊子也因为自己的民族而生动，而成为这个民族杰出的歌者，让自己站成一个民族的美学标杆。"③

有评论者提及《汶川羌》里对史诗经验的突破。认为："传统史诗是宏观的、外在的诗，而抒情诗是主观的、内在的诗。《汶川羌》是叙述历史和感觉历史、体验历史的结合。作者独特的追求和艺术贡献，就是史诗笔法和抒情写法的结合。《羊的密码》就既是叙述羌族神性弥漫的远古图腾时代起源的诗篇，也是烂漫抒情的乐章。"④

评论者还注意到了此诗的独特审美价值。认为此诗已经超越了民族书写，对汉语书写作出了贡献：其修辞的神秘，语词的转换，神性的呈现，现实与想象的交织……其语言既舒放又开阔，既充满激情又含蓄，既是浪漫的又是理性的⑤，无不体现出其对语言美的追求和对汉语的把控能力。其现代意识，其形而上追问，对历史和现实的理性思考，对人的本质、世界真相的追寻，都赋予了诗歌以丰富的层次和意味。总之，其浓郁的激情、恢宏的气势、深刻的思辨，使诗歌既具有形象的力量，又具有形而上光芒。

《汶川羌》之后，羊子出版诗集《汶川年代：生长在昆仑》。在这部诗集

---

① 2015年7月9日笔者对羊子的访谈。
② 杨国庆主编：《从遥远中走来——羊子长诗的评论》，中国文联出版社2013年版，第4页。
③ 同上。
④ 同上书，第135页。
⑤ 同上书，第132页。

里，羊子继续实践着他的艺术理想。

羊子的诗，不仅喷涌着激情，还烂漫着抒情，这是其所在族群、时代、国家赋予他的大抒情之外的另一种抒情。诗集《一只凤凰飞起来》中，龚学敏就认为，此时的羊子是忧虑的、抒情的、有风度的、从容的。其诗境高远缥缈，体现出内心的宁静，以及对语言力量的了解和把控。其《羊子的风度》《穿越暗夜的子弹》《你不来》《冰凌峡谷》等诗篇，鲜活优雅、深沉婉转。又有：

> 正午时分，鲜花开满整个院落
> 千朵万朵缤纷得恰如没有
> 最早看见最近的一朵，层层叠叠展开
> 阴阳向背，似如群峰灿烂
> 我只想讲述其中一匹，这花的一瓣①

诗集《静静巍峨》中也不乏高扬奇幻的诗句：
> 闭上眼睛，我的生命愤然提速。
> 周身时间纷纷脱落，
> 在破碎，在让开，在消尽。
> 无一丝波澜，无一尾声响。
> 所有时态相互否决，而转化，而迎接，
> 扶持我这片崭新的大陆向天的高度。②

（五）羊子于创作中逐步确立了自己的诗观，尤其在大地震之后，在经历了浴血重生后，其诗观越来越清晰。

首先，他确认了书写羌族的决心。特殊时刻，他认定了羌族，羌族也选择了他。③ 他说：

---

① 杨国庆：《一只凤凰飞起来》，四川文艺出版社2007年版，第31页。
② 羊子：《静静巍峨》，四川民族出版社2015年版，第57页。
③ 羊子自述其诗歌创作分为两个阶段：第一个阶段是要倾诉，要写诗，要成为诗人。阶段性成果是诗集《一只凤凰飞起来》，歌词《神奇的九寨》。第二个阶段是诗歌在寻找他，人类的经验在寻找他，诗歌和人类的经验犹如被关闭在生命之中的马群，想经过杨国庆，或者一个名叫羊子的那道门，奔驰而出，释放出宇宙的光芒。这阶段的成果是长诗《汶川羌》。

民族身份让我感觉到力量。来自民族的期待的力量,现实的呐喊的力量。民族身份一旦失去,在大文化背景下,个体的人和个体的心灵,就失去了尊严和人格。那祖先的声音和现实族群的声音,都失去了表达的可能。①

羊子越来越感到自己有了独立的价值判断,越来越觉得自己成为了成熟的诗人。这一半得归功于他对羌的选择。羌,是其诗歌的和立足点和支撑点——立足点和支撑点有时能决定一个人的格局和高度。诗人一旦具有了强大立足点和支撑点,其价值感意义感会陡增,其气场会陡强。羊子选择了"羌",站在"羌"这个平台上,其危机感、使命感和责任感赋予其坚实感、崇高感。羊子说:"也许我是第一代看见。第一代说出。第一代呼唤。"②

由此羊子确定了自己的第二个诗歌目标:见证。见证,就是看见,经历,证明和说明。羊子说:

我是一个诗人,我见证这个时代,也见证历史,甚至未来。我见证人世间的这一切,也见证承接这个人世间的物质世界和整个的宇宙。见证的力量,来自一个生命的责任,也来自一个诗人的使命。③

经历、见证、表达,通过见证,抵达世界、宇宙,这是羊子在大地震中领悟到的。地震这场灾难,使其更加快速、准确、深刻、责无旁贷地看见,并且说出身体里面和外面的一个个真相,同时,说出一部分真理——生命需要经历,时代需要见证,诗歌需要分娩。他明白了,作为一个诗人的权利,就是打破日常生活方式、打破传统思维模式,打破教育的地域的文明的政治的桎梏,抛弃层层封锁,去创造。④

羊子说:

---

① 参见 2015 年 7 月 9 日笔者对羊子的访谈。
② 羊子:《汶川羌》,四川文艺出版社 2010 年版,第 150 页。
③ 杨国庆编著:《最后一山冰川》,现代出版社 2016 年版,第 134 页。
④ 同上书,第 135—136 页。

我见证同时代的人和事。我的诗歌见证同时代的人和事。

我见证我从我的家族我的种群中来。我的诗歌见证我的家族我的种群。

我见证我的生命在物质世界和群体世界中的光芒和质感,广大和渺小。我的诗歌见证这样的质感和光芒,渺小和广大,甚至更多。

现在的他虽然只见证了一部分,犹如冰川之一角,但他不着急:

既然我是从这个物质的和社会的世界中一步一步走来的,那么,我的诗歌,必然一句一句地抵达这样的世界。我不着急,诗歌也不着急。我和我的诗歌,犹如我母亲土地里的一株玉米或者一季收成,有着自己抵达世界的速度,节奏和方式。①

羊子随后又在《我诗中的科学属性》中思考了诗人、诗、诗性这三个概念,并再次确认:看见、说出,是其诗歌目标。

我生即我诗。"诗(篇)"是诗人的外化载体。② 诗人之本性为诗性。诗性既是神性、灵性,也是生命和物质本身的浪漫属性,是唯有生命才具备的想象属性和需要属性。③ 诗人的诗性决定了其立足人世又超然物外,洞见本相又体恤苍生。④ "作为一个诗人,我除了具备人类的属性外,同时具备所有物质一样的属性。"⑤

作为一个诗人,羊子将继续用"看见"与"说出"去接近事物本相,⑥并将继续"看见"这个世界上的所有诗并"说出"。

祝羊子:早获圆满!

---

① 杨国庆编著:《最后一山冰川》,现代出版社2016年版,第137页。
② 杨国庆主编:《从遥远中走来——羊子长诗的评论》,中国文联出版社2013年版,第153页。
③ 同上书,第154页。
④ 同上书,第154页。
⑤ 同上书,第155页。
⑥ 同上书,第152页。

第六章　四川省多民族文学的发展特点

本书通过对成都、凉山、甘孜、阿坝四个地区主体民族文学的考察和论述，大致归纳了出四川省多民族文学的发展特点：第一，不同民族不同区域的文学发展模式、依靠力量、发展水平不同；第二，政治对文学发展影响大，政治通过文艺政策、文艺机关、文学刊物对文学产生影响；第三，区域对文学发展影响大，区域通过文艺机构、文学激励制度、文学刊物对本地作家文学产生影响；民族自治区域的影响又大于非民族自治区域。

第一节　地区不同，民族不同，则发展方向不同

通过考察四川省汉、彝、藏、羌四个民族的文学发展后得知，不同民族所在区域不同，则发展模式和倚靠力量不同，其发展水平也不同。

首先，阶段不同。凉山彝族自治州、甘孜藏族自治州、阿坝藏族羌族自治州（简称"三州地区"），地处川藏滇甘青边界，即所谓的川边地带，中原文化和非中原文化过渡带。从其民族文学发展来看，三州地区都经历了汉族作家带动少数民族作家，然后少数民族作家成长起来成为区域文学主体的过程。三州地区文学都经历了这三个阶段：20 世纪 50 年代新汉语文学产生、80 年代兴起、21 世纪群团传播。成都的汉族文学则与三州文学发展不同，其发展与中原同步，经历了 50 年代黯然、80 年代群团兴盛、21 世纪渐趋沉寂这三个阶段。

其次，传播方式不同。三州地区，不惧重重困难，努力发声，将边缘人群推向中心，推向主流。具体而言，凉山州有学界关注，有本地诗人发起的"彝诗运动"；甘孜州有自发组织的"康人"写作，有"康巴作家群"的向外推广和获得认同；阿坝州有阿来的个体传播，州文联发起的阿坝作家群整体传播和羌族作家群整体传播。成都地区的传播方式最为多元，有官方传播、民间传播、传统手段传播、网络传播，参与制造文学事件从而传播，依靠影视 IP 传播，不一而足。

再有，书写方式不同。从民族来看，汉族文学多元，极少民族书写；彝族文学抒情，以民族写作为主，地域写作为辅；藏族文学叙事，为高地写作边地写作，兼及民族，达至世界；羌族文学以民族写作为主，尤其在 2008 年大地震发生之后。从地域来看，不同地理地域，不同民族文化，对写作者心态动机、行文风格、审美态度有很大影响。成都汉族作家，居于四川省政治经济文化中心，其写作大多不注重精神世界的高拔，也不强调民族，多强调地域和汉语，追求写作上的自由。三州地区作家，地处政治经济文化边缘，其书写带有使命感、崇高感，甚或紧张感。心态上，对文学更崇敬，即使纯文学遭遇尴尬，后继乏人，仍坚守纯文学信仰。[①] 写作上，对作品的价值感和真善美境界更为追求，其作品普遍散发出人文主义光芒。如凉山州彝族地区的写作者们，积极进取，试图借助诗歌来复兴（振兴）民族；甘孜州藏族作家们，精神高昂，试图用高地人文滋补中原；阿坝州藏族作家如阿来，辽阔宽广，试图在边地观世界；阿坝州羌族作家们焦虑痛苦，欲在濒危之际为民族谋一条突围生路。

第二节　四川省多民族作家文学发展与政治关系密切

四川省多民族文学发展与政治关系密切。由于文学具有"兴观群怨"功能，所以政治重视文学。又由于民族问题是国家执政的大问题，所以民族文

[①] 如阿坝州文联主席周文琴所说，现在阿坝州的写作者，以中老年居多，青年作家少之又少。

学更引起重视。民族文学与政治关系紧密、复杂。

一 文学作为国家事业

自毛泽东发表《在延安文艺座谈会上的讲话》以来，中国文学和政治的关系就密不可分。文学在确立社会意识形态和价值观、促进文化认同与凝聚国民上有重大功用。新中国成立后，文学很快被纳入社会主义建设事业当中。作家和文人因此获得身份，得到稳定的生活和工作。执政党并通过制定文艺方针政策、完善文艺管理制度和奖惩制度、建立文学机关、发起文学运动来刺激和促进文学发展。

对尚无作家文学的民族群体，国家给出鼓励性扶助政策：积极推广汉语教育、母语教育，扶持各民族作家文学产生发展。具体到国家层面：在中国作协鲁迅文学院（前身为中央文学讲习所）设少数民族文学创作培训班；中国作协下设《民族文学》杂志，中国社科院设《民族文学研究》杂志；中国作协下设全国少数民族文学奖"骏马奖"、少数民族作家重点作品扶持项目、少数民族作品出版扶持项目、民译汉作品翻译出版扶持项目。[1] 不仅如此，国家的其他文学奖项也对少数民族作家开放，如全国茅盾文学奖、鲁迅文学奖。

落实到区域，则各地设立了文艺行政机关或机构、组织，如文联、作协。[2] 文联作协负有培养少数民族作家这一条重要任务。四川省作协于20世纪80年代成立少数民族文学创作委员会，随后设立少数民族文学创作优秀作品奖。迄今为止，四川省三州地区还有面向全国公开发行的纯文学刊物，并一直有财政拨款，这在如今刊物改制风潮中极为少见。[3]

---

[1] 四川省少数民族作家申请到了很多中国作协的扶持项目。如 2015 年，彝族诗人阿库乌雾的微博断片就申请到了中国作协的扶持资金，两万块。阿库乌雾说："扶持自主创作。不用交书，只需要作品交上去就好了。"羌族诗人羊子的《汶川羌》《昆仑看》等作品也是中国作协重点扶持项目。

[2] 一般而言，国内省级行政区里作协文联都是机关单位，有编制；市州一级文联有编制，作协无编制。

[3] 除三州地区以外，四川省其他 18 个地市级行政区目前允许全国公开发行的文学刊物只有绵阳市《剑南文学》。为确保刊物存续，三州地区的相关人员对国家政策的把握相当准确，如阿坝州《草地》杂志，当年对上级部门要求继续公开发行刊物时，就这样表述："民族地区维稳需求，需要创办本地文学刊物（包括藏文），这样才能有力地占领舆论阵地。"参见 2016 年 1 月 19 日笔者对《草地》主编蓝晓梅的访谈。

总之是，国家基于统一理想，对全国人民实行民族平等政策，对少数民族地区实行区域自治制度、文学扶助政策。有人说："新中国成立初期，国家急需构建新型的国内民族关系，促进民族团结，强化国家认同，以应对复杂的国内外环境。少数民族文学问题自然被纳入我国民族政策的总框架，从民族文艺政策宣传、文学刊物及出版社的选稿标准到文学批评，都一意构建和谐的中华多民族文学版图。"① 少数民族作家就这样成长起来，并真切感恩。

羌族羊子说："我是从民族来的，从山里来的。我的成长也是受着民族政策的支持，才走到今天。这样一路下来，对民族身份感觉很强烈，也很感恩。"

彝族作家阿蕾说：写彝文是因为国家推行标准彝文；能潜心写作，是由于《凉山文学》编辑部和州文联作协对她的帮助鼓励；能到中国作协文学讲习所学习，是国家提供了如此机会和场所，她一生的写作都奠基于讲习所。虽然已经从《凉山文学》编辑部退休，家务事也多，但阿蕾表示还要写长篇小说，一定要写，"党和国家对你培养了那么多，不写一点，对不住……"

彝族阿库乌雾说："国家发动文化大革命给我文艺启蒙，国家办民族教育又给我返回本民族的机会，不然我就是个普通的基层干部。"20世纪五六十年代，凉山发配下来大量右派分子，阿库乌雾的智慧启迪、文艺启蒙、文学梦想于那时完成，他的汉文名字也是那时候右派老师给起的。阿库乌雾说："没有他们就没有我的今天。他们给了我启蒙以后，我才有了一个愿望，必须走出凉山，必须。"② 走出凉山后的阿库乌雾，在接受了西南民院彝文教育以后，走上彝文写作。如果没有彝文教育，阿库乌雾永远也不会展开彝文写作：因为彝文自来只掌握在毕摩手中，普通人没有机会掌握。

阿库乌雾还替彝族感激国家："诗是一个语种、一种语言（话语）当中最早也是最高的形式。当我们有那么多彝族青年人可以驾驭汉语来写诗、直接参与到汉语诗写中，说明当代彝族的汉语水平和能力得到了一个空前的提高。这个肯定是一个历史性的文化现象。从正面来说，这个现象也是

---

① 向贵云：《1949—1966 年中国少数民族文艺政策探析》，《中国文学研究》2014 年第 3 期。
② 参见 2016 年 6 月 19 日笔者对阿库乌雾的访谈。

很好的，彝族人不仅有母语书写的能力，而且有汉语书写的能力……那是告诉中国、告诉世界，彝族是有深厚的历史文化底蕴的民族，它不会轻易地被哪一个时代潮流所左右……这个我们要感谢新中国，感谢现代的双语教育。"①

二 疏离与反控制

大多数作家都同意，民族文学发展初期离不开国家力量的参与扶持。藏族作家阿来表示，因为资源分配不均，所以用政治手段来平衡区域发展、扶持弱势族群和落后地区是应该的。②

但正如1944年哈耶克在《通往奴役之路》中所揭示的那样，"国家干预""计划经济"可能会带来高风险。③ 也就是，政治既然对文学的发展有帮扶和鼓励，那也必然存在限制和干预。自从文学作为国家事业并入国家发展轨道后，文学依靠体制发展，体制便对文学进行各方面的引导和规训，诸如民歌大跃进、样板戏、双百方针、反右运动，都是国家对文学进行干预的表现。20世纪50年代同人刊物被废除，文学刊物并入机关刊物，从国家级、省级到地区级，搭建起一个层级分明而复杂精致的文学传播体系和网路空间，这看起来有利于文学的发展，但实际上，也有利于国家对文学的管控，《星星》诗刊的被批判，很大程度上便是国家对具有同人性质杂志的一种"修理"。到新时期，国家在文学政策上虽不断在调整，政治管控与文学自主之间的比重也在微调，但体制始终没有放弃对文艺的领导。

对民族文学的限制更多。在建构和谐统一多民族国家的政治目标下发展起来的少数民族文学，自然不能违背初衷，反过来破坏国家安定、影响民族团结。1953年9月全国第二次文代会上，周扬的讲话就暗示了国家对民族作

---

① 阿索拉毅：《启动整个彝族文化的书写时代——彝诗馆访谈系列之阿库乌雾》，彝族人网（http://www.yizuren.com/plus/view.php？aid=16332）。

② 参见2015年7月10日笔者与阿来的简短谈话。

③ 参见［英］弗里德利希·冯·哈耶克《通往奴役之路》，王明毅、冯兴元译，中国社会科学出版社1997年版。

家创作的希望。①　老舍在1960年第三次文代会上的报告也高度评价一些少数民族优秀作品："充满了革命精神，洋溢着民族团结、祖国统一的热情，和共产主义的崇高理想"②。并对少数民族创作者作出规定："各民族的专业和业余的文学工作者们，必须遵循毛泽东文艺思想、遵循文艺为工农兵服务、为社会主义服务的方向……"③《凉山文学》主编巴久乌嘎形容办刊是"戴着镣铐跳舞"，说："杂志是文联主办，主管单位是宣传部。有刊号的公开发行的刊物，就必须要服从州委宣传部的管理，所以杂志的导向也好、办刊宗旨也好、格调也好，必须要和党的步调一致。不能花了党的钱来办刊，却说党的坏话。少说一点可以，多说就不行。"巴久乌嘎说这种不自由带来的后果是，纯文学杂志的大众接受度不断萎缩和下降："不是编辑对作品的美感和思想深度没有了解，而是很多时候，编辑喜欢的文章不敢发。……有时一些好作品拿到编辑部来，要么是和作者谈不拢，要么是发表过后，第二期杂志就被毙掉，或者编辑就下课。编辑也要谋生啊。"

羌族诗人羊子也说："（作家文学）不能写反面，有些（话题）还是不能表达。"

胥勋和和意西泽仁也提到过一些有关民族文学审查严格的情况④。

作家因此对政治所持的态度，除感恩以外，还有疏离和反抗。

---

①　1953年9月全国第二次文代会上，周扬赞扬少数民族优秀作品"以国内各民族兄弟友爱的精神，真实地描写了少数民族人民生活的新光景，创造了少数民族中先进分子的形象。"这实际制定了少数民族作家创作的新规范。参见周扬《为创造更多的优秀文学艺术作品而奋斗——一九五三年九月二十四日在中国文学艺术工作者第二次代表大会上的报告》，《文艺报》1953年第19期第8版。

②　老舍：《关于少数民族文学工作的报告》，《文艺报》1960年第15—16期，第14版。

③　同上。

④　胥勋和介绍了20世纪80年代"反对精神污染"运动发起后西昌诗写的状况。他说，那时山海潮诗社的人说话做事都很小心，《山海潮》诗刊很快被叫停。当时他们写了一篇文章发在西昌市工人文化宫的文艺走廊上，州委宣传部便专门成立了工作组对那篇文章进行审查。工作组审查后没发现问题，最后宣传部长亲自参与审查，一下就看出问题来了，说文章中形容批评家对作品的指导是像"婆婆对媳妇的指导"，而且是多个婆婆在指手画脚。宣传部长认为，这篇文章是在耍花招，玩文字游戏，因为党只有一个，故意用多个婆婆来混淆视听，以为就没人能看出这里所说的婆婆是指党，是指党对文艺工作的干涉，这就是反党思想。胥勋和并说凉山州文联思想保守，如文联主席罗汉文（吉木布初）所指示的，文联作者写的文章，观点要30年都站得住脚。胥勋和问罗汉文：那我们怎么探索呢？探索就有可能失败，也有可能成功。罗汉文回答："探索是外面的人的事，我们凉山不探索。"参见2016年7月25日笔者对胥勋和的访谈。

80年代那批先锋诗人,包括汉族翟永明、杨黎,彝族吉木狼格,苗族何小竹,始终维持着民间诗人身份与立场。吉木狼格说,他绝对不会书写政治,说这类题材无益于他的写作,"如果要去写这些很可笑,对我的文学有啥子意思呢?政治,在我这里是忽略不计的。"羌族诗人李炬也表示,她既不会拒绝官方,也不与官方对抗;对于官方伸出来的橄榄枝也接,但绝不孜孜以求靠拢官方。①

　　与政治能形成巧妙对话的是阿来。他在非虚构作品《瞻对》中,以史为鉴,立足现行国家区划和现行"藏独"问题,提出了自己的见解,包括对执政者提出了自己的建议:如何治国安边,如何安定统一。其立足点稳妥,基于人类福祉,因而显得四平八稳、滴水不漏。

第三节　四川多民族作家文学的产生发展与区域关系很大

　　从四川省多民族作家文学的产生发展来看,区域通过行政力量和作家群对文学产生影响。其影响常常大于民族,不以民族为界;民族地区受到来自区域的影响更大(或更明显)。

　　20世纪50年代,少数民族地区产生了一些新文学作家诗人,数量少,且基本都与国家级、省级文学机构发生直接关联:50年代至70年代末,四川省的文艺机关,省一级有文联作协,州市级只有文化局,对外公开发行的文学刊物只有《星星》诗刊和《四川文学》。80年代以后,州市级文联作协相继成立,对外公开发行的州市级文学刊物也相继创办,州市级笔会、培训会经常召开,州市级作家于是迅速成长起来。有了来自官方的支持和资金补助以后,各地文艺机关在发现、培养、推荐文学新人上不遗余力,许多作家通过地区文艺机关的举荐,走出山地或边地,进入中心城市。

---

①　羌族诗人李炬为绵竹市作协主席,但她既不领政府工资,也不靠政府补贴。她主办"紫岩书院",创办"酒神诗歌节"(2015年已举办四届)。她也不强调自己的民族身份,但省作协为她颁发"四川省少数民族文学奖"的时候,她也接受。参见2015年10月26日笔者对李炬的访谈。

到 21 世纪，区域仍在发挥行政指导扶助作用。① 在作家群的制造和推广中，各地文联作协都扮演了相当重要的角色。这一方面是职能所在，另一方面也是区域发展的需要和区域竞争意识增强所致。

州市以上，省持续在发挥作用。如省作协主席阿来就对羊子的《汶川羌》写作格外关注，并提请当时的《星星》诗刊主编梁平关照羊子及其《汶川羌》。省作协还经常举办活动，对各地文学进行指导。

这是区域作为行政空间对其作家文学的影响。作为地理空间，区域内作家更易结群，更容易形成互动，形成气候，这在 20 世纪 80 年代的成都文坛体现最有明显。区域内的作家群一定会影响文学的走向。三州地区至今还有作家群：凉山州有同人诗社同人诗刊，阿坝州有羌族作家群，甘孜州有康巴作家群。

总之是，在四川省多民族文学的发展过程中，区域作为国家行政区，或者说一个外在于作家、很难逾越的地理空间，对于多民族作家文学的产生发展具有重要作用，作用甚至在"民族"之上。因为作家的产生大多要依靠本地报刊，依靠本地文学领袖。传播来看，也是先有区域整体推出，再有民族联合。比如甘孜州就先成立了甘孜州的康巴作家群，再联合四省康巴藏区作家成立大康巴作家群；凉山州也是先有凉山诗人群，再联合云贵川举行彝族诗人大联展。而阿坝、成都更是强调区域多于强调民族。可以说，区域发展已经成为四川省多民族文学发展的重要模式，甘孜州作家群的运作模式，就已被阿坝州和资阳市的文学机构作为经验来汲取。②

最后是，在四川省内看起来，民族地区文学受到区域的支持更多，或者

---

① 区域对文学的支持最直接体现在财政扶助。当然，依据区域经济状况不同、领导重视度不同，区域对文学的投入度和资金比例也有不同。目前，三州一市，以阿坝州作家获得的出版基金和奖励较为优厚，且覆盖面广，几乎覆盖了每个创作者。成都市文联这边，作家要获得资助需经过招聘和甄选。甘孜州文联会在作者出书后，向作者订购一千元钱书籍，算是补贴，也帮着作者进行销售宣传。凉山州这边，在新世纪以来，现任文联主席倮伍拉且说，文化建设风头已过，文学边缘化，尤其是严肃文学不被看好，资助文学的价值受到了怀疑，因而凉山州作协现在基本不组织文学活动，州内财政也很少对作家作品进行资金扶持。参见 2016 年 7 月 5 日笔者对倮伍拉且的访谈。

② 2016 年 4 月，资阳市作家协会赴甘孜州采风交流，并组织召开了打造"康巴作家群"经验交流会。

说更明显。

　　民族地区作家少,地处边缘,与外界交流沟通受限,民族地区文学更易得到域内支持,且一支持就会效果明显。民族地区更易得到域内支持的原因是:

　　一、如格绒追美和周文琴所说:民族地区人才匮乏,民族地区各界对文学写作者都比较重视。格绒追美说:"甘孜州委州政府主要领导在大会上都说,只要是作家,都要高看一眼,厚爱三分。甘孜州委书记和州长并致信康巴作家群,对康巴作家群的成绩给予充分肯定。"

　　二、随着民族地区的发展,环境的改善,民族地区形象塑造日益重要。文学作为形象塑造体系,对民族地区作用很大。民族地区越来越重视文学发展,如甘孜州,政府投入度和关注度都较以前上升:2011年设立了《贡嘎山》年度优秀作品奖,2014年设立了甘孜州文学艺术奖,2011年以来开办了数次笔会和作家培训班。阿坝州也每年划拨100万元作为州内文艺发展基金。

　　三、民族自治地区作为民族聚居地,地缘血缘上的紧密牵连,使自治区域内容易形成上下一心的家园意识,形成"一家人"意识。加上长期处于边缘地位,强烈的发展愿望也使民族区域内部各界人士更易团结。这样,民族地区的文学与政府的关系就不似一般行政区文学与政府的关系,少了对立疏离,多了亲密依傍。民族自治地区的文学更易与政府达成协议,在向国家争取资金和支持时更易达成一致。如阿坝州文联与中国作协《民族文学》杂志社合办创作基地一事便是一例:阿坝州政府官员负责牵线,政府财政解决基地建设;基地建成后,对阿坝州作家文学好处很多。① 凉山州《独立》诗刊

---

①　2016年1月19日,现任阿坝州文联主席周文琴对笔者介绍了建立创作基地的好处:"一是可以借用《民族文学》的人才、借用他们的培训班,来培训阿坝州作者。如2014年《民族文学》到创作基地培训翻译家的时候,就把阿坝州的人也一起培训了。二就是,借用其平台,同等条件下的自由来稿,基地的作者就更容易上《民族文学》。第三就是,文联给作协会员定了200套《民族文学》,《民族文学》藏文版也定了20套,都送到州作协会员手中。第四个便是研讨会,如羌族作家谷运龙2015年在北京搞的研讨会,与《民族文学》杂志和创作基地都有关系。第五,改稿会。编辑和作者互评。搞了两次,大家反响都比较好。"关于改稿会的效果,阿坝州写作者唐远勤告诉笔者:"在九寨沟改稿会的时候,我把我的小说送上去了,我很得意。结果被劈头盖脸一阵痛批。我灰头土脸回来后,仔细消化,然后再看,果然,缺点都被人家说中了。然后就改,改好后交上去,又被打下来,再改……就这样,州文联给我们作者营造了一个美好的家园,让我们情感有地方归依,我们的作品有人去评判、欣赏、鼓励。"

主编周发星也说，在凉山州，官方和民间没有对立过。官方对民间刊物不仅承认，还有保护意识在里头。

归结一下，民族地区文学，"最上"能获得国家支持，"上上"能获得省内支持，"中上"能获得地区资助。21世纪以来，民族地区文学发展迅速，与区域关系密不可分——这区域，主要指州市级地区。

结　　语

　　四川省多民族文学的发展也体现出民族文学发展过程中的一些问题。

　　首先是民族身份问题。民族身份问题，是民族文学的基本问题。四川多民族作家民族身份来源复杂，民族认同多样，民族意识形态多重，但都统合在汉语天空下（以汉语写作为主）。汉语对少数民族作家文学有很大影响，作家之间的交往不以民族为限。四川多民族文学关系平等、交融。

　　四川多民族文学发展还体现出文学的相关问题。四川多民族文学同处全球化语境，少数民族文学虽进入新文学的时间晚于汉族文学，整体数量和质量略逊于汉族作家，但个别作家的表达方式、思想深度、视野胸襟比汉族作家有过之而无不及。有理由相信，在多民族文学共同发展的未来，源于政治经济的"中心—边缘论"将可能被改写。当然，在这过程中，部分弱小民族如羌族，将面临更艰难的处境。同时，四川多民族文学发展还体现出一些具体问题，如区域发展持续性问题、传播问题、母语文学问题。而民族文学如何走向世界文学，是目前文学界最为关切的问题。

一　多民族意识形态

　　三州一市，藏彝羌汉，集体来看，各民族的民族意识形态不同：藏族自信，彝族自尊，羌族自危，汉族作家几无民族意识（"无"，也是一种民族意识）。不同民族意识形态表现在文学中：藏族自信，便有高地写作的自豪超拔，边地写作的辽阔深邃；彝族自尊，便有民族文化的反复抒写与歌颂；羌族自危，才会有"羌"的塑型与呐喊；汉族无民族意识，便有率性而为、自在洒脱。

具体到作家个体，又有各种民族认同①：

原生型。如彝族吉木狼格、吉狄马加、阿库乌雾、倮伍拉且、阿蕾，藏族格绒追美，羌族羊子，这些人相信自己血统纯正，为纯正本族人。尤其彝族。因为彝族讲究根骨、讲究血统，早年不兴族外婚，不同等级之间也几不通婚。

杂生型。如藏族阿来，身上有藏、回、汉三种血统。但他从小住藏寨，说藏话，所以他认为自己是藏族。

后生型。如羌族谷运龙，他从小说汉话、接受汉族教育，祖父辈不说羌语，只是服饰与汉族略有不同。因少数民族享有特殊照顾，所以家人选择羌族身份。谷运龙是在后来的学习中了解并认同羌族的。

转换型。如周发星、潘梦笔。二人都是汉族，但因长期生活在少数民族地区，对非汉文化切入很深，因此改变了民族身份认同：周发星自认是彝族，潘梦笔自认是羌族（但二人的居民身份证上都还是汉族）。二人且都在非汉文学圈里得到认同：《中国当代彝族诗歌大系》《中国彝族现代诗全集》里收录了周发星的诗，潘梦笔在茂县羌族文学社里为骨干。

游移型。如藏族列美平措。列美平措说他在藏族人面前说自己是汉人，以避免被人质疑不会说藏话；在汉人面前说自己是藏人，又可获得一些方便。

隐瞒型。如藏族尹向东。尹向东本是杂生藏族，藏名次仁罗布。但他不喜别人用少数民族来标注他，照顾他，所以他坚持使用汉名，从不张扬自己的藏族身份。李炬也是如此。李炬也不喜对人述说自己的羌族身份，因不喜民族给自己带来的责任感和沉重感。

这些复杂的民族身份认同落实到文学写作中，又各有复杂多样的情态：

---

① 国外学界一般将族群认同分作两类，一种认为族群认同是根基性的，族群感情所造成的认同不易改变，且常掩蔽人群间其他社会认同与区分（如性别、阶级与地域）；一种认为是工具性的，可因资源环境变化而改变。这是"根基论者"（primordialists）与"工具论者"（instrumentalists）的差异。参见王明珂《羌在汉藏之间》，中华书局2008年版，前言第4页。四川多民族作家的民族身份认同远较二者复杂。

吉木狼格，原生型民族作家，写作几乎不提彝族。理由是：如果不把文学视为工具，那么文学跟少不少数民族有什么关系呢？写作永远是个人的事情。写作不是搞政治运动，也不是做生意找合伙人。写作就是用自己的语言写自己想写的东西。诗歌是目的，不是表达的手段和工具。当人写诗，则为诗歌的奴隶，身份啊，思想啊，一切不应该有的累赘都应该丢掉，只留赤子之心，去感受，去表现。

尹向东，杂生藏族，写藏地之事，却用汉名发表作品。并不是为攀附，也不是自卑，而是为了证明，自己是可以凭实力进驻汉语文学圈甚至世界文学圈的。

谷运龙，后生型羌族。当他刻意去写羌族时，发现很难，却仍勉为其难。

周发星和潘梦笔这两个"汉转非汉"型写作者，笔下很少"非汉"的影子。

列美平措，游移型藏族，似一个浪子，浪荡于天地，浪荡于歌行。民族身份在他看来，只是用来避免不必要的麻烦的工具。他的写作穿梭于藏汉之间。

错综复杂，每个人都可以依据情景做出不同选择，每个人在写作时又都可以随时作出调整。四川多民族作家在写作时的民族意识形态大致可归为三类：去民族化、再民族化、非民族化。

（一）去民族化

阿来，杂生藏族。生活中坚定地认同藏族，写作中几乎都以藏地藏文化为主，也为藏地自然人文环境的迷失而心痛，但在各种场合他都希望能取消民族身份划分。因为他认为人不应该有分别心。他也不喜欢被称作藏族作家，在任何时候都拒绝作民族代言人，明确表示写作应去民族化，只为保持个人立场。他说：

> 就我本人的写作来说，虽然命定要从一种在这个世界上显得相当特殊的文化与族群的生活出发，但我一直努力想做到的就是，超越这种特殊性，通过这种特殊而达到人性的普遍，在普世价值的层面与整个世界

对话。对于一个用非母语创作的藏族人来说，这样的努力需要克服很多困难，技术上的与观念上的都有，特别是观念上的。这其中，有个人认识能否达到的问题，更重要的是，可能个人意识达到了，但与整个族群中知识阶层的普遍认同会有一些巨大的差异。弱势族群的作家，常常会被人强加上一个代言人的角色。这个角色，有时会与个人表达之间，形成非常大的冲突。所以，我想说的是，在这里保持沉静与低调是容易的，真正困难的是，如何保持一种明确的个人立场。①

他拒绝民族意识强烈的写作，因为民族意识强烈会使写作者不自由。②

吉木狼格也是坚定的去民族化写作者。他说，虽然"作为一个彝族人，彝语世界对我的影响是肯定存在的。也可能今天我的写作，跟我是个彝族人有很大关系。如果我是个汉族人，我的写作可能又是另一种样子。"但在写作时，他从来不考虑民族身份，传播时也绝不考虑。

吉木狼格和阿来的区别在于，阿来是从意识和观念里去民族，文本中还处处可见民族，吉木狼格则文本中也几乎不见民族。

如此坚定地去民族，还有一层理由，觉得"少数民族"四个字带有歧视、轻慢、侮辱意味，似乎少数民族作家生来就比汉族作家低人一等。尹向东因此执着地使用汉名，也因此很少给《民族文学》投稿，宁愿隐去族别，将文章在其他报刊发表。这是一种证明，也是无声的抗议。阿来也认为，少数民族身份是一个特殊的界定，暗含了一种歧视。民族完全是汉族的划分，一旦被认定为"少数"，就会得到帮助、照顾、扶持、培训、获奖，就会有许多好处。而靠这些照顾和扶持，作家并不能出大成就。③ 因此，阿来主张去掉民族身份以及附着其上的一点点现实利益，获得自由和尊严。

如此看来，去民族化主张便有了两重意义，一是对现实生活中民族身份

---

① 阿来、陈祖君：《文学应如何寻求"大声音"》，《现代中国文化与文学》2005年第2期。
② 阿来《尘埃落定》中的性爱描写被一些藏族人指责为污化藏族。彝族诗人阿库乌雾说自己在写作的时候会照顾彝族传统文化惯例，不写脏污，不写下半身；即便写，也只能隐喻或象征。羌族诗人羊子在写作时也不敢直面地震灾害中的不公平，因为他是蒙受了恩惠的濒危羌族人。
③ 张英：《阿来访谈：我们藏族必须往前走 老百姓在意的都是民生问题》，《南方周末》（http://www.guancha.cn/culture/2014_04_19_223416.shtml）。

带来的戚戚惶惶和营营小利的抛弃；二是对民族表达的超越，超越民族，抵达世界，达至自由。

（二）再民族化

再民族化，就是在作品中强调民族身份，突出民族意识。主张再民族化的人，文学在他们这里不是目的，只是媒介。通过文学，他们要达到一个目的，实现一种功能：

羌族谷运龙和羊子，呼吁民族书写，许是为了唤醒羌族人沉睡的民族意识，使羌族重获新生；

彝族诗人吉狄马加，诗歌里多彝人声音，许是想借此启蒙族人，复兴民族；

周发星积极进入彝族书写，许是为了争取外界注意，联系更多彝族同道，完成一桩诗史[①]；

阿库乌雾的再民族化，许是想创造彝文史。说："也许有一天我会真正地能够进入民族的历史，因为我留下来的这种文本的东西，只要彝族不灭亡，不消失，它就会永远成为一种历史。即使灭亡了，消失了，只要人类还在，它有可能就是未来人们考古的对象或典籍。"阿库乌雾因此创造了彝文史上数个第一：第一本母语现代诗集、第一个母语现代散文诗集、第一本文学人类学诗集、微博断片、谱系诗歌……[②]

至于其他主动回归民族身份或张扬民族身份的作家，有多少是为了获得国家资助、获得照顾，不得而知。只知彝族作家阿蕾是实实在在感激民族身

[①] 2016年7月2日周发星对笔者说："难道我这辈子就这样完了？什么也没留下？"他积极收集彝族现代诗歌史料，是为了对自己这辈子有个交代。

[②] 阿库乌雾很清楚自己在彝文写作史中的地位。彝语在长期封闭后迎来全球化进程，突然被置于一个现代性语境之中，无论对彝族社会还是语言还是个体，都是巨大冲击。阿库乌雾说他最初的创作是出于教学的需要和热情，到后来，越来越意识到自己写作彝文的价值：如但丁的意大利语写作对意大利语和意大利民族的贡献，如中国新文化运动对现代汉语的贡献。彝语因为正处在传统到现代的转型期，而中国汉语诗歌也恰好处在80年代向西方现代派学习转型的时期，他采用的中西融汇的方法写就的现代彝文诗无疑成了历史孤本。随着80年代的过去，随着现代派诗歌喧嚣落定，阿库乌雾用彝文写就的现代诗如《虎迹》和《冬天的河流》等，不论是作为一个诗歌流派还是一个诗歌现象，都已然定格于彝文的写作历史进程中，也许再无来者。

份带给她的命运转机，羌族诗人羊子也是实实在在感激民族身份给他带来的好处："2009 年我到北京参加鲁迅文学院培训班，并参加了共和国 60 周年大庆，去人民大会堂观看了'复兴之路'歌舞晚会。这是民族身份给我带来的好处。回来后，我就代表羌族去了美国爱荷华交流。我第一次出国就是去美国。"

列美平措也说，少数民族作家在写作之初打上民族身份，是有好处的，因为：

> 不打这个标签，你和别人比……本身你刚刚写作，水平就不高。打上标签，哪怕就是照顾，也可以，就发表了。发表了以后，慢慢就有兴趣了，就有提高。这对于初学者来说，我还是建议打上民族身份，就是让我来选，把你的稿子放在一堆汉族写作者当中，如果你和别人写得一样，我不晓得你是少数民族，那么，我就不一定要你的稿子。如果摆在那里，我知道你是藏族，我肯定就选你了嘛。这是有好处的。

（三）非民族化

如果说"去民族化"或"再民族化"写作者，都时刻感受到民族意识的存在，那"非民族化"写作者则完全对自我民族身份无感。"非民族化"写作者以汉族居多，这类写作者几乎没有民族意识，而更多个体意识。

如"90 后"汉族诗人余幼幼[①]。当笔者问她何时形成民族身份认同时，她回答说："答不来"。当问到有无通过文学成为民族代言人的自觉时，她干脆地答道："没有"。

汉族作家何大草也同样没有汉族作家的意识，也没有成为民族代言人的使命感，他认同的是个人的努力："愿意以个人之力，最大限度地表现出中文

[①] 余幼幼，原名雷雪梅，1990 年生于四川峨眉。2004 年开始诗歌创作，出版诗集《7 年》，随笔《幼女要革命》《迷失在九洲大道》，小说《即兴表演》《豆腐脑传奇》。作品散见于《诗刊》《星星》《今天》《天南》《汉诗》《诗歌 EMS》等国内外多种刊物，入选《新世纪诗典》《中国新诗年鉴》《中国最佳诗歌》《2011 中国年度诗歌精选》等多个选本。

的魅惑之美。"

罗伟章也是，他说他在写作时很少考虑民族："我不认为更不会强调我是汉族作家，但我认同自己是汉语作家。作为写作者，对汉语是有责任的。汉语很美，许多古典诗文，读起来实在是美。"当问到有无通过写作成为汉语或汉族作家代言人的想法时，罗伟章说："从来没有，我只为自己代言。"

二 多民族文学关系

四川省多民族文学关系是平等交融的，汉语文学对少数民族文学影响很大，多民族作家交往无界限。

（一）汉语的影响力

汉语作为国家通用语，为少数民族作家打开了一道广阔的门。阿来说，他在小学三年级以前都听不懂老师的汉话，直到三年级的某一天，他突然懂了老师的话，自那时起，"一直到今天为止，我觉得如果我愿意弄懂什么的话，就是通过汉语，我什么事情都可以弄懂，只要你给我一段文字，那时就培养了这样的理解能力。"[1]

汉语使使用汉语写作的少数民族作家可以顺利进入主流传播渠道和主流文学世界。汉语也使阿库乌雾的母语写作进入最前沿："我通过汉文诗歌理解、体会到的那些东西，一旦我把它转述成彝文诗歌的时候，在彝文的这个诗歌界它就是处于最前沿的。"彝文带给阿库乌雾的是几千年的彝族文明系统，汉文带给他的是另一套几千年的文明系统以及正在变迁的整个时代。阿库乌雾说："我不懂英文，我只能通过汉文来阅读西方，那么通过汉文获得的汉语言艺术的传统资源以及通过汉文获得的西方文学理论教养，加上我自己的本民族文化功底、诗学功底，这些东西一结合、碰撞、冲撞，形成了我自己创作上的文化背景和思想意识，正因为有了这些东西，我今天才可以进入

---

[1] 阿来、董倩：《中央电视台〈面对面〉栏目见证西藏系列节目："作家阿来"》，2008年4月29日。

一个真正的自觉的理性的写作时期。"①

（二）多民族交往

四川省多民族作家之间的交往是平等互助的交往。他们同声相求、同气相合、互相欣赏、切磋琢磨。从一开始的汉族作家帮扶少数民族作家，到后来的互相影响、互相帮助。汉族作家罗伟章说："（作家的交往）没有民族界限，都是人与人之间的交往。"

阿来与周克芹：二人相识于1986年，是年阿来27岁，周克芹已是茅盾文学奖获得者。二人的交往平和朴素，不分年龄，不分民族。1989年，周克芹帮阿来出版第一本书，该书收进作家出版社的文学新星丛书。阿来很感激，形容他们的交往为："一种文人之间互相交往的方式：不计功利，回味悠远。"②

吉木狼格和非非诗派的交往始于20世纪80年代初。彼时吉木狼格在西昌市防疫站工作，周伦佐、周伦佑兄弟亦在西昌，三人来往密切。成为非非诗派成员后，吉木狼格到成都，和同是非非成员的杨黎（汉族）、何小竹（苗族）等人结群。非非诗派逐步解散后，吉木狼格又和杨黎、何小竹一起组织出版"橡皮文丛"，设立"橡皮文学奖"。最近吉木狼格还联合十个先锋诗人拍反武侠电影《借客》。在吉木狼格或非非诗派这里，作家之间的交往是不计族别，不计身份的，交往也是互惠的多向的，绝不仅仅是汉族影响少数民族。像吉木狼格周围，就有彝、汉、苗、白等多个民族，其文学观念也是你中有我，我中有你，早已分不清谁影响谁。

再有羊子《汶川羌》的写作和出版，也受到多民族作家的影响。2008年，还在地震救灾现场的羊子（羌族）被通知到宁波象山参加《民族文学》杂志社举办的全国民族作家笔会。时任省作协领导的意西泽仁（藏族）知道

---

① 阿索拉毅：《启动整个彝族文化的书写时代——彝诗馆访谈系列之阿库乌雾》，彝族人网（http://www.yizuren.com/plus/view.php? aid = 16332）。
② 阿来：《一本书与一个人》，中国作家网（http://www.chinawriter.com.cn/2008/2008 - 12 - 01/36810.html）。

羊子忙于救灾无法参会后，亲自给羊子的领导打电话请假。随后羊子赶到机场，机票已由意西泽仁买好。到象山后，有出版社邀羊子写一篇关于汶川救灾的长篇报告文学。羊子答应了，但很苦恼，因满肚子话写不出来。这时意西泽仁和诸位作家提醒羊子："古老的羌民族经历了这样一场特大灾害后，该如何面对自己的历史和未来，特别是该如何重建自己的精神家园，这真给我们的作家和诗人提出了全新的挑战。历史、民族和时代都呼唤着羌民族应该有一部新的长诗出来。"经过一番思考，羊子决定写长诗，《汶川羌》就这样诞生。

三　民族文学与世界文学

四川省多民族文学的发展体现出文学的相关问题。首先，民族文学水平问题。一个已然的事实是：少数民族文学虽然起步晚，但已和汉族作家平起平坐，个别作家的写作水平甚至超过汉族。但这并不表明民族文学的后续发展没有问题，如持续性问题、创新性问题、传播问题、母语写作问题。同时，与世界文学相较起来，四川多民族文学居于何种地位？这是每一个作家都应该考虑的问题，即民族文学如何世界文学的问题。

（一）中心与边缘的置换

阿来说，中国的少数民族作家文学，正从国家政策辅助下的汉语文学点缀装饰成长为汉语文学的一部分。[①]

三州地区的少数民族文学，虽然起步比汉族地区晚，但经过数年的积累，从作家的产生到作品的传播，都有跨越式发展。尤其藏族作家阿来，在表达方式、思想深度、视野胸襟上，比大部分汉族作家有过之而无不及。

因此，当代四川多民族作家文学的产生发展呈现出一个格局：即边缘正在进驻中心，且很有可能替换中心。

三州一市，在政治空间里，属于一中心，三边地；但在文学领域，却并

---

① 阿来、陈祖君：《文学应如何寻求"大声音"》，《现代中国文化与文学》2005年第2期。

不囿于政治经济上的"中心/边缘"论,而是齐头并进,各为板块,各有优劣。成都作为大都市,机构林立、交通发达、资源充足,三州地区的少数民族作家在吸取了充分的地方特色和民族文化特色后进入成都,比之成都本土作家,在题材上首先有了优势。且三州地区还有少数民族母语书写,很容易吸引国际眼光,也更容易走出国门,形成跨国际、跨文化的交流。所以,边缘置换中心,并不是危言耸听,也不是痴人说梦。

但汉族作家自有其立身之道。从目前的书写来看,少数民族文学虽有自身的民族特色和地域特色,对于异文化读者而言,在陌生感与新奇感上占了先,但于形式上、语言上、结构上、理念上,则有可能用力不深。汉族文学则因为少了题材优势,更强调地域,并且在文字上狠下功夫,因而更容易为汉语言本身发展做出贡献。

因此四川省多民族文学的发展呈现出多种可能性,汉语的可能性、母语的可能性、世界文学的可能性;少数民族文学并不因多了民族文化而更灿烂,汉族文学也并不因缺少民族文化而显平庸。

(二) 可能性问题

有许多可能性并不代表必然,四川省多民族文学的发展仍反映出一些问题。

如弱小民族的发展问题。如羌族,在作家数量和创作水平上,想要在汉文学界立足,尚需大努力。[①] 且羌族写作者在什么是羌、什么是羌族文学、有无真正的羌族文学上还未形成统一认识,羌族诗人羊子号召的羌文化传承和他创作的羌文学文本并未得到包括羌族人在内的许多认同。[②] 所以,"羌族文

[①] 正如羌族诗人余耀明所说,现有的羌族作家作品,缺少成熟的、有独立思考的作品。现有的书写,不能承载羌民族文化心灵密码,也不能见出羌民族的未来和命运。他说,羌族文学的未来,不敢说绝望,但要上一个台阶,要走向世界,要融入世界作家文学这个大家庭,还有很多困难,"过去难,现在难,未来也难,但不会放弃期待和希望……"参见2016年8月24日笔者对余耀明的访谈。

[②] 羌族诗人羊子对民族的认知,除了自我体验和思索以外,更多来自外界学者的研究,如历史学家、民族学家、人类学家。他对羌族的思考和书写,对岷江上游古蜀文明的思考,受到来自族群内部人士的一些质疑。质疑包括:谁能代表羌族,羌族在哪里,羌文化特质和核心到底是什么?一部《汶川羌》,是否能承担起羌族?

学"如何发展、能否坚持、甚至有无必要坚持,都是后续需要关注的问题。

如区域发展持续性问题。如甘孜州,传播方式模态化,传播人群固态化,每年召开新书发布会和研讨会,产业化推出作品,效果和质量能否得到保证?目前看来,除老一辈作家中有个别突出者如意西泽仁外,还没能产生扛大鼎的作家。推广力量主要来自个人,后劲也显不足。① 凉山州彝诗运动也是,看似热闹,实则暗藏危机。过于强调民族身份和书写,有时不免显出排他性,显出片面偏激;以诗人居多,体裁单一,文体和质量上都还需突破。阿坝州藏族文学也总体显出老一辈辉煌,新一代实力不济,新生力量缺乏的问题。②

如创新性问题。目前看来,四川省多民族文学创作手法还趋于保守,尤其三州少数民族文学,思路还需拓宽。当然,汉族文学也面临同样问题。

传播问题。甘孜藏族和阿坝羌族文学,主要走的是发表、出版、发行纸质刊物这条传统道路,并结合发布会和研讨会来宣传作品。凉山彝族诗人传播手段和途径稍微丰富一些,但传播范围主要集中于诗歌圈与族群内部。传播手段最丰富的是汉族文学,但由于大众传媒的喧嚣,汉族作家容易把握不住,容易被误导。如何缓解传播与创作之间的不平衡以及随之而来的焦虑,是四川多民族写作者需要面对的一个问题。③

母语写作问题。母语写作人手少,推广难,创新难。甘阿凉三州虽然都有母语写作,也有母语刊物:藏文有《贡嘎山》《邦炯》、彝文有《凉山文学》彝文版,但从写作人数来看,并不多。甘孜州主要有郎加、达机、扎西几人。阿坝藏文写作者因受政治事件牵连,人数锐减。彝族母语写作者稍多,

---

① 甘孜州文学发展目前的核心人物是文联主席格绒追美,一旦他不在文联岗位上,康巴作家群的聚合是否还能维系?参见2015年7月10日笔者对格绒追美的访谈。

② 阿坝州老一辈作家如阿来、索朗仁称、范远泰、牛放(贾志刚)、龚学敏,成名后便先后离开了阿坝,留在阿坝州的写作者没多少影响力。阿坝州目前的写作者多为40岁到50岁之间及其以上者,30岁的作者很少,20岁的几乎没有。阿坝州文学创作队伍严重后继乏人。谈及原因,不外乎社会新思潮对年轻人的影响,年轻人中愿意从事文学事业的人越来越少。另外便是民族地区的惯例,对文笔稍好的人就提干,提为政府办公室秘书什么的,这样一来,这些人就基本放弃文学了。参见2016年1月20日笔者对阿坝州文联主席周文琴的访谈。

③ 如羌族作家谷运龙,文章主要发表在《美文》《民族文学》《草地》《阿坝日报》等报纸杂志上,出版书籍靠朋友介绍,读者集中在阿坝州内。彝族诗人阿库乌雾的读者主要在学界,少数民族文学研究界。羌族诗人羊子干脆说自己写诗只为满足自己,并不奢求发表、出版、传播。

以西昌彝文学院和西南民族大学彝学院师生为主。母语写作者容易受环境牵掣，一旦环境改变，则容易受影响。如甘孜藏语作家章戈·尼玛、根秋·多吉，到成都工作后便很少写藏文作品。甘南藏语作家觉乃·云才让也是，到成都读研读博后便开始进行汉语写作。① 母语写作在人看来仍是一种姿态，一种精神和勇气。吉木狼格说："我佩服、尊敬这些母语写作者。但我不会写，也不会去写。"母语写作受众少，传播力度不及汉语读者。虽然目前藏语和彝语都展开了基础教育，且都建起了传播平台，2015 年甘孜州文联和四川省作协还专门为藏语作家召开了作品研讨会，但甘孜藏语作家郎加说，母语创作完成后，面临的问题多，没有资金出版，出版了也销售不出去。② 扎西也说，现代藏语文学虽然创作空间大，但在多元文化背景下，如何处理共性与个性的关系，如何在新媒体中拥有一席之地，这是母语写作面临的巨大困难。③ 母语写作还面临一个质量问题。意西泽仁认为部分母语写作比较粗糙。阿库乌雾也说，他在 80 年代初确立的现代彝语写作标准，30 年过去，无人超越，也无人能超越。阿库乌雾表示，这是一种悲哀。

（三）民族文学如何世界文学

吉狄马加说："'民族的就是世界的'不够完整。不是说是民族的东西就是世界的，民族的必须还应该是优秀的，才可能是世界的。"④

阿来说："所谓世界文学本身就是民族文学的组合。要被称之为具有世界性，作品本身的艺术价值就是能否入场的入场券。"⑤

二位的话道出了一个常理，世界文学的标准在优秀的民族文学里，优秀

---

① 觉乃·云才让，甘南藏族作家，藏文写作曾获得藏语最高文学奖"章恰尔"文学奖新人新作奖。转向汉语写作对他来说既艰辛，又具有很大压力，并无形中延长了他的成长时间。参见 2014 年 11 月 23 日笔者对觉乃·云才让的谈谈。
② 2015 年 8 月 25 日，郎加接受笔者的文字访谈时说："母语写作在创作过程中是个享受，是一种发现自己潜能和爱好的实践方式；是让自己感到自豪和兴奋的活动；有一种继承西藏文明的同时，为这种文明进行铺路与开拓的感觉。但创作完后，不好的问题也多。没有资金出版，有资金还要看出版社的脸色。销售不出去还亏本，生活压力大。"
③ 参见 2015 年 8 月 31 日笔者对扎西的文字访谈。
④ 朱又可：《专访诗人部长吉狄马加》，《南方周末》（http：//www.infzm.com/content/81478）。
⑤ 索朗仁称：《文学与生活——作家阿来访谈录》，《西藏旅游》2002 年第 6 期。

的民族文学一定是具有优秀艺术价值的作品。所以，正如四川省多民族作家在写作中带出的多种民族意识形态一样，有民族身份认同的人，不一定在写作中有民族意识，如吉木狼格；有民族意识的人不一定在写作中能很好地进行民族文化书写，如谷运龙；写作中无民族意识的人不一定写不出很好的民族文化，如阿来、何大草；无民族意识的人不一定写不出很好的非民族文化，如吉木狼格，李炬……民族文学绝非具有民族意识的文学，也绝不是哪一族的文学，任何维度的书写，都有可能成为优秀的民族文学。所以，到最后，只落下一个"好"字。所以，民族文学的最终问题，其实是"好不好"的问题。一切的讨论和争论，都应该围绕这个问题。

那么，什么是好的作品？在今天，这才是一个真正的问题。

附　录

调研记录

时间	地点	调研内容
2014年10月23日	成都大慈寺路书院南街亲馨茶楼	访谈藏族作家意西泽仁
2014年10月30日	四川省作协创联部	至黄泽栋处取资料
2014年11月1日	西南民族大学老校区行政楼311室	旁听"英语世界的彝族文化与文学国际研讨会"
2014年11月11日	成都超洋花园茶楼	访谈彝族青年诗人拉玛依佐
2014年11月17日	成都大慈寺路书院南街亲馨茶楼	回访藏族作家意西泽仁
2014年11月20日	成都老书虫书店	参与"老书虫·诗歌之夜"
2014年11月23日	成都苏宁广场翼咖啡	访谈藏族青年作家觉乃·云才让
2014年12月9日	成都金河路蜀风园茶楼	访谈藏族诗人范远泰
2014年12月9日	成都中铁置业蓝雀咖啡	访谈藏族作家色波、索朗仁称

续 表

时间	地点	调研内容
2014年12月25日	成都三槐树路克拉玛依酒店	参与省作协《当代文坛》举办的四川文艺评论骨干班培训
2014年12月28日	成都顺江路九莲禅悦茶艺馆	访谈汉族作家何大草
2014年12月30日	成都红星路	访谈川报文体部记者黄里,天地出版社副总编漆秋香
2015年2月12日	成都市满蒙人民学习委员会	访谈满蒙委员会何主任、雷主任、刘老师
2015年3月25日	成都丽都花园	旁听《南方周末》写作者访问藏族作家阿来
2015年3月26日	成都老书虫书吧	主持彝族诗人阿库乌雾诗歌对谈
2015年5月21日	成都府南新区红茶馆	访谈汉族作家罗伟章
2015年5月28日	成都顺江路	文字访谈汉族"90后"诗人余幼幼
2015年7月4日	四川电视台附近	访谈藏族作家达真
2015年7月7日	康定民干校	参与"藏区青年作家培训班",访谈羌族诗人羊子、藏族作家阿来
2015年7月9日	康定民干校	访谈羌族作家谷运龙、羌族诗人雷子、藏族诗人周文琴
2015年7月10日	康定《贡嘎山》编辑部	访谈《贡嘎山》编辑、藏族诗人列美平措
	溜溜城卡萨贵宾楼茶楼	访谈甘孜州文联主席、藏族作家格绒追美
2015年7月11日	康定《贡嘎山》编辑部附近	访谈藏族诗人列美平措、回族诗人窦零、藏族作家尹向东

续　表

时间	地点	调研内容
2015年7月13日	成都望江公园茗椀楼	访谈苗族诗人何小竹
2015年7月23日	成都白夜酒吧	参与李中茂、洁尘、小安等成都汉族作家诗人的聚会
2015年7月21日	都江堰	访谈羌族作家张力
2015年7月22日	茂县	访谈羌族诗人雷子、汉族作家潘梦笔
2015年7月18日	茂县	联系羌族作家梦非和羊子,取得资料
2015年7月31日	成都顺江路	文字访谈羌族作家余耀明
2015年8月3日	中铁置业大厦蓝雀咖啡	再访藏族作家索朗仁称
2015年8月4日	温江仁和春天	再访汉族作家何大草和藏族作家达真
2015年8月30日	成都顺江路	文字访谈藏族母语作家郎加
2015年8月31日	成都顺江路	文字访谈藏族母语作家扎西
2015年9月2日	成都顺江路	文字访谈羌族作家王明军
2015年10月1日	成都顺江路	收到凉山汉族诗人周发星文字资料
2015年10月2日	成都顺江路	文字访谈彝族作家吉布鹰升
2015年10月6日	成都瑞升广场小房子茶馆	访谈彝族诗人吉木狼格
2015年10月9日	成都顺江路	文字访谈彝族诗人孙阿木、沙马、罗逢春等多人
2015年10月20日到22日	都江堰	参加《四川文学》杂志社举办的小说家笔会

续 表

时间	地点	调研内容
2015年10月25日到26日	绵竹市	参加绵竹"酒神诗歌节",采访羌族诗人李炬
2015年10月27日	成都顺江路	文字访谈藏族诗人桑丹
2015年11月14日	成都老书虫书吧	参与"成都之夜"诗歌朗诵活动
2015年11月16日	成都大慈寺路亲馨茶楼	访谈土家族作家冉云飞
2015年12月11日	成都三圣花乡子曰书院	访谈《四川文学》主编贾志刚(牛放)
2016年1月19日	阿坝州马尔康县《草地》编辑部	访谈《草地》主编、藏族诗人蓝晓梅
2016年1月20日	马尔康县澜峰大酒店20楼茶楼	访谈阿坝州文联主席、藏族诗人周文琴
2016年1月21日	阿坝州文联	访谈《草地》藏文编辑克久 访谈阿坝州文联主席、藏族诗人周文琴
2016年6月18日	成都三圣花乡刘家花园	访谈彝族诗人阿库乌雾
2016年6月19日	成都科华苑茶楼	访谈彝族诗人阿库乌雾
2016年6月24日	成都顺江路	网上访谈羌族诗人羊子
2016年7月1日	凉山州文联	访谈凉山州文联副主席罗体古、汉族诗人胥勋和、彝族作家阿蕾
2016年7月2日	凉山州普格县	访谈汉族诗人周发星
2016年7月3日	西昌市老海亭紫楝花客栈	访谈彝族作家阿蕾,收到俄尼·牧莎斯加发来的《凉山文学》杂志资料

续　表

时间	地点	调研内容
2016 年 7 月 4 日	凉山州文联	访谈凉山州文联主席、彝族诗人倮伍拉且
2016 年 7 月 5 日	凉山州文联	访谈彝族作家巴久乌嘎
2016 年 7 月 25 日	成都顺江路	电话访谈西昌市汉族诗人胥勋和
2016 年 8 月 14 日	成都顺江路	收到乐山彝族诗人阿索拉毅发来的彝诗资料
2016 年 8 月 25 日	成都顺江路	微信访谈羌族作家余耀明
2016 年 9 月 9 日	成都焦家巷坝坝茶馆	访谈汉族作家林文询

参考文献

一　著作类

A

阿坝藏族羌族自治州地方志编纂委员会编：《阿坝州志》，民族出版社1994年版。

《阿坝藏族羌族自治州概况》编写组、《阿坝藏族羌族自治州概况》修订本编写组编：《四川阿坝藏族羌族自治州概况》，民族出版社2009年版。

阿来：《尘埃落定》，人民文学出版社1998年版。

阿来：《行刑人尔依》，四川文艺出版社2015年版。

［法］埃斯卡皮：《文学社会学》，王美华、王沛译，安徽文艺出版社1987年版。

艾芜：《艾芜全集》，四川文艺出版社2014年版。

B

巴莫曲布嫫：《鹰灵与诗魂》，社会科学文献出版社2002年版。

（汉）班固：《汉书》，上海古籍出版社1997年影印本。

柏桦：《演春与种梨》，青海人民出版社2009年版。

C

（明）曹学佺：《蜀中广记》，台湾商务印书馆1986年版。

（明）曹学佺：《蜀中名胜记》，台湾商务印书馆1986年版。

（东晋）常璩：《华阳国志》，上海古籍出版社1990年版。

（清）常明修、杨芳灿：《四川通志》，巴蜀书社1996年版。

（西晋）陈寿：《三国志》，上海古籍出版社1997年影印本。

成都市地方志编纂委员会：《成都市志》，成都时代出版社2009年版。

《成都县志》，清同治十二年刻本。

[美]克利福德、马库斯编：《写文化——民族志的诗学与政治学》，高丙中等译，商务印书馆2006年版。

D

[英]戴维·洛奇编：《二十世纪文学评论》，葛林等译，上海译文出版社1987年版。

邓敏文：《中国多民族文学史论》，社会科学文献出版社1995年版。

邓敏文、罗汉田、刘亚虎：《中国南方民族文学关系史》，民族出版社2001年版。

邓荣安：《盐源县志》，四川民族出版社2000年版。

（唐）杜佑：《通典》，中华书局1998年版。

E

（清）鄂尔泰等修：《贵州通志》，台湾商务印书馆1986年影印本。

（清）鄂尔泰等修：《云南通志》，台湾商务印书馆1986年影印本。

F

范长江编：《中国微型诗300首》，湖南人民出版社2010年版。

《后汉书》，上海古籍出版社1997年影印本。

《晋书》，上海古籍出版社1997年影印本。

（元）费着：《蜀锦谱》，台湾商务印书馆1986年影印本。

冯骥才、向云驹主编：《全新羌族文化学生读本》，中华书局2008年版。

[英]弗里德利希·冯·哈耶克：《通往奴役之路》，王明毅、冯兴元译，中国社会科学出版社1997年版。

G

高玉：《中国现代的文学史·上册》，浙江大学出版社2013年版。

格勒：《藏族早期历史与文化》，商务印书馆2006年版。

格绒追美：《掀开康巴之帘》，西苑出版社 2004 年版。

格绒追美主编：《康巴作家群评论集》，作家出版社 2013 年版。

格绒追美：《青藏时光》，四川文艺出版社 2012 年版。

格绒追美：《隐蔽的脸：藏地神子秘踪》，作家出版社 2011 年版。

（明）龚辉：《全陕政要》，齐鲁书社 1997 年影印本。

（明）顾炎武：《天下郡国利病书》，商务印书馆 1933 年影印本。

关纪新主编：《二十世纪中华各民族文学关系研究》，民族出版社 2006 年版。

（宋）郭茂倩：《乐府诗集》，上海古籍出版社 1987 年影印文渊阁《四库全书》本。

国家民族事务委员会经济发展司、国家统计局国民经济综合统计司编：《中国民族统计年鉴 1949—1994》，民族出版社 1995 年版。

国家民族事务委员会经济发展司、国家统计局国民经济综合统计司编：《中国民族统计年鉴 1995》，民族出版社 1996 年版。

国家民族事务委员会经济发展司、国家统计局国民经济综合统计司编：《中国民族统计年鉴 1996》，民族出版社 1997 年版。

国家民族事务委员会经济发展司、国家统计局国民经济综合统计司编：《中国民族统计年鉴 1997》，民族出版社 1998 年版。

国家民族事务委员会经济发展司、国家统计局国民经济综合统计司编：《中国民族统计年鉴 1998》，民族出版社 1999 年版。

国家民族事务委员会经济发展司、国家统计局国民经济综合统计司编：《中国民族统计年鉴 1999》，民族出版社 2000 年版。

国家民族事务委员会经济发展司、国家统计局国民经济综合统计司编：《中国民族统计年鉴 2000》，民族出版社 2001 年版。

国家民族事务委员会经济发展司、国家统计局国民经济综合统计司编：《中国民族统计年鉴 2001》，民族出版社 2002 年版。

国家民族事务委员会经济发展司、国家统计局国民经济综合统计司编：《中国民族统计年鉴 2002》，民族出版社 2003 年版。

国家民族事务委员会经济发展司、国家统计局国民经济综合统计司编：《中国民族统计年鉴2003》，民族出版社2004年版。

国家民族事务委员会经济发展司、国家统计局国民经济综合统计司编：《中国民族统计年鉴2004》，民族出版社2005年版。

国家民族事务委员会经济发展司、国家统计局国民经济综合统计司编：《中国民族统计年鉴2005》，民族出版社2006年版。

国家民族事务委员会经济发展司、国家统计局国民经济综合统计司编：《中国民族统计年鉴2006》，民族出版社2007年版。

国家民族事务委员会经济发展司、国家统计局国民经济综合统计司编：《中国民族统计年鉴2007》，民族出版社2008年版。

国家民族事务委员会经济发展司、国家统计局国民经济综合统计司编：《中国民族统计年鉴2008》，民族出版社2009年版。

国家民族事务委员会经济发展司、国家统计局国民经济综合统计司编：《中国民族统计年鉴2009》，民族出版社2010年版。

国家民族事务委员会经济发展司、国家统计局国民经济综合统计司编：《中国民族统计年鉴2010》，民族出版社2011年版。

国家民族事务委员会经济发展司、国家统计局国民经济综合统计司编：《中国民族统计年鉴2011》，民族出版社2012年版。

国家民族事务委员会经济发展司、国家统计局国民经济综合统计司编：《中国民族统计年鉴2012》，民族出版社2013年版。

国家民族事务委员会经济发展司、国家统计局国民经济综合统计司编：《中国民族统计年鉴2013》，民族出版社2014年版。

国家民族事务委员会经济发展司、国家统计局国民经济综合统计司编：《中国民族统计年鉴2014》，民族出版社2015年版。

H

［美］H. G. 布洛克：《美学新解》，滕守尧译，辽宁人民出版社1987年版。

［美］亨廷顿著：《文明冲突与世界秩序的重建》，郦红、那斌译，新华

出版社 2002 年版。

黄济人主编：《重庆散文大观》，重庆出版社 1999 年版。

（清）黄廷桂等修纂：《四川通志》，巴蜀书社 1995 年版。

黄新初主编：《阿坝文化史》，四川民族出版社 2006 年版。

J

吉狄马加：《为土地和生命而写作：吉狄马加演讲集》（汉英对照），黄少政译，外语教学与研究出版社 2013 年版。

狄马马加：《身份》，江苏文艺出版社 2013 年版。

吉狄马加：《火焰与词语》（汉英对照），梅丹理译，外语教学与研究出版社 2013 年版。

吉木狼格：《静悄悄的左轮》，河北教育出版社 2002 年版。

吉木狼格：《天知道》，橡皮出版 2014 年版。

贾银忠主编：《中国羌族非物质文化遗产概论》，民族出版社 2010 年版。

《金川县志》，民族出版社 1994 年版。

L

郎樱、扎拉嘎编：《中国各民族文学关系研究》，贵州人民出版社 2005 年版。

郎樱：《中国北方民族文学比较研究》，民族出版社 2011 年版。

老舍：《老舍全集》，人民文学出版社 2013 年版。

（唐）李百药：《北齐书》，上海古籍出版社 1997 年影印本。

（唐）李延寿：《南史》，上海古籍出版社 1997 年影印本。

（唐）李延寿：《北史》，上海古籍出版社 1997 年影印本。

李鸿然：《中国当代少数民族文学史论》，云南教育出版社 2004 年版。

（唐）李吉甫：《元和郡县志》，台湾商务印书馆 1986 年影印本。

（元）李京：《云南志略辑校》，王叔武校注，云南民族出版社 1988 年版。

李明、林忠亮等编著：《羌族文学史》，四川民族出版社 1994 年版。

李晓峰、刘大先：《中华多民族文学史观及相关问题研究》，中国社会科学出版社 2012 年版。

· 285 ·

李怡：《现代四川文学的巴蜀文化阐释》，湖南教育出版社1997年版。

李勇先校点：《天启成都府志》，成都时代出版社2007年版。

李勇先校点：《康熙成都府志》，成都时代出版社2007年版。

李勇先校点：《嘉庆成都县志》，成都时代出版社2007年版。

（清）李元撰：《蜀水经》，上海古籍出版社1995年影印本。

李宗放：《四川古代民族史》，民族出版社2010年版。

凉山彝族自治州文学艺术界联合会编：《凉山60年诗歌选》，四川民族出版社2014年版。

梁海：《阿来文学年谱》，复旦大学出版社2014年版。

梁庭望：《中国少数民族文学概论》，中央民族大学出版社1998年版。

梁庭望：《中国少数民族文学》，山西教育出版社2003年版。

梁庭望：《中华文化板块结构与中国文学关系研究》，民族出版社2011年版。

亮炯·朗萨：《布隆德誓言》，外文出版社2006年版。

亮炯·朗萨：《寻找康巴汉子》，中国书店2011年版。

［俄］列夫·托尔斯泰：《艺术论》，丰陈宝译，人民文学出版社1958年版。

（唐）令狐德棻等：《周书》，上海古籍出版社1997年影印本。

刘波：《当代诗坛"刀锋"透视》，河北大学出版社2014年版。

刘大先：《现代中国与少数民族文学》，中国社会科学出版社2013年版。

（清）刘大谟、王珩修撰：《四川总志》，中华书局1995年版。

刘洪涛：《湖南乡土文学与湘楚文化》，湖南教育出版社1997年版。

（汉）刘向等编：《战国策》，中华书局1990年版。

（后晋）刘昫等：《旧唐书》，上海古籍出版社1997年影印本。

流沙河：《流沙河诗话》，新星出版社2012年版。

（明）陆应阳撰：《广舆记》，齐鲁书社1997年影印本。

倮伍拉且：《大自然与我们》，西北大学出版社1992年版。

倮伍拉且：《倮伍拉且诗歌选》，四川民族出版社2004年版。

倮伍拉且：《大山大水及其变奏》，四川民族出版社2014年版。

M

马丽华：《雪域文化与西藏文学》，湖南教育出版社1998年版。

马识途：《我追求中国作风和中国气派》，四川文艺出版社2005年版。

马学良：《中国少数民族文学史·修订本》，中央民族大学出版社2001年版。

马学良、梁庭望编：《中国少数民族文学比较研究》，中央民族大学出版社1998年版。

（清）迈柱等修：《湖广通志》，台湾商务印书馆1986年影印本。

毛星：《中国少数民族文学》，湖南人民出版社1983年版。

蒙默等著：《四川古代史稿》，四川人民出版社1988年版。

木斧：《木斧诗选》，宁夏人民出版社1986年版。

N

聂作平：《纸上城堡》，商务印书馆2013年版。

O

（宋）欧阳修等：《新唐书》，上海古籍出版社1997年影印本。

（宋）欧阳修等：《新五代史》，上海古籍出版社1997年影印本。

P

［法］皮埃尔·布迪厄、［美］华康德：《实践与反思：反思社会学导引》，李猛、李康译，中央编译出版社2004年版。

彭超：《巴蜀作家与中国现代文学的发生》，中国社会科学出版社2014年版。

（清）彭遵泗辑：《蜀故》，北京出版社1998年影印本。

R

（清）阮元校刻：《十三经注疏》，上海古籍出版社1992年影印本。

芮传明、余太山：《中西纹饰比较》，上海古籍出版社1995年版。

S

桑丹：《边缘积雪》，四川文艺出版社2012年版。

四川省凉山彝族自治州西昌市市志编纂委员会编:《西昌市志》,四川人民出版社 1996 年版。

四川省统计局编:《四川省 2010 年人口普查资料》,中国统计出版社 2012 年版。

四川省文学艺术界联合会编:《四川文联四十年 1953—1993》,成都,1993 年。

四川省地方志编纂委员会编:《四川省志·文化艺术志》,四川人民出版社 2000 年版。

斯道雷:《文化理论与大众文化导论》,北京大学出版社 2010 年版。

司马长风:《中国新文学史》,昭明出版社 1980 年版。

(汉)司马迁:《史记》,上海古籍出版社 1997 年影印本。

(梁)沈约:《宋书》,上海古籍出版社 1997 年影印本。

(明)慎蒙撰:《天下名山诸胜一览记》,齐鲁书社 1997 年影印本。

(明)宋濂等:《元史》,上海古籍出版社 1997 年影印本。

松潘县志编纂委员会编:《松潘县志》,民族出版社 1999 年版。

索南坚赞:《西藏王统记》,刘立千译,西藏人民出版社 1985 年版。

(清)孙承泽:《天府广纪》,齐鲁书社 1997 年影印本。

T

(元)陶宗仪编:《说郛》,中华书局 1998 年版。

特·赛音巴雅尔:《中国少数民族当代文学史》,十月文艺出版社 1999 年版。

童庆炳主编:《文学概论》,北京大学出版社 2007 年版。

(元)脱脱等:《宋史》,上海古籍出版社 1997 年影印本。

(元)脱脱等:《辽史》,上海古籍出版社 1997 年影印本。

(元)脱脱等:《金史》,上海古籍出版社 1997 年影印本。

W

王菊:《比较文学视野下的彝族文学研究》,民族出版社 2013 年版。

王平凡口述,王素蓉整理:《文学所往事》,金城出版社 2013 年版。

王文才、万光治：《杨升庵全书》，巴蜀书社2002年版。

王学东：《"第三代诗"论稿》，巴蜀书社2010年版。

（北齐）魏收：《魏书》，上海古籍出版社1997年版。

（唐）魏征等：《隋书》，上海古籍出版社1997年影印本

魏向清等：《中国辞书发展状况报告1978—2008》，商务印书馆2014年版。

吴重阳：《中国当代民族文学概观》，中央民族学院出版社1986年版。

吴重阳：《中国少数民族现当代文学研究》，中央民族大学出版社2013年版。

吴翔林：《英诗格律及自由诗》，商务印书馆1993年版。

伍精忠、李绍明等著：《四川少数民族》，四川民族出版社1982年版。

X

《西昌市志》，四川人民出版社1996年版。

夏冠洲、阿扎提·苏里坦、艾光辉主编：《新疆当代多民族文学史》，新疆人民出版社2006年版。

向继东：《新启蒙年代：我的80年代的阅读》，广东人民出版社2011年版。

（南朝·梁）萧子显：《南齐书》，上海古籍出版社1997年影印本。

（明）萧大亨：《夷俗记》，齐鲁书社1997年影印本。

（清）谢启昆修：《嘉庆广西通志》，上海古籍出版社1995年版。

（明）徐学谟纂修：《万历湖广总志》，齐鲁书社1997年影印本。

徐其超等主编：《族群记忆与多元创造：新时期四川少数民族文学》，四川民族出版社2001年版。

徐新建等：《现状与构想：贵州文学面面观》，贵州人民出版社1989年版。

徐新建：《多民族国家的文学与文化》，人民出版社2015年版。

（宋）薛居正等：《旧五代史》，上海古籍出版社1997年影印本。

Y

严家炎主编：《二十世纪中国文学与区域文化丛书》，湖南教育出版社

1995 年版。

杨国庆：《一只凤凰飞起来》，四川文艺出版社 2007 年版。

杨黎主编：《橡皮 中国先锋文学》，江苏文艺出版社 2012 年版。

杨黎：《一起吃饭的人》，重庆大学出版社 2013 年版。

羊子：《汶川羌》，四川文艺出版社 2010 年版。

（唐）姚思廉：《梁书》，上海古籍出版社 1997 年影印本。

（唐）姚思廉：《陈书》，上海古籍出版社 1997 年影印本。

叶梅：《从遥远中走来》，中国文联出版社 2013 年版。

意西泽仁：《意西泽仁小说精选》，重庆出版社 1998 年版。

意西泽仁：《雪融斋笔谈》，四川文艺出版社 2012 年版。

（明）游朴：《诸夷考》，上海古籍出版社 1995 年影印本。

於可训：《新诗文体二十二讲》，武汉大学出版社 2012 年版。

（宋）乐史：《太平寰宇记》，上海古籍出版社 1999 年影印本。

云峰：《元代蒙汉文学关系研究》，民族出版社 2005 年版。

Z

扎拉嘎：《比较文学：文学平行本质的比较研究——清代蒙汉文学关系论稿》，内蒙古教育出版社 2002 年版。

章太炎：《章太炎国学讲演录》，中华书局 2013 年版。

（明）张天复：《广皇舆考》，北京出版社 1998 年影印本。

（清）张廷玉等著：《明史》，上海古籍出版社 1997 年影印本。

赵尔巽：《清史稿》，上海古籍出版社 1997 年影印本。

中南民族学院编：《中国当代少数民族文学史稿》，长江文艺出版社 1986 年版。

周伦佑主编：《悬空的圣殿：非非主义二十年图志史》，西藏人民出版社 2006 年版。

朱丹枫主编：《四川文艺年鉴 2007》，四川人民出版社 2008 年版。

祝世德等编著：民国《汶川县志》，成文出版社 1976 年版。

庄孔韶：《人类学通论》，山西教育出版社 2002 年版。

二 文章类

A

阿来、唐朝晖：《阿来：心中的阿坝，尘埃依旧》，《出版广角》2002年第7期。

阿来、陈祖君：《文学应如何寻求"大声音"》，《现代中国文化与文学》2005年第2期。

阿来：《我只感到世界扑面而来》，《当代作家评论》2009年第1期。

阿来：《我对〈草地〉杂志的祝愿》，《草地》2015年第3期。

阿库乌雾：《阐释：从意义的追寻到意义的消解——试论彝族女诗人巴莫曲布膜诗歌的美学指向》，《民族文学》1996年第9期。

阿索拉毅：《启动整个彝族文化的书写时代——彝诗馆访谈系列之阿库乌雾》，彝族人网（http：//www.yizuren.com/plus/view.php？aid=16332）。

安尚育：《吴琪拉达论》，《贵州民族学院学报》1988年第2期。

B

巴莫曲布嫫：《倾听一种声音……——当代少数民族女性诗歌的文化语境》，中国社会科学院民族文学研究所（http：//iel.cass.cn/2006/nxwx/bmqbm）。

鲍昌宝：《论现代诗学视域中的"意境"与"意象"》，《名作欣赏》2011年第19期。

白崇仁：《大变革中的心灵颤抖——读阿来的〈奥达的马队〉》，《当代文坛》1988年第2期。

C

曹顺庆：《三重话语霸权下的少数民族文学研究》，《民族文学研究》2005年第3期。

朝戈金：《"中华多民族文学史观"三题》，《民族文学研究》2007年第4期。

陈建勤：《颜歌专访：写作最理想状态是"带癌生存"》，《南方都市报》2013年4月28日。

《成都市文联作协以改革促创作繁荣》，中国作家网（http：//www.chinawriter）。

崇宁、晓敏：《站在时间桥头的歌手——诗人俫伍拉且和他的诗歌》，《凉山文学》1994年第2期。

《从云朵上而来羌族作家沉稳前行》，四川日报网（http：//sichuandaily）。

D

《达州年鉴》，达州市人民政府门户网站（http：//www.dazhou.gov.cn）。

戴宾：《改革开放以来四川区域发展战略的回顾与思考》，《经济体制改革》2009年第1期。

德吉卓嘎：《试论嘉绒藏族的族源》，《西藏研究》2004年第2期。

邓时忠：《林如稷小说创作的审美视角和表现方式》，《西南民族学院学报》（哲学社会科学版）1991年第2期。

杜国景：《国家区域政治与少数民族作家的断代历史》，《民族文学研究》2014年第1期。

杜永彬：《"康巴学"的提出与学界的回响——兼论构建"康巴学"的学术价值和现实意义》，《西南民族大学学报》（人文社科版）2007年第3期。

E

额尔敦陶克陶：《关于〈蒙古族文学史〉编写中的几个问题》，《文学评论》1961年第3期。

F

冯宪光：《现实与传统幻想与梦境的交织——评阿来的短篇小说》，《当代文坛》1990年第6期。

G

高缨：《不熄的篝火——凉山民主改革与我的创作》，《当代文坛》1991年第6期。

格勒：《略论康巴人和康巴文化》，《中国藏学》2004年第3期。

耿予方：《论当代藏族文学创作》，《西藏研究》1984年第4期。

谷运龙：《〈草地〉如金》，《草地》2015年第3期。

关纪新：《创建并确立中华多民族文学史观》，《民族文学研究》2007 年第 2 期。

关纪新：《关于中华多民族文学史观的理论构建》，《西北第二民族学院学报》2008 年第 3 期。

关纪新：《沟通：中华多民族文学史观建设的必要一环》，《甘肃社会科学》2009 年第 5 期。

H

韩怡宁、汪汉利：《"大声音"的诗化表达——从〈遥远的温泉〉看阿来的"大声音"叙事》，《阿来研究》第 2 辑。

何大草、姜广平：《我不是一个"学院作家"》，《西湖》2013 年第 1 期。

何大草：《我的文学自传》，《十月》2005 年第 1 期。

何大草、阚兴韵：《文字里埋着梦想与谦卑》，《温州日报》2008 年 11 月 8 日。

何言宏、阿来：《现代性视野中的藏地世界》，《黄河文学》2009 年第 1 期。

胡希东：《藏地村庄演绎的描述与追忆》，《当代文坛》2013 年第 2 期。

黄立：《走向世界的中国西南少数民族文学——俄亥俄州立大学马克·本德尔教授访谈录》，《民族学刊》2014 年第 5 期。

J

吉狄马加：《全球化与土著民族诗人存在的价值》，《文学报》2012 年 8 月 16 日第 4 版。

吉狄马加：《诗人有两个故乡》，《延河》2013 年第 7 期。

吉狄马加：《我与诗》，《中国文学》（外文版）1990 年第 3 期。

吉狄马加：《一种声音——我的创作谈》，《民族文学》1990 年第 2 期。

吉狄马加：《圣洁的礼物》，《滇池》1998 年第 4 期。

《吉狄马加获 2016 欧洲诗歌与艺术荷马奖》，中国作家网（http：//www.chinawriter.com.cn/news/2016/2016－06－28/275206.html）。

蒋蓝：《罗庆春：用母语跟世界对话》，《成都日报》2013 年 4 月 15 日。

敬文东：《颂歌、我—你关系、知音及其他——关于吉狄马加诗歌的演讲》,《当代文坛》2016年第4期。

敬文东:《在神灵的护佑下》,《天涯》2011年第4期。

L

拉巴次旦:《试探"堆尼玛"和敖包的起源》,《西藏大学学报》2006年第1期。

蓝晓梅:《在坎坷中前进,在变化中发展——写在〈草地〉创刊35周年》,《草地》2015年第3期。

老舍:《关于少数民族文学工作的报告》,《文艺报》1960年第15-16期第14版。

《凉山彝族占卜有术》,中国民族文学网(http://iel.cass.cn/yistudies)。

郎樱:《多元一体中华民族文学史的体认与编纂》,《民族文学研究》2007年第4期。

雷家仲:《沙汀年谱》,《南充师院学报》(哲学社会科学版)1985年第2期。

雷子:《文联,我最初与最后的精神家园》,《中国艺术报》2014年6月23日。

李春恒:《倮区教育之实施步骤》,《大凉山季刊》中华民国三十五年九月十五日。

李晓峰:《危机·穿越·认同——"阿库乌雾现象"的文化思考》,《当代文坛》2013年第3期。

李晓峰:《多民族文学——中国文学史观的缺失》,《民族文学研究》2007年第3期。

李晓峰:《中华多民族文学史观的理论基础及其内涵》,《民族文学研究》2008年第4期。

刘大先:《成长·历史·非权威叙事》,《中国民族报》2012年5月25日。

刘大先:《2004年首届"中国多民族文学论坛"综述》,中国民族文学网(http://iel.cass.cn)。

刘大先:《第五届中国多民族文学论坛综述》,中国民族文学网(http://

iel. cass. cn）。

刘大先：《历史场域、局内人与共识：2015 中国多民族文学论坛侧记》，中国民族文学网（http：//iel. cass. cn）。

刘火：《命定：宏大叙事的别一书写》，新华副刊网（http：//news. xinhuanet. com/）。

刘中桥：《"飞来峰"的地质缘由——阿来小说中的"命运感"》，《当代文坛》2002 年第 6 期。

流沙河：《我是一个失败者》，《南都周刊》（http：//www. NBweekly. com）。

《流沙河的诗·道·书》，《新京报》（http：//www. bjnews. com. cn）。

柳传堆：《颂诗的流变与诗学意义新解》，《雁北师范学院学报》2004 年第 2 期。

陆晓明、陈慧：《"命定"的"康巴"史诗》，《当代文坛》2013 年第 2 期。

倮伍拉且、李锐：《大凉山新诗潮的缘起与意义——当代大凉山诗人简论》，《凉山文学》2008 年第 4 期。

《萝卜寨笔会专页·编辑语》，《草地》，2008 年第 2 期。

罗庆春：《寓言时代：中国少数民族汉语诗歌当代形态》，《西南民族学院学报》（社学社会科学版）1996 年第 3 期。

吕微：《中国少数民族文学史研究：国家学术与现代民族国家方案》，《民族文学研究》2000 年第 4 期。

M

马克·本德尔：《〈林中女王〉与〈招魂〉：文化转型时期文学中本土的声音》，文培红译，《中外文化与文论》2013 年第 23 期。

马孝：《回族定居叙永概况及风俗习惯》，《叙永县文史资料选辑》第二十一辑。

毛燕：《诗性叙事的汉语转化——以吴琪拉达、吉狄马加、阿库乌雾为例》，《毕节学院学报》2008 年第 3 期。

蒙文通：《略论〈山海经〉的写作时代及其产生地域》，《中华文史论丛》

第1辑。

孟蔚红、颜歌：《颜歌：写作最终是为了抵抗孤独》，成都日报网（http：//www.cdrb.com.cn/html/2014-03/24/content_2020879.htm）。

O

欧阳可惺：《当代中国多民族文学史观建构的思考》，《民族文学研究》2008年第2期。

欧阳江河：《没有了诗歌，就没有了下一个奥斯维辛了吗——答安琪问》，《经济观察报》2006年6月12日。

P

彭超：《中国现代文学发生期的巴蜀作家》，《西南民族大学学报》2010年第9期。

彭超：《试论阿库乌雾诗歌的美学风格》，《当代文坛》2011年第4期。

彭南均：《土家族文学简介》，《吉首大学学报》1980年第1期。

Q

钱丽花：《"康巴作家群"：一个值得关注的文学现象》，《中国民族报》2013年11月。

庆九：《中国作协〈民族文学〉阿坝创作基地挂牌成立》，《阿坝文艺》2004年11月26日。

S

邵燕君：《"宏大叙事"解体后如何进行"宏大的叙事"？——近年长篇创作的"史诗化"追求及其困境》，《南方文坛》2006年第6期。

《诗人作家对倮伍拉且作品的评介》，《凉山日报》2012年12月7日。

石硕：《关于"康巴学"概念的提出及相关问题》，《西藏研究》2006年第3期。

石天河：《回首何堪说逝川—从反胡风到星星诗祸》，《新文学史料》2002年第4期。

孙丽辉：《区域品牌形成中的地方政府作用研究》，《当代经济研究》2009年第1期。

索朗仁称：《文学与生活——作家阿来访谈录》，《西藏旅游》2002 年第 6 期。

T

谭爱平：《产品命名的艺术》，《企业活力》1992 年第 10 期。

W

万夏：《苍蝇馆上世纪 80 年代成都的那帮诗人》，《收获》电子版（http：//www.aiweibang.com/yuedu/147096481.html）。

王明珂：《羌在汉藏之间》，中华书局 2008 年版。

王晓黎：《对甘孜州经济发展前景的思考》，《西南民族学院学报》1995 年第 4 期。

王忻暖：《藏族文学史略》，《西北民族大学学报》（哲学社会科学版）1982 年第 3 期。

王永昌：《聆听大凉山的声音——访诗人、凉山文联主席倮伍拉且》，青海日报社网（http：//www.qhlingwang.com/qinghai/content/）。

王瑜：《"中华多民族文学史观"研讨的局限及反思》，《北方民族大学学报》2009 年第 3 期。

伍开祥：《来自大西南密林中神秘的现代诗歌——〈当代大凉山彝族现代诗选〉》，《民族文学》2003 年第 7 期。

X

向贵云：《1949—1966 年中国少数民族文艺政策探析》，《中国文学研究》2014 年第 3 期。

谢明清：《藏族文学的春天来了》，《中国民族》1981 年第 2 期。

《星星》诗刊编辑部：《单位大事记》，四川机构网（http：//www.scjg.com.cn）。

徐春萍：《作家阿来访谈录：重要的信念不可缺》，《文学报》2007 年 2 月 8 日。

徐坤：《阿来：尘埃如此落定》，《人民日报》2010 年 9 月 9 日。

徐琴：《民族精神的追寻与写照——亮炯·朗萨的文学风景》，《湖北民族学院学报》2015年第1期。

徐其超：《论意西泽仁对艾特玛托夫的接受》，《西南民族学院学报》（哲学社会科学版）1998年第5期。

徐希平：《深沉的反思热切的企盼——当代羌族青年诗人论》，《西南民族学院学报》2000年第11期。

徐新建：《"多民族文学史观"简论》，《民族文学研究》2007年第2期。

徐新建：《表述与被表述——多民族文学的视野与目标》，《民族文学研究》2011年第2期。

徐新建：《多民族文学研究的历史意义》，《百色学院学报》2013年第2期。

徐新建：《汇集·扩展·宽容——第五届"中国多民族文学论坛"的观察和展望》，《重庆文理学院学报》2010年第4期。

胥勋和：《凉山有一只虎》，《民族文学》1991年第4期。

Y

《颜歌谈小说创作：我只是那个容器，不是亲历者》，中新网（http：//stock.chinanews.com/cul/2015/05-16/7281017.shtml）。

杨国庆：《羌族文学面临的新机会》，中国作家网（http：//www.chinawriter.com）。

杨墅：《诗歌传播引论》，《诗刊》2006年第8期。

杨章池：《"及物"大势中的遥远现实》，《星星诗刊》2015年第29期。

杨志学：《论诗歌传播的类型》，《延安文学》2007年第1期。

姚新勇：《追求的轨迹与困惑——"少数民族文学性"建构的反思》，《民族文学研究》2004年第1期。

叶舒宪：《从"世界文学"到"文学人类学"——文学观念的当代转型略说》，《当代外语研究》2010年第7期。

叶延滨：《彝族诗人吉狄马加》，《中华读书报》2011年8月17日。

叶筱静：《访谈阿来：我用了十年去除文革的暴力影响》，搜狐博客（http：//yexiaojing.blog.sohu.com/103077984.html）。

于坚：《杨黎和他的诗歌》，《诗探索》1995年第3期。

袁德良：《中国古代士大夫政治文化传统的两重性分析》，《河南大学学报》2008年第2期。

Z

泽仁拥登：《奋蹄的"马驹"——访藏族青年作家意西泽仁》，《民族文学》1984年第1期。

赵志忠：《中国少数民族文学研究的回顾与展望》，《内蒙古民族师院学报》1998年第1期。

张海燕、刘大先、王明科：《丝路佑古城论坛耕新学——第九届中国多民族文学论坛综述》，中国民族文学网（http://iel.cass.cn）。

张杰：《诗歌像闪电一样瞬间从一颗心抵达另一颗心》，《华西都市报》（http://www.wccdaily.com.cn/shtml/hxdsb/20160703/336240.shtml）。

张炯：《重新认识中国文学史——写在〈中国文学通史〉12卷本出版之际》，中国作家网（http://www.chinawriter.com.cn）。

张进：《论"活态文化"与"第三空间"》，《中南民族大学学报》（人文社会科学版）2014年第2期。

张均：《50年代文学中的同人刊物问题》，《文艺争鸣》2008年第12期。

张清华：《当代诗歌中的地方美学与地域意识形态——从文化地理视角的观察》，《文艺研究》2010年第10期。

张３：《离她越近，越得不到她——吉木狼格专访》，引自杨黎主编《橡皮 中国先锋文学》，江苏文艺出版社2012年版。

张婷、张文秀：《四川省甘孜州区域经济发展的优势资源开发》，《国土经济》2003年第9期。

张羞：《废话杨黎，三次被诺贝尔文学奖评委组专题研讨的汉语诗人——杨黎最新诗集〈五个红苹果〉编后记》，网易博客（http://badeggstuff.blog.163.com）。

张英：《阿来访谈：我们藏族必须往前走 老百姓在意的都是民生问题》，《南方周末》（http://www.guancha.cn/culture）。

郑千山：《当代彝族汉诗的兴起》，《楚雄师范学院学报》2004 年第 10 期。

钟文：《"我是沸泉"——骆耕野和他的诗》，《诗探索》1982 年第 3 期。

周昌义、小王：《〈尘埃落定〉误会》，中国文学网（http：//www. literature）。

周发星：《21 世纪，全面崛起的彝族现代汉诗群体》，作家网（http：//www. zuojiawang. com/xinwenkuaibao/12138. html）。

周发星：《21 世纪，全面崛起的彝族现代汉诗群体》，作家网（http：//www. zuojiawang. com/xinwenkuaibao/12138. html）。

周发星：《地名中的诗歌往事》，作家网（http：//www. zuojiawang. com）。

周辉枝：《〈草地〉在火苗旺盛的地方绽放》，《草地》2015 年第 3 期。

周扬：《为创造更多的优秀文学艺术作品而奋斗——一九五三年九月二十四日在中国文学艺术工作者第二次代表大会上的报告》，《文艺报》1953 年第 19 期。

周正：《董湘琴〈松游小唱〉的成因简析》，《阿坝师范高等专科学校学报》2010 年第 2 期。

朱又可：《专访诗人部长吉狄马加》，《南方周末》电子版（http：//www. infzm. com）。

《作家颜歌谈新作：描写当下让故事变得荒谬》，中国文化传媒网（http：//www. ccdy. cn/renwu.../redian/201505/t20150522_ 1103066. htm）。

三　硕博论文

宫丽：《精神家园论》，博士学位论文，华中科技大学，2011 年。

田晓青：《〈羌族文学〉杂志研究》，硕士学位论文，西华师范大学，2016 年。

吴刚：《中华文化板块结构下的文学研究》，博士学位论文，中央民族大学，2008 年。

杨志学：《诗歌传播研究》，博士学位论文，首都师范大学，2005 年。

尹腾连：《大山深处的百合——1988 年至 2009 年〈羌族文学〉杂志研究》，硕士学位论文，暨南大学，2012 年。

后 记

本书出版首先要感谢我的博士生导师徐新建教授。他指导我完成博士论文并敦促我将之修改成书。其次要感谢四川省社科院眉山分院予以的出版资助。

本书的写作，要感谢的人太多，多亏他们，我的书才能成形。首先感谢那些接受我不成熟的絮絮叨叨的采访的人，如四川作协意西泽仁、阿来、牛放；成都作家何大草、何小竹、色波、索朗仁称、吉木狼格、罗伟章、林文询、阿库乌雾、范远泰、冉云飞、觉乃·云才让、黄里、黄土如、何三畏、颜歌、余幼幼、拉玛伊佐；凉山作家倮伍拉且、巴久乌嘎、阿蕾、胥勋和、周发星、阿索拉毅、俄尼·牧莎斯加、吉布鹰升、孙阿木、罗逢春；甘孜作家达真、格绒追美、列美平措、尹向东、窦零、桑丹、马建、郎加、扎西；阿坝作家谷运龙、周雪琴、杨国庆、雷子、蓝晓梅、李炬、余耀明、梦非、张力、潘梦笔、王明军、唐远勤；以及四川作协创联部黄泽栋，四川大学教授李怡、傅其林，《四川文学》编辑杨易唯，天地出版社主编漆秋香，凉山文联副主席罗体古，《草地》编辑彦姝、克久，成都市满蒙人民学习委员会雷敏。他们，是本书的基石。

其次，我的同学朋友如李国太、郭明军、郭恒、田级会、朱丽晓，师长如汤小青、梁昭、李裴、李菲，都对本书写作有过帮助。我的同居室友陈琛、

· 301 ·

王万洪、苏省，他们在我写作本书时，给予了无尽的关怀和督促；他们还参与了本书的后期校对。

本书史料居多，且论述偏主观，恐为方家笑尔。但有机会，再行修改。

余红艳